青·科幻丛书

杨庆祥 主编

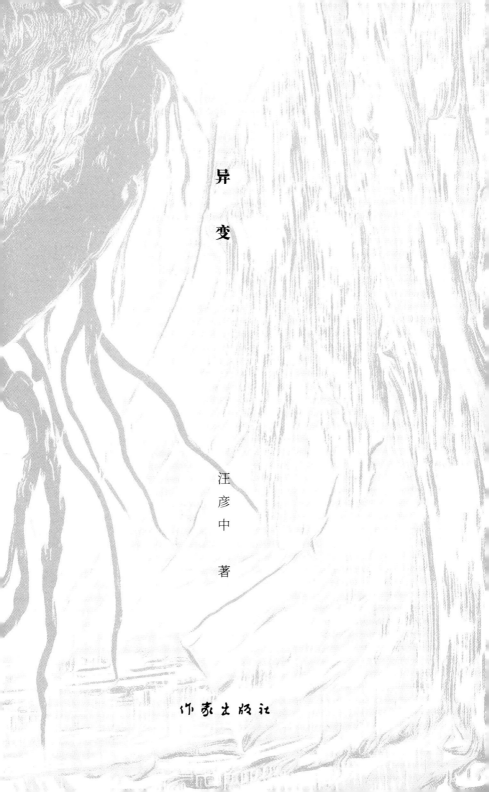

# 异变

汪彦中 著

作家出版社

**汪彦中**

南京市作家协会会员，江苏省科普作家协会科幻专委会副秘书长，豆瓣阅读专栏作家。2010 年开始创作小说，作品获中国科幻银河奖、第三届晨星科幻文学奖。小说作品见于《科幻世界》、《科幻 Cube》、《萌芽》、《特区文学》、豆瓣阅读等杂志及网站。2018 年出版科幻短篇小说集《二次遗书》。

# 科幻怎么写下去

杨庆祥

2018年，国产科幻电影《流浪地球》以其高质量的制作获得了良好的口碑和让资本惊喜的利润，以至于有舆论认为这意味着中国科幻时代的来临。但接下来2019年8月上映的《上海堡垒》却以其粗制滥造而让观众大跌眼镜，以至于网上流传着一句酷评："《流浪地球》为中国科幻电影打开了一扇大门，《上海堡垒》又把这扇门关上了。"因为《三体》获奖以及众多科幻作家的努力而开创的"科幻黄金年代"似乎正在呈现它的另外一面，固然国家意识形态的肯定和资本的逐利流入为科幻的发展注入了强大的外力支持，但实际上有思考能力的科幻从业者——以科幻作家为主体——都明白，支撑"科幻黄金时代"的核心动力不是那些外部因素，而是扎扎实实的作品，也就是说，如果没有推陈出新的优秀作品，如果不能在既有的题材、主题、构想上展现出新的质素，科幻也就很难继续进步。这应该不是我一个人的观感，而是一种普遍感受。我在很多次活动上听到青年科幻作家言必刘慈欣，言必《三体》，然后我就很好奇地问为什么。因为在所谓的严肃文学圈，并没有青年作家言必谈莫言、余华这样一些经典作家的情况。青年科幻作家的回答是，在科幻文学界，刘慈欣及其《三体》已经不是简单的经典化的存在，而是不可超越的高峰。在深圳参加的一次科幻会议上，青年作家私下和我交流时提到了一个观点：与严肃文学写作不同，科幻文学对于题材甚至是创意的依赖是非常严重的，往往某一个题材或者"点子"被用过一次，就不可重复使用了。在这种情况下，寻找新的题材和"点子"就变得非常困难。重复性的写作几乎没有意义，一些青年作家普遍表现出了一种难以为继的困惑和焦虑。在这种情况下，提出"科幻怎么写下去"这样的问题，就要求科幻从业者抛弃不切实际的被资本蛊惑起来的欲望，回到创造的原点，真正思考个体、技术、语言和时代之间的复杂关系，创作出足够人性化和世界化的优秀作品，推动中国科幻写作良好生态的可持续性发展。

由我主编的第一辑"青科幻"丛书在2018年4月出版发行后，业界与市场均反应良好。第二辑"青科幻"丛书收入六位青年科幻作家：阿缺、刘洋、汪彦中、王侃瑜、双翅目、彭思萌的作品。他们在写作的题材、处理的主题、叙述的风格上呈现了一种多样性，这种多样性甚至是互相矛盾的：对技术的信任和不信任；对人和机器关系的确定与不确定；对物质和元素的可知与不可知；对文明世界的渴望和厌弃。他们试图通过不同的方式来破壁，借鉴现实主义的、古典的、现代派的各种手法来激活科幻写作的多种潜能。毫无疑问，任何一种探索和实验都值得期待。对我来说，科幻怎么写下去的答案不存在于作家、批评家和资本方的规划中，而存在于这一部部具体鲜活的作品中。

最后，我要特别感谢作家出版社的李宏伟和秦悦两位老师，因为他们卓有成效的工作，这套丛书才得以顺利面世。

2020年3月10日改定于北京

# 目　录

# 访　客

## 1

曾几何时，柯乐是国际最权威的天文学家之一，可一夜之间他却成了大骗子。"民科"这种词汇用在他身上，甚至可以说是口下留情了——如今，全世界人民都认为，此人是个精神病患者、智障、诈骗犯、邪教头目。

讽刺的是，在成为全世界唾弃的对象之后，柯乐的知名度竟比过去更高了。想要采访他的组织多如牛毛，而我所在的新闻社也是其中之一。

想要访问柯乐本人可不容易。

记者圈中有传言，说柯乐掌握的情报非常敏感，国家派了一大堆便衣警察日夜守在他家门口，别说行人，就连过马路的猫和狗都会遭到秘密监视和扫描；想派出暗访用的微型无人机接近他也不可能，因为便衣警察在他家周围布置了安保防御力场……言之凿凿，极其生动。不过在我看来，这些明显都是胡编。

但是，即便排除谣言和阴谋论的因素，像我这样的记者也确实很难接触到柯乐本人。他家的网络接口、电话线、激光电视信号线等一切对外联系方式，全都被他自己切断了。已经有无数人向他发送过网络邮件，但从未见他接受过哪怕一次采访。

也有人曾围追堵截过他的家人，可惜效果不佳。自从两年前柯乐执行完任务回来并发表他那番惊世骇俗的"高论"后，他就逐渐变得众叛亲离。几乎所有的亲人都离开了他，如今只剩老母亲还陪他待在家里。

老大妈年事已高，对科学一窍不通，并且爱子心切。她雇了一大帮用人守在家里，不允许任何人对自己的家庭进行骚扰。亲属采访这条线也断了。

我有几位同事也曾摩拳擦掌，准备来硬的，策划直接闯入柯乐家里将他绑走。我劝他们最好慎重。

"人家年轻时候可是空军出身，早年在火星轨道当过飞行员，否则凭什么能成为'骑士计划'的宇航员？就你们几个的体格……"

同事们想了想，觉得有理，也就放弃了。

随着时间的推移，柯乐行事日渐变得低调，他那套奇谈怪论逐渐被大众和媒体彻底遗忘了。在"骑士计划"结束两年后的今天，已经没多少人关心这个罹患精神病的前天文学家、宇航员、太空探险家的近况。新闻社对他的专访企划被束之高阁久矣，几乎快到了告吹的边缘。

但就在这年年初，我通过某个秘密渠道得到消息：柯乐正在招募信徒，似乎在策划什么重大事件。消息来源十分可信。

机不可失。必须抓住这次机会。我必须伪装成他那套歪理邪说的信徒，并设法接近他。

新闻社的上级领导们是绝无可能批准这次"采访"的。在没有通知任何人的情况下，我悄悄地展开了行动。

# 2

谈到柯乐的那套"理论",首先必须要将视线转回到两年前,也就是"骑士计划"执行的那年——公元2061年。

2061年是天文学的大年,也是全球天文学家的盛大节日,因为哈雷彗星将在这一年抵达近地点,再度造访地球。理所当然地,许多国家都争相展开了针对哈雷彗星的探测计划,我们国家也不例外。

不过与别的国家不同,我国开展的"骑士计划",可以让人类距离这位"老朋友"更近。

"骑士计划"的核心要点是:将"人"送上彗星。

当然了,这里指的并不是真人。

即便是在科学昌明的今天,宇航员依然是高危职业,把人送上彗星不仅风险巨大,且成本也太高,因为人体实在是太重了。而如果与别国一样,仅仅只送一个遥控无人探测器前往探测,那又显得有些"不过瘾"——面对复杂险恶的彗星表面状况,无人探测器在灵活性方面存在不足,人工智能处理器也有故障的风险。何况这种探测方式着实缺乏新意,在新一轮航天竞赛日趋激烈的今天,它缺乏足够的政治象征意义。

当时已是火星轨道站总负责人的柯乐,在"地—火"两地电视电话会议上,提出了一个令全世界为之瞩目的方案:"找一名志愿者,将其大脑移植进入电子脑内,把系统总质量不到三公斤的电子脑作为彗星登陆器的控制核心。利用纳米碳材料制造登陆器的主体结构,包括四肢和移动轮等设备,并且在纳米碳表面布设人造神经,经人工神经中枢导入'电子脑'内部。这样,登陆器就成为以电子脑为意识核心的机器人。而由于电子脑的意识移植自人类大脑,因此登陆器本身就相当于一个活人。"

柯乐设想,利用这种办法既能大大减少探测器质量,又能变相起到"人类首次登陆彗星"的宣传效果。

将人类大脑移入"电子缸中脑"的实验在当时已经获得成功，而我国设在火星轨道站内的车间也已能够小批量生产碳管、碳布、型材等材料。在火星轨道制造并发射探测器，其成本比在地球上制造发射探测器要低得多，并且许多设备组件和系统都是现成的，可以节省大量的时间成本，从而令我国的探测计划抢在众多国家之前成功。

唯一一个要命的问题在于：究竟移植谁的意识比较好？

柯乐头一个就提出要移植自己的头脑，但上层表示强烈反对。他的头脑太重要了，而大脑电子化移植的失败概率约有百分之十五，且"骑士计划"的探测飞船在发射、飞行、着陆、探测、返回、回收等诸多环节上都存在各自的失败概率。没人愿意把全人类顶级科学家的大脑当作赌注，因为没人能负得起失败的责任。

找别人也不行。不能使用科学家、政治家、军人的头脑，因为这将面临与柯乐同样的问题。倒是有大量的平民老百姓自告奋勇，愿意冒险出这个风头，可是他们的素养都太差，送他们的脑子上彗星根本毫无意义。还有人提出，模仿老派科幻小说的情节，送诸如绝症病人、死刑囚犯之类人士的大脑上去，但上层不愿批准。这毕竟显得有些不太人道，在大众传媒面前，没有人愿意去做这个坏人。

伟大的计划眼看就将搁浅，而发射探测器的窗口时间已经是迫在眉睫。

在最后关头，"骑士计划"终获批准，大脑被整体移植的"宇航员"还是选了柯乐本人担任。官方声明表示这是有关机构的权威决策结果，但也有传言称，其实是柯乐自作主张，找来一些支持者擅自将自己的大脑做了移植，先斩后奏，逼迫有关机构不得不将他的大脑射向哈雷彗星。

"骑士计划"的发射过程非常顺利。可惜，在即将登陆彗星表面的时候，出现了一起事故。

而自此以后，柯乐本人也彻底变了副模样，成为如今大众舆论眼中的疯子和"神棍"。

人们普遍认为，在他接近哈雷彗星的过程中，一定遭遇了某种不可想象的奇特情况，才使得他变成现在这副样子。

柯乐在接近彗星的时候究竟遇到了什么事？他自己从未回答过这个问题。坊间有无数猜测，官方也有貌似颇具说服力的解释；但我深知，只有从他本人口中听到的答案才是最有分量的，也是最具价值的新闻素材。

通过重重管道以及长时间的卧底潜伏，最终，我成功地骗取到了柯乐信徒的信任。某一天，他们向我传来指示，要求我立刻前往柯乐家，接受他本人的接见。

"接见"？倒不如用"传道"或者"洗脑"之类的词更合适吧，我心中暗想。

但是，这也是从他口中撬出亲口供词的珍贵机会。我于是依照指令，秘密前往柯乐的家……


## 3


尽管柯乐在学术界早已声名狼藉，但他毕竟是世界级名人，过去也曾获得过无数殊荣，因此生活水准仍旧很高。每逢周一和周五，都会有一辆综合生活服务公司的无人专车开进柯乐家的别墅，负责给这位隐居的"世外高人"及其家人送进食品、运出垃圾、更换送洗的衣服和被单等物。那是一家老字号服务企业，在世界范围享有声誉，每辆无人服务专车都有严密的安保手段，行驶途中连一片纸屑都不会洒出车外，外界想要通过它们来获取关于柯乐的情报是不可能的。

除非有人能够打入这家企业的内部。

而我做到了。

该服务企业内部，有一帮员工已经成为柯乐理论的信徒。依靠他们的帮助，我终于得以秘密潜入柯乐的住处。

进入柯乐家中的方法，是借助那些无人服务车。有一名资深信徒陪我一起潜入柯乐的别墅，他的任务是指引并监控我的一举一动。我们二人藏身于一堆被单中，靠便携式供氧器维持呼吸，经过近一个钟头的漫长车程，最后抵达目的地——柯乐家别墅的地下停车场。

别墅内所有的用人全都已是柯乐的信仰者。他们引导车内的载货机器人，将巨大的储藏箱运进别墅的仓库里，而我们两人就躲藏在这些储藏箱里。无人服务车离开后，用人们对我们进行彻底搜身，并询问了一些基本问题，然后将我带进别墅地下二层的一间会客室里。

柯乐本人很快就出现了。他的枯瘦和憔悴令我深感惊讶。

"年轻人，你来了。"这位老人坐在我身边的椅子上，并邀请我也坐下来。

有用人给我端来一杯水。考虑到里面有可能被放入了一些乱七八糟的东西，我一口也没喝。

传奇人物就在眼前，我必须依靠自己的理智，设法从这位世界级名人口中获取第一手信息，哪怕再荒谬，再疯狂，我也要冷静应对。我已被彻底搜过身，身上没有纸笔或录音录像设备。我只能把自己的眼睛和耳朵当作采访机器。

这倒让我觉得自己有些像当年执行探测任务的柯乐本人一样——"只准带脑子"。

我对柯乐说道："很荣幸有机会与您见面。"

柯乐脸上并未显示出任何情绪。

"他们对我说，你相信我所说的一切。"

"不。"我回答他，"我相信的是您返航回来后所说的一切。"

柯乐依然面无表情。

"年轻人，你相信我是你们的主人吗？"他问道。

这是一个狡猾的问题，正确答案事先并没有任何人告诉过我。许多人都会做出错误的回答。对柯乐那套"理论"的认识程度，决定了我是否能够通过这道考验。

我回答他："不，我不相信。您不是我们的主人。"

陪伴我的那位资深信徒脸色一变。

"——您跟我们一样，是主人的仆人；但您是主人的第一位仆人，也是主人的信使。"

在外人看来，我说的这段话听上去一定又滑稽又恶心；但是，资深信徒却面露赞许的神色，不断点头。

柯乐本人也轻轻冲我点了一下头。

看来我的回答是正确的。

"那么，年轻人，请你告诉我，你究竟是因为什么而选择相信我的？"

又是一个麻烦的质问。答案既不能不够虔诚，也不能太过于虔诚。他大概是希望通过这个问题来筛除迷信者、妄想症患者、邪教分子、精神病人、反社会分子等之类的人。

我了解柯乐这种人，虽然现在人人都说他是个邪教头目和老神棍，但在内心深处，他始终认为自己是个客观理性的科学家。

科学家不需要妄信者成为自己的信徒。他们需要的是真正理解他们观点的人。他们要的是志同道合者。我长期以来的准备工作，现在终于到了发挥作用的时刻。

我说出了柯乐所期待的答案。

"我相信您，是因为我同您一样，相信哈雷彗星是一个'人'造物体。"

# 4

哈雷彗星不是自然形成的天体，而是由外星智慧生命建造出来的——这便是柯乐那套理论的核心理念。

著名科学家、天文学泰斗为何会坚信这种理论？无数人做过无数种猜测和解读，真相一直不为人知。但包括我在内的许多人都认为，柯乐当年在"骑士计划"中遭遇的事故，极有可能与之相关。

2061年下半年的某一天，搭载着柯乐大脑思维的"骑士计划"探测飞船，经过一系列变轨飞行后接近了哈雷彗星。由于哈雷彗星自身的引力不足以捕获探测器，并且彗星自身一直在不断朝外喷发水汽等物质，因而飞船的探测器如何安全顺利地在彗星表面登陆，成为"骑士计划"中最大的一道难关。

与公开宣传的说辞不同，其实登陆彗星失败的概率相当高。早在"骑士计划"正式提出前，世界各国已经向哈雷彗星发射了二十多个远程无人探测器，可它们全都未能完成任务：在接近哈雷彗星时，它们要么失控，要么失联，要么干脆一头撞上了彗星表面。国外有专家提出，在哈雷彗星身上存在某种尚未为人所知的特殊天文现象，使得所有探测器在接近它时都会发生致命故障。

这就使得"骑士计划"的危险系数非常之高。探测器只有一台，并无备份，且里面还装有可能是我国最有价值的一颗"脑子"。

果不其然，在靠近哈雷彗星"地表"约三点五公里距离的时候，"骑士计划"的登陆器与控制总部失去了联系。通信全部中断，实时数据传输消失，备份遥控系统也无法运作。

搭载着柯乐脑子的探测器出事故了。

人们仅能通过监控飞船的光学摄影画面，模糊地看到探测器仍在继续接近彗星，并围绕彗星绕了一个半圈，躲到彗星背面，飞进

　　　　　　　　　　　　　　　　　　　异变

摄影画面看不到的地方去了。

失去遥控指挥其实并不要紧，打从一开始，"骑士计划"的探测器就不是设计用来遥控操纵的。移植有柯乐思维的电子脑，可在探测器内部进行现场操控。虽然与指挥部失联，但只要电子脑功能正常，探测器便可以继续自主行动；只不过这段时间内，它所经历的一切，指挥部都无从得知，只能在它恢复联系之后检查它内部的数据记录。

在失联近五十个小时、几乎所有人都断定探测器已经坠毁的时候，探测器竟然又飞回来了。离开彗星超过三点五公里之后，探测器所有的信号传输全部恢复正常。

然而，总部人员在欢欣鼓舞的同时，却发现探测器的存储器里没有留下任何数据。

探测器被监控飞船捕获后，总部在第一时间对探测器进行了检查，也找不到任何记录数据。

也就是说，在失联的那五十个小时时间里，柯乐在哈雷彗星上所经历的一切，除他自己之外没人能知道。

至于柯乐本人，在探测器返回后，他的意识被以最快的速度移植回自己的身体中。他昏睡了近一周时间，而在醒来后，他对同事所说的第一句话是："哈雷彗星是一艘外星太空飞船。"

同事们对此的第一反应是：这位了不起的伟人在昏睡过程中吸入了过量的氧气，这会儿正在说胡话。

柯乐却异常冷静。他随即改口致歉道："对不起，刚刚那句话不太严谨。确切地说，哈雷彗星是一艘恒星际探测器。"

上层机构听闻此事，立即责令相关部门展开调查。有人怀疑他的大脑是否在移植过程中受到了损伤，但调查表明移植过程是没有问题的。柯乐本人的脑部功能和精神状态也全都正常。

只是，他仍旧不断重复自己的观点："哈雷彗星是外星人造出来的。"

后来，柯乐在许多场合下多次阐述过自己的理论——哈雷彗星是亿万年前由外星文明射向太阳系的一艘探测器。它以极大偏心率轨道围绕太阳飞行，大约每七十六年完成一周绕飞，沿途对太阳系内各处进行观测。它拥有自主飞行能力，能够改变自己的飞行轨迹，避免在探测过程中与太阳系内各类天体发生碰撞。

这样的观点，在21世纪60年代的今天，就连小学生都不屑于置辩。可它竟是从柯乐这样的伟大科学家口中说出。人们自然非常困惑。

许多媒体记者强忍着嘲讽的神情，询问柯乐究竟有何证据可以证明这套理论。柯乐的回答总是大同小异："所谓的'证据'只是伪概念。迄今为止，所有关于彗星起源的理论同样缺乏根据，我们至今未能在柯伊伯带发现任何与彗星诞生有关的证据，并且也不能确定所谓的'奥尔特星云'是否存在，我们甚至到现在都没弄明白哈雷彗星究竟是从哪里来的。可是，人们不也一直坚持哈雷彗星是自然生成的吗？"

一些聪明的媒体人则采用迂回战术，询问柯乐："'骑士计划'探测器失联期间，您究竟在哈雷彗星上看到了什么？"

对此，柯乐的回答千篇一律："抱歉，我不能说。何况说了你们也不会信。"

从那时起，在学术界看来，柯乐已经变成了一个彻头彻尾的疯子，或者别有用心的骗子。

而现在，这个疯子和骗子正端坐在我面前的沙发上，仔细盯住我看。伪装成虔诚的"彗星探测器理论"信徒的我，则压抑着自己的情绪，尽量不显露出自己的想法。

但是他还是敏锐地觉察出了我的异常之处。

"年轻人，你和我以前所有的信徒都不一样。我相信你已经明白了那些反对者的荒谬之处，但是我也能看出，你想从我这里知道更多。你想知道的是，在那五十个钟头里，装载着我的大脑的探测器在彗星表面究竟看到了什么，外星文明的遗迹究竟是什么样子，对不对？"

思维短暂停顿一秒钟，我猛然意识到，这又是一个陷阱！

他依然在考验我！这时候如果我回答"是"，或者点一下头，我就输了，就会当场被他赶出去！

我摇头回应他："那些并不重要。"

一直站在我身旁的资深信徒，又一次露出微笑。这说明我又一次答对了。

柯乐闭上眼睛。他说："没错。那些并不重要。人类数百年来对彗星的观测结果确实是可信的。哈雷彗星本身并不是由什么玄妙的东西构成，它的主要成分是冰和水汽，以及极少量的金属离子和有机化合物。

"但有这些已经足够了。你很清楚我对探测器失联现象所作出的解释，对吧，年轻人？"

"是的。"我回答道，"您的理论已经阐释过，哈雷彗星是一个自律型恒星际探测器，为了抵御其他星际文明对它进行干扰破坏，它的建造者们改造了它身上的水分子。在遭遇异物接近时，哈雷彗星彗核内的水分子将自主活动起来，在异物表面特定位置凝结成水和冰，以此作为防御手段。人类的探测器接近哈雷彗星后，它们的通信系统全都被水和冰破坏了，因此才出现了所谓的失联现象。至于那些金属离子和有机化合物，全都是外星文明在建造彗星的过程中不慎遗留下的无用物质，如同人类过去在火星探测器上遗留下的地球灰尘和有机物碎屑一样。"

"年轻人，在你看来，哈雷彗星究竟是一种机器，还是一种生命？"

我回答他："都不是。哈雷彗星是由无生命的冰和水构成的探测器，但其体内的水分子被注入了生命意识，可以像生命一样自主运动。"

柯乐的理论是一套复杂完整的自洽体系，我事先对其做过专门的研究，所以现在我能很轻松地背诵出这些知识点。说起来，这套理论尽管荒谬不经，但毕竟出自资深科学研究者之手，所以颇能自圆其说。估计很多柯乐的信徒就是在通读了这套歪理邪说之后彻底"中毒"的。

这也是柯乐理论最阴险狡猾之处——越是相信科学理性、否认直觉的人，就越容易被柯乐说服。

"你掌握得很透彻，思维方式也已经脱离了幼稚和愚昧的层面。"柯乐对我说道，"但是，你的内心深处依然渴求着真正的证据。你不相信直觉，不相信我只凭空想就能构成这套理论，你认为我一定是在彗星表面见了什么东西才会变成现在这样。年轻人，你想在我这里看到'神迹'，也就是彗星建造者们存在的直接证据。"

我沉默不语。

没错，这正是我历经艰难险阻，潜入到这里来的主要原因。但是这位"信仰领袖"真的会轻易向我展示吗？毕竟我只是一个新人。我没有和其他资深前辈一样，抛弃自己的家庭、职业、社会地位，长期投身于宣扬他的"理论"的事业中去。

今天在这幢别墅里，我对他的了解究竟能够到达多深的程度呢？

然而，柯乐随即说出了令我以及在场的资深信徒都大吃一惊的话。

"既然如此，那么好吧。我可以让你看到'证据'。"

之后他迅速站起来，转身走出房间。


## 5


同样面对兴奋的心情，我尚能够抑制住自己的表情，装出一脸严肃的模样，而那个带我进来的资深信徒，此时却已陷入狂喜之中。他双手合十，眼睛紧闭，满脸喜悦。我发现他已经哭了出来。

这也难怪。据我所知，迄今为止，绝大部分柯乐理论的信徒都未曾有机会目睹外星人存在的证据。为了能够亲眼见到自己"主人"存在的证明，相信他们宁可付出生命的代价。

我当然也很激动，但同时也非常不安。

这位"教祖"将向我展示怎样的"神迹"呢？

水变美酒？瘫子痊愈？瞎子复明？或者说，干脆从里屋走出一个长相超乎我想象范围之外的外星人，在柯乐的翻译下与我相谈甚欢、宾主频频举杯？

而当所谓"神迹"真正出现之后，我又该怎么办？是将其视作骗局或陷阱，公然跳出来批判一番，还是继续接受下去？——我会不会就这么被一步一步洗脑，最终成为一个真正的伪科学信徒？

等待柯乐重返房间的那几分钟，我脑中思绪万千，无数想法起伏翻滚，感觉自己仿佛在沙发上坐了整整一年之久。

年迈的科学家终于重新走进来。

他手里捧着一个透明的玻璃瓶。

他走到我面前，将玻璃瓶放在纯木茶几上。

资深信徒和我都再也按捺不住好奇心，一起走过去，定睛观看——

那是一个非常普通的酒瓶，原本是装伏特加酒用的，瓶身上的蓝色英文商标都没有撕下。里面装着的是大半瓶子透明液体。酒瓶没有盖子，瓶口是敞着的。

我弯着腰，盯住瓶子，苦思冥想。

怎么看都是普通的水。也可能是酒精、汽油，或者什么别的无色液体。

"难不成，这瓶水是从哈雷彗星上收集来的吗？"我产生这样的猜测，但拿不准这个问题是否合适询问。下意识地，我直起身看向柯乐。

柯乐举着一支电子枪，枪口对准了我们两人。

我的心脏几乎当场停跳。

——难道我的身份已经被他发现了？

"对不起二位，请稍微后退一点。"柯乐对我们说道，"虽然实际上并不会有危险，但为了谨慎起见，还是希望你们离得远些。"

我暗自呼出一口气，跟随资深信徒一起，走到柯乐身旁的安全位置。

随后，柯乐瞄准那瓶液体，扣动扳机。

我们注意到他食指无法将扳机扣下。枪身上的红色电源灯在不断地快速闪烁。身为记者，我当然见识过这种枪，红色灯光闪烁，表示这把枪出现了硬件故障。

柯乐让我们走近一点，细看这支枪。

凑近看就能发现，这把电子枪的外壳接缝处渗出了一些水珠。看上去，枪身内的电路板因这些水而造成了短路故障。

问题是，这些水是从哪儿来的？

"接下来，我将把枪口接近瓶子，请你们跟随我的脚步继续观察。"

柯乐举着枪不断靠近瓶子。在这过程中，我目睹枪身的水珠越来越多；到后来，细细的水流直接从枪体缝隙里流淌出来，像眼泪一般不停滴落到地板上。

电子枪最后抵近酒瓶表面。枪身的红色小灯停止闪烁，不亮了。外壳上的那些水流在转瞬之间已经结冰，变为一层白霜。大概，枪身内的水结冰后已经把电路板彻底冻坏了吧。

"恐怕这样还不能让你们完全相信。我们可以做得更直接一些——"

话音未落，柯乐抬起举枪的右小臂，做出大力敲击酒瓶的动作。

未等我们反应过来，只听一声短暂的"咔嚓"声，柯乐的敲击动作在半空中停止了。他脸上的表情非常痛苦，大声冲我俩喊道："快！注意观察我的手臂！"

　　　　　　　　　　　　　　　　　　　　　异变

一层白色的冰层在瞬间冻住了他的右肘关节，阻止了他的敲击动作。

我恍然大悟。

如按柯乐那套理论来解释，那么瓶子里的液体分明就是哈雷彗星上的水！是那些从瓶口飘散出来、拥有"智力"的水分子，自主液化和自主凝固，从而再三阻止了柯乐的"破坏行为"。

资深信徒当场跪倒在地，哭泣起来，不断地磕头和喃喃自语。

柯乐忍着疼痛朝后退去，将枪口移到别处后，手臂上的白霜便全然消散了，只在皮肤上留下一片冻伤痕迹。那把电子枪摔落在地板上，电源灯不再亮起，应该已经彻底损坏。

从屋外迅速走进来一大群用人，围在柯乐身边，对他受伤的手臂进行紧急处理。他们的手法极其娴熟，说不定柯乐已经不是头一回演示这些"神迹"了。

但在当时，我心里冒出的只有一个念头：这是一场彻头彻尾的骗局！

绝对是骗局，或者类似魔术之类的把戏。是除我以外的其他人精心合谋的一个局。那些水珠、水流、白霜，方才我亲眼所见，不会是幻觉，只有可能是某种戏法。

——不，也不能排除幻觉的可能性。

我回忆起来，在潜入这里的路上，我用信徒给我的呼吸器一路吸氧来到这里。在呼吸器和氧气瓶里做手脚并不困难。又或者，这间屋子，以及这幢别墅本身也有猫腻。想要在房间里设置机关，悄悄释放出令人产生幻觉的气体，对于柯乐这样的人来说并不困难。

现在，那瓶液体仍放在茶几上。要揭穿这个骗局，我只需要简单地走到瓶子面前，对准它端上一脚，或者把它扔到地上砸个粉碎就可以了。

有本事的话，你就让我的手和脚也都冻起来！

但当时我并没有这么做。

"冷静，还不到时候。"我劝住自己。

我一动不动地站在原处，看着两个用人走到茶几那里，小心地将那个酒瓶放到一个托盘上，端出了房间。

包扎完手臂并休息一阵之后，柯乐缓缓开口，对我们说道："尽管刚刚的场面很吓人，但我想告诉你们的是，瓶子里仅仅只是普通的水。它们确实来自彗星，但本质上说，它们仍然只是普通的水分子。它们不过是哈雷彗星的建造者们用来体现意识的工具而已。请不要认为这手段有什么神秘，我们人类也会使用。"

我微微点头，表示明白。

柯乐这番话的意思是，那些外星人利用彗星上的水作为探测工具，与我们在"骑士计划"里利用无生命的探测器作为工具，从本质上讲是相通的。

"可惜的是，与我们人类的探测手段一样，那些建造者的探测手段也很脆弱。在彗星上，我发现了有关'他们'的悲哀真相，但却无法帮助'他们'。"

柯乐深深地叹了一口气。

而我则暗自振奋起精神来。

最关键、最具价值的内容，马上就要出现了。


# 6


我和资深信徒坐在沙发上，屏气凝神，听着柯乐讲述他对哈雷彗星的发现。

"你们都是研究生学历，经历过基本的科学训练，一定明白热力学定律——用出去的能量是无法收回的。哈雷彗星的建造者们赋予彗核中的水分子以能量，目的不仅在于保护探测器，同时还要利用水分子的运动，造成彗星表面的水汽喷涌，借助反作用力来修正彗

异变

星的飞行姿态和飞行轨道，使其避开宇宙空间中的障碍物，并克服引力干扰，完成它的设计任务：广泛考察太阳系。与此同时，还有一些水分子担负着信息传递的重任，它们将在飞行过程中脱离彗星，朝向宇宙空间飘荡，向建造者所处的位置传递观测数据。而那些数据信息本身，也要依靠水分子自身的排列方式来记录。你们知道这意味着什么吗？"

柯乐面容冷峻地盯着我和另一位信徒。

他接着自己的话说道："这意味着，哈雷彗星终有一日将走向毁灭。

"尽管彗星自身的设计寿命超过亿万年，其彗核内也存有巨量的水冰，但天下没有不散的筵席。总有一天，彗核内的水分子能量将耗尽，水分子本身的储量也将消耗到临界值以下。到了那时，彗核拥有的能量将不足以令它维持轨道，而其过低的总质量也将导致它趋向于解体。至于它的'末日'将在哪天到来，原本答案可以很轻松地得出：根据引力观测和红外观测的结果，以彗星的总质量和它向外喷发的物质总量作为基本参数，原本只需简单运算就能推测得出……"

讲到这里，柯乐突然停下来。

从他脸上流露出极其凶恶的表情，满怀仇恨，使人看了不禁有些胆寒。

"在'骑士计划'展开前，我和我的团队本已算出，再过大约九十八年，哈雷彗星的总质量就将流失到临界值以下，随时可能会解体；也就是说，哈雷彗星下一次造访地球之后，它就将彻底毁灭。但是从去年开始，我发现自己的测算出了错误。确切地说，是考虑有所疏忽。我们只计算了常态数据，却忽视了变数——也就是人类活动对哈雷彗星的影响。

"哈雷彗星将因为人类的活动而加速毁灭！

"情况已经非常严重。我无法容许自己继续沉默下去。"

越说越激动的柯乐有些口干舌燥。他命用人给自己倒来一杯清水，同时也给我和另一位信徒各倒了一杯。

目睹之前的情景，我对水突然产生出一种莫名的恐惧，便一口没喝。

何况此刻我的注意力，已经完全被柯乐的言论所吸引。

方才，柯乐在我面前讲述的有关哈雷彗星将要走向毁灭的理论，无疑是我此次潜入采访的最大收获，因为在此之前，他从未在公开场合发表过这种言论；他随后提到的所谓"七十多年后哈雷彗星将是最后一次造访地球"的说法，也是崭新的观点。

今天这次采访真是收获满满！实在是太值了！

在我暗自得意的同时，柯乐继续在阐述着他那些惊世骇俗的"理论"："人类对哈雷彗星的探测，极大地影响了它的性能和寿命。多年来，世界各国不断向它发射大量的探测器，而到了两年前，探测活动达到高峰。你们知道在'骑士计划'执行的那年，人类一共向哈雷彗星发射了多少个探测器吗？"

资深信徒抢答道："一共三百八十二个。"

柯乐沉重地点点头。

"没错！当年就有三百八十二个探测器。国家级航天机构，国际间宇航合作组织，民间航天企业，还有月球基地和火星基地的小型飞船……这么多的探测器争着抢着飞过去接近哈雷彗星，绕着它旋转，在它身边抛洒太空垃圾，甚至试图在它表面着陆，其目的仅仅只是为了发射者自己的尊严和面子。想象一下，光为了应付它们，哈雷彗星就得消耗多少的水分子和能量？

"况且，这还不是最严重的。"

他抬高了音量。

"两年前，我操控登陆器抵达哈雷彗星时，发现彗星上并不是只有冰和水汽，还有大量的探测器坠毁在它表面。——注意听好，其中不仅有人类发射的探测器，更有许多别的文明所发射的探测器残

异变

骸！数量大到惊人的、用语言无法形容出形状的无数'人'造物体，堆积在哈雷彗星表面，积累了厚厚一层！它们的总数我无从得知，也许几千个，也许上万个，也许更多。"

我和资深信徒听到这里时已是瞠目结舌。

"那时我才意识到，情况比我想象的要更糟。那些探测器不但耗去彗星大量的水分子和能量，它们坠落在彗星表面后，其质量对彗星本身的运行也产生了巨大的干扰。哈雷彗星即将死去，它已经回天乏术了。"

讲到这里，柯乐动情起来。但是我心中却升起一个巨大的疑问。疑惑的神情从我脸上泄露出来，当即被柯乐敏锐地捕捉到了。

他看着我，说道："年轻人，我知道你在疑惑什么。既然哈雷彗星可以令所有靠近的外来物体坠毁，为何我所在的'骑士计划'登陆器能完好地返回？你是要问这个问题吗？"

我不由得点头。

"你的这个问题非常好。我们已经接近最后的关键点了。"

柯乐仰头看着天花板，平缓地说："那时，哈雷彗星救了我的命。"


# 7


"哈雷彗星放过了我。从一开始它就知道，我所在的那个探测器与别的探测器不同。它'检测'到探测器的电子脑中存在我的思维。它想要与我交流，因此它没有毁灭我。"

柯乐看看我俩，嘴角稍稍倾斜："我知道这种说法听上去非常荒谬，几乎不像是一个科学工作者所能说出的话。但这就是事实。如果非要问我根据，我的回答是：我活了下来，这就是根据。

"在彗星表面，我目睹了'神迹'：那些白色的水汽和霜层在探测器表面瞬间出现又瞬间消失；在经过短暂的机械系统失效后，探测器重新又能活动了；探测器内部的探测装置、分析装置、数据记录装置，被水分子构成的冰霜从逻辑电路、储存颗粒、硬盘轨道、磁带磁道等部位下手，有选择地毁灭了记录信息，但是，维持飞行的系统完全没有遭到破坏。

"哈雷彗星知道我是有意识的个体，同时我也马上明白，哈雷彗星也是一个有意识的个体。这是跨越无数光年的缘分——就好像我将自己的思维移植到探测器里一样，那些外星建造者，他们也将自己的思维移植到了哈雷彗星里。我们彼此都是一样的。

"而最关键的是，'他们'这些建造者，想要借由我，去和人类展开接触！

"我目睹，那些水分子在探测器的液态样本取样容器中出现，越来越多，积累出了满满一瓶水。'他们'想借我的手，将这些水分子带回地球。'他们'想更多地了解人类！

"可是，人类为了自身的虚荣，却正在间接毁灭'他们'的探测手段。所以在返回地球之后，我便开始考虑，如何重新架起这两个文明之间的沟通桥梁……"

听到这里时，我基本上已经弄清了自己所需要的真相。

——追根溯源，柯乐在哈雷彗星表面看到了所谓的"地外文明探测器"和"异常活动的水分子"，并以此为出发点，构建出此后他的那些理论。

然而，没有任何证据能证明他所说的是真的。探测数据已经全部缺失，一切仅凭他的一己之言而已。

——柯乐完全有能力造假。凭借其在学术界的地位和威信，组织一伙人暗中销毁破坏登陆器数据并不困难；那些"外星人探测器残骸"完全是死无对证的弥天大谎，所谓的"能够自主活动的水分子"也是一样。至于刚才他在我面前表演的那一套"神迹"，我想大概有很多手段能完成这样的戏法。凭借这些伎俩，柯乐虽然丢弃了自己在学术界的地位，却获得了一群虔诚信徒的盲目崇拜。

科学家若是搞起邪教来，其能量将是无比惊人的。

我对自己此行的收获极其满意。

现在，只剩下最后一个"猎物"了——对于一篇优秀的新闻稿来说，"未来展望"的段落不可或缺。

柯乐今后打算做些什么？

他口中的"架起桥梁"是什么意思？

回过神来时，我看到柯乐已经朝我们走过来了。他站在我和资深信徒面前，对我们发出一种难以言喻的微笑。

"二位，我可以带你们去见'他们'。"

可能是出于恐惧的本能，心脏突然"咕咚"一下猛烈蹿动。我脱口而出："'他们'？谁？"

真可笑，这个问题的答案，我自己明明就很清楚。

"当然是'主人'了。哈雷彗星的建造者们。"

我开始浑身颤抖起来。

坐在我身边的那位资深信徒，此时已经因疯狂的喜悦而丧失了理智。他泪流满面地匍匐跪拜在柯乐脚前，磕头如同捣蒜，嘴里反复哭喊着千恩万谢的言语。

我自己的头脑也已经有些乱了。

柯乐居然提出要带我们去见那些外星人？怎么见？按照他的理论，哈雷彗星即将毁灭，就算把我们发射上去也无济于事啊。

还是说，他有别的方法？

好奇心和恐惧感不断互相撕扯，令我感到胸中阵阵疼痛。

转瞬之间，这间屋子的几面墙体翻转起来，露出墙后的暗门。一群用人走出来，将两台高级电子医疗床推到房间中央。

这床我太熟悉了。在两年前的"骑士计划"中，柯乐就是躺在这种床上移植大脑思维的。

……难道说，他想把我们的大脑移植出来，发射到哈雷彗星上去？

"想必你们都很熟悉这套设备了吧。"柯乐讲解道，"没错，'骑士计划'里我们就是用这套设备将大脑移植进入电子脑中的。但今天我们不会这么做。电子脑太复杂，太容易损坏，而且也太重了，将它射上彗星毫无意义。我将把你们两人的大脑思维移植到别的地方。"

他挥手叫来两个用人。我注意到那两个用人手里都捧着一小杯水。他们把水杯放入电子医疗床下方一个黑色的金属盒中。

"现在应该能想到了吧，年轻人。"柯乐走到已经浑身僵硬了的我的面前，柔声说。

"你要把我的大脑……移植进……水里？"

"确切地说，是将你的大脑思维转换进'他们'的水分子中。"

"这怎么可能……"

"之前我已经提到过，哈雷彗星在亿万年的工作时间里，是通过朝外散布特定结构水分子的方式传递数据信息的。现在，我们已经有了能将大脑思维转换成数据的方法，只要稍微改变一下'电子缸中脑'的容器，将手术器械与'他们'的数据传播方式相结合，不再需要那些繁琐无聊的火箭发射、飞船航行等方式，只需要把这两杯水里的水分子发射到哈雷彗星上，再利用哈雷彗星自身的能力，就可以将你们——人类的代表——的大脑传回那些建造者所在的地方，实现'他们'对人类的探索目标。

"你们二人将作为全人类的代表，造访'他们'的家园……年轻人，你在害怕吗？"

柯乐凝神注视我。

此时我脸上的表情一定极其扭曲。

这人完全就是个疯子！

"别害怕。其实我全明白：你并不是我的信徒。你并不相信我。我从一开始就知道。"

"不……"

"没关系。我知道你不相信我，但这不要紧。你很聪明，很善于观察和思考。这就够了。我认为你的素质足以担任人类的代表一职。"

第一时间我所能想到的，只有抽身逃跑。可不知为何，此刻的我浑身僵死，各个关节就好像被冻住一般，完全无法动弹。

是水吗？是那些水分子在阻止我逃跑吗？

我竭力想要确认这一点。然而，脖子也已经无法转动了。我无法确认自己的身体上是否有那些恐怖的冰霜。

眼角余光之中，有个用人朝我走来，抬手冲我喷出一股冰凉的水雾。在那之后，我便陷入昏迷，丧失了一切意识。

8

再度醒来时，我正平躺在医疗床上。

经过仔细观察，我发现自己身处医院病房，而并非柯乐的别墅内。

在我醒来的同时，旁边有几个人走过来，其中有我的同事，还有些不认识的男人，看模样像是警察。

也就是说，我得救了。

我被警察从那个邪教头子手里救出来了！

兴奋之情令我浑身有了力量。我直接从床上坐起来。同事劝我不要激动，但他自己却更加激动地冲出去喊医生去了。而那几个警察也聚到我身边，有人掏出了记录器，大概是准备采集笔录。

"柯乐呢？你们逮捕他了没有？"这是我醒来后所说的第一句话。

"没有。"

"为什么？"

"因为他已经死了。"

警察的回答让我有些不安。

我又问他们，如何知道我在柯乐家并闯进去救出我的。

警察的回答越发让我莫名其妙："其实，是你的同事向我们报案，说长期与你失去联系，之后我们才发现你的下落的。"

同事报案？我可不记得同事跟我有这么深的交情。才半天见不到我，他们就报案了？

面对我的困惑，警察面露难色，几番犹豫后才告诉我："其实，你在柯乐家昏迷的时间比你想象中的要长……你在他家沉睡了将近半年。"

既然话已说开，警察也就不再遮掩，不管我能否接受，干脆把所有情况全部向我挑明：警方闯入柯乐家时，我和另一位信徒躺在医疗床上，医疗数据显示我俩已经沉睡了将近半年；我们二人的大脑思维已经被移植入医疗床上加装的移植脑存储器，并被设定为休眠状态，随时可以转移；一群用人日夜不间断地照看我们和机器，警察当即将他们一网打尽；柯乐本人被发现死在自己的床上，死亡时间是大约一个月前，尸体正被他的信徒们冷冻保管……

"你们的运气还算好。我们后来发现，柯乐的手下已经拟定了一套发射日程表，原准备在下个月将你们的脑子发射到哈雷彗星上去，以实现他所谓的'沟通计划'。"

说这话时，警察居然还颇有些得意的神情，令我心中不禁来火。

我随即回忆起那天在柯乐家中自己的经历，便询问警察，有没有发现什么可疑的液体。警察对此一问三不知。他们表示，唯一能告诉我的是，警方在别墅内各处找到了很多危害极大的致幻药物，效力很强，其来源与柯乐在科学界的那些信仰者有关，目前警方仍在集中精力搜捕这些柯乐的忠实信徒。

"致幻药物……"我重新躺下来，看着天花板，喃喃自语。

柯乐给我们偷偷用了这些药物，并且他自己就是这类药物的严重成瘾患者，这是警方目前的意见。

更具有讽刺意味的是，柯乐极力诱骗自己的信徒去移植思维，

异 变

"移民外星"，可他自己却并不打算移植自己的脑子；而许多渴望前去参拜"建造者们"的那些忠实信徒，为了谋求被移植的机会，已向柯乐捐献了大笔巨款。

看来，这就是所谓"神迹"的真面目了吧。

一位对宇宙无比热爱、对信仰无比忠贞、对人类无比痛恨的伟大的科学家，到头来不过是个用迷幻药物骗取信徒钱财的下三烂邪教头子？这样的内容倘若出现在新闻稿里，想必读者们会非常喜闻乐见。但我总怀疑，这样的真相是不是有些过于简单了？

一个月后，在住院期即将结束的时候，我完成了新闻稿的初稿。在稿子的结尾，我特意为柯乐加了几句话："……无论后人如何评价他，有一件事不可否认：他是一个极度浪漫的人。他不愿意相信哈雷彗星仅仅只是一颗'肮脏的大雪球'。幻想拯救了他，同时也毁灭了他。或许此时此刻，他思维的一部分，真的跟随他口中的那些'水分子'一起离开了地球，飘向了他的'主人'那里？没人能知道。毕竟，幻想是无罪的。"

可惜的是，这段话后来被总编删个精光，理由是涉嫌宣扬迷信思想。


## 9


交稿之后大约过了一个礼拜，我又一次被警察喊去协助调查。

警方发现，柯乐在火星轨道实验室里残留的手下，利用其他信徒的捐赠款，私自朝哈雷彗星发射了一艘小型无人探测飞船。

经调查，信徒们在飞船里安放的载荷，是一瓶水。

警方当然不会相信柯乐那套荒唐理论；但是，他们强烈怀疑这帮信众仍在私下聚集活动，并希望能将他们一网打尽。此外，警方担心还有一种可能性——柯乐是否已经通过移植大脑意识的方式，逃脱了法律制裁？

于是，我被要求向警方重述那天在柯乐家里自己目睹到的情况。

原本我几乎已经确定，那天的一切见闻和感受都是致幻药物造成的，但在警察局，随着多次的重复口述，我又渐渐开始怀疑起来。

那天的回忆似乎在脑中变得越来越真实。

"难道柯乐是对的？可是，这怎么可能？"

录口供的过程非常消耗体力，到了最后，在我的理智几乎快要支撑不住的时候——

几名警官慌乱地冲进审问室。

"别管这些屁事了，赶紧打开电视，快！！！"

负责询问的警员和我都非常疑惑。

打开投影电视后，画面上出现的是紧急新闻的画面。

听到新闻内容后，我几乎当场晕厥过去。在场警察的脸色也全都煞白起来。

紧急新闻的内容是：因某种尚未查明的原因，哈雷彗星在越过近日点之后，突然改变运行轨道和运行速度，开始瞄向地球飞行。经天文学界权威计算分析，它的运行轨迹将在半个月后与地球交会。

换句话说，半个月之后，哈雷彗星将撞击地球。

竭尽全力让身体站稳的我，脑中思绪疯狂地翻涌着。

看来柯乐是对的。

哈雷彗星的确是一个探测器。

问题是，它为什么要改变轨道撞击地球？它的使命难道不是观察地球和人类吗？

除非……

"除非它已经获得了自己所需要的观测数据。"

我想到一种可能性：柯乐的信徒们发射的那艘搭载有一瓶水的飞船。

那瓶水里很可能装有"他们"需要的、关于人类的信息。

——很可能就是柯乐本人的大脑！

"一定是这样。先斩后奏，自己抢在前面，那个老家伙他已经不是头一回干这种事了。"

我继续往下设想：已经获得人类思维信息的哈雷彗星的"建造者"，考虑到哈雷彗星本身大限将至，于是利用最后仅剩的水分子和能量，借助近日点的太阳引力弹弓效应，修正轨道，对准观测目标——地球，一头撞击过去……

对于天文学界的人来说，这种行为并不陌生。

这叫作"撞击观测"。

过去一百多年间，人类的航天观测器已不知道执行过多少次这种撞击观测行为。

现在，轮到我们自己被观测了。

"哈？不可能……不可能……啊啊啊啊啊！！！"

我的思维被身边一阵令人毛骨悚然的惨叫所打断。

房间里的那些警察齐刷刷地瘫倒在地上，对着电视画面号叫及谩骂着。我回过神来，重新看向投影电视画面。

汇报哈雷彗星消息的紧急新闻，又被一条更新、更加紧急的突发消息所代替："经刚刚传回地面的哈勃三号空间天文台观测数据证实，自半小时前起，已有超过一千六百一十三颗彗星被发现有轨道自行改变的现象出现，且自行改变轨道的彗星数量仍在不断增加中。

"据天文学界权威人士证实，改变轨道的彗星包括诸多已被人类观测过的著名彗星，如百武彗星、池谷—关彗星、海尔—波普彗星、班尼特彗星、洛弗乔伊彗星、麦克诺特彗星、科胡特克彗星等。除此之外，还有大量此前从未被人类所观测到的新彗星，在改变轨道过程中发出明亮的彗发光芒，因而被首次观测到。

"截至发稿时，尚未有专家对此现象做出明确解释。另据本台刚刚收到的最新消息，国际天文学联合会新闻发言人称，目前已经计算出，所有改变轨道的彗星，其飞行轨迹均全部与地球相交会。下面我们将连线前方记者，转播国际天文学联合会紧急新闻发布会的实况……"

伴随新闻节目主持人僵硬的话音一起出现在电视上的，是计算机模拟的一千六百一十三颗彗星的最新运行轨迹图。

一片晕眩之中，我猛地回忆起柯乐曾经说过这样一番话：我们直到现在都没弄明白，彗星究竟是从哪里来的。

柯乐对彗星的看法是正确的，但并不全面。

不仅仅只有哈雷彗星是探测器。

人类有史以来所见过的，以及未曾见过的所有彗星，全都是探测器。

这些探测器的建造者们，在发现哈雷彗星修正轨道、准备对地球进行撞击观测之后，为了自身的尊严和面子，"他们"不约而同地做出了同一个决定——

——你撞，我也撞。

我惨笑一声，蹲坐在审问室的地板上。

电视屏幕上绘着一千六百一十三颗彗星的白色运行曲线。它们的交点汇聚于地球轨道，整个画面乍看上去，犹如一朵横亘整个太阳系的巨型白色花卉，其花蕊就是人类所在的地球。

"那像一朵为地球送葬的鲜花，而花朵的捐献者，此时已经踏上遥远的征程，即将探访那些人类再也无法明白的未知文明。"

在我即将濒临疯狂的意识里，猛地冒出这么一句可以写进新闻稿中的警句来。

# 二次遗书

## 1

敌军撤离约两个小时后，我们听见有枪声从车库电梯入口附近传来。我和梁诗诗都有不好的预感，打开紫外灯朝那里跑去。

洪显正死了。尸体倒在电梯口，血不断从脑后流出。他左手捂住眼睛，右手握枪——澳大利亚警察的制式手枪。那是纵队出发时警察赠送给他的。

作为纵队的总负责人，自参加战斗之日起，洪显正没有开过一次枪。他经常缺乏自信地表示害怕射不中敌人。然而，刚刚是他头一次开枪，击中的却是自己的头颅。

我能够理解他自杀的理由，想必梁也同样能够理解。她帮洪合上眼睛，取下那支枪，把尸体的四肢摆回正常姿势，再找出军用纱布擦干净尸体的手。

"濑尾先生，请您过来帮我一把。之后我有件事情想和您商量。"

收拾完尸体，我们爬上教学楼的天台，把横幅铺好，然后下楼把旅行箱全都搬上来。炸药筒、电源线和触发机关检查完毕后，她斜靠在天台楼梯门口，观察上空的情况。

尚无敌人的飞行器接近这里。行动暂时无法展开。

"濑尾先生，您还有香烟吗?"

我给了她一根，帮她点燃。她大声咳嗽几下。

"这是我头一次抽烟。感觉挺不舒服的。"

看来她已经下定决心了。

直到现在，我也不算完全了解她。这样一个年轻的女性，怎么会有决心做出如此悲壮的举动? 毕竟从传统上考虑，人们多半会觉得: 这种"特攻"，更像是日本人爱干的事情啊。

"濑尾先生，一路上发生的这些事，您都还记得吗?"梁问我。

我点头。

当然记得，怎么可能忘记。说起来只经历了三天，对于远在另一个半球上，正穿着相反季节服装的日本人来说，整个新年连休假期也只有三天。逛逛闹市区，前往温泉景点，或是待在家里看娱乐节目，三天时光一眨眼就过去了。

但是，还有一些人的命运，在这短短三天里被彻底改变。我想，这将是人们通过新闻所无法体会的。


## 2


对于世界上其他地区的人们来说，通过媒体手段与澳大利亚人同呼吸共命运，已经成了很长一段时间以来的习惯，以至于一年多来，大家多少开始感到有些疲惫了。和平协定签署之后，许多人甚至表现出"松了一口气"的感觉。

"其实异星人也希望和平。""毕竟都是智慧生物啊。"类似这样的言论也多了起来。

那段时间，我也曾经这么想过，所以当时并没有跟随大使馆的撤侨行动回到国内。不仅因为紧张的对立气氛似乎已经结束，同时我也有个人的考虑: 一种按捺不住的，想要见证历史的冲动。

此时的澳大利亚，依旧是个被国际社会抛弃的孤儿。对异星人的绥靖政策有利于整个地球的暂时和平，却使他们被迫割让了塔斯马尼亚州、维多利亚州，以及南澳大利亚州和新南威尔士州的一部分；甚至连首都堪培拉也划给了敌人（堪培拉市区恰好处于南纬35度线以南）。昔日的经济中心墨尔本，成为异星人的临时行政中心和军事指挥本部。

"它们已经占据了整个南极大陆，侵略的脚步是不会停止的！"号召抵抗的人们主张说。

但大部分人已经知足了。人们痛感地球武装力量的弱小。光能星人并非科幻名作里所说的那样，拥有使人化为灰烬的射线等超级科技——它们的文明仅比我们先进约两三百年；并且光能射线对人类也几乎无害，仅能使人体陷入短暂的失明和眩晕，以及令电子仪器失效。但是，双方最终能够达成和谈，几乎已经可以说是人类的一个大胜利。

部分人更是支持这种高等文明的降临。他们投奔了异星人，自发参与到墨尔本政府的和平维持工作中。墨尔本当地的治安部队早已建立多时，由地球人担任主要战斗力。人类确实是一群复杂的生物。

冲突再次爆发的一周前，治安部队在堪培拉的主干道上组织了一场检阅仪式。仪式现场出现了抗议示威的队伍，但这样的示威出现过太多次，以至于无法引起足够的警惕，我们所有人都认为这不过又是一场嘉年华——直到阅兵队伍经过凯悦饭店门口，那五十多枚爆炸物被同时引爆的那一刻。

检阅队伍变成了战斗队伍，治安部队执行镇压。武装性的"阅兵"持续了近一周时间。

我曾怀疑，人不可能完全理解他人的感受，但是那天，一名参加抗议的中国女留学生在我面前说："好想再吃一次'煎饼果子'啊。"有人向我解释，那是一种中国特有的风味食品。

她的大腿被步枪子弹打出一个大洞。这是治安部队惯常的战斗手法：异星人的光能武器首先放射出致盲光线，然后再让治安部队去攻击同胞。

中国留学生竭力说出"遗言"后，便陷入休克中。

强烈的感伤和思乡之情，令在场的几乎所有人都无法自持。

我只是一名文学系的研修生，虽然临时学习过急救护理知识，但此时，除了用相机拍下医生们的救治行动，以便日后宣传之外，我什么忙也帮不上。送回学校后，女留学生就这样躺在医药学院教室的地板上，没有再醒过来。很快就会有人给她披上白布，作为一具普通的尸体运走。

感到心情烦闷的我走出医药学院大楼，来到草坪上抽烟。身边奔走不息的人流中，一个中年亚洲男子朝我走来，自称是中国使馆的官员，询问我中国伤员的安置区域在哪里。我领他去看了那名女生的遗体，问他："您知道她的名字吗？"

"还不清楚，学生名单目前仍在统计中。总之，感谢你们的救治。"他指派同行人员将那些遗体带走。

外交人员的使命不单是将遗体带回，同时还要将所有中国留学生全都接回国内。原因之一是，不断有情报指出，借由堪培拉的"叛乱"事端，光能星人极有可能向北突破35度线临时停火线，进一步入侵。这已是众所周知的消息了，新一轮的战争爆发只是时间问题。

另一个原因，则是关于一条遭到各方查禁的小道消息。

"嗨。请问可以帮我们拍一张照片吗？"有人正用不熟练的英语跟我说话。

我回过头，看见两名男子正对我微笑，他们身后还站着一名女性。他们都是年轻人，长着东亚人面孔，貌似是学生，但我从未在校园里见过他们。领头的那人身材高大健硕，另一位长着狐狸般的眼睛，似乎随时都在策划什么计谋。

那名女性将拍立得相机交给我，我替三人摄下合影。领头的健壮男子又问我借火。我递过打火机，试探地问："您不是悉尼大学的学生吧？"

狐狸一般样貌的男子笑着与我握手，像是要打消我的怀疑。

"我们是中国的志愿者，是来协助撤侨的。"他确定那些中国使馆官员已经离开，小心递给我一张名片。那是洪显正——来自新加坡的学生联合会副主席的名片，上面画着一只蝴蝶。

看到这个暗号，我放松下来。健壮的男子拉住我的胳膊："洪主席已经在等你了。我们一起过去吧。"

蝴蝶的暗号表明了他们的身份：抵抗组织成员。我知道洪早已加入抵抗组织，现在他派人来找我，也许是他正在组织力量准备参战吧。据说，澳大利亚现在已经集结了来自世界各地的一万多名志愿抵抗者。

"伤员的数量现在有多少？"一路上，强壮的男人问我。他叫张朗，自称是中国的军校学员。"是否仍有人在堪培拉坚持战斗？"

我回答说，近来伤亡者数量正逐渐减少，但每天仍会有伤员从南方运抵这里。堪培拉一带已经成为一道防线，战斗每天都在发生，并正在朝长期战争的方向发展。

我们走进"格拉菲其的涂鸦走廊"，有几个学生正在墙上喷涂宣传抵抗字样的涂鸦。

长着狐狸眼的黄奇峰问我："濑尾先生，您接触过死伤者，在关节脱落的人里面，您见到过亚洲人吗？"他来自上海，同我一样研究社会科学。

"关节脱落"是异星人某种基因武器造成的症状，目前尚未得知其原理和救治方法。伤者的四肢关节会剧痛，进而肢体断裂、掉落，但不会致死。

我当然明白他话里的含义。果然还是跟那则禁忌的传闻有关。

"据我所知没有。"我照实回答。

那三人露出满意的神情。

走到"安德森·斯图亚特大楼"门口时，我们看到有一群中国留学生在喧闹，一位黄头发的男生正在演讲。黄奇峰告诉我，那人是在宣扬抵抗，大意是：大家并不是胆小鬼，有义务为地球而战；虽然来自不同的国家，但是亚洲的年轻人有着为了解放而流血牺牲的传统；既然赋予了亚洲人天生的优势，那么我们便有责任南下参战。

那位中国使馆官员也在场，他正试图劝导人群。但学生们情绪激动，人越聚越多，气氛越发混乱。使馆官员试图以"父母会伤心""不可以轻信谣言"为说辞，遭到不少学生的嘲笑和驳斥。

看来那则"谣言"已经尽人皆知了。

"谣言"的内容是：光能星人的基因武器存在某种设计缺陷，它对东亚人种完全无效。

在这些学生看来，既然光能武器对自己无效（这很难不让人产生一种"天选之民"的优越感），那么剩下的工作便只是对付墨尔本的人类武装而已。占据这样的优势后，胜利将会不可避免地到来，东亚人将拯救整个地球。

我怀疑他们到底有多少抵抗的决心，更怀疑他们是否知道，战争究竟是什么？战场究竟是什么模样？他们是否跟我一样，每天见到不计其数的伤员，目睹无数的断肢落满自己的脚边？治安部队的大口径枪械在肉体上制造出的血淋淋的大洞，受到光能武器撞击、头部好像瘪掉的篮球一般模样的死难者，他们或许见所未见、闻所未闻。

一片混乱中，张朗冲到那官员面前，给了对方一拳。很多学生被这一场面逗得开怀大笑。


3


洪显正今年二十二岁，年龄在留学生中不算大，但是威望十分

　　　　　　　　　　　　　　　　　　异 变

出众。有关他的评价通常是：优秀的学生以及称职的主席。他的人缘很好，看起来也无害，但以后发生的事情超出了所有人的意料。

关于亚洲学生，有另一条传闻非常流行：这些黄皮肤的青年已经暗中成立了一个军事化组织，甚至连名字都有了——"第二次国际纵队"。这个名字深得人们喜爱，洪似乎也乐于接受这种传言。在这天下午的召集会议上，他多次拿那场八十五年前的局部战争作为比喻的材料。

"我们来自不同的国家，历史上存在一些交恶的历史。但我认为，现在该是忘记它们的时候了。国家的意义已经不再那么重要。"

小小的教堂里聚集了将近二百名留学生，大多来自东亚。大家兴致勃勃地听着洪阐述他的理念。我大略看出现场有中国人、韩国人、越南人、蒙古人等，却不知道他们内心是否接受洪这种类似"世界大同"的思想。

洪随后分析了战争的形势，他指出，公开介入堪培拉保卫战，协助抵抗军作战，同时广泛宣传这场伟大的抵抗战争，应当是学生们此行的主要目的。"我们应当设法夺回墨尔本，使异星人退回南极。当然，彻底将他们赶出地球，将会是我们的最高纲领。"

教堂里响起掌声和欢呼声，证明洪的言辞的确深得人心。

学生联合会成员将各地捐助的物资，例如帐篷、食品、工具等搬进来准备分发。人们搜集了许多墨镜，用来抵挡光能射线，但并不能确定究竟效果如何。校园各处停放着本地居民捐赠来的汽车。分发物资时，洪走过来与我们交换了意见。他问我是否也要参加。

我说，目前在悉尼大学安置的伤员已经不多了，应该可以腾出手。

黄奇峰，以及那位同行的年轻女性梁诗诗，由于对我不熟悉（也可能是因为我的国籍），并没有表达什么意见。倒是张朗爽快地对他说："我完全信任这位日本朋友。从他脸上，我能够看得出来。"

张是一个偏重直觉和感情的人，这也决定了他今后的命运。

洪提议由我与梁诗诗负责后勤和战地救治，同时负责对外宣传。说起来我们只不过是一群学生，与其说是去击败敌人，不如说更像是以这种形式向全世界做出宣传。"这次同样也是游行，但我们要带着武器去。"他说。

"那么，武器在哪里？或者你们认为，铁锹和棒球棍也算是武器？"黄奇峰检查过物资后质问洪，"我们要去作战，并不是去自杀。"

洪表示武器的收集还有困难。在澳的亚洲留学生问题引起了一些人的警觉，澳大利亚警方最近一直在加强对民间枪械的收缴力度。他解释说，到达堪培拉后会得到当地抵抗武装的接应，那时大家就可以拥有武器，形成相当的战斗力。

"荒唐。假如在途中遭遇敌人该怎么办？我对自己砸石块的能力还是有信心的，只是不知道你们这些人怎么样。"

黄奇峰的头脑狡黠，心思细腻，言语尖刻，是典型的中国本土性格。洪大概对这种人最伤脑筋吧。

但是黄的思想认识也比别人更深刻。他认为，组织的人数多寡并不重要，关键在于战斗力和团结力。据他所说，之前那名慷慨陈词演说的中国学生，刚刚已经跟随撤侨队伍登上了回国的班机。他主张，激情不能代替战斗力，并建议洪将成立仪式改在晚饭以后。一时冲动和摇摆不定的人，将有机会自己选择离开，因为他们对士气的影响最大。他称自己是个"喜欢泼冷水的人"。

黄的"用脚投票"理论很正确。当天夜里的纵队成立仪式上，在场学生虽然只剩下一百多人，但是每个人都表示出极其坚定的意愿。

洪宣布了部队的名号："东方纵队"，意为来自东亚的志愿战斗人员，继承那支国际纵队的光荣传统。

宣誓仪式的气氛无比悲壮：黑板上画着抵抗军的标志，一只蝴蝶，背后是地球的图案。每个人都举起右臂朗读了宣誓词，这是黄奇峰利用晚餐时间写的。宣誓词的末尾这样写道："我自愿来到这里，为了拯救家园与维护自由。如有需要，我将战斗到最后一滴血！"

这便是"东方纵队"值得纪念的成立日。响亮的名称，悲壮的宣誓词，热情满满的参与者——历史是多么相似。然而，当年那支国际纵队的下场却是被迫解散，并留下无数的牺牲者。难道他们对此不了解？

可我并没有不参加的理由。日本人向来以内敛和冷漠著称，但我也和其他人一样，在宣誓时流下眼泪。

不少队员当场留下遗书。现场有位参与过堪培拉战斗的澳军伤兵对我们说："你们到那里以后，请替我向战友们问好。"

遗书大都被收集在我这里。我依然情绪激动，但心中的疑虑也在增多。一种纯粹的、美好的精神力量，同时也可能意味着它的脆弱。

"不知道什么时候就会出问题吧？"

现实似乎很快就回应了我的疑虑：几名悉尼警察开门闯进来。警官打断我们的讨论，问道："你们准备去哪里？想去堪培拉？"

"……是想走三十一号公路，再在古尔本转联邦高速公路，对吧？"

真不可思议。他们怎么知道我们的前进方向？成立不超过两个小时的纵队里，难道已经出现了叛徒吗？

张朗站了出来。他是硬碰硬的性格，最适合这种场面。"抱歉了长官，我们正在计划出去郊游。"

"草坪上停了那么多汽车，你们打算凌晨去郊游吗？"

把车辆集中停进校园是为了随机应变，没想到却刚好引起了警察的怀疑。

"我们只是想出门呼吸一下新鲜空气而已，请不要妨碍我们的正当权利。"

"太天真了。你们亚洲人真的很喜欢自杀啊。"

警方结束了嘲讽，从门外抬进了几大包东西，包里装有水和食物、手电筒和警棍，以及一些对讲机。还有一个包中装着警用枪械。

"这些东西的质量不算太好，但总不至于让你们空手上战场。"

原来他们也是来应援的。

这着实为纵队增添了不少信心。这些亲抵抗派的警官告诉我们，到达古尔本市区后，应尽快离开高速路，由附近的山边小路潜入战场。异星人及治安部队早就封锁了进出城区的主干道，光能武器的作战半径刚好覆盖那里。

临行前，警官向我们敬礼，一些队员也模仿着回敬。我看到那名伤兵，尽管右手已经不在了（受到基因武器的伤害），依然抬起剩下的手臂致敬。最后一名队员上车后，警官对洪说："我很快也会过去跟你们会合。千万别死得太早了，勇士们。"

## 4

杀戮是一项复杂的工作，和任何其他职业一样，都需要事先进行辛苦的培训和严酷的淘汰，否则一般人难以胜任。东方纵队短暂的作战过程证明了这一点。这群青年有极大的激情和信仰，然而专业的杀戮技能并不是在仓促之间就可以快速习得的。

东方纵队并不缺乏勇气。次日凌晨三点，我们在古尔本市区以南八公里处一座小山丘的密林里休整，张朗问我："你是否知道，我们国家的历史上有位军人，有过抬着自己棺材上战场的事迹？"

我回答他，那是清王朝时期左宗棠抵抗外族侵略者、光复国土的典故。

他对此一无所知，坚称这是三国时魏国庞德的事迹。而我记得这只是小说作者的艺术创造。

张又对我说，刚才下车之后，他看到有几个人在呕吐，其中就有洪显正。

恐惧又有什么可奇怪的呢？是夜，我们听从警察的情报，在古尔本补充完物资后离开主要干道，钻进这座荒山。西南方数公里外的夜空中，可以用肉眼看到缓慢飘浮着一些白色光点——那是异星人侦察用的飞船。在它们下方，联邦高速公路一带燃起大火，显然无法通行。战区就在眼前，若是运气不好，说不定下一次日出都见不到。

恐惧的情绪非常正常，即便是对于一位学生组织领导来说。

"我根本不相信他们能有什么战斗力。当地部队也肯定不会让我们插手战斗。不过我自己可不管那么多。"张对我说。他回头大声训斥身后的梁诗诗。梁承受着男友的责骂，正在仔细检查自己带来的几个旅行箱。

恐惧很正常，互相不信任很正常，张想竭力显示出自己的勇气，这也很正常。然而很快，在一次悲剧性事件中，队员们将学习到除了激情以外的战场新知识。

悄无声息之间，一艘飞船突然飞越我们头顶上空。

与观看电视新闻画面的感觉截然不同，压迫感迅速朝每一个人心里袭来。

飞船外形像一朵巨大的白花，长有四只狭长的"花瓣"，发出四团白光。"白花"的头尾两端有颤动不已的探测器，像一对被弹簧支撑着的眼球。"花"的侧面伸出三根鞭状物。

尖叫声从四面八方响起，很快彻底蔓延开来。

张朗率先向它开枪，周围许多人跟着开火。我听到黄奇峰喊着："大家都躲到树荫下面去，把手电筒关掉！小心四周有地面部队！"

"白花"是异星人的侦察飞船，没有攻击性，但它的出现总伴随着治安部队的被袭击。队员们蜷缩在布满落叶的草地上，等待随时可能出现的敌人。黄奇峰匍匐在地，用耳朵听着地面，随后对准前方不远处的空地作零星射击。

透过夜空的微光，我确实看到前方的地面上有人影在动。一些子弹从那里飞来。呼啸声不似电影里那么夸张，只比刮风声稍微再响一些。随后，更多的"风声"从我背后袭来。纵队队员们正在开火。沉闷的爆炸声有节奏地从前方响起，我的头顶上方亮起几片绿光。

"白花"被击中了，顶着绿色的火光往远处飘去，暂行撤退。

射击仍在持续。四周的闪光和噪音不断，辛辣的火药味和令人流泪的烟雾，让我想起童年时代家乡的夏季焰火盛会。眼睛被硝烟刺激得睁不开。

很多人在同时大声喊叫，我方情况和敌方情况完全不清楚。在进入古尔本一带后，GPS定位、携带电话和无线电信号全都被屏蔽了。现在谁也听不到别人在说什么，也不知道其他人的位置。子弹往哪里飞，打中的是哪一边的人，没人知道也没人关心。

过了几分钟，我们的手枪和猎枪子弹全部用完，纵队方面的"焰火表演"提早结束了。

一颗照明弹蹿上天，四周如同天亮一般。我抬起头四处看去，发现大家全都趴在地上。有人在喘气，可能是受伤了，也有人在抽泣。我听到距离自己不远处，洪显正轻声地跟人说着什么。

前方有人通过扬声器在说英语："停火！我们不是治安部队！"

有的队员站起身回应对方，也有的队员并不相信，继续匍匐。黄奇峰号召人们不要暴露位置，但已有许多队员扔掉武器。子弹已经消耗完毕，拿着也没有用处。照明弹熄灭后，许多陌生人跑来，叫嚷着将我们的手电筒关闭。十多名军人持枪走近，胸部挂有紫外线灯（据说异星人对紫外光不敏感），万分紧张地将光线照在我们脸上。我们则竭力辨认他们的身份。

结果是一场悲剧性的误会。对方是一支抵抗部队的小分队，由一群原澳大利亚陆军士兵组成，正在护送难民和伤员后撤。纵队扎营时，他们恰巧也在此处休息。他们同样发现了"白花"，并同样怀疑我们是来自墨尔本的治安部队，毕竟是纵队方面先开的枪，他们的还击非常正当。

在无法确定对方是否具有善意时，消灭对方成了我们共同的

异变

选择。

他们的弹药已几乎告罄。自相残杀行为的挑起者，那艘侦察飞船，在被这些抵抗士兵的枪榴弹击伤后，已经侥幸逃走了。

双方伤亡惨重。有人胸口被射得爆裂，有的伤员在担架上被打中大腿，有人满脸是黑色污渍——紫外光下的血是紫黑色的。对方的枪榴弹射中树木，炸出的木屑嵌进我方一些队员的脸上和眼睛里。短暂的交火仅持续了五分钟左右，却已造成二十多名纵队队员受伤，十一名队员死亡。澳军抵抗小分队方面死亡两人，有十多名难民死于纵队队员的射击。

我很怕那些士兵会将我们痛打一顿，甚至枪毙我们，但他们并没有这么做。他们只是沉默地借着紫外光在救助伤者。有个士兵走到我面前，询问我的抵抗军番号。我与张朗面面相觑。那个士兵露出左腕上的文身，画着一只蝴蝶覆盖着地球。

居然是在这种场合下找到了抵抗组织。

"你好，我们是民间志愿者部队，隶属于抵抗军第七师团。"洪显正走过来回答。

"好吧。总之你们现在归我们管。"那个士兵长着东方面孔，他是个韩裔士兵。

韩裔士兵同意将我们带往战区，但强烈要求纵队里的伤员跟随小分队主力撤回北方。张与黄发出不满的嘀咕，但我赞成那人的意见。士气的下挫是明显的。有的队员只是轻伤，却躺在地上喊救命。有位香港女生崩溃了，号哭不止，必须要别人扶着才能站起身。伤员撤离后，我们再次清点人数，发现一些未受伤的队员也悄悄跟着离开了。

值得纪念的首次战斗，却只是一次毫无价值的自相残杀。或许对某些人来说，纵队已经失去了意义。

快日出了。许多光能武器会选择在清晨时分补充光线能源，正适合队伍潜行。金色的朝阳洒在队员们的身上，伤口和血迹开始显出红色。减员近三分之一的东方纵队，在韩裔士兵的带领下朝着堪培拉方向进发，目的地是乔治湖西南方二十公里的马朱拉山。在那里有抵抗军的据点。

## 5

有人认为，在生存面前，正义与道德的价值为零，有时甚至是负数。人类高尚的文明和道德情操，将导致其自身死无葬身之地；在战场上，知识分子尤其是可耻的存在。

日后回忆起来，我很难找出反驳的理由。一贯主张此观点的张朗，在纵队里曾是众矢之的，因为东方纵队就是一个由知识青年所组成的理想主义集团。而后他战死了，纵队接下来的凄惨遭遇也一再证明着他的主张。

张这个人身上原本就存在诸多疑点。他的身份就很可疑。中国的军校管理制度异常严格，在目前的敏感局势下，他几乎不可能逃出体制，自愿出国参战。性格暴躁，人缘也很差，携带的物资从不与其他队友分享，总是派梁诗诗随时严加看管。自始至终，大家都觉得他和他的同伴实在有些奇怪。

他死于纵队抵达堪培拉战区的当天。

当时，抵抗军占据着伯利格里芬湖以北地区，并炸断了联邦大道桥与国王大道桥，试图阻止治安部队地面武装的大规模北侵。光能武器虽能飞行，但单纯的致盲光线效果有限，治安部队的装甲步兵师团一直都是攻击主力。来自异星的技术支持使他们的复杂军事装备恢复了作战机能，而北岸的抵抗军则躲藏在建筑内，利用手边能够利用的低技术武器，以巷战方式坚守阵地。局势一时处于胶着对峙状态。

韩裔士兵带领我们穿梭于街巷中，秘密潜入地形复杂、易守难攻的国立大学一带。他命令纵队驻扎在国家科学馆内，负责看守战俘。考虑到纵队当时的作战能力和士气，这道命令还算是合情合理，大家也都同意。只有张朗反对，他跟韩国人吵了一架，主张纵队应迅速推进至湖西部一带的森林中，建立反战车防御据点，利用游击战术对治安部队的步兵进行袭扰作战。

没有人支持他。缺乏战斗信心是一方面，而纵队成员们特有的知识分子同情心，也是我们更加在意那些战俘的主要原因。我还记得刚见到那群少年战俘时的震撼感受。和新闻里说的一样，他们中年龄最大的不超过十二岁；头发被剃光，脊背上插着几个胶卷盒大小的瓶子（据说是一种使他们免于基因武器打击的疫苗）；意志消沉，严重营养不良，很快把纵队带来的食品抢了个精光。

没人有怨言，每一块饼干都分发掉了。大家积极照顾和救治着那些少年。洪显正对我感慨，饥饿让人们更加坚持理想。

张对此嗤之以鼻。他拒绝任何人接触自己的行李，并用我听不懂的中国话辱骂洪。

"他们都是孩子，他们有什么错？"洪回击道。

"战争没有谁对谁错。昨晚被我们杀死的那些澳军有错吗？我们有错吗？"

"——应该把他们（指少年战俘）全部杀死。我送给你们一句中国俗话：战争不是请客人赴宴，战争就是暴力。"

令人完全无法接受的观点。黄奇峰和梁诗诗没有说话，只是冷眼旁观。过来和张争执的队员在不断增加。看来，饥饿也让人们更加乐于争斗。

我一贯厌恶这种事情，便独自一人走出会议厅四处拍照。有一个少年战犯找到我，对我说他找不到自己的朋友。

"军人把他们带走，锁在柜子里。"他指着过道里的一排更衣柜。从那里传来一种异常的恶臭。

虐俘行为更是令我无法接受。我上前敲击柜门，里面无人回应。

大家用铁锹撬开柜子，发现里面藏着一具战俘尸体，已经被枪打得稀烂。并排的几个柜子里都是同样的情形。

当时没人能想到那些少年会有多么狡黠。队员们愤怒地向士兵质问，士兵则回答说这是上面下达的重要命令。

"这是规定，若治安部队的战俘死亡，必须在第一时间将尸体破坏，就近使用金属容器进行封闭。"

至于这么做的理由，他们表示自己也不知情。

屠杀，暴行，惨无人道，这些词汇充斥着队员们的头脑。少年们在科学馆里东奔西跑，高声喧哗，队员的情绪也低落到极点。有士兵朝天花板开枪，现场的秩序反而变得更加混乱。

张看到有饥饿的少年涌向自己的旅行箱，他们还把梁诗诗推倒在地上。他朝少年们开枪，当场击毙几名战俘。士兵们走过来，他们并没有制止张的做法，而是瞄准那几具尸体倾泻弹药。我们跑过去奋力阻止这种暴行。

"毁尸是命令，必须执行。"士兵们回答。

队员们忍无可忍，准备夺下这些畜生的武器。看守战俘的士兵大都是基因武器的受害者，残缺的身体令他们面对我们处于劣势（有两个士兵还坐着轮椅）。少年战俘们此时纷纷躲到大厅中央，安静坐下，围成一圈。

四周传出巨响。形状奇特的异星人的飞行器撞穿墙壁，飞进科学馆内。

大量飞行器涌入室内，将少年们围住保护起来，同时朝我们发射光线，并用撞击的方式袭击队员。当时有许多人来不及戴上墨镜。

科学馆内的这场屠杀持续了十多分钟。

后来我们才从韩裔士兵那里得知到真相。少年军体内的异星发信器，会在他们死后开始运作，向周围的同僚传出求救信号。虐待尸体的行为是为了尽可能屏蔽和破坏那些发信器。

当时又有谁会认为同情心是愚蠢的？或许张朗是唯一的那个人。

　　　　　　　　　　　　　　　　　　　　异变

他让队员们撤离科学馆，自己则用步枪弹药和枪榴弹射击那些飞行器。开火的间隙，他多次命令梁诗诗要保护好那些旅行箱。

营救战俘的行动是一个信号，这说明敌方已经开始了新一波的攻势。残存的队员们四散逃出科学馆，抵抗军调来数辆装甲车进行支援，使用机关炮和榴弹发射器向敌方飞行器射击。纵队被告知必须立即前往国立大学一带，协助抵抗军参与防御性的巷战。

这是张朗一直在追求的机会，但他已经不能随我们同去了。状如集装箱般厚重的光能武器将他撞倒，碾碎他的双腿。多台"集装箱"飞行器轮番冲撞他的身体，直至其尸体被挤压成一摊肉末。

那是敌人刚刚投入使用的新型飞行器，原理是利用飞行带来的动能，对目标实施物理性撞击杀伤。机体异常坚固，张朗的攻击对它们完全无效。

张无疑是个崇尚暴力的好战分子。当天清晨，在开进堪培拉的路上，我们曾途经赛马场，远远望见场内十多台光能武器鼓起金属气囊，正在补充阳光能源。那时他就坚持要前去攻击，完全不顾队伍被暴露的危险。在临死前那一刻，他在想些什么？是否依然在嘲笑我们？也可能他什么都没想，只希望能够击落敌机。我们是否需要这样的人？

那些少年战俘被随后赶来的治安部队全数救走，准备投入到下一场对人类的战斗中去。

## 6

我的手里有一封家信，内容这样写道：

爸爸：

你还好吗？上一封信是否已经收到？我又考虑过了，

觉得自己的想法好幼稚。我们都是些学生而已，根本就没
有能力打仗。我决定尽快回国，应该还来得及给妈妈上坟。
请在家等我的电话。

祝身体健康！

梅梅

或许我还有机会寄出这封信，但是信的主人已经不能打电话了。
她的尸体被披上白色窗帘布，躺在地下车库坡道旁的卡车旁。类似
这样的信，我的包里还有许多。

车库外的少年军已经撤离，仅剩一台装有扬声器的"蚂蚁"飞
行器在艺术学院楼的周围环绕飞行，反复播放着劝降通告。敌军不
必再担心什么，现在这栋楼内，只剩下二十几个抵抗者，以及四十
多具尸体而已。这二十几个活着的人当中，还有一半是伤残人员。

劝降通告要求我们在天亮之前放弃抵抗，放下武器，集体走上
天台投降。

它们真的不杀俘虏吗？我对此很怀疑。黄奇峰也同样怀疑。他
坚称，中国人是耻于做俘虏的，他自己就是代表。

扬声器发出的声音很喧闹，但是车库里还有一些队员并没有在
意。他们正吵成一团。

"我们凭什么还要相信那个韩国人？为什么不准我们撤退？你这
分明在拿我们大家当避弹衣！"一个福建女孩一边为同乡止血，一边
痛斥洪显正和他所隶属的上级抵抗组织。

"组织肯定有合理的安排。"洪的音量难以提高，他应该意识
到自己理亏了，"大家都知道异星人不杀俘虏。我们肯定还有什么
机会……"

"你是白痴吗？他们连自己都救不了。"黄吐了口痰，指着洪痛骂。

黄当然有资格批评他。最近的二十四小时里，一直是黄在指挥
着楼内的防御作战。无论是枪法、体能还是智慧，他都要比洪显正

强得多；那位浓眉大眼的学生组织领导人，到目前为止甚至一枪都没有开过。而现在，他居然已经开始探讨起撤退的必要性了。这样的人对提升纵队的士气并无益处。

何况士气早就已经损耗殆尽了。

纵队在前天下午，于国家科技馆内遭到新型光能飞行器的袭击，损失惨重，死伤近半。异星人的新式武器——"箱子"，令抵抗部队也难以抵挡。尽管它们数量不多，却改变了战场的平衡，通常的步枪弹、榴弹、反战车步枪弹、地对空导弹等武器极难破坏它的厚重外壳。借助新型武器的优势，治安部队利用空地协同战术，正在迅速清缴周边区域的抵抗火力，意图渡过伯利格里芬湖，北上收复失地。新一波的猛烈攻势就在眼前。

仅剩四十多人的东方纵队，凌晨时分撤回到澳洲国立大学，并被分配至艺术学院大楼实行阻击作战。情况令人大失所望：基因武器早已使楼内的守军死亡殆尽，仅剩下八名四肢残缺的澳军士兵留在楼内等待死亡。在侦察飞船"白花"的指挥下，体积如摩托车大小、状如蚂蚁躯体一般的小型飞行器钻进窗户，在楼道内四处飘浮移动，搜索抵抗者的踪迹，利用临时搭载的治安部队轻机枪进行杀伤。

在黄奇峰的带领下，仅存的纵队成员在建筑物内搞起了巷战。队员们在楼内如同老鼠一般，放低姿态小心移动；所有门窗紧闭，窗帘拉紧，防止被楼外的治安部队无人机侦测定位。燃烧瓶成了很有效的武器，队员们使用它们来破坏"蚂蚁"的发动机喷管和探测鞭毛，令其失效。美术教室里的水彩颜料和中国墨水，结合各类玻璃容器被制成"墨水弹"，泼洒在"蚂蚁"的头部，可有效蒙蔽它们的光学传感器。每人都配有一只口哨，各个楼梯口都部署了警戒岗，一旦哨声响起，就迅速展开集体增援，等等。

这些全都是黄教给我们的。

游击防御并非长久之计。抵抗军事先承诺过会尽早派兵增援这里，并和我们约定：当北方的板球场方向腾起烟花时，纵队便可立即撤退。

整整一天，手持燃烧瓶和榴弹发射器战斗的同时，我们每个人都在等待从北方传来的烟花声。

然后，就像那些老套的战争电影剧情一样，烟花自始至终从未出现过。

当天色开始变得更加昏暗时，我赤脚爬上由大厅通向二楼的楼梯，拨开墨镜观察四周。一个越南女生倒在楼道里痛哭，身边掉着一只她自己的断手。不久前有几只"蚂蚁"将她撞伤了。梁诗诗等人很快赶来替她包扎，黄奇峰也走过来，向我讨了香烟。我们两人坐在墙角休息。

入夜以后，新一波的进攻一直没有出现。他和我分享了夹着豌豆肉酱的面包片作为晚餐。

"情况不对。"黄的头脑并未放松，"外围的战斗肯定还没有结束。现在这周围这么安静，连一点飞行器的声音都听不见，真是让人很不舒服。"

"增援还没有到吗？你们刚才有谁听到过烟花的声音？"洪显正给楼下几名伤员喷过消毒液后，走过来问我们。

没有人回答他。每个人都一直在侧耳倾听，他只是把大家羞于提出的问题说出来罢了。

现在最缺乏的是关于周边一带的战场情报。防御性的巷战力求以空间换取时间，尽量拖延敌方的攻势，从目前看来，纵队在大楼里的巷战基本起到了效果。现在已经入夜，飞行器的活动会有所减少，况且它们在这栋楼里也损失了不少兵力；如果想要撤退，那么现在正是最佳时机。

然而那些焰火始终没有出现。安静的夜晚气氛令人窒息。

新一批的伤亡统计出来了，十人受伤，九人死亡。登记完名单后，黄对我们说，应派人前往北边的抵抗军驻地求援。但是战局刚刚缓和，队员们亟待修整，我们都认为不会有太多人想要现在离开这处蜗牛壳去冒险。

"刚才我也受伤了，再说，楼里的伤员也需要照料。"洪这样回答。

黄对此并不感到意外。他转而朝我看过来。

我的头已经痛了很久，右肩被步枪枪托冲击的部位也一直酸疼难忍。但我还是点了头。实在是不好意思在众人面前拒绝。

与黄一起走到楼梯一半时，有道光束从窗外猛然照进来。因为是夜间，我没有戴墨镜，楼梯旁的这扇窗户也没有窗帘。眩晕迅速朝我袭来。

醒来时，我发现自己摔在地板上，右小腿旁冒出一摊血。

"骨折了吗?"黄问我。我点了头。

"好吧，没关系。那么你就在原地守着，注意周围的动向。我总有种感觉，他们的地面部队就在附近。"

他独自一人走出大楼，骑上停在门口的自行车，朝北边去了。

我说谎了。右腿只是切到皮肉，出血很快就止住了，骨头完全没事。方才醒来的那一刻，我感觉自己面前随时会出现无数的"蚂蚁""箱子""白花"，将我们一齐撞成碎片。谎话脱口而出。

黄奇峰已经走远。我掏出香烟，手仍然在发抖，打火机也数次掉落。

战斗结束后的空隙是最恐惧的时候，就好像敌方是故意暂停了战斗，故意让我们的恐惧充分发酵。队员们集体在地下车库内修整，有人在今晚彻夜无眠，有人昏睡得如同死去，还有人在写遗书——真正的、发自肺腑的手笔。这些"二次遗嘱"后来全都被收集到了我这里，其中就包括那位小名叫"梅梅"的中国女生。

又看了几份，我再也忍受不住，关掉紫外灯躲进车库角落里呕吐起来。胃里面很痛。

凌晨三点多时，一支少年军小分队接近艺术学院。他们躲藏在大楼外围，呼叫南岸的战车对大楼实施炮击。纵队全体队员及伤员全部转移到地下车库内躲避炮击。第一轮炮击结束后不久，我听到外面的道路上响起沉重的枪声。是反战车步枪射击的声音。从少年军躲藏的方向传来恶心的惨叫。

几分钟后，他们开始使用步枪还击，但射击者已经奔跑到了车库入口处，用紫外灯向我们做"一长三短"的讯号。是黄奇峰回来了。我从车辆身后起身前往迎接，用灯光回应他，替他打开车库门。

"外面那些人不多，你们不用担心，继续隐蔽吧。"他把反战车步枪放在地上，卸下挂满全身的军用背囊。我们分发了他带来的物资，同时听见他说出坏消息："反抗军主力的驻地遭到空袭，韩国人他们已经开始撤退了。"

"他们有没有说让我们什么时候撤退？"

"说了。他们希望我们坚持到主力部队撤离完毕后再走。"

说完这话，黄奇怪地笑起来。

队员们开始不断咒骂、叹息、哭泣。有人叫道：这是赤裸裸的欺骗，主力部队在利用我们。同时，那些仅存的澳军伤员躺在车库地上，用鄙夷的语气正告我们：掩护主力部队撤离的方案是合理的，军人只要服从命令便是。

"不过，你们不是军人，所以你们可以现在就逃走。"

纵队队员们当然不是军人，我们只是一群徒有幼稚理想的孩子。我靠在墙角，数着身边的尸体数量，耳旁充斥的是黄与洪的争吵声。大楼外面，劝降通告再次响起，环绕四周，不绝于耳。

黄奇峰还在继续"泼冷水"。他此时认为敌军采用的是跳跃式战术，强攻这座大楼对他们来说价值不大，追剿退守背部的抵抗军主力将会是他们的主要目标。因此，纵队仅存的战斗力应该继续守在大楼内，继续设法拖延消耗下去。假使纵队断然撤出大楼，一旦被敌方飞行器发现，在缺乏隐蔽处的户外地带，纵队转眼间就会被全数剿灭。

　　　　　　　　　　　　　　　　　　　　异　变

梁诗诗和在场的六名澳军伤员同样主张留下。而洪显正，以及剩下的纵队成员（共计二十三人，包括十三名伤员），现在全都要求立刻撤离。不但如此，洪还严令黄必须跟随自己一同撤出。

"这里最会打仗的就是你，如果没有你的掩护，我们很难安全撤离。请你为集体考虑一下吧！"

对此，黄奇峰说出一连串的讥讽话语去回应他。

争吵一直在持续，而我没有说话。我的脑中一直缠绕着一些与之无关的古怪想法。

说不定，那个所谓的基因武器设计缺陷，根本就毫无意义。

在国际社会的不干涉政策大环境下，除了澳大利亚本土军队外，就只剩下东方纵队这种留学生组成的力量能够前往战场。可是事实已经一再证明，这毫无用处。一群学生又能做些什么？纵队的伤亡不断发生，死亡率早就远远超过了澳军，东亚人种的优势又体现在哪里？为这样的理由诞生出的东方纵队，或许根本就没有存在的必要。

我惊慌地发现，自己居然已经在怀疑这次志愿参战的合法性了。

而关于"合法性"，随后从黄奇峰口中说出的那些话，将会更进一步彻底击溃大家的"信念"。

洪显正还在耐心劝他为集体考虑，但他已经收集起地上的武器弹药，尽数披挂在自己身上，并讥笑着回答："主席，我只能提醒你们一下，我本来就和你们不同。"

他从梁诗诗手中把那些旅行箱拖拽过来，一一打开，仔细检查里面的物品。我们大家走上前，发现箱子里塞满了大量的铁钉和钢珠，以及电线雷管等物，还有几根柱状的黑色塑料包裹。他取出一箱这样的物品，谨慎地整体塞进背囊，背在自己身上。

"别靠得太近了，这些东西很危险，威力不小的。你们应该一周前就看过电视报道吧。凯悦饭店的门口，应该都没忘记，对吧？"

极度震惊的洪显正颓然坐在地上。其他在场的人也全都一言不发，僵硬地站在原地。

黄的意思再明显不过，他和梁，还有已经阵亡的张朗，以及他们所属的某个组织，是一周前那次爆炸袭击的参与者。

正是他们几个，挑起了这场战事。

盛夏的晨曦异常灿烂，来临得也很早。清晨六点左右，沐浴在朝阳中的光能武器开始迅速朝大楼附近集结。巨大的金色运输飞船从高空下降到车库入口位置附近，飞船底部的蜂巢状舱门中，一群"蚂蚁"蜂拥而出。远处飞来一艘"白花"，正在朝四周发射一些白色的光柱，这是异星人的一种通信方式，用以指引地面部队和飞行器。敌军正从各个方向朝这里袭来。

地面停放的车辆事先安装有爆炸物，黄奇峰躲藏在车库外的灌木丛中，使用遥控线缆将车辆依次引爆，试图破坏一些靠近的飞行器。爆炸物用完后，他使用榴弹发射器对空射击，却难以击中快速飞掠的"蚂蚁"和高高在上的运输船。"蚂蚁"尤其难以对付，每当他用反战车步枪击落一只后，便会有更多的同类俯冲下来袭击他。几分钟后，从附近树丛中钻出几台"箱子"，试图砸向他，被他一一闪过。但即便坠落在地，那些"箱子"也会摇动身后的平衡鞭毛，很快重新升上天空，再次对他展开攻击。

纵队的其他成员没有参与作战。我们躲在卷帘门后方，如同观众一般观看外面的景象。在敌军来袭之前，由洪显正牵头，纵队内部做了一次投票，结果是多数人同意将黄奇峰立刻开除出纵队。现在他在外面所做的一切，全都是他自己的战斗，而我们这些人手中拥有无比正当的理由，可以不必出门陪他一起送死。没有一个人提出要跟他一起出去。

有台"箱子"坠落得太近，地面冲击波将黄掀翻在地。在"白花"的光束指引下，一群少年兵朝他围拢过去。我们看见他猛跳起身，扣动机枪扳机，尚未来得及射中敌人，身后飞来一只"蚂蚁"便将他撞翻在地。几名少年军伸出枪身上的锯子，迅速割下他的头颅。运输船随后伸出鞭毛，将他的尸体卷回自己舱内。

"白花"发出的光芒消失了，这代表它中断了对电磁波的全频干扰。梁诗诗跑到我身边，用望远镜瞄向正在远去的运输船，嘴里小声说了一句中文，随后按下手中的无线电开关。

从运输船的体表冒出一团好似烟花般的火团，爆炸产生的火焰急速扩大。运输船连同周围一些"蚂蚁"被击毁，坠落在不远处。

这就是黄奇峰最后的战绩。

他实在太喜欢"泼冷水"。即便是在死后，他都仍在嘲笑我们这些人。

虽然敌军此刻暂时撤离，但所有人都清楚，它们很快就会重新袭来。缺少了像黄奇峰这样的人，撤离将变得更加困难。我们不约而同地决定继续留在车库内。既不防御，也不突围，而只是单纯地躲藏。人群分散开来，各自隐藏在车库各处的阴暗角落里，在沉默中等待，在沉默中想着只有自己才知道的事。

大约两个小时后，梁诗诗和我听见，从电梯口附近的方向传来了枪响。


# 7


为防止士气进一步受挫，我和梁偷偷将洪显正的尸体抬上楼安置起来。梁诗诗对我说，在最后的时刻到来前，她还有一些工作没有完成。

我猜到她的想法，便提出帮助她一起做。

我们利用电梯，将剩下的装有爆炸物的旅行箱运至大楼天台的入口处。回到楼下，我们在教室里找到一些庆祝新年快乐的横幅，在反面用白色油漆写上要求投降的字样。把横幅铺在楼顶后，我们躲藏在天台入口处，等待敌方飞行器的接近。等待的过程中，她尝试抽了香烟，并主动与我交谈。

我问她为何要参与那次恐怖袭击。她反问我："这样的事需要考虑原因吗？"

当然需要。大凡历史事件，总是离不开对"为什么"和"怎么做"的思考。现在，东方纵队即将宣告全军覆没，面对它那仅有区区七十二小时的历程，反思恐怕是必需的。毫无疑问，纵队在"怎么做"的问题上，犯下了错误。

那么，"为什么"呢？我们这些人反抗的原因，梁诗诗他们那些人反抗的原因，又是什么？

此刻，通过望远镜朝南方望去，伯利格里芬湖上正有大批的治安部队船只停泊，国会大楼的火光仍没有熄灭，联邦公园的森林大火也在蔓延。

"难道就一定要和它们同归于尽吗？"我又问。

"一定要同归于尽。人类的数量远比它们的数量大，如果能够同归于尽，那是最划算的。只要肯牺牲，那就有希望。"梁回答我。

看来她是早有准备了。

那么，我又该怎么办？

我已不敢再去注视队员们的面孔。说不定洪显正其实还算有一丝勇气，当一切希望都破灭的时候，至少他还有勇气愤而自杀。其余我们这些待死的人，说不定还不如他。

事实证明，我们这些人确实是极其无能。假如当初，大家从一开始就回国，或许现在我们也和那个染成黄发的留学生一样，坐在电脑前，真挚地赞美着那些抵抗者。那样其实挺好，至少我们仍然可以充满希望和自信，相信自己拥有能力和勇气。可惜，经历过真实世界的人，是永远也回不到虚拟的快乐里去的。

"与其这样，或许还不如……"

或许那两个人是正确的。张朗和黄奇峰的行为已经深深刻进我的头脑里。他们不会去多想"为什么"，只是盯着前方，努力在思考着"怎么办"。

"不知道被炸死的时候痛不痛。"

我站起身,吐出嘴里的烟头,朝梁诗诗走去,伸出颤抖的右臂想与她握手。

她拒绝同我握手。

"濑尾先生,您忘了纵队手册里的岗位职责了吗?"

当然记得。可是现在说这些又有什么意义?我掏出包里的文件夹。

蝴蝶,地球,东方纵队的标志。感人至深的宣誓词,附有密密麻麻的队员签名。一沓临行遗书,还有更厚的一沓"二次遗书"。全体队员名单,其中一栏写着:"濑尾实人,国籍:日本,二十四岁。宣传组长,后勤组副组长,医疗组副组长。"

"您还有工作没有完成呢。"

"可是纵队已经——"

"纵队还没有解散。"

她站在门口,朝北方的天空眺望过去,右手摩挲着起爆器,左手反复抚摸背包肩带。

"请看那里,北边的方向。"

我举起望远镜。表面闪着银光的"白花",正率领金色的运输船编队飞向北方。

"那里仍有新的志愿者。抵抗还没有结束。"

还会有更多的人朝这里来,就好像扑火的飞蛾一样?

梁此时从腰包中掏出一只印有中国汉字的信封,递给我。里面是三份遗书,她和另外两人每人一份。信封中还有一张合影,是用拍立得相机拍摄的,画面中他们三人笑着站在一起,背景是我无比熟悉的那座校园。

鼻腔周围开始猛烈地发酸。我捏住自己的鼻尖,努力不让情绪爆发。

"信中写有通信方式，麻烦您回去后转交给我的那些朋友。这张合影是留给您的。"

"放心，交给我吧。"

眼眶中，泪水四处乱滚，我完全没有抑制它们的能力。

"请一定记住您在队内的职责。作为宣传组长，您的工作才刚刚开始，您必须把这支队伍组建的前后过程详细记录下来，用来给其他的抵抗力量作为参考。还有纵队失败和伤亡的原因，以及在作战中获得的经验和教训，这都是人命换来的无价经验，请千万记得告诉其他的抵抗者。——对您来说，这有难度吗？"

当然有。社会科学方面的知识告诉我，作为战斗的失败者，作为逃兵，我将会遭到人们的耻笑和痛斥，将有无数的麻烦遭遇等待着我。我将要反复无数次地回忆和咀嚼这七十二小时里所发生过的一切，从队伍的幼稚，到队员的无能，以及他们三人的牺牲，再到我自己的思考……我将再也摆脱不了它们。

敌人的飞行器还没有出现，但我们两人都觉得它们已经不远了。梁诗诗催促我尽快离开。我告诉她，自己打算马上带领剩下的队员撤出大楼，返回后方，能多回去一个人也是好的。她没有提出反对，只是告诫我路上不要被那些人所拖累了，必要的时候抛弃他们也不要紧。我对此未置可否。

"他们那些人以后肯定不会再回来了。"临分别时，她说。

我说："或许将来某一天我会回来。"

她没有回答，只是背对着我，专心观察周围的天空。直到我转身走下楼梯为止，她始终维持这样的姿势。

眼下还有很多事情要去做。马上回到车库后，我必须把遗书还给仍然活着的队员们，然后收集武器弹药，带领他们尽快逃出校园，向北穿越阿克顿区，依靠别墅区的掩护抵达莱纳姆居民区，那里或许仍然有抵抗组织在活动。何况那边还有一条通往北方的地下通路，安全性相对较高。回到后方，我要帮助他们联系各个使领馆，然后留在当地，将梁诗诗托付给我的那些事务妥善完成，为其他抵抗者提供尽可能全面的情报。

当然，这是一种最好的可能性。还有一种不太好的可能性：我们刚一离开车库，马上就被敌人发现，全员阵亡。另外一种可能性是，队员们集体反对我的撤离计划，坚持继续躲藏在楼内。届时，他们一定会齐声质问：这是一场注定无法打赢的战斗，为什么一定要出去送死不可？

然而事到如今，"为什么"这个词已经不再重要。

走出阴凉的楼道，我进入地下车库，刚好看见一挺澳军伤员的轻机枪放在脚旁的墙边，枪的主人不见踪影。

我弯腰将沉重的枪械抬起，抱在怀里。该是想想"怎么办"的时候了。

# 伶盗龙复活计划

## 1

茂密的森林深处，无数五彩缤纷的鸟儿惊叫着飞散开来；远处，世外桃源般的雪山轰然坍塌，发出一声"咔嚓——哗"的声响。陶勤知浑身肌肉收缩，睁开眼大叫："完蛋！"他迅速从被窝里钻出来往窗外一瞧。博士生宿舍楼的阳台遮阳板又被积雪压断了，内衣裤被雪水糟蹋得一塌糊涂。

手机在闪，打开便是各种节庆短信。刚要丢开，电话又来了。"老陶是我啊！"

"有事儿说事儿，没事儿挂机！"陶勤知素来有下床气。

"都快过年了你还没离校哪？研究四脚蛇也得有个够哇。——咱高中班长让我跟你说一声，她赶在春节前结婚，要你也去。"

"不去。博士津贴还没下来，谢绝一切烧钱行为。"

"过了春节，哥也要办了。能给个面子不？"

"没钱！——再说吧再说吧。"陶勤知挂了机。手机还没放下，老家又来电话了。

"陶陶，我是你爹啊。刚给你捎去那件'阿迪'的棉大衣还合身不？"

陶勤知低头看看衣服上闪亮的"阿迪王"几个字母。"爸呀，还可以。……过段时间，我学校的钱下来了就寄给家里。放心啦。"

身为长子却混成这样，二十八岁的陶勤知心里马上一酸。

刚回到被窝，研究所基因工程组的小秦又打来电话。

"帅哥起床啦？有个好消息告诉你呀。"

陶勤知"咚"一声跳起来："咋，钱下来啦？"

"啊？那个还没呢。不过项目组的组长要由你来当了。"

"为啥？"陶勤知感到大事不妙。

"张学姐昨天正式回家休产假了。"小秦发出坏笑，"待会儿你就到研究所来吧，审批会下午就开始。"

"完蛋玩意儿……"陶勤知把手机往枕头上一砸。这摊子倒霉事儿，终究还是落到自己这倒霉脑袋上来了。

## 2

"环艺旅游资源开发公司"产品开发部，今天来了好一堆人，全都一脸严肃的模样；负责人金主任更是满脸僵硬，"直接进入正题。——你们的项目组负责人是不是又换了？"

"哎，是是。"李教授挠着光秃秃的头皮，使劲儿向他赔不是，"不用担心啊，咱们小陶同学的科研水平也是一等一的……"

"行了，我知道了。"金主任挥了手，"今天公司也派来一些骨干，就是想实际地讨论一下，现在这个工程到底是怎么回事情。"他手指在会议桌上"梆梆"敲着，"怎么会搞成这样！"

陶勤知可不吃他这套，索性豁出去了准备说实话。他接上投影机，墙上打出一些培养室里最新出炉的监控相片。相片上的笼箱角落里，有一团灰白相间、毛茸茸的东西，屁股后面伸出一条光秃秃的长尾巴，上面沾着不少粪便；脑袋钻进了翅膀下面，就像一只睡熟了的野山鸡。

"这就是你们花三个月搞出来的恐龙?"金主任抢先训斥道。

"不错!"陶勤知昂首说,"学名:蜥臀目兽脚亚目驰龙科伶盗龙亚科伶盗龙属蒙古伶盗龙,英文种名:Velociraptor mongoliensis。"先来一堆专业词汇,镇一镇丫的。

但是金主任也不吃素:"别再给我扯这些没用的了。上个星期我过来视察,你们就躲躲闪闪的,现在还要跟我说,这只野鸡就是恐龙?你当我二傻呀?"

小秦忍不住就要笑,陶勤知赶忙踹了她一脚。面对这类钱多人傻的科技盲,必须拿出些理科生的气魄来。"染色体序列检测结果全部都吻合。这只'野鸡'就是恐龙。"

"不要再蒙事儿了!恐龙哪里来的羽毛!"金主任火气渐增。

"啧啧。唉。"陶勤知故意摆出无可奈何的表情,"学术界已经公认多少年了,小型虚骨龙类和驰龙类浑身覆盖有羽毛和飞羽,并且与鸟类的始祖有密切的进化血缘关系,这都是板上钉钉儿的常识性事实。——我们组里都是研究恐龙多年的专业人士,在这种基础得不能再基础的原则问题上,除了坚持真理,我们别无选择。"他也敲起了桌面。

投资公司员工们纷纷摇头,营销部负责人更对陶勤知这副专业口吻极为不满:"我想你搞错了一件事——很简单的一件事,合同里白纸黑字——我们要你们复制的是恐龙!公司要拿给游客们看的是恐龙,不是山鸡!'恐龙生态乐园'不是养鸡场!"他身旁的同事们赶忙发出适时的笑声。

陶勤知对无知的忍耐是有限度的。他咧开嘴说:"那我倒想请教一下,贵公司想要的'恐龙'究竟是个什么玩意儿?"

金主任捅捅身旁的小跟班,小跟班慌忙掀开笔记本,翻出一堆视频资料,投在墙上。两只灰白色的迅猛龙龇牙咧嘴地追着两个小孩;三只有虎纹的迅猛龙敏捷地在小屋里跳来跳去;一群红蓝相间的迅猛龙在草地上追猎一群鸭嘴龙。

"这就是恐龙。不用我再提醒你们了吧，恐龙专家们。"金主任点燃香烟，把小秦呛得直咳。

"您放的这是好莱坞电影里的虚拟怪物。我们只是为了复原真实的伶盗龙，不是去造什么电影主题公园。"陶勤知还是不肯屈服。

"问题是我司已经在你们这儿花掉了一百二十万，根据合同，你们就得按照我们的设想来。现在你已经知道我司需要的产品是什么样子了，照着做就可以了。"金主任强忍怒气掸掸烟灰，"我给你们钱，你们给我做东西，我让你们做什么样你们就得照着做，要你做什么颜色你就得做出什么颜色来，叫你做'迅猛龙'，你就别给我整那些洋文啊'领导龙'什么的学名。——要你们做恐龙，你们做鸡那就不行！"

"那我做不到。"

"你再说一遍？"

李教授年纪大了，有点吃不消这种场面，挣扎着圆场道："其实，其实呢，小陶只是在古生物学方面比较有造诣而已，技术上的事儿，还得让工程组的小秦来说。——小秦，快起来谈谈。"

小秦站起来，摸着马尾辫很是紧张，只得扶扶眼镜低声说："我们做的'逆向基因显性重制工程'，只能按照基因的本来面目去复原；至于造出一种完全虚构的生物，恐怕目前……"

金主任吐口气，把项目文件往桌上"啪"地一砸。其他人也是叹气。

"既然做不出来，那就是违约。一切都按合同办吧。"投资公司阵营的人们开始起身收拾东西。

就知道今天要倒霉。陶勤知心里怨恨不已。难怪学姐早早找借口撤了——与造恐龙比起来，造小孩简直跟吃饭一样轻松愉快。眼看这个黑锅自己就背定了：项目组完了，学期课题完了，论文也完了；进嘴的一百多万研究经费必须吐出来不说，学校还得倒赔。

"这回院领导非把我弄死不可!"

赶在年前拿到八万块钱酬金,回家过个风光年,给爹娘长长脸的计划,也就彻底泡汤了。陶勤知两拳紧握,心里在犹豫,到底要不要做出那个艰难的决定。

"……只要按照你们说的做就行?"他声音轻了下来。金主任停下手里的事望向他。

"那是自然。"

"喂!"小秦忙摇摇他的手,但被他推开了。

"其实可以做的。再给次机会让我们试一下吧。"陶勤知的话随着一口气轻轻从牙缝里泄出,只觉得自己像个被扎漏的气球。


## 3


"祛毛?没门儿没门儿!"小秦的头摇得像拨浪鼓。

陶勤知摁住她的拨浪鼓:"有门儿的。"

所谓的"逆向基因显性重制",解释起来并不费劲。高等生物的胚胎发育过程中,蕴含了从原始低等阶段向高等阶段进化的大部分过程;鸟类与恐龙之间的进化关系虽然尚不完全明晰,但基本路径已经大体摸清。"逆向重制"所要做的,就是在鸟类(主要是雉鸡)的基因里,把从恐龙祖宗那里继承下来的休眠基因挖掘出来,改变胚胎发育路线,让雉鸡返祖。现在已知,驰龙类与鸟类关系最亲密,这样就可以从鸟类回溯到驰龙类。而伶盗龙——即所谓"迅猛龙"——在大众文化中地位很高,商品开发潜力巨大。环艺公司正是看中这一点,投石问路,打算先搞出一批迅猛龙来,关进公园里狠赚一笔。

"可是地球上根本没有'无毛伶盗龙'这种东东呀。再怎么复原也不可能做出来!"

"你们的QTL定位小组真的把所有染色体都搞清楚了？"

小秦拨开陶勤知的手："哼，你不相信我就算了。"

陶勤知双手捂脸，脑子里乱成一团。反正都决定了，要做就做到根儿吧。"直接把丫的毛给拔光了拉倒。"

"你还是不是人呀？"

"事到如今还说这种废话……"他透过指缝儿，迷茫地扫视研究所的食堂。这会儿，工程组组员们啃鸡腿啃得正来劲，李教授在努力咀嚼鸡爪子，秃脑门儿上汗津津的。"丢了项目，看你们大家都喝西北风去。"

陶勤知瞪着李教授的脑袋正出神，猛然间手一挥，狠狠拍在不锈钢餐桌上。

五天后，工程组全体成员聚集在一只新笼箱旁边，议论着眼前这只丑陋的小生灵。陶勤知微笑着说："怎么样，我说有门儿吧。"小秦只是皱眉："真恶心。"

受到李教授"地方包围中央"的那颗秃脑袋启发，陶勤知决定让这只新生伶盗龙一出生就罹患先天性脱毛症。工程组使用大量的限制酶，在染色体各处动了手脚，造就出了这头天生无毛的可怜小动物。陶勤知用"二号龙"的代号称呼它。

"速度还不够快。继续加大生长激素的计量。"陶勤知下令，"在三天之内让它长到成熟幼体。"

"这么多激素不要紧吧？会有不稳定的风险哦。"小秦担心。

"靠。咱们上学时候天天吃洋快餐的鸡腿鸡翅膀，还不照样正常得很。"

小秦笑道："谁说的？我看你就最不正常。"

报时钟响了，众人纷纷拔腿奔向食堂。光溜溜的二号龙蜷缩在草堆里，瑟瑟发抖；而隔壁的另一个笼箱中，最早出生的那头丑陋的伶盗龙一动不动，仍旧呼呼大睡。

# 4

"……嗯。哎,没事儿。妈,您就踏踏实实地准备过个好年吧。——哎,我这儿还有个会,等结束了再打给您。"陶勤知斜着眼睛,瞭见金主任怒气冲冲朝自己走来,慌忙找借口挂了电话,"怎么……"

"你自己过来看看!"

即便是科盲如金主任,这会儿也能看出二号龙快要不行了。体温计数字已经持续低于三十九点五摄氏度,心跳和脉搏速度也没有恢复的迹象。它眼瞅着就要冻死在众人面前。

"早不死晚不死,偏偏审批会这天出毛病!"陶勤知恨得牙根直痒。他当然知道,伶盗龙这类典型性的温血动物跟鸟类极为相似,幼体时期就脱毛是极其危险的。幸好,他还是有所防备。

"我们还制造了另外几只备用品。"他小着心对金主任说。

"甭跟我说这个,没用!"金主任伸出食指,"砰砰"戳着笼箱,"是死是活我们暂且不提。你指望我们公司会拿这种丑八怪一样的产品,去面向消费者吗?——你这是什么狗屁恐龙?根本就是只拔了毛的冻鸡!"

二号龙的身体剧烈颤动,惨白的皮肤上遍布鸡皮疙瘩,有些部位还渗着血,确实是不堪入目。

"不行。绝对不行。"金主任掏出烟盒。小秦脱口喊道:"研究室里不准吸烟!"

"呵呵?——我看你们这研究室也留不了几天了吧。干脆大家一起打包袱回家,提前过年算了!"

笼箱顶端的仪器发出刺耳的长鸣。二号龙的生命已然走到了尽头。

这天的午饭和晚饭,陶勤知根本就没心思吃,只是一刻不停地

异 变

在揉脸。"思路不正确……"他感觉自己也跟冻鸡一样浑身发冷。

温血动物的最重要体征就是毛发，即便笼箱内空气温度控制得再好，幼体对温度依然还是过于敏感。目前流行的恐龙行为生态学认为，伶盗龙有一套复杂的社会化育儿机制，幼体在成熟之前不能离开长辈们的体温保护。可到哪儿去给这帮冻鸡仔找保姆呢？

"要么，让一号龙来？"小秦瞄了两眼仍在熟睡的一号伶盗龙，试探着问。毕竟是自己手里诞生的第一头恐龙，小姑娘对它还是有感情的。

但是陶勤知此刻耳朵里听不进别的。"冻鸡！"他耳内回荡着金主任嗤笑的声音。从老家又打过来电话，他也丝毫没留意到。

"或者我让工程组再试试看，比如改造一下端粒，让它们体形小一点？"

"开玩笑？体形越小的动物，热量需要值越高，这是常识！"陶勤知嚷道，"小？那你干脆把它们做成裸鼹鼠那样，整天待在土里面算了！"

无论如何，不管是领导、记者、国际友人，还是花血汗钱买来门票、领着孩子来围观的家长们，都绝不可能接受一只身长两米半、体重五十斤的巨型冷冻鸡，在他们面前神气活现地跳来跳去。

人们根本就不想去看恐龙。他们想看到的，是电影中的怪兽在自己鼻子前面活生生地站着，嘶鸣，吼叫，张牙舞爪，然后再把那些牛和羊给活生生地撕成碎片。打从根儿起他就想错了。

抽过整整一夜的香烟，陶勤知瘫倒在偌大的会议桌上。他终于想通了。正是："学海无涯，回头是岸"，他终于又一次抛开了所谓的学术枷锁。

"还谈什么科学啊，要啥自行车？"他瞪着眼睛咬牙切齿，把烟头嚼得扁扁的，"……想看怪兽？行啊，给你们好了。"

# 5

　　三号龙又在发呆了。这正是全天阳光最充裕的时刻，它肚皮着地，一动不动，两眼也没有神采，根本看不出跟活泼好动的鸟类有什么相似之处。一星期下来，陶勤知他们也已经习惯了三号龙这种晒太阳的癖好。研究所的室外围栏是全封闭的，二十四小时恒温控制，即便是现在这样的寒冬腊月，也无须担心三号龙的保暖问题；但是它依旧养成了每天中午阳光浴的习惯。

　　"你说，它要是去了恐龙园，那里的围栏也会跟我们一样，有透明天花板吗？"小秦问陶勤知。

　　"我不关心这个。只要那帮傻缺记得把它放进空调房间，别让它冻死了就成。"

　　这时候，扬子鳄实验体三十八号开始缓慢移动，爬到了围栏内的温水池边，"扑通"一声钻了进去。三号龙起身嘶叫了两下，跟在那鳄鱼的屁股后面，也钻进了水里。

　　"……倒是丫这爱好游泳的习惯，真是个麻烦。"陶勤知用牙叼着圆珠笔，眉头紧皱。他心里琢磨，这种行为现象或许也是必然，毕竟三号龙与其说是恐龙，倒不如说更像鳄鱼。

　　为了让伶盗龙彻底"怪兽化"，工程组在三号龙复原工程中加入了大量的鳄鱼DNA片段，采用"多次异种代孕法"进行培育。第一次培育出来的着实是头怪物：一身灰白色的鳞片皮肤，个别角落部位却又扎出几丛突兀的白色毛发，要多恶心有多恶心。由于陶勤知使用了极大剂量的激素，这只怪异的雄性生物一直都病歪歪的。

　　幸好它的精子活力尚佳。工程人员取出精子，植入它的"母亲"——三十八号扬子鳄的体内，再一次培养，便造出了眼前这头所谓的"恐龙"。它有伶盗龙的身体结构，浑身却披着墨绿色的鳞片，本来灵动如鸟的双眼也变成了鳄鱼眼睛；而且它是一头标标准

　　　　　　　　　　　　　　　　　　　　　　　异　变

准的冷血动物。

"完美!"几天前，金主任视察了三号龙，给出了十分满意的评价，"但是这颜色还是太像鳄鱼，绿油油的。"

陶勤知回答他，工程可以继续改进，通过染色体修改鳞片的颜色和纹路。

"来不及咯，再有两个多礼拜就到春节长假了。无所谓，到时候我让他们给它身上直接涂花纹就好。"金主任倒是有土办法。

现在这货如此爱洗澡，到时展出了，身上的"彩绘"恐怕会出纰漏。陶勤知心想，强迫它不下水也不行，弄不好还会再出什么岔子。正在思考的工夫，李教授给他打来电话："环艺的人现在到大门口了，一会儿直接去你那边审批。你们准备一下吧。"

大厅门口处，一个中年男人夹着手包，满面笑容地跟陶勤知握了手："我是环艺的开发部部长，请多指教。——你们都很年轻嘛。"

陶勤知接过他的名片看了，奇怪地问："钱主任?"

"呵呵，叫我老钱就行。"

"原来那位金主任呢?"

"哦，他调离了。现在由我负责产品开发。"钱主任对新产品很期待，催促他赶紧带自己去看看。

围栏里头，三号龙在水里游了一阵，爬回自己母亲（同时也是祖母）身边依偎着，舔着对方的颈项。

"怎么样? 颜色问题嘛，金主任跟我说还是不难办的，直接往身上涂颜料。"

钱主任看着陶勤知笑容满面的样子，合上眼睛拼命摇头："你们这样简直是瞎搞。"

"呃……那就让工程的人再重弄，修改它的……"

"不是这个问题!"钱主任突然瞪大了眼睛，大声叫嚷，"你们怎么瞎搞成这种样子啊?! 你们到底懂不懂科学? 都什么玩意儿!"

陶勤知和小秦除了被吓傻之外，做不出任何别的反应。

"呵呵，你们真的是恐龙专家？连我这个大外行都看得出来，这孙子压根就不是恐龙！——迅猛龙啊，怎么可能长鳞片？迅猛龙应该浑身全是毛！喂，专家呀，你还明白我的意思？"

"不明白……"陶勤知的脑袋开始剧痛，"先前你们金主任不是说……"

"我不管之前哪个主任，说过什么话。现在我告诉你，恐龙应该都是长毛的！——这话恐怕不应该由我来教育给你们听吧，恐龙专家们？"钱主任的表情，在愤怒和嘲笑之间不断变换着。

咬裂了嘴里的笔杆，陶勤知这才勉强回过神来。看来自己也遇上了那个经典问题：领导更换之后，许多工作也会随之而被彻底否定和推翻，只得痛苦地从头再来。

只有小秦的心里乐开了花。"总算来了个懂点科学的投资人了！"她开心地想着。

"我们还有备用的产品呢。浑身都是毛，漂亮着呢。"小秦对钱主任说。陶勤知明白，她指的是一号龙。

"都是毛？这还差不多。"钱主任总算安下心来，又催促两人带他来到一号龙的围栏边。

它现在已经长得半大了，正精力旺盛地四处走动。一身的黑白条纹羽毛，细长的尾巴不停地上下翘着，仍旧是光秃秃的。陶勤知很惊讶，才过了半个月不到，这小家伙居然能长这么快。"难道是基因纯正的缘故？"

"嗯嗯，这才像话。不过羽毛还是有一些问题，太长了，太像鸟。"钱主任掏出资料看看，评论道，"最好是那种细细的绒毛，带点各种颜色的条纹——像迷彩服那样。比较漂亮。"

陶勤知看看他手里的资料图片，发现是各种臆想性质的恐龙复原图，不把恐龙画得比孔雀还美就誓不罢休的那种，根本没有一丝一毫的真实感和存在感。

"没问题。春节前就能做出来。"他答应了。

　　　　　　　　　　　　　　　　　　　　　　异　变

钱主任点点头，语重心长道："我们做恐龙生态园，讲究的就是科学态度，一定要让游客看到漂漂亮亮的长毛的真恐龙，弘扬科学精神，寓教于乐；这也是公司昨天开会做出的决定。"他充满关怀地拍拍陶勤知的肩，"做学问就是要讲科学。年轻人，牢记，牢记！"

## 6

"行了爸，老说老说的。絮叨。"尽管陶勤知努力克制，语气还是不由自主地不耐烦起来，"都说了票已经买好了，票都买好了我能不回家？嗯，就这样，回头再说。"手机还没来得及放下，桌上的传真机又开始"叽叽喳喳"乱叫了。

年关将至，各种烦躁纷至沓来。研究所附近的风景区供电处已经来过电话，春节期间可能要执行分时供电，这对研究所内的保温系统来说可是一大隐患。所内的备用物资，尤其是肉质饲料的供应早就告急多时，然而项目挂钩的市内科研机构，这两天却已经开始提前放假，饲养用肉肯定是没戏了。还有各种人员请假申请、物流清单、年终福利发放单、汇报总结书……简而言之，每逢佳节倍蛋疼。

陶勤知猛吸两口烟，捻起刚到的传真纸，上面打印着环艺公司最新版的"产品功能详情单"。他赶忙起身出门，边读边往试验用围栏场方向走去。

一名工程组成员端着相机，正隔着围栏给四号龙拍照。"这回怎样，还都符合他们要求吧？"他问陶勤知。

"不知道。先看看再说。"

四号龙的状态依旧很好，温驯地立着，眨着眼睛在四处张望。它的样子很像一只头上长有发冠的条纹鸵鸟。陶勤知对照详情单，一条一条地对它进行检查。喙部形状和牙齿都没有问题，前肢处的毛发长度也控制在要求范围内；腿踝那里，该露出来的角质层也都露出来了。

"二趾爪还需要再磨磨亮。"陶勤知盯着那对弯钩状的爪子。这是伶盗龙身上最具代表性的身体特征，然而他始终没弄明白其功能。无论是喂食时候还是进食时候，四号龙从来不用脚上第二趾的大爪去触碰食物。它难道不是用这俩大爪子去捕猎的吗？也许恐龙园以后会训练它这么做吧。反正这家伙跟真正的恐龙也没有关系，陶勤知心想。

最后，是最最关键的毛色问题。四号龙身上的绒毛遍布着十几道狭长的条纹，按照"棕黄白"的顺序排列。这已经是染色体操作小组尽最大努力所能弄出的效果了，虽说谈不上绚丽，不过比一号龙单调的黑白两色还是强得多。

"幸好他们没让你把恐龙弄成可以变色的，不然我们全都要跳楼了。"工程组员嬉笑着说。陶勤知也笑了，心里却又是一亮。

"一头可以随光线和环境变色的恐龙？不知道他们会出多高的价钱来买啊。"

做好了每日报告，附上图片发给钱主任之后，陶勤知的心情总算好多了。他摸着肚子走进食堂，正看见小秦一个人坐在窗边，对着窗外漫天的雪在发愣。"又发啥呆呢？"陶勤知走过去拨弄一下她的辫子。

小秦板着脸看他，从口袋里掏出一个小东西，气呼呼地摔在餐桌上。那是三号龙专用的金属脚环。

"刚才我去饲料处理房，发现切割槽里面居然有这个东西！"小秦嚷道。

"怎么了？可能是谁瞎扔的吧。"

"你胡说！"小秦来气了，"那你告诉我，三号龙现在在哪里？是不是被你们也做成饲料了？"

"那又……你问这么多做什么。你又用不着关心这些。"陶勤知高高捧起不锈钢饭碗。

"你们真没有人性！"

陶勤知"砰"地把碗摔在桌上。

"你烦不烦人啊？不知道研究所里面的肉不够用么？三号本来就是不合格产品，现在肉品那么贵，货源又那么紧，你做出来的那些个宝贝小恐龙一个个又那么能吃！有肉吃就不错了，难道要我自己割一刀喂给它们？"

陶勤知觉得自己已经很克制了，本来还有很多小秦不该知道的事。比如，当初喂养三号龙所用的肉里面，有些就是从它那丑陋的"父亲"身上割下来的。可小秦还是气得眼泪都要掉出来。她摇摇头："幸好'小一'走得早，才没被你们给虐待。"

"小一"是她给一号龙取的昵称。陶勤知听到这话，心里觉得有点不舒服。

三天前，一号龙也不知道哪根DNA搭错了，浑身泛起一层灰不拉叽的琐碎绒毛，四处乱飘；性格也暴躁起来，好几次试图攻击饲养员。也是它命不好，后勤组刚进来的研究生不慎将镇静剂的剂量配错，结果一针管下去，它的心脏便再也没了动静。后勤组员将它扔进了堆放饲料用的露天平台等待处理，等到第二天陶勤知再去看，连尸首都找不着了。

急促的电话打断了他的思绪，李教授催他去开视频会议。走出食堂前，陶勤知回头看看小秦，有些僵硬地对她笑道："你就别再烦了。恐龙嘛，本来就该是灭绝的货。"

## 7

"……好嘞。烟和酒的事儿由我来办，家里头还是备点大白菜吧，腌肉在菜场买个几条。——别净记挂钱！我能挣！哈哈。"

今天的天气终于放晴，阳光斜洒进小办公室内。陶勤知只觉得浑身舒适，打了个哈巴狗式的大哈欠。

"总算是解放了。"

四号龙已于昨天验收合格，可以赶在年关之前交货。再过不久，恐龙园工作人员就要过来将它装车运走。等过完了春节，陶勤知得直接去环艺公司报到，作为公司的签约员工，参与后续的跟进项目。合同都已经签好，再过个把小时，他就可以拿到那三万块的先期酬金。不过在此之前，他打算先来个节前大扫除，反正就要跟这间待了两年半的研究所说拜拜了。

有人推门进来，是小秦。"正收拾着呢？"

"还没。一团乱不知道咋收拾。要不你来帮个忙？"

小秦点点头，便一声不吭地开始帮陶勤知整理书籍和资料。两人一直没讲话，直到小秦不小心从书架上碰倒一个纸盒子。"这是什么？"她捡起来问道。

陶勤知拿过来，轻轻地"噢"了一声。盒子里装着一只廉价的国产迷你显微镜。高中时候，陶勤知还是班上的生物课代表，有一次他参加省里的生物知识竞赛拿了一等奖，生物老师特地把这玩意儿送给了他，鼓励他将来继续钻研科学。

"还要吗？"小秦问他。陶勤知摇摇头。

"不是什么值钱的东西。小时候不懂，还拿它当个宝贝。幼稚。"他将这纸盒子抛进了装垃圾的黑塑胶袋里。

恐龙园的搬运车提早就来了。大伙儿将四号龙牵进露天围栏里。气温还很低，四号龙的细绒毛显然不足以保温，因此它一直在不停地打着冷战。

"你们都放心吧，恐龙园里的条件只会比你们这儿更好，绝冻不死它。"钱主任叉着腰说。他从手包里取出一个挺厚的信封，敲敲陶勤知的手背。

"给你的奖励。回去跟爹妈过个好年！"

异 变

陶勤知接过信封，捏捏它的厚度，心里琢磨着要不要打开来点点？哪怕只看一眼，心情都会好。

过了好几年一穷二白的学生生活，如今他总算有所收获了。过完这个春节，就是一个新的开始，环艺公司的恐龙复原计划这才刚刚起步，有足够的舞台可供他施展才华，也有足够的钱等着他去赚。

仿佛有种什么声音，很熟悉的声音在轻微地回响，一下子把陶勤知从畅想里拉了回来。好像是一种很熟悉的鸟叫声。

一道清灵而悠扬的鸣声，在众人头顶上方回荡。陶勤知脑子里"咯噔"一下，信封也差点掉地。那鸣叫声很像是山地鹰类，却又更加响亮，显得悠远绵长。大伙儿不禁仰头朝天空望去。

有一只大鸟正在研究所的上空盘旋，越来越低。渐渐可以看清，这只大鸟的翅翼甚为舒展，通体修长，尾翎丰满，正在顺着风势而飘荡。有的人不禁停下手里的工作，掏出相机拍摄。

大鸟飞得越来越低，并且显示出其硕大的体形。它不断啼叫，以一种与自身体格不相称的轻盈姿态，轻巧地落在了一根电线杆的顶端。那种优雅和灵气，超过了陶勤知所见到过的一切鸟类。

它浑身披着丝滑柔顺的飞羽，长长的颈项自然弯曲；两眼橙黄明亮，炯炯有神；狭长的嘴喙是鲜嫩的柠檬黄色，头顶上有一丛艳丽的橘黄色羽冠，并向背脊处延伸，贯通后背；尾羽极其修长，正不停地上下翘动，末端的羽毛簇呈椭圆状，圆环形的花纹就像一只大眼睛——就连孔雀的尾翎也没有这么夺人眼球。

至于浑身的毛色，简直如同儿童故事里面的那只七色鸟：通体光泽闪亮的蓝紫色，体侧横着一道贯穿全身的玫瑰红色条纹，腹部绒毛好像海水那样，蓝得发亮。硕大的两翼也呈现出这种"紫红蓝"的条纹序列，却更加繁复多姿，似乎每一根飞羽上都有数种不同的色彩在交相辉映。最妙的是，它这一身五彩斑斓的靓丽羽毛，能够随着阳光的角度而不断变换色泽，反射出来的光线仿佛霓虹灯一般，无时无刻不在闪耀。

但令陶勤知最在意的，不是它那绝世的美貌，而是在它修长嫩黄的腿踝上，有一只小小的金属脚环正在不停反光。

## 8

"它……它是……"小秦失声叫出来，忙朝陶勤知看去。但还没等大伙儿从惊叹中缓过神，大鸟已经张开双翼，如同闪电般飞速扑下，直直朝四号龙这边飞窜过来。

自小在温室和激素中泡大的四号龙，此刻已经吓傻了，两膝跪地，屎尿流了一地。大鸟"扑通"一声，重重踩在它的背上，张开布满雪白利齿的大嘴，用力钳住它的喉咙。随即就是一连串骨骼碎裂的声音响起。

钱主任第一个反应过来，发疯般地大叫："快，快打它！你们在干什么！麻醉枪在哪里？"

几个工作人员急忙从车厢里翻出麻醉步枪，却死活也寻不见麻醉弹。待钱主任再回头看时，四号龙，公司最珍贵的摇钱树，已经被大鸟给卸下了脑袋，污血正从脖子里肆意喷洒出来。小秦死死抱住工作人员的胳膊，挡开他们手里的枪。

"那是一号龙，是我们这里做出来的，是真正的恐龙！"她冲已经傻掉了的钱主任大喊。

"到底什么情况？……恐龙？"钱主任揪住陶勤知的衣服问道。

但是陶勤知只是目瞪口呆地立着，看着一号龙正在大嚼四号龙的头颅。他知道一号龙是真正的伶盗龙，却再也不会想到，发育完全的它居然是这么一副形态。

"它真的会飞。它真的就是鸟类的祖先！"

一定是有人给它使用了生长激素，它才得以迅速地成熟了。看来，伶盗龙的毛色会随着年龄的增长而改变。几天前，一号龙应该正好处在全身换毛的时期，荷尔蒙也已分泌完全。估计那管剂量有误的镇静剂，只是让它假死了一阵。

在那间污秽不堪的露天饲料处理场里，慵懒丑陋的一号龙消失了，却诞生出一只能够在空中翱翔的美丽生物，一只令所有鸟类都不得不仰视并为之恐惧的，真正的"天空之王"。

在钱主任的催促下，后勤组员们总算从值班室里找出两匣麻醉弹，迅速填进步枪的枪膛里。"弄它下来！这玩意儿可值老鼻子钱了。可千万别把羽毛打坏啊！"钱主任命令。

一号龙竖起颈子，用它那对明亮的眸子盯着众人。

两枚麻醉弹冲着它的胸膛飞来。一号龙毫不犹豫地"呼啦"一声腾空而起，如同一道五色斑斓的闪电直蹿上天。它避过子弹，在空中左右腾挪，灵活地扭动身躯，振翅飞向研究所围墙外的一棵雪松，用四肢的爪子扣住了松树的枝杈。

陶勤知瞪大双眼，看着它爬树时那敏捷的身手，两脚上的巨爪正牢牢地挂着树枝，心里突然恍然大悟：原来伶盗龙第二趾的巨爪并非杀戮武器，而是它用来攀爬树木的固定爪。

太远了，已经超出了麻醉枪的有效射程，大家全都垂下了枪口。再也没有人可以伤害这位"天空之王"了。

小秦感动得眼泪鼻涕直流，情不自禁地朝那个方向跑去，边跑边呼唤它的小名。

"小一！小一！"

陶勤知斜靠在栏杆上，轻轻叼出一根香烟，微笑着摇头。一定就是她给注射的生长激素。

"真他娘的是好东西！"钱主任不由得啧啧称奇，"这辈子也没见着过这样给劲儿的玩意儿。小陶你说，这家伙够不够当咱们的'镇园之宝'啥的？"

"什么镇园之宝？"陶勤知故意反驳他道，"它又不是恐龙。"

"不是说，这什么什么龙，是那些个鸟类的老祖宗吗？"钱主任翻出包里的各种资料查找起来。

陶勤知却一屁股坐在了覆满积雪的地上。"全他娘的搞错咯。研究一辈子恐龙都不可能弄明白这件事儿。乐死我了！"他捂紧肚皮，笑得浑身发抖。钱主任不解地瞧着他。

"怎么办？现在咱们该怎么抓这小玩意儿？"

"抓不到了。一辈子也别想抓到它。"陶勤知放心地躺在雪地里，合上双眼，满脸都是无比快乐的表情，"这辈子能够看上它一眼，就够本儿了。"

世界上的一切都只是浮云。心态实在是太轻松了。现在他就想这样躺着，笑上一辈子。

此刻，一号龙蹲坐在树顶，仰起脖子高昂地鸣叫了数声。两只巨大的翅膀高高扬起，阳光穿透两翼上一层层绚丽多彩的羽毛，散射出一团犹如彩虹般的光芒。

它终于飞走了，那鲜艳夺目的身影消失在墙外的山林深处；仅剩下那棵松树兀自摇晃着，仿佛所有一切都是一场梦境。

# 夜 眼

## 1

中午11点45分，手机闹钟第三次响起后又被吴星按灭。

他不情愿地起床了。一天的生活由此开始。

气温比前两天有所降低，但中午的室内温度仍有近三十度。不过幸好，这间两室套的旧屋子离隔壁的水泥小楼很近，光照不佳，阳光晒不进屋，所以卧室此刻还不算太热。吴星把床头的电扇关掉，光着上身探出窗外收回挂在绳子上的背心和短裤。衣服穿好后，他把单人床上的席子掀起来抱住，绕过满桌的器材，抱到窗口去晒。然后他转身出门，去上公共厕所。

从厕所出来后，吴星到村头小市场吃午饭。午饭吃完，吸收了许多热量的身体浸满黏汗，他终于熬不住，打开天花板中央的旧电扇。风力比床头那台小电扇强多了，费电也多，只是不得不开。

身子仍然很热，吴星忍不住想再脱光上衣。但是不行，现在已是下午，小店该开门了。当然可以去卧室将空调打开。空调是他自己亲手改装过的，制冷能力极强。

但这也不行，因为实在太费电。

晚上是他的用电高峰，电费必须省下来用在刀刃上。

吴星站在吊扇下，让身体凉下来，然后关掉吊扇走出卧室，来到店面门口掀起卷帘门。

　　接通接线板，他打开橱柜上的旧音响，用音频线接上手机，点进App，放起最近流行的国语歌来。音量调得很大，他试图以此吸引主干道上的行人们的注意。

　　没什么效果，因为天气实在太热。

　　这会儿的城中村，除了放暑假的孩子们在东奔西跑外，路上几乎没什么行人。吴星坐进橱柜后方，撑住脑袋抽烟，视线扫向墙上挂着的手机壳、耳机、充电线、移动电源等物，最后望向门口垃圾桶旁立着的贴有"手机贴膜、数码维修"字样的灯箱。

　　他再次回想一年前的自己是什么样。

　　在开发区科创园上班的那段日子，办公室里可绝不会放这种"国语民工歌"。

　　不管是编写配置文件、组装硬件，还是程序调试，即便是中午吃员工自助餐时，公司里到处放的也全都是欧美摇滚。管理团队从美国回来，那帮人信这个调调，而当时刚毕业不久的吴星也信。

　　可惜，那个团队很快就消失了。

　　所有人都跑了。公司一夜之间解散。一切都不见了，消失的速度比那款划时代"产品"的飞行速度还快；等到吴星反应过来时，办公室已经被全部搬空，连一次性纸杯都没留下。

　　直到今天，吴星的口腔中仍不时会冒出一股芥末三文鱼味，那是当时"一号产品"试飞成功后，庆功酒会上投资人提供的食物味道。可那些投资人也已经全消失了。

　　那段时间，除了像吴星这样还在讨要工资的员工外，办公室里每天就只有一帮前来讨债的小股东。他们人人都骂吴星是骗子。

　　最后一次下班的那天，他回到租住房，突然意识到自己原来还剩下了一点公司财产——

　　——仅存的三台"产品"原型机，正停在卧室墙脚边静静充电，等待着下一次的试飞。

可是已经不会再有什么试飞了。

三台无人机，连同吴星自己研制的操作系统一起，成为了那段岁月仅剩的回忆。

……

如今，各地都严禁"黑飞"，这套"玩具"并无面世的价值。但是，在搬进这片城中村后，吴星发现它们还有物尽其用的机会。

只需等每天晚上日落后，它们便可以重新"活"过来。

和这座城市里其他的人一样，吴星每天默默忍受着暑气，只为了等到夜晚早点降临。

今天的等待过程同样枯燥，他不知不觉睡着了。

有人走进店，敲打柜台将他惊醒。一个肥硕的半裸男人站在他身前，说话声音粗犷。

"吴老板，是你帮我家儿子的手机换的屏幕？"

对方将一台白色手机摔在柜台上。

吴星认得他。城中村菜场中央卤味店的老板，家里有个上小学的儿子。

"是的。"

"你收他多少钱？我看到底是他撒谎还是你撒谎。"

卤味店老板前几天把这台手机的外屏砸裂了，他儿子偷跑到吴星这里换屏。吴星换完后，按自认为合理的价格收了钱，另外贴了防爆膜，加在一起要了小孩五十块钱。

"开玩笑？吴老板，你实在太厚道了。东头那家他妈的骗子店，换一个屏收我两百块！"听完吴星的交代，半裸老板脸上笑开了。他掏出另外两台手机摆上柜台，屏幕也都是裂的。

"你可真是好人啊吴老板。"

又来了，又是这种评价。

吴星叹口气，收下手机，和对方商定了九十块的价格，外加两片防爆膜，约好过两个小时来取。

卤水店老板走后，音响被关掉，店里恢复安静。吴星翻出笔刀、拆机片、万用表，抬头看一眼挂钟。

现在还不到下午2点。离太阳落山还有五个多钟头。

再忍耐一下，吴星这样对自己说。只要一过晚上8点，周边餐饮店铺的订单就会陆续发到他手机里，业务时间将一直持续到凌晨两点。

等到天黑就好了。到那时，他和他的那些"伙伴"将会一起复活，令人心情舒畅的惬意之夜也将再度来临。

但这只是他的一厢情愿而已。


开发区公安分局的中央空调，在今天下午已经被打到最低温度，但孟阳仍然感觉燥热，浑身发痒，颈子里黏满汗水。

他今天的心情也是同样非常不快。

上午的分局例会上，副局长和政委把他训了一顿。

按理本不该如此。分局多年来一贯并没有太多的办案压力，因为开发区一带的治安情况一贯很好，每年除了几起盗窃案和工人群殴案件外，从来没遇到过烦难的大案要案。作为一名工作多年的普通警察，孟阳虽说很难有什么光明的升迁前景，但日子也算清闲，不容易遇上什么麻烦事。

可偏偏在今年夏天，这座城市有些不太安宁。

自六月份以来，市公安总局已经通报了五起人员失踪案件，案情惊人地相似：失踪者都是来此游玩的外地人，多是大学毕业不久的年轻人。根据过往经验判断，这一系列事件极有可能又是传销团伙犯下的非法监禁案。此类案子向来麻烦，人证物证获取困难，需要耗费大量时间和人力，而一旦出事，往往又会造成极其恶劣的结果。一个多月来，网络舆情已经空前沸腾，限期破案的压力一层层不断朝下压过来，也难怪分局领导们每天都心情不佳。

于是孟阳也就一直心情不佳。

他绝不是嫌办案麻烦。相反，他这段时间多次申请调入总局的专案组或分局的专案办公室。他相信，自己身处的这片面积广大、看似平静的城郊开发区，正是最适宜传销窝点藏身的地带——开发新区和工业区之间的狭长地块内有许多乡村宅院，东南部的农业村镇也地广人稀，南部靠近海港的城中村更是藏污纳垢，层叠的水泥楼房和违章建筑中不知住着多少来历不明的流动人口……一个规模不超过两百人的传销小组，随便往这些地方一钻，便神不知鬼不觉，再难查获；而等到周围的住户警觉起来时，他们往往包几辆车，一夜之间便不知转移到什么地方去了，根本抓不住。想要把他们一网打尽，必须长期地严密监视，然后抓住时机，迅猛出击。

他的想法得到许多同事的支持，但决定权不在他们手中——上级对孟阳反复的申请和自作主张的"案情分析"早已没了耐心。

"专业的事情让专业的人去做，有多少资源做多少事，你是老警察了，不要再让我们重复好不好？"

既非专业人员，手头又没有资源，没有哪个领导会理睬孟阳。他只能继续听从调派，每天坐在办公室里对着电脑擦汗，等待日复一日的平常任务。

而像今天这样的桑拿天，恐怕连坏人也不愿出门了。

孟阳不喜欢犯困的感觉。他泡了大壶铁观音，一杯接一杯喝了整整一下午。

傍晚，他收拾手提包准备下班时，办公室的分机响了。

电话由市总局转进来，是报案信息，报案人的电话被定位在他所在的开发区内。

办公室里只有孟阳一人。

他精神振奋地拿起听筒，心想：哪怕是帮独居老人找猫找狗也好，只要能出门办点事情就成。

"我是开发区分局的孟阳，请说请说。"他大声朝电话机里回答。

这是一次民事举报。有南部城中村的居民举报称，住处附近有无人机涉嫌黑飞。举报人还提供了黑飞嫌疑人的姓名和具体住址。

"明白了，马上前往处理。"孟阳朝电话里报出自己的警号，以供系统记录，然后挂上电话。

果然还是一般案件，再常见不过的无人机黑飞，算不得什么大事。孟阳对开发区一带比较了解，那里没有机场和军政设施，高压电塔也拆得差不多了，何况一般无人机的飞行半径超不过一公里，不会构成重大安全责任事件。

他依经验判断，这充其量不过是爱好者飞着玩玩的扰民事件而已，很可能只是有小孩在要着一台网购来的玩具无人机罢了。

但孟阳还是换好便装后快步出门，下楼去取车。

这正好是个机会，可以走访一下城中村，说不定能获得一星半点关于传销窝点的消息。反正无论怎样，都要比窝在这闷人的办公室里强多了……

从分局到城中村有近十公里路程，都是开发园区特有的宽敞直路，路况极好，孟阳没花太多时间就抵达那里。把车停在农贸市场路边，他下车进菜场绕了一圈，然后找家小铺吃饭。

此时天色刚刚入夜。吃完饭，孟阳按照举报人提供的地址，在城中村主路上找到了目的地：一家数码产品店。

小店已经关门。周围是些普通水泥楼房，现下正是晚饭时间，路旁到处飘着炊烟，人声喧闹。

孟阳不是专门对付黑飞无人机的警察，没有专门的无线电搜查设备（只有市总局能配备专业的无人机搜查队）；不过对于眼前这事，他有个最简单的解决办法：

"蹲坑"——他曾再熟悉不过的一招。

孟阳在小店马路对面的大排档坐下，点了些海鲜烧烤，给自己两腿喷过防蚊水，然后点上香烟，抬头望向夜空。

异 变

他在等待"猎物"自己现形。

市售的无人机都自带航行指示灯，且电量消耗都很快，飞不了多远，只要看见附近夜空中有红绿色的指示灯，再确定无人机起降的方位，操作者位置就能基本锁定了。孟阳估计，花一个钟头左右时间可以解决这桩小案件，然后便可以开始干自己的正经事……

他就这么一直坐着，直到晚上10点。

没有任何类似指示灯的东西在夜空中移动，就连无人机特有的马达转动声，他都没听见。

10点15分左右，分局专用的工作手机开始抖动。孟阳拿起来接通。

话筒里传达出来的命令让他惊愕不已。

随命令一起发来的，还有定位信息。他打开地图软件定位，顿时大惊失色，随即跑去大排档柜台付账，然后顺着马路朝东边狂奔。

他很快抵达事发现场——那里距离刚才吃饭的大排档仅有不到五百米距离。此时，那里已经围了一圈市民。

手机里通报，就在刚才，有人在这里发现一具尸体。


晚上八点，店铺准时关门。换好屏幕的两只手机已经交给卤水店老板，吴星手头没活。

即便有活，他现在也没心情干了，因为心思早已飘去了头顶上方的那片夜空中。

他在马路对面的大排档排队买来一盘烤串，回到卧室打开空调，按下墙上三块接线板的开关，然后依次启动桌面上的电脑、收发器箱、外接显示器、外接硬盘盒。五分钟后，所有设备都已就位。

三台通身黑色的"产品"无人机停在墙脚，机身上的方形电源盒亮起绿灯，提示电量充足。吴星过去拔掉充电线，由裤子口袋内取出黑色电工胶布，撕下三条，遮住它们的电源提示灯，以便保持它们的隐蔽性。

毕竟今晚的飞行是非法的"黑飞"。

他坐进椅子，戴上耳机，双脚踩上踏板，再把眼罩绷在额头上，操作鼠标打开管理器软件，左手取来手机检查目标位置。

今晚的头两个客户都是熟客，住在街西北角一栋老小区的二层和七层，吴星很熟悉那里的方位。

管理器软件已启动完毕。他把头往下一点，眼罩落在鼻梁上，罩中一对微型显示器投出的画面进入他眼睛里。电动机开始工作，耳机里出现微弱的嗡鸣声，吴星摁动大拇指处的微动旋钮，操纵"产品"升空，朝窗外飞去。

他先让"产品"升到高空，飞越人多眼杂的主干道上空，然后降落到大排档后场的小巷。

老板娘正坐在巷口。"产品"落地后，老板娘迅速把打包的烤串塞进黑色塑胶袋，将"产品"机身下方的带子跟塑胶袋系牢，然后退到几米外重新坐下，目送"产品"拉着塑胶袋升空并离开。

吴星推动控制柄，操纵"产品"直扑目标方向。

清澈的黑色夜空和明亮的地面灯光，将眼前画面分割为上下两半，喧闹的街市噪声随着"产品"的升高而变得不再嘈杂；除了一群四下翻飞的蝙蝠外，周围的夜空一无他物。吴星把头转向左边，机身下的摄像头相应转向；他望见西边的地平线上有一条狭窄耀眼的橙红色光带，那是市中心CBD的繁华灯火。

携带着外卖的"产品"隐蔽地穿行在这片夜空里。

吴星尽情受这一刻"翱翔"的自由，忘记了过去以及现在的所有一切不愉快。

两个熟客的外卖很快就送到了。返回大排档的路上，吴星听到手机发出提示音。他掀起眼罩，设置管理器软件，安排"产品"自动飞回大排档，然后自己查看老板发来的信息。

今晚的第三个客人住得远，在城中村东南角的农家出租屋。也是个老客户，不过有段时间没有在大排档订过餐了。"产品"在老板娘那里降落后，吴星检查无人机电量，发现还剩一半不到，结合距离考虑，应该够再往返一趟。

他改变习惯，打算提前出发，将这趟送完后再飞回家里充电。

第三趟的外卖分量不多，一路上吴星将"产品"拉升，过了一把高空高速飞行的瘾；抵达目的地附近空域后，他沿抛物线下滑航线，降到离地五米的高度，左右摇动摄像头，开始寻找客人住址。

他一时之间没能找到。

此处是城郊边缘的一个小村落，周围的地貌不再是光线明亮的建筑物和街道，而是广阔阴暗的农田及果园。这一带缺乏路灯照明，"产品"低空盘旋时虽不必担心被人发现，可若不能尽早找到订餐客人，却也是件麻烦事，因为低速悬浮时耗电很厉害。

吴星不想停留太久。这地方让他感觉很不安。他从没有飞出过城中村范围哪怕一次。害怕被警察逮住是一方面，另一个更重要的原因是，除了城中村外，城里别的地方他几乎都未曾去过。这座庞大无边的城市至今仍令他感到有些陌生和恐惧。

客人租住在一栋三层农家小楼里。吴星发现，周围有好几幢类似的小楼，都是水泥抹的外墙，窗户也都亮着灯，一眼望去全差不多。"产品"机身下方挂着塑胶袋，他不好操纵机器降落，也不想悬停太久，便决意冒些险，近距离飞掠那些窗户，用摄像头寻找客人。

"产品"经过特殊设计，即使离窗户仅有几米远，屋内的人也很难注意到它的动静。吴星平缓摇动手柄，一个窗户接一个窗户地飞掠。眼罩中出现明亮的窥视画面：有些屋子没人，有些屋子里的人与大排档老板的描述不对。这过程中，吴星与老板通了电话，确认客人是个年轻姑娘。他让老板通知客人在窗口拿手机挥舞，以方便自己寻找。

很快，"产品"飞抵村子最中间的两幢楼旁。

他从左侧那幢开始搜起。

升到三楼高度时，他感觉自己找到了客人：三楼拐角的一扇窗户内，有人影站着。

这幢楼里所有窗户都是黑的，只剩顶楼一个房间有灯，此时见到屋内有人，他断定那就是客人。

"产品"迅速飞近那扇窗户。

窗户没有打开，里面站着一个短发女性，右手举着手机，背对窗户。

吴星感到难以理解。没开窗户并不奇怪，毕竟农村的夏夜蚊虫很多；但那姑娘居然背对窗户，这就不合逻辑了。这种姿势下，她根本没法看见外卖送到。

悬停在窗外等待一阵后，吴星发现，那短发姑娘始终没有回头，只是举着手机站在原地，似乎正朝摄像头看不见的方向说话。管理器显示，"产品"电量还剩四分之一左右，这让他有些焦躁。正当他考虑是否该操纵"产品"轻微撞击窗户提醒对方时，摄像头却记录下一段令人吃惊的画面——

一个光着上身的强壮男子从角落里走出，上前扇了短发姑娘两耳光，夺过对方的手机，抬脚将对方踹倒在地，然后伸展肢体，反复踢着已经倒地的姑娘。

透过眼罩显示器，吴星将那男子扭曲的面部表情看得非常清楚。

"产品"机身上的麦克风，记录下那男人的咒骂，以及皮鞋踹在身体上发出的沉闷声响。这些声响通过耳机传进吴星耳中，令他的身体不住地发颤。

踢了十多脚后，那男子走回摄像头看不见的角落。

被殴打的女子则躺在地上，一动不动。

随即，屋内变成一团漆黑，似乎是灯被关上了。

异 变

## 2

当吴星从惊骇中恢复过来时，"产品"已经在原地悬停了一分多钟。

手机响了。

他伸手去拿时，掌心已经满是汗水。

大排档老板来电，询问为何还没有把外卖送到。吴星胡乱应付几句，摇动已经变得湿滑了的手柄，控制"产品"飞往最后一幢没有搜索过的小楼。

那里的二楼有扇窗户打开着，一位长发姑娘站在床边正不断晃动手里的手机。真正的客户原来是她。

拿到外卖后，长发姑娘对着"产品"大声道谢，但吴星一个字也没听进去；大排档老板又给他发来新的送货地址，他也完全没心思去看手机。

他的思维已被刚才看到的暴力画面完全占据。

刚刚那户人家出了什么事？夫妻纠纷？家庭暴力？

然而，那名男子凶狠残酷的手法，即便是家庭暴力，也太过头了吧？那个短发女性的诡异行为，也让吴星觉得心里发毛。

他决定飞回刚才那扇窗户附近，趁着电力没用尽，再多看两眼。

返回那幢没有灯光的小楼时，地面上正有辆面包车驶过，车灯将周围照得很亮。吴星将"产品"飞到隔壁房子的屋顶中央，避开车子视线。面包车离开后，他飞到那栋怪异小楼的三楼窗户旁。

四周的光线仍旧黑暗，隐约中能看出那扇窗户已经重新打开了，屋内没有人，也没有灯光。

那对神秘的男女似乎不在。

他不敢贸然飞进去，来回盘旋一阵后，决定离开。

这时附近又闪起灯光，并伴随着一群人的说话声。

吴星再次让"产品"飞到屋顶，发现地面上走来几个打着手电的人，像是周围的住户。他们聚集在那扇窗户的正下方，手电的光线全部汇聚在地上某堆物体身上。

吴星产生出不妙的预感。他小心操控"产品"停在那些人头顶，缓慢下降的过程中他通过机载摄像头，极力辨认地面上的那堆物体。

——地上躺着一个人。

——是那个之前遭到殴打的短发姑娘。

大量的血从那姑娘口中淌出，在水泥路面上汇聚成一片红色血泊，反射出围观者们晃动的手电光线。

吴星本能地猛然拉起手柄，操控飞行器急速倒退并升高。

巨大的震惊和悲哀之情，令"产品"的飞行轨迹几乎陷入失控状态。


抵达出事现场后，孟阳只看一眼就明白：有人坠楼。

他上前出示警官证，推开围观人群，从其中一位村民手里借来手电筒，观察地上躺着的那个人。

事实非常清楚，坠楼者已身亡。

那是一名年轻女性。从血液的状况看，她坠地时间并不算久。孟阳抬头再看，发现现场楼房的三层有扇窗户开着。看来，死者从那里坠下的可能性极大。

周围的村民和租住户聚集得越来越多，有人找来村委会的人。孟阳请求对方帮忙组织出一圈隔离带，然后打算自己上楼侦查现场——尽管目前情报有限，但他胸中的直觉已经呼之欲出。

"绝不是普通的坠楼意外。这是一起刑事案件！"

进入房屋内，他发现自己的直觉很准。

这是一幢长期出租的农村小楼，内部脏乱，光线昏暗，所有窗户都被窗帘或报纸遮蔽；厨房里只有基本的烹饪工具，每个房间都塞满肮脏的地铺和床褥。粗略计算，这栋楼内至少住着三十名住户。

三楼开着窗的屋子是一间厕所。孟阳在窗边地面发现了细微的血迹，以及疑似有人被殴打在地的灰尘痕迹。他已很久没为这类案件出过现场，相应的工具也没有，只能用身上带着的胶布，将有血迹的地面用胶布围成几个方框，以便日后刑侦人员进一步勘查。

还没等回到一楼，孟阳工作电话就响了。

分局领导直接来电，命令是让他"保护现场外围、等待刑警总队前往支援"。言外之意是，不准他进入现场内部。

回到屋外时，附近派出所的巡警和辅警已经驾车到达了。互相交流后孟阳发现，对方和自己一样也无权进入现场，必须等总队的人来。

等待的时候，这群警察站在院子外抽烟闲谈。派出所的人言之凿凿："肯定又是搞传销的那帮混账东西干的。"

孟阳对此无可奈何。他自己又何尝不是这么想的？

半小时后，刑警总队的人赶到现场，而在此之前，孟阳已经向周围几家的住户做过了口头笔录。与以往类似的案件一样，这次的当事人和嫌疑人也同样是行踪神秘的外地租住户，外貌特征模糊不清；所有邻居都声称没有见过受害的女子，也没见过和她租住在一起的人。

将手中情报全部汇报完后，已是凌晨一点。总队的人向孟阳表达了简单的感谢，建议他可以回家休息去了。

"这回能抓住吗？"孟阳追问。

对方摇头不语，面无表情。

神出鬼没的传销团伙，别说在这座城市，即便放眼全世界，也一贯是最难抓捕到的一类罪犯。心有不甘也没办法……

凌晨时分，孟阳返回分局交班时值班长问他："老孟，下午报的那个黑飞案子你查好了没？"

满脑子都是少女坠楼的孟阳，一时间竟忘了还有这回事。

"查得差不多啦，明早我再去那边看看，下午之前出结果。"他敷衍一句。

"加快速度，举报市民还等着回访电话。又不是什么疑难大案，抓紧把它办完吧。"

"知道了。"

孟阳嘴上答应，但心思已经不在这上面了。

次日上午，孟阳回到城中村，把车直接停在那家数码维修店的门口。

店铺还没开门。他下车走过去，猛敲卷帘门，希望把这小案子快速解决完了拉倒。

实际上，孟阳心里对这件事完全不抱任何希望。如果对方一直不开门，他只能就此撤退；即便对方开门，他也无权要求进屋搜查。即使真的吓住了对方，让自己进屋去了，如果对方把无人机藏起来，矢口否认自己黑飞或拥有无人机，他也同样是束手无策，这件事只好不了了之。

万一运气好到极点，对方是个不撒谎的老实人呢？除了批评教育外，孟阳什么事也做不了。而要是对方的无人机证照齐全，那么孟阳甚至连没收机器的权力都没有。

这就是他的工作处境，也是他无法更改的命运。

敲打卷帘门的声音越发焦躁。

连续的噪音将吴星从昏沉沉的梦中惊醒。

他起身看手机，发现还没到起床时间，但自己已睡意全无。

吴星一整夜都没睡安稳。半梦半醒间，他眼前浮现着的全都是那具尸体的脸。

那不是什么舒服的画面，但与其说是恐惧，倒不如说更让他感到悲伤。身下的凉席已被汗水浸泡得发黏……

昨晚发现尸体后，吴星操作"产品"返回卧室，更换备用机身

异 变

后返回大排档继续工作，但心思完全无法集中。随后的几次往返飞行中，他一直注意观察地面，有几回似乎隐约望见路上有警车行驶，但他并没有胆量跟踪过去。

那个可怜的短发姑娘，在自己面前被人殴打，然后坠楼身亡。吴星很清楚，倘若这是一起凶杀案，那么自己就是头号目击者。

然而更加清晰的事实是，这次目击是外人无法知晓的。夜空中的"产品"绝不会被人发现，街坊邻居不会，警察更不会。即便亲历了如此重大的事件，他自己仍将只能独自承受。

吴星脑中思绪起伏，顺着平日的习惯脱去衣服，开窗晾晒凉席。敲打卷帘门的噪音这时再度响起。他反应过来：门外有人找他。又是谁家的手机要来贴膜了吧。

他仍有些迷糊，披回衣服走到店铺门口，掀起卷帘门。

——敲门的并非街坊，而是个完全没见过的矮壮中年男人。

"你叫吴星？"中年男人语气生硬，带着不耐烦的情绪。

吴星挠着头发点头。

对方从手提包里掏出一只黑色硬壳证件，表情淡漠地举起："你好，警察。开发区分局的。能到你家里看看吗？"

脑中残留的混沌被一扫而空。吴星缓步后退，让出空间，任由对方走进店内。

男警官命令他把灯全都打开，检查完营业执照后环视一圈，然后告诉他：昨天警方接到附近居民的举报，此处有人涉嫌黑飞。

"打扰了，我这趟只是过来问问情况。吴先生，你家里有没有无人机？有没有未经公安部门许可的飞行行为？"

吴星脸色苍白地缓慢摇头。

"好吧。那么麻烦你带我进去看看里面房间，谢谢。"男警察背着手说。

吴星将对方带进里面的卧室，然后站在房间角落里一语不发。

看到对方这副模样，警察孟阳只觉得好笑。

进屋时他已观察过一遍。除了桌上一堆电脑和仪器之外，这户人家平淡无奇，见不到无人机的影子，眼前这年轻人如此紧张，着实没有必要。

——想必一定又是从外地来此打拼的底层青年吧！成天老实巴交，见了警察便畏首畏尾，一旦要查身份证马上就手足无措，总觉得自己是弱势群体，除了上网打游戏外什么都不会。网上怎么称呼这类人来着？好像叫什么"三和大神"？在城市的这片区域里，这样的年轻人数不胜数，他自己早就司空见惯了。

孟阳打定主意不去为难这小伙子。他准备例行公事再询问几句之后直接走人。与昨晚那起疑点重重的少女坠楼案相比，什么无人机之类的玩具完全没有任何关注的价值。

顺着职业习惯，他询问那小伙子，昨晚有没有注意到周围有什么奇怪的状况。

"昨晚？是不是附近有人跳楼死了？"

眼见警察已经把话说到这份儿上，吴星放弃了侥幸心理。他确定对方就是为了这件事来找自己的。"说是一个姑娘，在东边的农家乐那里——"

"嗯，是有这么回事。除此以外呢？"满脸疲态的孟阳心不在焉地说。

少女坠楼案在今早已经登上了社交媒体的新闻头条，这小伙子即便知道这桩案件也不足为奇。孟阳对此并没有过多在意。他想知道的是，案件发生之后，附近是否出现过可疑的人员及车辆。

近年来的传销组织，在逃避搜捕的过程中都会使用灵活机动的手段，最常见的手法是利用车辆进行转移，假如这一带的住户们能提供相关线索，那么追查起来一定会便利许多……

又在遐想一些超越职权范围的事了。可孟阳就是无法控制自己的思维。

"我看到有辆面包车从那栋楼旁边开过去，不知道是不是跟案子

092 　　　　　　　　　　　　　　异　变

有关。"吴星走到桌前，一边打开仪器电源一边交代。

"面包车？"

孟阳一下子来了精神，将无人机的事彻底抛在脑后。

"你看到了？在哪儿看到的？现场附近吗？时间是几点？车牌号码注意到了吗？"

这几句问话也是例行公事。孟阳不指望一个普通的围观市民能注意到车牌信息，只要能讲出车型和漆色就可以了；当听到对方回答说"稍微等一下，我打开电脑看看"时，他甚至已有些不耐烦：别玩电脑啦，赶紧把线索告诉我！

他很快就得到了线索，而且是珍贵的现场目击画面。

当吴星从硬盘里调出昨夜的录像画面后，他甚至下意识地认为那些画面是不真实的。

因为实在是太清楚了，太具体了。

他将视线在屏幕画面和吴星的脸之间来回游移，表情彻底僵硬住。

"民警同志，您看上面，昨晚我飞去那里的时候，一开始把她当成了订外卖的人。——您瞧，"吴星手指着屏幕，话音依旧低微，"房间里这个人先是打她耳光，然后把她踢到地上，再关了灯。之后……我快进一下……看，等我飞回来的时候，房子里的人已经不在了，那个姑娘也已经——"

吴星把录像视频暂停，画面定格在发现死者尸体的时刻。

仅看一眼，孟阳便已认定，画面中拍下的就是昨晚案发现场。

没等他回过神来，吴星再次按动键盘，将视频往回倒退一小段。

画面里出现了一辆白色面包车，正从现场旁边的水泥路上驶离。

孟阳此时有太多的问题要问，但最紧迫的是下面一句话："这辆车的车牌是多少？"

摁动组合键，吴星将画面放大。

"产品"搭载的高清摄像头，即使在暗夜中也能捕捉到这一细节。一串字母和数字的组合被放大在屏幕中央，清晰可辨。

孟阳明白，就算是套牌也好，只要有了这串车牌号，就可以宣告这桩案件出现了重大进展。

现在唯一的问题是，眼前这个戴着眼镜、其貌不扬的瘦弱男子，究竟是怎么做到这点的？

而当吴星面露苦涩地打开衣橱门，露出挂在衣架横杆上的那三台黑不溜秋的无人机时，孟阳才终于意识到，改变自己命运的时刻，已经出现了。


坐警车抵达分局后，吴星听从孟阳的命令，与其他几位民警一起，从车里将所有的"产品"操作设备全部搬进分局小库房内。

吴星并没有意识到孟阳和其他警察对自己的态度有什么不正常。此前除了有一回补办身份证外，他从没跟任何警察打过任何交道。当孟阳提出让他留在局里吃午饭时，他甚至恐慌起来："这就算是拘留我了？"

但他依然顺从地跟着孟阳的同事去了分局食堂。

吴星离开办公室后，孟阳则坐在小库房里抽烟。

乱七八糟的电子器材搬得他腰酸背痛，但他并不疲劳。此刻的他手脚伸直，瘫在椅子上吞云吐雾，完全是一派如释重负的神态。

他心中放下了一个大包袱。没有任何人能料想到的重大线索，此刻就落在他手中。

甚至连去食堂吃饭都没了心情。孟阳兑了点茶叶水，去办公桌抽屉里找出饼干，在小库房里边吃边看同事们干活。

从吴星家里"起获"的无人机飞行设备数量不少，分局设备部同事刚刚将它们连接到位。孟阳看到它们几乎占满整间库房。

设备部同事过来朝他讨烟，顺便将设备统计名单递给他。

"黑色四轴无人机三台，备用电池组加充电器共三套。5G信号收发电台一套。VR感应探头，VR头戴显示器，VR感应手柄加脚踏，耳机，高清输出显示屏，系统控制电脑终端加控制软件，输出画面录制终端，再加上硬盘接盒以及配套的六块硬盘……"

纸上有很多术语名词孟阳不明白。设备部同事向他讲解了这套系统的基本原理——

这三台黑色的无人机装有5G信号模块，实质相当于三部入网手机，只要是有5G数据网络的地方，不管相隔多远都可以遥控。设计者巧妙地将遥控系统改造成VR设备，利用操作者的双手双脚控制飞行，头戴显示器控制无人机的摄像头旋转，飞行动作敏捷，操作效率极高，手感也非常舒服。自制的电池组比一般市售电池容量大许多，加上机身由轻便的碳纤维材料制作，使得这几台无人机的续航能力极强。

"特别是它的桨叶，你看，市面上一般的产品只有两三片，而它每个轴都有五片桨，全是碳纤维材料的，而且用超声波马达驱动。知道这样设计有什么好处吗?"

"我当然是不懂了。"

"这样一来，它的飞行噪音就特别低。你听听。"

同事左手拎起一台无人机，右手控制鼠标接通电源。四只螺旋桨发出轻微的嗡鸣，强劲的凉风马上吹遍整个房间。

"还没完，它还有别的特色。比如说，取消了航行提示灯，摄像头带有整流罩……"

设备部的同事对这套系统赞不绝口，孟阳的思绪则飘向了更远处。

到了下午，孟阳将吴星叫到自己办公桌前，开始对他进行谈话。

吴星对谈话极为配合，老实承认了自己黑飞的行为，坦承自己每晚用无人机在城中村一带送外卖，换点小钱。事前孟阳已经从同事那里得知，吴星的这套无人机系统市面上绝无可能买到，一定是自制的，谈话时他便要求吴星交代这套系统的设计方是谁。

"是我和我的同事。"吴星老实交代，"去年公司垮了之后，他们都不见了，我再也没联系过他们。"

孟阳用电脑查阅了吴星所说的那家科技初创公司，发现去年年初，公司创始团队已经携款潜逃了，至今下落不明。案件卷宗里列有吴星的名字。他问吴星，最后讨要到了多少拖欠工资，吴星只是摇头。

他又让吴星自述那些"产品"的操作方法。吴星所写的内容与设备部同事的调查结果完全符合，甚至还要更加详细。

孟阳表面神情冷漠，心里却觉得此人很有意思。他想到今早返回城中村走访时，曾找到那个举报吴星黑飞的人——对方也是个开数码维修店的，原因居然是因为吴星修手机的配件报价太低，害怕搞得自己没生意做，出于阴暗的心理才举报的。

世上居然还有这么老实的人。

谈话到了最后，孟阳玩弄着手里的卷烟，故作严肃地瞪住吴星。

"吴先生，现在事实已经很清楚了，你的黑飞情节还是比较严重的。知道相关的法律法规是怎么说的吗？"

吴星保持低头看地面的姿势不动。

"按照相关规定，除了批评教育之外，还要依法没收黑飞设备。当然了，只是没收无人机，那些遥控设备你还是可以带回家。还有你那些外置硬盘，里面的飞行录像侵犯了公民隐私权，并且涉及一起刑事案件的取证，所以也要依法予以没收。"


3


一切都结束了。吴星心中万念俱灰。

失去那三个"产品"，他再没机会在夜空中自由飞翔。他相信警察会一直盯住自己，哪怕以后在超市买玩具无人机飞都不行了。想要再自制"产品"也不可能。没有巨额的投资和上游设备商的支持，光凭自己，他甚至连一副旋翼也做不出来。

　　　　　　　　　　　　　　　　异　变

什么都不剩了。

"假如，只是假如啊……"

对面那位孟警官嘀咕了一句什么。吴星心里很乱，一时没听清，问道："什么事？"

"我是说假如，你开着那些无人机跟着别人走，能做到不被人发现吗？"

……

昨晚在城中村里"蹲坑"时，孟阳完全没有观察到吴星的无人机飞行的踪影。他如今意识到，那几台黑乎乎的高科技玩意儿，在夜间一定很难被人发现。

他想要确信这点，他相信吴星会坦诚回答自己，他也需要对方的肯定答复。

吴星点了头。

"我飞了大半年，从没被什么人撞见过。"

"小伙子，别把话说绝。"孟阳故意挑逗对方，"别忘了，是你的街坊邻居举报你黑飞，你才到这儿来的。"

听到孟阳介绍，吴星到现在才明白自己是被谁举报的。他告诉孟阳，那个同行冤家，平时也经常接受无人机外卖服务。

孟阳当然很了解这点。他早跟那个坏心眼的举报者问清楚了。

看来眼前这位小伙子的确是个值得相信的人。

按捺住兴奋的情绪，他探身凑到吴星面前，把话音放低："我再讲个'假如'吧。假如说再给你一次机会，让你能继续开无人机——"

听到对方缓缓说出的那个计划，吴星只觉得头晕目眩。

他抬起头，第一次认真看着眼前这位警官的脸。


孟阳打算征收吴星的设备，去搜捕少女坠楼案的嫌犯。

对吴星开出的条件是：只要同意协助办案，就可以不没收那三台无人机——当然，也不能允许他以后再擅自黑飞送货。

这条件对吴星来说自然是乐意接受的。他当场就同意了。

剩下的困难，便全都集中到孟阳的身上了。

搜查过吴星家后，孟阳第一时间就将可疑面包车的车牌号码发给分局的上级。现在，上级肯定已经将情况告知给了市总局和刑警大队。但是孟阳始终没有收到上级任何的回应。整个下午，分局同事陪着吴星检查那些录像，孟阳坐在一旁反复查看工作手机。可一直没人来找他。

傍晚，安排吴星去吃晚饭后，孟阳打给市总局里的一位老朋友。电话那头的态度不急不慢：没错，车牌号码的确很重要，专案组已经收到了情况；但交管部门目前尚未在道路监控系统里截获这辆车。

"你是老警察，这里面可能会出什么纰漏，你全明白。说不定他们躲在哪里不再露头，也说不定直接开到外省市去了。车子也可能是盗抢车、牌照是套牌。还有一种可能，那就是一辆普通的过路车。……老孟，这事不用着急，总队的樊队长已经在负责办了；再说了，也轮不上你急，你明白吧？咱们是老弟兄，我才这么说……"

对方把话说到这份儿上，孟阳觉得心里堵得慌。他承认这些都很有道理。

吴星拍下的录像显示，当时面包车是向西离开，而西边正是主城区方向。但这也仅仅只是一种可能性。说不定一切都只是孟阳在一厢情愿。

可孟阳不会放弃。

他已经下定决心，绝不说出"算了吧"这三个字，对别人和对自己都不会说。

晚些时候，孟阳走进分局对面的小吃店时，吴星晚饭还没吃完。他坐过去，陪对方有一搭没一搭地聊过两句，然后说："小伙子，我问你个实话。今早在你家的时候，明明我没看到你的飞机，你干吗非要主动告诉我？"

　　　　　　　　　　　　　　　　　　　　异 变

吴星露出不解的神情。

"可是……我确实是拍下了证据啊。告诉警察是应该的嘛。"

"就没想过，说出来之后你那些小飞机会被没收?"

沉默片刻，吴星向孟阳承认："我想过。"

他低头盯住碗里的面看了一会儿，又说："但要真是犯罪分子干的话，那这个姑娘就实在太可怜了。"

"嗯。"

"我听说她是传销组织的受害者。这是真的吗?"

孟阳回答道："我不知道，也不能透露。不排除有这种可能性吧。"

"真希望你们能尽快抓住那伙骗子。"

吴星仰头看向头顶的日光灯管。

"我也希望如此。"孟阳大口吸着烟。


晚上七点刚过，分局内部网络通知孟阳，坠楼身亡的女子身份已被证实，确属外地失踪人员，失踪信息在社交网络上挂了有些时候了。网络上，网民们对坠楼案的猜测已经传开，大都指向传销组织的嫌疑，舆论风潮愈发汹涌。

孟阳觉得这是好事:正好可以利用网友们提供的情报展开侦查。

他说服设备部的几个朋友义务加班，对吴星那套操作系统进行改造，以便开展自己的计划。

改造方案制订完毕后，他开车送吴星回住处取东西，途中有人给他来电。电话是用工作手机打来的，号码从没见过。

他接通手机。来电者是个女性。

"你是开发区分局的孟阳对吧。"

对方话音低沉，显得心情不佳。孟阳问她是谁。

"市局刑警总队的，我姓樊。"

孟阳马上想起，总局那边的熟人确实跟他提到过这位"樊队长"。

"您好，有什么可以效劳的?"他用同样不爽的语气回复对方。

"少女坠楼案的现场车牌号是你那边查到的吧? 信息来源是什么?"

他松开油门，靠边停车，点起香烟。对付这样的人物令他感到头痛。

"啊，那个啊。"思考片刻，孟阳决定不向对方交底，"我们是接到群众举报。"

标准的官方答案，对面的樊队长自然不会信:"哪边的群众，叫什么名字，住什么地方，你都记录在案了对吧。有空我会到你那边找你，还有你说的那个'群众'。"

"没问题，随时恭候您来视察指导工作。"

孟阳咬紧牙关，嘴里的烟屁股被他咬扁了。

对方立刻挂机。

得抓紧时间了。他深踩油门踏板，加速返回分局。

回到办公室，值班同事告诉孟阳，设备部的人已经在车房等他了。

几位哥们儿正坐在车房门口喝水休息。孟阳快步走过去，看见那里停着一辆乌黑的厢式车，车身擦得干净，侧门旁边的地上散落着工具和配件;车顶上方多了三根天线，固定式警灯也拆除了。这辆车在分局闲置了好几年，基本没人肯开，偶尔被拿来送送货，没想到只几个小时工夫就被改造一新。

哥们儿告诉他，包括特制电瓶和车载交换器在内的关键部件都已安装到位，等到小库房里那些设备搬进车里，一切就齐活了。

"实在是感谢，太感谢你们了。"

给他们分了几支烟后，孟阳走到车旁，反复抚摸和拍打车身。

他当即给吴星打去电话，问对方被褥和生活用品整理好没有，自己一会儿就过去接他回分局宿舍;来不及整理也不要紧，自己可

　　　　　　　　　　　　　异变

以掏钱帮忙买。

往停车场走的路上，孟阳不时回头，望着这辆貌不惊人的厢式车。

多年来从没被人正眼瞧过的这辆老车，现在终于有了一展身手的机会。

——就像我自己一样。他深深叹了口气。

厢式车的改装方案非常直接：把车厢改造成吴星家的卧室。

利用库房里的闲置器材，设备部在车内安装了许多交流电插座，5G信号收发天线也植入车身，借由车顶的增幅天线进行发射和接收；操作无人机的同时，车辆自身也可以灵活移动，方便追踪目标。

吴星带着行李回分局后，大家忙了一个通宵，完成了全套设备的安装调试。凌晨时分，吴星坐在车内进行试飞，操纵"产品"围着分局大楼绕飞十几圈，拍摄下分局几乎每一扇窗户内的画面。

效果很好，改装非常成功。

其他人去宿舍里睡了一上午，但孟阳睡不着。他就着浓茶和香烟，不停刷新社交网络页面，等待热心网友提供的线索。

线索来得很快。

到了午后，有网友爆料，主城北部的某旧小区内发现一辆可疑的白色面包车，车牌号码也被拍摄下来。仅过了五分钟不到，爆料微博就被网络运营商删除了，表明警方已注意到这条线索。

孟阳发现那车牌号与自己手里掌握的信息不符，但考虑到有可能是套牌或假牌，因此绝没有放过的理由。

他换上便装，将厢式车开到宿舍楼下，打电话通知吴星上车。

"就我们俩去，你们负责看家。出任何问题让他们来找我，我负一切责任。"

向同事们扔下这句话后，他驾车驶出分局大院。

这是一座巨大的城市，今天恰逢周末，午后的主干道上车辆积压严重，厢式车行驶到横贯干道中部时就已走不动了。导航软件显示，此处距离可疑车辆所在地仍有将近十公里。

孟阳的耐心已经到了极限。他命令吴星立刻让"产品"起飞，从空中直扑目标。

"去那里的直线距离是七点五公里，已经超过它的飞行半径。"吴星表示，"再加上现场盘旋，电池估计不太够用。"

"我知道那个'飞行半径'是什么意思。我不要求你飞回来，到那里之后找个制高点降落，摄像头对准目标就行。这样的话电池够不够？"

"或许可以吧。"

旁边有辆车想过来加塞，孟阳挡住对方的去路，同时用力按喇叭。"别回答我'或许''也许'之类的话！"

"可以。可以飞的。但现在还没天黑，飞出去不要紧吧？"

"不用操心那个。我说过了，一切后果由我负责。"

用管理软件的GPS界面设定完导航点，吴星拉开厢式车侧门，将"产品"放在路面上。有条视频线从后车厢接到仪表盘上，通过显示屏，孟阳看到"产品"迅速起飞，朝西北方向飞去。

首次在车厢内执行操作，吴星起先很不适应：使用VR操作的同时，脚下的厢式车不停来回晃动，感官知觉的不协调让他有些晕眩和想吐。但当一分钟后，"产品"升高到巡航高度，朝向西北方平稳前进时，熟悉的安定感和惬意感已经全都回来了。

而且，今天这种感觉跟往常完全不同。

这是他一年多来，头一次在白天飞行。

橙红色的午后阳光照耀在视野范围内，浅蓝色的天空下方，规划整齐、绿化完善的新城区呈现出五颜六色的样貌。东北部那一小片旧城区有着灰暗的色泽，而背后的南部海滨一带，无数高楼像用玻璃做成的一圈围墙，构成这座城市的南方天际线。"产品"下方的

异变

视野里，一切建筑、道路、汽车、行人，变得既遥远又缓慢，在摄像机前缓慢流动，让吴星觉得心中平稳安定。耳机中除了风声外，隐约还可听见断续的鸟鸣。

这些感觉，是他在夜间飞行时从未体会过的。

取道空中直线飞行，"产品"的移动速度比汽车快很多，十分钟后它已经抵达目标空域。厢式车此时刚刚离开堵塞路段，正穿过新城区朝北方行驶。

通过画面，吴星很快在一处破旧的老小区内发现了网友举报的那辆面包车。

他将"产品"降落在路边低矮的门面房屋顶，将摄像头正对面包车。停在这里不易被人发现，万一"产品"电力耗尽，回收起来也不会太麻烦。

"不过那块地方倒有些不好办啊……"

孟阳看几眼显示屏上的摄像头画面，眉头皱紧。

这类老小区，人多眼杂，街道狭窄拥挤，且四通八达，大队人马不容易逮住人，人想要逃跑却很容易。他想，如果传销组织的人真的蜗居在此，那么这帮人也算是费尽心机了。

"继续盯着画面，我尽快开到那附近，然后找地方停车。能看到车牌吗？"

"能。"

吴星在软件里把监视画面放大。车牌确实与网友给出的一致。至于车型和车色，虽然和那晚案发时拍到的面包车一样，但也并不足以表明确属同一辆车，毕竟这种车的市面存量很大。

光凭这些肯定不行。孟阳知道自己必须更近一步。

傍晚，厢式车停进目标所在地附近的超市停车场。孟阳买了些便利食品放车上，跟吴星交代几句，给他一只对讲机，便独自朝目标方位走去。

他已经想出了揪出面包车驾驶员的办法。

这片老小区确实是易守难攻，路面拥堵，人员复杂。进小区前，孟阳看到几个身板强壮的男人站在街口，形迹可疑。双方互相看了几眼，孟阳不确定对方什么来头。

根据吴星在对讲机里的指引，孟阳在小区停车位上找到了那辆面包车。并没有什么异常，这只是辆普通的载货车，车内看不出什么名堂。他又去门卫室找到小区保安，拐弯抹角地问出，这辆车是前几天才停进来的。

他回到车旁拨打110，借口自己车位被占，让110打电话喊车主过来挪车。

假如这车真是盗抢车，那么只需等到110回复就能弄清情况；要是车主真来挪车，那就更好办了。他已经做好了一切准备。

不到五分钟，一个光头男子从旁边一栋楼出来，走到车旁。

孟阳暗暗记下对方相貌特征，嘴上要求对方把车移开。

"有病啊，移什么移？"光头男子语气很冲，"这怎么是你的车位了？这小区根本就没有固定车位好不好！"

居然还挺精，是个不好糊弄的家伙。孟阳无事生非地陪对方吵了几句嘴，然后假装离开，暗地里观察光头男人返回的路线，锁定了对方的住处。

光头男子钻进楼道后，他快步跟踪过去，脱掉皮鞋，赤脚走上楼梯道，抬头倾听对方的步履声。

对方居住的楼层很快就确定下来。

他用耳麦将情况告诉吴星，让吴星将"产品"飞回车里充电，然后走出小区，在街对面找个小吃店坐下，准备等夜幕降临后展开下一步行动。

执行任务特有的紧张感已经很多年没体会过了。孟阳浑身微微颤抖，胸膛里一阵发热。

吃完一碗馄饨的工夫，他看到白色面包车竟从小区里缓慢开了出来，霎时惊得烟头掉落进碗里。

他清楚地望见车窗里那光头男子的脸。


"快飞过来，快点，那人要跑了！"

孟阳冲出小吃店，边朝耳麦吼叫边跑向马路。

面包车已驶到街心，正在加速。

孟阳扑向副驾驶车门，扒住后视镜，掏出警官证敲打车窗。"警察！靠边停车！"

光头男子瞪大了眼睛。

面包车随即开始加速，车轮开始转向，打算将孟阳甩开。

"耳朵聋了？马上给我下来！"

对方完全不理睬孟阳的怒吼，持续踩下油门。

孟阳双脚绊上路边一辆电动车，摔倒在地。起身后他发现，从路旁迅速跳出几个先前见到过的健壮男子，吼叫着让车停下。

面包车继续朝前疾驰，看见前方有人也不减速，行人们惊叫着纷纷躲闪。孟阳忍住双膝的疼痛，爬起来追赶。他看到那些健壮男子全都转身避开车子，而在正前方十字路口中央，两辆警车已经拦住了路面。

一个短发女子站在道路中央，背靠警车，正站在面包车前进的方向上。

那女子高喊："警察，停车！"

白色面包车对准那名女子，疯狂加速。

女子并不闪避，只是挺身站着。

孟阳边跑边想：糟了，危险，他想要撞出去！

一道模糊的黑色弧线从天而降，由远及近扑到面包车前。孟阳听见一记玻璃破碎的响声，面包车轮胎随即在路面摩擦，发出让人反胃的尖锐噪音。

车子停在短发女子身前。

所有人全都涌过来。

短发女子连同周围那几个健壮男人一起，将头破血流的光头男人揪出车外。

孟阳挤到车前，发现面包车挡风玻璃破出一个大洞，驾驶座表面溅了些血。

吴星的"产品"掉落在副驾驶座的椅垫上，已经撞得散了架，黑色的碎片散落在驾驶室内各处。


一进刑警大队办公室，吴星马上被刑警们团团围住。他们对"产品"抱有浓厚的兴趣，不断询问各种技术细节，总局器材科的人更拉住他不让走，对他那些器材百般分析研究。

总的来说，大家对吴星的态度很好。夜深后，刑警们为吴星买来夜宵，再次向他表示感谢。大家都说，倘若当时不是吴星操纵"产品"奋不顾身地撞向面包车，引得那个司机踩刹车，那位短发的女警官恐怕会有生命危险。

"你当时怎么想到要去撞那辆车子的？"一位身强体壮的男刑警问道。

吴星面露疑惑："不然还有什么别的办法？"

男刑警拍拍吴星的肩膀。

"我们这位樊队长，怎么说呢……脾气实在太暴。我了解她，她宁可被撞死也不会退让一步。多亏有你在，不然真是不敢想啊。"

确实是个暴脾气。吴星遥望办公室另一头的会议室，那里仍不时传出争执声。

孟阳和那个姓樊的女警官已经吵了快三个钟头了。

夜里十一点，孟阳总算走出来。吴星看到樊队长站在会议室门口，抱住胳膊冷眼正在瞪自己。

回厢式车里吃完夜宵，孟阳对吴星解释：那位樊队长从一开始就盯上了那辆面包车，打算今天展开行动，盘问那个光头男人。她认定孟阳今天的调查行动是违规行为，不过考虑到最终被吴星救了，

异 变

所以很不情愿地表示不再追究。

孟阳让吴星不用担心："我跟她说了，说你是分局的警员，你也不必怕。她这人脾气不好，但是恩怨分明，也算是条汉子——女汉子。"

"那个开车的司机，他到底是不是……嫌疑犯？"

"不是。"

孟阳从嘴里喷出许多烟雾，神情落寞。


# 4


光头男人与女子坠楼案无关，更不是什么传销组织的人。

他是个由外地流窜到本市的在网逃犯。樊队长他们此前突击提审，已经全部查清了。

"对了小吴，你那个'产品'确实修不好了对吗？"孟阳问道。

吴星缓缓点头。

以那样的高速撞击车玻璃，"产品"的结构框架当场就彻底碎裂，电池组和电机也全部损坏。机器彻底报废了。

眼下，还剩两台备用的无人机可用。

孟阳看着挂在车厢壁上充电的它们，自言自语道："太可惜了。要是你不那么急躁地撞过去就好了……"

"当时没有别的办法呀。车子眼看就要把那个樊队长撞死了。没别的选择。"吴星虽然遗憾，却并不后悔。

孟阳看着眼前的年轻人，只得苦笑一下。这位善良的小伙子，其实说得没错。

"孟警官，接下来该怎么办，我们还继续吗？"

"当然继续了，为什么不继续？"孟阳拧动钥匙，发动汽车。

少女坠楼案的嫌犯还没有找到，调查必须继续下去，绝无理由放弃。

......

之后的每一天，孟阳都持续留心社交网络上的信息线索。吴星则每晚都坐进厢式车，陪孟阳来往穿梭于市区各条主干道上。网上出现线索时，他们会跟着线索在特定区域内执行侦查；倘若没有新线索，孟阳便根据自己对疑犯心理的揣测，在城市各处展开隐秘的飞行搜查。

伴随盛夏的热风，"产品二号"在城区的各个角落里飘飞游荡，每天的侦查时间都在四个小时以上。

中央新城，沿海 CBD，东部老城，东北部的新建小区，北部的山间别墅，东边开发区与工业园区，城中村和港口区，以及与市区只靠隧道相连的南部离岛……厢式车的搜寻范围越来越大，吴星飞过的区域也越来越多。

他从未像现在这般了解这座特大规模的都市。

每个深夜，在他眼前出现的不再只有月光、蝙蝠和夜排档的炊烟，更有如树丛般林立的明亮高楼，多彩的亮化探照灯，比满月更耀眼的夜间运动场，以及装饰灯光绚烂如圣诞树般的无数高层住宅楼。

全都是他从未走过，也从未见过的地方。

每一次出动侦查，对他来说都是了解崭新世界的机会；每一次窥视，都令他有更多机会近距离接触那些万家灯火，令他体会到这座城市里家家户户的夜生活。

初秋后，分局设备部的人给"产品二号"做了升级，加大了电池组的容量，还将云台上的双摄像头组件替换成单幅迷你夜视镜头，并增设微光放大组件，并在管理软件中加入了图像增强程序。VR 立体视觉虽然消失了，但吴星可以在夜里看得更清晰。

灰白色的夜视镜头下，夜空中的这座城市不再有任何秘密。吴星多年来对这座城市的不解和畏惧，如今已经逐渐消失。

他尽情享受着每一次的飞行。

距离中秋只剩半个月的时候，侦查终于有了进展。

有市民向分局举报，称距离开发区不远的新城区内可能存在传销窝点，位置在某大型新建小区内。听到这信息，孟阳紧张起来。

直觉告诉他，这回可能是真的。

那座小区他去过，是个烂尾多年的"鬼城"，几年前建成后入住率一直很低；人烟稀少，套型面积普遍较大，治安摄影机安装尚不到位，很适合藏匿。

收到消息那天傍晚，孟阳他们驾车赶往当地。

车停在小区路边后，孟阳让"产品二号"升到高空，先用镜头进行全景观察。

侦查发现，这一带的道路四通八达，大多通向附近的建筑工地和城郊田野；周边的路灯较为缺失，光线昏暗，十分方便人员和车辆逃窜。

侦查工作必须慎之又慎。孟阳坐进后车厢盯着显示屏，指引吴星操纵无人机靠近市民举报的那几幢楼，首先观察是否存在可疑车辆。

在夜视镜头的帮助下，仅过了不到五分钟，他们就找到一辆停在隐蔽拐角位置的白色面包车。

"产品二号"降至地面高度，飞近观察，辨认出这辆车前后车牌均被卸下，从痕迹上看是刚拆掉不久。

经前期调查得知，这座小区的地下车位已经全部售出，地下车库需要刷卡才能进入，这就说明这辆面包车的驾驶者很可能并非小区的业主。

强烈的肾上腺素气息在孟阳鼻腔里冲撞。他打电话向同事报告了这一消息，要求对方以最快速度前来增援，想办法把这辆车和车主堵在小区里。

"这可不得了啊。"同事疑虑地答复,"我想是不是应该朝总局那边汇报一下,万一分局长过问起来……"

"随便,你觉得该怎么办就怎么办吧。"

从业多年的孟阳知道其中的利害关系。刑警大队的樊队长插手进来是时间早晚的事,但他只把他们当作后备援军。出动大部队很花时间,他决心依靠自己的力量。

在面包车四周盘旋多次后,两人没发现附近楼内有任何灯光。

对方是已经睡了,还是说拉紧窗帘不开灯?又或者他们已经逃走,只留下一辆废弃面包车?诸多可能性令孟阳心焦,他连续抽掉近一整包香烟,嘴里牢骚声不断。

"孟警官,麻烦您安静一点。"吴星突然说道,"周围好像有车子过来。"

"在哪里?这上面什么都看不见!"孟阳把显示屏拉到眼前。

"没看见,是我听见的。越来越近了。"吴星手指自己的耳机。

孟阳拽下耳机自己戴上,听见从"产品二号"的麦克风中传来遥远的汽车轰鸣。声源正在接近。

"渣土车?"

"不,比渣土车要轻。"吴星要回耳机,操纵无人机顺着声音方向飞去。

很快两人发现,小区另一侧的道路上正有一辆轿车和一辆大巴车在一前一后行驶。

孟阳立即断定这两辆车有问题:夜已经深了,周围没有路灯,然而这两辆车却都没打开车灯。

"飞低,跟着那辆大巴。"他下令。

小轿车引领大巴接近小区正门,减速转弯准备开进去。"产品二号"跟在大巴侧后方低飞。通过夜视镜头可以清楚看到,大巴的车窗内侧全都拉上了窗帘。

"终于逮住你这王八蛋了。"孟阳握紧拳头。

异 变

——这回要是再抓不住你们，这身制服就算白穿了。

他叮嘱吴星继续跟踪，同时掏出手机打电话给分局长，请求立刻派人包围小区。

"小孟你说什么呢？慢点讲，我有点不明白。"对于孟阳这段时间的动向，分局长完全不知情，此刻他正在家里吃晚饭，听到孟阳的请求后很有些摸不着头脑。

"老大，别管我是怎么知道的，总之快喊人过来，求您了！"

孟阳没有再细讲，只是汇报了目前情况和所在方位，然后便挂了电话。

"产品二号"沿路跟踪可疑大巴，最后到达小区中心位置的某幢楼旁。

这里距离面包车停放位置不到三百米，更加印证了孟阳的猜想。

那幢楼内看上去并无可疑之处，没有一户亮着灯，但已可以确定，传销组织的人就住在里面——画面显示，领头的小轿车闪了三下远光灯，马上就从单元门里走出一伙人围住大巴车。从无人机升高后俯拍的画面中可以清晰见到，从大巴车里走出几个人，在那伙人的包围下排成一列，依次钻进单元门里。领头的轿车里也走下几人，夜视镜头甚至清晰拍下他们聚在一起抽烟的场面。

"下去拍他们的脸。"孟阳从耳机里隐约听到那伙人在说话，忙向吴星下达命令，"现在该取证了。"

吴星摇头："不建议这么做，孟警官。这小区里没路灯，隔这么远看不清楚脸；周围又安静，飞太近了恐怕会被他们发现。"

"那就先飞低，从远处平拍，能看清多少是多少。"

"好的。"

镜头降低后，抽烟那几人的模糊身形被记录下来，但看不清长相。孟阳也不想打草惊蛇，只能再三向分局打电话催同事快点过来。

那伙人的警惕性也相当高，烟抽完后马上又钻回了车里。大巴车就近停在旁边后，这辆轿车重新发动，慢慢驶远。

孟阳心中浮起不祥的预感：这帮人要跑了？

他问吴星能不能看出轿车的颜色，吴星摇头。

夜视镜头只能拍下单色画面，仅能看出那是辆暗色的轿车，具体颜色无从得知。

"混账东西。"孟阳将香烟摔在车厢地板上，再次拨打同事电话。同事回答说大队人马已经在路上了，现在正沿开发区北路向西驶过来，但尚未到达开发区西路。

他们现在距离此地还有十多公里路程。来不及了。

"全部给我加速冲过来！不要开警灯警笛，最好连车灯都别开！"孟阳对电话里吼道。

电话挂断时，"产品二号"已经拉高，跟着那辆轿车飞离了小区。孟阳看出那轿车正打算驶上机场东部干线。

机场东部干线绵延十几公里，向北可通往外地郊县，向南则可开进东北、东南两个老城区、中央新城区、沿海CBD商圈、沿海别墅区，甚至能走海底隧道直接开去离岛的海边码头……在拥有无尽岔路的主干道上，这辆车随便朝哪个路口一拐，瞬间便可消失在这座巨型城市里。可现在，自己居然连对方的车型、漆色、车牌号都报不出来。

孟阳只感觉有股滚烫的怒气在背后猛蹿。

在这里跟丢它就全完了。

"小吴，电量还有多少？"

"还剩一半。"

"给我贴住它飞，能飞多快就飞多快，不惜一切代价把车牌号拍下来。"

说罢，他发动汽车，不打开车灯，狠踩一脚油门。厢式车飞下路肩，巨大的惯性几乎将后面的吴星晃倒。

驶离新建小区一带前，只有机场东部干线一条大路可以走。孟阳接连加速，设法想要紧跟住那辆可疑轿车。

"产品二号"现在飞到了最大前进速度，吴星已将操作杆推到最底部，但距离那辆车仍有二十多米；对方没有开牌照灯，车牌号码仍旧是拍不清楚。从GPS地图上看，厢式车与对方尚有百米左右距离，且这个距离还在不断拉大。

看过手机导航，孟阳发现再开几分钟就将抵达前方第一条十字路口。那里是旧城区和新城商业街的交会处。周围的车辆正在增多，追踪难度变得越来越大。

"牌照到底看见没有？"他朝身后大吼。

"还是看不见，光线太暗。发动机也快跟不上了。"吴星额前汗水直冒，眼罩不停地上下滑动。

孟阳将下半身力气全部汇聚到右脚，将油门踏板碾到底。

厢式车的速度已经接近极限。

借着路灯和其他车辆的车灯，他隐约能够望见那辆轿车的身影，车漆应当是黑色。

距离路口只剩不到五十米，直行方向的红灯数字七十多秒。他决定冒一次险。

"我要开灯了，你做好准备。"他向吴星说完，随即拧开大灯开关，点亮远光灯。

前方的黑色轿车在一瞬间被照亮。

"看到牌照了，不过还不够清楚！"吴星高叫。

——还得继续追下去。

孟阳拿起仪表盘上的小型警灯，探手将其吸到车顶。警灯光芒随着警笛声一同亮起。身旁几辆车的司机朝他这里张望。

对方也注意到了他。

那黑色轿车的排气管蹿出火光，发动机狂吼一声——非法改装车特有的轰鸣声。

这就对了。就是要让这家伙注意到。

"他要转弯了。你知道该怎么做吧。"孟阳回头说。

吴星无声地点头，表示自己完全明白。

抵达路口时，黑色轿车毫无减速地右转，驶进通往老城区的岔路。孟阳驾驶厢式车快速插入右转车道，但速度仍然跟不上。

不过已不要紧了。"产品二号"已经贴到了对方车身侧后不足五米的地方。

"报告警官，拍照拍清楚了。"

后车厢传来吴星轻松的话语声。

方才黑色轿车刚转弯时，"产品二号"已提前拉升，沿一道完美的弧线向右侧滑，斜着飞越路口的几幢平房，取近道提前飞至右侧岔路，从侧面包抄追上了对方。

现在，黑色改装车的车牌正映在显示屏中央，硕大分明，清晰可辨。

孟阳不由得大笑数声。

闯过红绿灯，他在下一个路口右拐，驶上一条同样向西的小路，隔着一片老小区，与黑色轿车平行前进。放慢车速后，他打电话给同事。

对方告诉他，分局长刚刚已经带领大队人马杀进了小区，躲在楼里的传销窝点现在已被端掉。

孟阳将方才拍到的车牌号告诉同事。同事记录下来，然后问他现在人在哪里。

"快到二环立交了，正追着呢。"

"你还打算继续跟下去？实话告诉你——"同事压低声音，捂住话筒说，"刚才老大跟总局的人通了电话，就为了你这事儿，我估计是打给那个樊队长了。"

并未出乎孟阳的意料。分局长一定会向上汇报，总局的人马肯定已经展开了动作，这是毫无疑问的。但他们很可能来不及追赶。

异　变

目前咬住嫌犯最紧的，仍然只有他和吴星。

孟阳在车流中快速穿行，油门踏板不敢有丝毫放松。

"孟警官，他们慢下来了。"几分钟后，吴星汇报道。他身体左摇右晃，控制"产品二号"飞翔在老城和新城交界处的闹市街区上空，在无数灯光招牌和电线杆间熟练地穿梭，动作轻巧灵动。

黑色轿车速度有所减缓，但仍没有停车的迹象。

"可能是要停车了吧。也可能是觉得已经甩掉我们了。"

孟阳确认一下附近的导航地图，说："继续跟。今晚非找到他们的窝点不可。"

进入新城住宅区后，附近的车流和人流顿时变得拥挤，厢式车不得不放慢车速。

"产品二号"传来的实时图像表明，黑色轿车正在北面的平行道路上缓行。二十分钟后，黑色轿车拐入一条向南的直路。孟阳将车停在那条直路与自己所在道路的交会处，很快就在南北向的车道中再次确认到了目标车辆。

对方夹在车流中央，正往南慢速行驶，而在它身后不远处的上空，隐隐可以望见天上有个小小的黑色物体在飘飞。

孟阳回忆着南部的地形：那里是繁华的商业区，以及位于沿海干道、高楼林立的CBD商务区，交通拥堵，即便改装的赛车也难以高速逃脱。

——越往那里走你就越难逃。去吧，快把我带到你们的家里去吧！

他从手套箱取出警棍和辣椒水喷雾器，塞进挎包，左右扭动颈椎，做好了大干一场的准备。

又一个左转绿灯后，厢式车拐上往南的车道。工作手机这时响起。

果不其然，是樊队长。

"孟阳，是我。你们现在到底在哪儿？"

樊队长今晚的语气相当暴躁，孟阳感觉她的说话声比之前更难听了。

"正在沿书城大道往南开，快到横贯干道了。那家伙刚过横贯干道的红绿灯。"

与身边人交谈两句后，樊队长说："那辆车子是我们的事，你现在马上给我掉头离开。——谁允许你擅自追踪的？我上回是怎么跟你说的？讲话呀？"

孟阳不想在眼下这种场合跟对方纠缠，刚好吴星又报告说目标车辆在转弯，他便不作回答，电话挂掉后扔到座位上。随后电话又响了几次，他也并不理会。

抵达沿海干道时，黑色改装轿车拐进一幢写字楼的地下车库。

看来终于到地方了。

吴星担心车库内遥控信号传不进去，便将"产品二号"移动至车库入口上方悬停观察，没有发现有人从车库出来。

"他们应该是从车库直接进到楼里去了。电量不多了吧。"孟阳问他。

"嗯，只剩不到百分之二十了。"

孟阳将车开进附近一处公用停车场，令吴星先将无人机撤回车内。

"产品二号"更换完电池后，孟阳背上挎包，大喝了几口茶水，然后下车。

"我过去看一下。"他对车厢里的吴星说，"你让无人机一路跟着我，等我进到楼里之后再听我指令。先测试一下麦克风。"

设备部的弟兄们先前从无人机控制软件里分出一路信号，可将"产品二号"的现场录音通过无线方式传输到孟阳的耳机里。两人在停车场测试了这项功能，发现效果正常。

随后，孟阳把车钥匙交给吴星。

"把车门锁死。不论出现任何情况，不管出现任何人，你都待在车里，千万别出来。"

年轻的无人机驾驶员脸上浮出紧张的神情。

"孟警官，一路小心啊。"

孟阳点点头，把烟头砸在地面踩扁，将"产品二号"放到车顶，拉上车门，转身朝那座写字楼快步走去。

前往写字楼的路，花了孟阳十分钟。在这十分钟里，吴星提前飞抵写字楼外侧上空，检视过了楼内的每一扇窗。

已是深夜十一点多，绝大部分窗户都黑着，仅剩靠近楼顶的几层还有灯光。"产品二号"近距离飞掠这些窗户，最终确认，三十七楼西侧拐角的两间办公室比较可疑。

那里的房间亮着灯，窗帘被拉起，里面有一些走动的人影，还能听到有人在说话。

通过对讲机的耳机，孟阳听取了吴星的汇报。他令对方操纵无人机凑近那扇窗户，设法听见房间里说话声的内容；他自己则从停车场的消防楼道爬上写字楼。

爬到三楼时，"产品二号"的麦克风信号被传送到他那里。

有两个男人在窗边交谈，声音较小，但可以听出都是外地口音："这不对头。狗子他们怎么还不接电话？该不会是出事了吧？要不然我再过去一趟得了。"

"莫慌。你那个车刚才不是被警察跟过嘛，所以不能用了。先别过去，我去问问那个人……"

那两人边说边走向房间深处，麦克风无法采集到进一步的信息，但情况已经很清楚了。

孟阳一路追踪的目标就在那间办公室里。

爬楼梯的过程中，孟阳翻动书包，没能找到工作手机，回想起手机被扔在副驾驶座上了，便让吴星用那部手机打电话通知樊队长。

达到三十楼时，吴星报告，听出房间里那几个人正在收拾东西，有可能想要逃跑。

估计是得到风声了。

孟阳握住包里的警棍，开始加速跑步上楼。

## 5

耳机里传出吴星担忧的话语声："孟警官当心啊，他们有好几个人——"

"守好你的岗位，不该问的别问。"

到达三十七层后，孟阳忍住气喘，走到拐角那间办公室门口。

现在几近0点，写字楼电梯已被大厦物业人员关闭，嫌犯想要逃跑的话便只能通过消防楼梯间。樊队长的大部队不知什么时候才会到。

唯一能阻止疑犯逃离的只剩他自己了。

孟阳看着门上印有"投资理财公司"字样的挂牌，心中完全没有一丝恐惧和退缩之意。

隔着门板，他听见房里有几个男人在说话走动。

"小吴，电梯口那边的窗户我帮你打开了，你马上飞进来跟在我后面。记得拍清楚他们的脸。"他朝耳麦里下令，然后伸手敲门。

房间里的动静瞬间消失。

半分钟后，房门打开。门口一共站着五个男人。

"你谁啊，干吗的?"开门的男人问。

孟阳注意到对方手里拿着棒球棍，其余几人则将手臂藏在身后，不知握着什么东西。

"物业维修队，来修冷气机的。你们这是3702房吧?"

"什么3702，3702在对面。"开门者说罢，看一眼门口贴着的号码牌。

　　　　　　　　　　　　　　　　　　　异　变

"啊，房号不对？奇怪了。"孟阳装作回头望去，发现真正的 3702 房门大敞，里面空荡荡一片，遍地尘土和垃圾。

再明显不过，对面是个长期空置、无人使用的办公室。

"你他妈到底是干吗的？"开门的男人变了眼神，身后那四个男人也开始朝前挤过来。

与此同时，对讲机耳机里爆发出吴星的喊叫："孟警官，小心后面！"

转回头来的一瞬，孟阳看见开门的男人举起球棒朝自己砸来。

条件反射抬起左臂抵挡的同时，他用右手在挎包里摸索辣椒水喷雾器。

指尖碰触到了喷雾器一角，可那玩意儿却朝挎包深处滑落。

左臂上立刻冒出一股剧痛，并伴随一记沉闷的声响。

孟阳朝后倒下。他感觉自己的左臂骨头断了。

那五个人举起手中拿着的长短不一的黑色物体，朝他围过来。

"蹲下！我去撞他们。"吴星在耳机里喊道。

孟阳感到脑后有股气流声迅速靠近。他知道吴星打算救自己。

这绝对不行。

他咬牙怪叫："退回去！拍到了就赶紧走！"

那几个男人们的污言秽语在孟阳耳边响成一片，踢踹和踩踏施加在他胸腹一带，球棒在敲击他的肩背部。甚至有人拽住他的脚腕往房间里拖。

突然间他听到，人群中有人喊："那是什么鸟东西？把它打下来！"

"无人机?!"

"老子的脸被它拍到了，快废了它！"

"产品二号"被那些人发现了，但它敏捷的飞行轨迹令嫌犯们无法得逞。被打得头晕眼花的孟阳模糊地看到，"产品二号"在走廊里不断腾挪飘荡，连续躲过男人们的多次挥打。

拖拽他的男人放开手，举起一根乌黑的不祥凶器。那是一把自制枪械。

"都躲开。"那人跨过孟阳身体，走到门外。

孟阳朝那人的脚踝伸出手，顿时，几只穿着皮鞋的脚开始朝他后脑勺猛踹。

轰鸣和火光在眼前爆发，令孟阳瞬间耳鸣。

他不甚清晰地瞥见"产品二号"螺旋下降，坠落在地面上，黑色的塑料碎片下雨般四处散落。

同时，旁边的楼梯间入口处射来几束手电筒的光柱，一群人从那里冲出，不断在喊些什么，声音模糊，听不分明。

直到晕倒的前一刻，他才勉强听见有个女人在吼，似乎在说：我是警察，全部举起手来……


住院第八天上午，孟阳特意很早起床，开始整理东西。

左臂的骨折离痊愈还有很久，头胸腹一带遭到殴打的伤处也还没好全，医生不准他提前出院。但他对此不屑一顾。他认为，自己之所以到今天还有些不适，其中一半原因在于医院不允许他抽烟喝酒。

另一半原因则在孟阳自己心里。

很多事还没做，很多问题还等着去解决，还有很多人等着自己去找他们。他不允许自己继续躺在这里。

孟阳把换洗衣服团成一堆塞进旅行包时，外面有人敲门。

打开门，竟是樊队长。

只看一眼，她就猜出了这是怎么回事。她将慰问的水果放到床头柜上，拖一张椅子坐在门口，明显是不打算让孟阳现在就离开。

刚好，孟阳也有事想和对方交代。

"樊队长早上好啊。今天不用忙工作吗？"他单手倒杯开水递过去。

"有事路过，顺便就来看你一下。"樊队长接过水杯放到一边，"身体怎么样了，还有多久出院？"

"大夫跟我说过，忘了。我身体没问题。"孟阳晃动一下左臂。已经不需要绑吊带，可小臂还是被石膏裹了一层，表面看上去没事，但骨头还没好，一遇到大动作就会痛。

这些都骗不过樊队长。相互聊了些关于医院的客套话后，双方开始切入正题。

"老孟，领导对你的结论已经出来了。"樊队长凝视着他，开始喝水，"你很英勇。以一己之力抓获了对方几个主要分子，还捣毁了两处人员藏匿窝点，组织上打算对你进行表彰。"

关于这些，孟阳在住院的次日就已得到消息。

当晚的围捕行动相当成功。写字楼里现场抓获的那些人对组织传销的罪行供认不讳。小区窝点里共计救出了近三百名受害者，这几天正被陆续送回家乡。总体上看，这个非法传销集团已被基本破获。

"不是我的一己之力。再说了，案子还没完，总的头目还没抓住。那几个人都不是。"孟阳摇头说。

樊队长说："那几人已经供认，在下线的人身控制组织里他们就是领头的。上线指挥和管钱的人，现在线索也搜集得差不多了，追查工作也在进行当中。老孟，这案子对你来说结束了。"

"你说这么多的意思，是要我继续躺在这里偷懒？装死？"孟阳摸摸裤子口袋，发现烟和打火机都已经被收进包里。

"我的意思是，你现在最该做的是回家休息。"

把空水杯扔进垃圾桶，樊队长起身整理衣服。"副局长和你们分局长明天会来慰问一下，记得提前把胡子刮刮干净。"然后拎起包就要出门。

话已经说死，这分明是不想再和自己谈什么，也不准自己乱说乱动。

孟阳可不吃这套。他追过去，抢到对方身前把门关上，走到旅行包那里翻出几张打印纸，塞到对方手里。

纸上用彩色油墨打印着几张人脸照片，看得出是用视频截图放大处理的，旁边用笔标注着文字。

樊队长对这些面孔再熟悉不过。相关的视频录像，她早就从吴星那里取来看过无数遍了。她知道孟阳在想什么。

"请允许我再重申一次，樊队长，"孟阳说道，"这案子还没完。一个多月前，城中村东部的小姑娘被殴打并坠楼的案件，录像里那个重大嫌疑人至今没有归案。坠楼身亡的姑娘所在的下线窝点，到现在也还没被查获。"

"这我知道。"

无人机拍下的录像资料显示，在农家小楼里残酷殴打被害女子的那个赤膊男性并不在当晚被捕的嫌疑人之中。经过对被解救人员的仔细询问，也证实了被害女子隶属于另一伙下线组织，而那个组织里还有一百多名受害者至今仍被非法拘禁。尚未落网的嫌犯手中也很可能持有枪械。

"周边通往外地的设卡点，到现在也没发现这伙人出逃的踪迹。城市太大了，他们完全可以躲在哪个角落里，等风头过了再跑。我们是同行，你就实话实说吧，现在这种设卡盘查的态势，最多能维持几天？"

这番质问出口，樊队长听得满心是火，却又不好发泄，因为孟阳确实说到点子上了。

目前这种全市动员的查岗设卡力度，无论是从物力财力考虑，还是从警员们的休整需求考虑，都不可能长期维持下去。盘查势头一旦松懈，嫌犯出逃至外省市后，再想追查就很困难了。

她的语气变了。

"孟阳同志，你和吴星对此案的贡献，我们都看在眼里，也不会忘记。你说得对，这些也是我们接下来的工作重点，但请记住，这些都跟你们无关。你们两人没有必要，也没有资格再参与进来。就像你说的，我们是同行，我想你应当懂得其中的关系。到此为止了，明白没有？"

沉默片刻后，她接着说："我不是在劝你，而是在通知你。再说了，恐怕周围劝你的人也不少了吧。"

孟阳嘴里叼紧没点燃的香烟，盯住病房的花砖地面。

当然。自住院以来，无论领导同事，还是朋友家人，所有人都在劝他：传销破获了，坏人抓住了，功劳也立下了，接下来的事就让市局接手吧。他们不会让你插手，也轮不上你插手，再这么自作主张搞下去，他们对你就不会再像现在这般客气啦。适可而止听见没？一个劲地拼命向前冲，到时候怎么死的你都不知道！

"当然知道，我怎么可能不知道——"

他紧咬牙关喃喃自语，烟屁股已经被嚼烂。

"不用太担心了。吴星那我已经安排妥当，按见义勇为进行嘉奖，奖金昨天已经发了。人家有自己的生活，虽然对你没什么埋怨，但他毕竟不是警察。你没有权利要求他跟你绑在一起干。你们的面包车在市局地库，你有空派个人去把它开走，这件事就算彻底结束。我不会再跟你说第二遍了。"

将包挎在肩上后，樊队长打开房门却没走。

她犹豫片刻，回头说道："其实，我能理解你。你以前那个事，老朱全都跟我说了。"

孟阳猛然抬头。

"你不需要自责。那件事……只能说命不好吧。没有必要责怪自己，更没必要为了想要补偿什么、证明什么，就把自己和别人的生活都赔进去。——你为什么不试着去原谅你自己呢？"

怒火终于再也按捺不住。

"——你懂什么？你知道那是怎么回事吗？"孟阳冲她大吼，"什么命不命的，根本就不存在！老子这辈子从来就不信什么'命'！"

距离国庆仅有不到一个礼拜，按说已快要入秋，但几日来城区却反常地闷热，久不下雨，仿佛重新回到了六月份。由于店面不再开门，外面空气吹不进来，吴星家里这几天彻底成了蒸笼，闷得人直发晕。

见义勇为奖励金发了不少，但吴星仍改不掉省电的老习惯，今天也是一样。他只穿一条沙滩裤，在卧室和店面间频繁走动，来回收纳各类器件材料。有很多东西需要擦灰，还有一些要塞进纸箱里准备扔掉。沙滩裤被浑身的汗水浸得透湿，颜色变深，黏附在他腿上。

吴星对此并不在意，毕竟在这里待不了多久了。等到明早把最后一批东西倾销出去后，这里便什么都不剩了。

这座城市的炎热将成为他的回忆。

1点30分左右，孟阳打来电话，问他有没有吃过午饭。

"还没吃？正好，我也一样。你打个车到分局来吧，我请你，顺便有事要你帮忙。"

有段时间没联系了，对方说话语气听上去还算正常，只是有些没精神。

吴星答应下来。

午饭还是在分局附近的小吃店里解决。孟阳看起来已基本康复，只是左臂还缠着石膏壳。两人各怀心事，吃饭过程中几乎没怎么交谈。

走回分局大院的路上，孟阳问："奖金拿到手了吧？"

"嗯。"

"打算怎么用？做点什么别的生意？"

"还在琢磨。"

吴星前两天已经把所有奖金全部寄回家去。他不打算告诉孟阳。

对方又问他今后有什么打算，他回答说没想好。这是实话，除了回老家之外，他实在想不出有什么别的打算。

回到熟悉的分局大院，看到黑色厢式车停在车库里，浑身擦得雪亮，吴星不由得产生一丝伤感。

孟阳把车钥匙递给他。

"我这手，你也看到了，暂时还不好开车。今天你当司机，先帮我带去附近的银行一趟。"

开车路上，吴星几次都想问对方：少女坠楼案的犯人究竟抓住没有？但没开口。

他没资格跟警方讨论案情。前些天，那位樊队长多次与他通过电话，除了表达谢意外，也向他暗示了这点：你不是警察，这桩案子已经与你无关。

一切都到此为止了。

孟阳从提款机里取了一叠现金，分装进三只信封，上车后打了几个电话，然后指挥吴星沿开发区西路一直向南，驶往老城区。

下午的这段路没什么车，速度开得很快，吴星回忆起不久前的那天夜里，自己操纵飞行器在这里急速飞掠时的感受。

那晚离现在似乎已经过了很久，仿佛成了一场再也不能重温的美梦。

到了地方，两人走进一家海鲜酒楼，脸上留着巨大伤疤的酒楼老板跑过来亲自接待。

从谈话中吴星听出，老板曾是警察，和孟阳是多年老友。听完吴星配合孟阳破案的事迹后，老板大笑好一阵，浑身肥肉乱颤，多次跟吴星握手，拉住两人要留下来喝酒。

孟阳拒绝了，交给老板一只装钱的信封，说是帮助对方周转用。

推托数次后，老板收下信封。临分别前，他大力握住吴星的手，话音低沉阴郁。

"小伙子，我替几个老弟兄衷心感谢你。好好帮老孟做事，千万看住他，别让他胡来。"

离开酒楼，顺着横贯干道，吴星开进中央新城区。

眼前繁华的街景，和之前很多次飞临此地时的观感完全一样，区别仅是夜晚变成了白天。

他们走进一间出租屋。

开门妇女见到是孟阳，脸马上黑下来，不说一个字，转身进书房摔上门。客厅里只剩一个老太太接待他们。孟阳没喝水，问候几句过后把装钱的信封交给老太太，提出想去卧室看看。

从书房里传出妇女的喊叫："不准他进去！让他走！"

老太太劝了妇女几句，将孟阳请进卧室。

吴星跟在后面，瞥见屋里躺着一个中年男人，一动不动，只有眼睛跟着孟阳的身影在转。

孟阳过去握住那人枯瘦的手，低头闷闷地说了几句话，便带着吴星离开了。

下一个目的地很远。车开上机场高速后一路朝北，直接进山，最后抵达一处公墓。

有个年轻女子抱着小男孩在墓园停车场等他们。在女子的带领下，几人走到一块墓碑前，吴星看到墓碑照片上的男人身穿警服。从碑刻的内容可以看出，对方早年前因公殉职。

在墓碑前放下几盒烟后，孟阳蹲在地上久久不说话。

吴星一直站在他身后，从机场方向不时传来遥远的飞机呼啸声。

上车前，孟阳把信封递给女子，然后对吴星说："回分局。"

直至驶出主城区，孟阳才恢复了一些精神，问他："知道刚才那几个人是谁吗？"

吴星猜那些应该都是他的同事。

"前任同事。那几年我们四人一组，开同一辆车，吃同一桌饭，抽同一盒烟。后来，你也看到了，成了现在这样。知道原因是什么吗？"

"出事了？"

"因为一个混账。因为我。"

……

起因只是一件不足为奇的小案子。旧工业区某厂有两帮工人因琐事而持械斗殴，接到报警赶到时，现场已经有人流血。但孟阳他们四人并没有介入，只是坐在车里守住厂门。这个决定的背后，有许多无法说清的缘由，过去许多类似事件也都是如此处理，没有人觉得不妥，包括传达指令的孟阳在内。

然而随后发生的事，纵使经验再老到的警官也永远无法预料得到。

警车停在厂门口的路边。天黑后，一辆重型载货车路过，疲劳驾驶的司机高速驶离道路中央，货车撞上警车，将其碾压并朝前推行。

当时孟阳在马路对面的大排档买晚饭。他眼看着警车被一路推挤到工厂门卫室的墙上。

警车内死亡一人，重伤两人，其中一名伤者后来高位截瘫。门卫室里的保安重伤昏迷，货车司机平安无事，厂内的械斗冲突则戛然停止。

……

"如果我们当时从一开始就下车，拿出手枪和棍子把那群人带走，事情马上就能解决；我们几个早早回局里交掉装备，吃完饭换衣服下班回家，什么事都不会发生。"

孟阳说完，一根接一根抽烟，看着车窗外接连朝后移动的开发区厂房。

快到城中村附近时，他转头朝吴星问："你的小飞机只剩下一台了吧?"

吴星点头。

仅存的"产品三号"正挂在后车厢里，因为有段时间没使用，电量已经枯竭。

"打算拿它怎么办? 卖掉?"

"估计没什么人会买。"

包括VR组件在内的整套控制系统，拆散之后只能当作二手数码配件卖掉，考虑到它们当初本就是二手货，挂在网上卖出后几乎没什么损失。"产品三号"本身由于是定制产品，易用性和配件匹配性比市售的无人机差很多，不彻底改装根本卖不出去，而大规模改装又得花钱，很不划算。拆开卖也不行。吴星估计，"产品三号"拆掉后唯一有用的部件只剩那两颗摄像头，当手机配件卖的话大概值百来块钱。

"如果整机卖掉，它会去干些什么工作？"

"多半还是航拍。会拿它去拍影视剧镜头吧。"

"浪费人才。"孟阳把烟头弹飞到窗外很远的地方。

他改变主意，要求去吴星家看看。

到城中村时已经是黄昏时分。走进空荡荡的数码店，孟阳只环视一眼便看出吴星有何打算。

他没有点破，而是拉吴星去路对面的烧烤摊里喝酒吃烤串。

一个多钟头后，孟阳打电话叫分局同事过来开车。随后他捏紧吴星肩膀："小伙子，我这辈子都还没彻底玩完，所以也不准你玩完，你的小飞机更不能玩完。要做就得做到底，有能力就一定要使出来。听懂没听懂？"

"懂。"

"还想不想继续飞？"

吴星叹了口气，抬头望向深蓝色的夜空。

"放弃一次，以后什么都会想放弃。我不放弃，也不允许你放弃，听见没有？"

老警官挥拳打在吴星肩头。吴星忍住痛，伸手扶住对方。

# 6

9月29日清晨，分局同事向孟阳通报消息：今天有大行动。

专案组接到线报，传销组织残余嫌犯很可能藏匿于离岛西侧的别墅区。市刑警大队全员出动，赶往离岛进行围捕，但由于岛屿面积巨大，建筑物众多的别墅区又建在山边，树林茂密，地形复杂，隐蔽的海边港汊也多，因此抓捕行动的难度很大。

接到电话后，孟阳跳出被窝，边通话边穿衣服，顾不得左臂疼痛。

今天是最后的机会了。"十一"长假，许多警员都要被分配到市内各处执行巡逻任务，围捕警力根本无法保证。

那个犯下命案的嫌疑人很可能就藏在离岛。不能再拖了。

他叫醒睡在架子床上铺的吴星。两人放了些水和干粮进包里，跑出宿舍，钻进厢式车。

这回完全是独自作战，不会再有人帮他们了。一旦被樊队长等人逮住，万事皆休。

孟阳并不怕出事，他怕的是出事前自己什么都没有做。另外他多少有些不安，觉得自己这样做是在拖吴星下水。

似乎是看出对方的忧虑，坐在后车厢的吴星说："孟大哥，我觉得有点闷，放首歌怎么样？"

"车里没有CD。"

吴星将手机接上控制端电脑，打开音乐App的歌单。

外国摇滚乐从扬声器里放出，孟阳一句也不懂，但听起来觉得挺舒服。

这些歌可真是久违了。吴星微微抖着腿，大口喝下罐装咖啡，然后看·眼身边。

"产品三号"的电池灯放出健康的亮绿色，安静地蹲在自己脚边。

……

今天的港区车流量不少，等待了无数个红灯之后，他们终于得以驶上立交，向南拐进跨海隧道入口。

通往离岛方向的车道还算正常，但对面的北向车道几乎没什么车。孟阳意识到前面出了什么事。

"肯定是限流查车。注意看前面。"他说。

厢式车开到隧道南端入口处时，路口果然已经设了检查点，多辆警车挡在路口，很多警员正在盘查驶离岛屿的车。

进入岛屿的车道口也有查岗。孟阳让吴星不要发出声音，自己慢慢驾车前进，直至车被三名交警拦下。

领头交警走到车窗边敬礼，要求出示身份证和驾照。

交出证件的同时，孟阳依次观察对方几人面孔，确定他们与自己都不认识，心里稍微安定了点。

获准通行后，车子只走了不到两百米便被前面的交警指引上一条小路。孟阳很快发觉不对劲：前方是条通往一处建筑工地的死路。

他马上掉头，后面不知从哪里冒出两辆黑色轿车，挂着警灯，想必是高级警官的公车。

来车堵住了厢式车的去路。几个警官下车，快步走近，走在最前面的是樊队长。

"孟同志早啊。来岛上兜风？"

她在帽檐阴影下露出笑容。孟阳感到自己的心脏正在缩紧。

"不可以吗？"

樊队长不再搭理他，走到后面用手敲后车门。"小吴，快下来吧，车里怪热的。"

不知究竟是哪个环节出了问题。孟阳觉得可能刚才查驾照时自己就被发现了。

事已至此，孟阳和吴星不得不下车。

樊队长让手下人将厢式车开走，然后带两人上了自己的车。

　　　　　　　　　　　　　　　　　　　　异 变

警车开进别墅区入口附近的工地围挡。

工地里停着两辆墨黑色的警用大客，孟阳认出那是刑警总队的移动指挥车，自己的厢式车则停在一旁。看来行动指挥部就设在这里。

樊队长将两人请上其中一辆客车，递去两瓶矿泉水，开始发问："说说吧，你们俩今天原本打算怎么干？"

孟阳只好实话实说——

这座岛的别墅区共有三百零四栋别墅，可疑别墅数量至少大几十栋。别墅全都建有地下室，百来号人挤进一幢楼里是完全可能的，以现有警力想要短时间内将所有别墅全部排查一遍而不惊动疑犯，困难太大。岛上共有十条河道直通入海，其中三处入海口都有游艇俱乐部，逃窜疑犯完全可以利用这些船只趁夜逃至境外。更麻烦的还有岛屿西南部的小山丘。那里尚处于未开发的状态。疑犯一旦进山，很可能要动用武警搜山。

因此行动的上策应是隐蔽行事，不开警灯不派直升机，利用吴星的"产品三号"趁夜色逐个排查别墅，效率更高。

——以上便是孟阳原本的行动计划。

"策划得不错。"樊队长听完后说，"你考虑的那些点，我们其实也都考虑到了。"

她领两人走到另一辆客车的车尾，喊人掀开后车门。

车厢地板上，整齐排列着六台通身白色的无人机。吴星认出它们都是最新款式，虽然属于货架商品，但技术性能在市售产品里算得上顶级水平。

"哈，原来你们也在学小吴了。"孟阳苦笑。

"并不是这样。我们的无人机巡逻队已经成立一年多了。不过你们前段时间的表现给了我们很大的启发。"

吴星询问那六台无人机的性能情况，尤其是续航时间和遥控距离。无人机巡逻队的警官告诉他，它们的性能和市售产品差不多。

"和你的自制无人机相比，我们这几台还差得很远。负责操作的同志必须近距离接近目标然后操作，而他们能够接近目标的前提是必须先查出目标在哪儿。"

"也就是说，问题最后又绕回来了。"孟阳抱住胳膊。"怎样在不出动警员和警车的前提下，迅速揪出疑犯藏身的窝点？这个难题不解决，你们的无人机仍然派不上用场。我说得对不对，樊同志？"

樊队长只得承认。

"孟阳同志，小吴同志，我料到你们今天会来，我也不想找你们的麻烦。"

她脱下警帽，瞳孔在阳光下反射出淡棕色的闪光。

"现在我想要的，是你们二位的协助。"

两个男人互相对视一眼。

"我需要你们的帮助，前提是一切行动服从我指挥。你们不会不愿意吧？"

迟疑一阵后，两人一齐摇头。

"谢谢。那么先回车里吧，外面天热。我们得赶快制订出一个新计划。"


经过讨论，樊队长和孟阳得出结论：无人机数量太少，警员数量也不足，警力有限，分散搜查必然是死路一条。

同时，吴星已将厢式车里的器材全都搬进客车里。

他对警方的无人机产生了浓厚兴趣——它们机身下方统一配备有大孔径红外摄影机，不但能放大光照度，更能显示出热辐射信号。他用一套红外摄影机替换掉"产品三号"自带的摄像头。整体重量虽然增加，但基本不影响飞行性能。

明白了"产品三号"的改装意图后，樊队长令吴星将无人机升至三百米高度，摄下整个别墅区的俯瞰照片。她在这份航拍地图上标出多个盯梢点，其中包括游艇俱乐部，以及别墅区两个主要的道

　　　　　　　　　　　　　　异 变

路口。全部警力被樊队长划分成十二个小组。三组埋伏于游艇俱乐部，两组埋伏在周边道路口，这五组人定点守备；六组警员乘轿车携带警用无人机蹲守在别墅区六个不同区域内，作为机动；人数最多的一组全副武装，坐进商务车作为抓捕组，负责攻入目标建筑。

"抓捕组行动后，一旦发现有嫌疑人逃窜，机动组就从各个方向沿道路追捕。所有人由我直接指挥，到时候让你们往哪儿开就往哪儿开，让你们拐弯就拐弯，让你们开多快就开多快，让你们下车你们就下车玩命地追，听见没有？"

"保证完成任务！"警员们回答。

有队员问樊队长，是否需要定时向指挥部报告方位和状况。她大摇其头："这次行动，所有人必须安静迅速，别让我听见你们在电台里一通乱喊。没有我的命令，任何人不准使用对讲机。"

"可是队长，到时候您怎么确认我们的方位？"

女警官笑了："放心。我们在天上还有一双眼睛。"

执行任务期间，她将利用"产品三号"对地面实施总体监控。

抓捕组和机动组的车顶上有黑色胶布贴出的七个不同几何图案，即便车辆不开灯，"产品三号"透过红外镜头也能精确辨认各组的行踪。

剩下的唯一难题，是如何能在最快时间内锁定那间藏有传销人员的房子。

讨论持续了整整一中午，许多方案提出后又被驳回。物业公司保安们也过来出主意，满车人挤在一起，指挥车变得闷热难耐，冷气几乎完全不起作用。

午后最热的时刻，忍无可忍的孟阳走到车外抽烟，却没料到外面更热，许多热风吹到他的脚脖子上。

他叼着烟回头看，发现热风正从车身下方一排黑色凹槽中冒出。

顷刻间他恍然大悟。

"蠢货！我可真他妈的笨！"

他冲进车厢内大吼："空调！是空调！空调外机！"

"空调怎么了？车里不准抽烟。"樊队长皱眉道。

"这么热的天，一百多人挤在一间房子里，一定会开空调！而且是很多空调！"

恍然大悟的人，此时换成了樊队长。

经过与开发商和维修队的联系，指挥部确认，所有别墅的地下室和车库内均不设中央空调出风口。警员们假扮保安，在别墅区内侦查统计出：在墙上单独安装空调外机的住户总计二十八户。

樊队长的思路很清晰：凌晨，正常人睡觉的时间，只要哪家的地下室或车库里还有空调在运转，便极有可能是传销人员的藏身处。这样的地方不会很多，估计最多不超过四五栋别墅，而确认的手段只有一种：红外摄影机。

"把无人机全都喷上黑漆，找几辆电动车提前放在埋伏点。行动开始后，你们背着机器，骑车直扑那二十八家，一看到可疑热源就立即汇报。"

朝无人机巡逻队下达过指令，樊队长拍拍吴星的肩。

"后面的事就全看你的了，年轻人。"


午夜2点整，十二辆未开车灯的汽车驶出指挥部所在的工地，快速驶向各个埋伏点。2点10分，五个定点守备组和六个机动组全部就位。

通过吴星面前的外接显示屏，樊队长能够清晰看见每辆车的位置。

她下令："无人机巡逻队上电动车，开始查空调。"

暗黑深邃的别墅区上空，"产品三号"无声悬停着。拥有广角视野的红外摄像机捕捉到实时图像：六名警员下车，骑上电动车开始驶往六个不同方向。

无人机巡逻队很快查出，共有三户人家的可疑空调外机仍在朝外散热。樊队长按照先近后远的原则进行调度："箭头，你朝北开到第一个路口右拐，到第二个路口再左拐，过路口马路左边第三栋。"

抓捕组按指示路径行驶，数分钟后抵达目标处。技术警员协助吴星放大监控界面，显示屏清晰映出抓捕人员闯入目标建筑的画面。

一分钟后，指挥部的对讲机响了。

"这里是箭头，报告老家，目标不对。房里只有一对夫妻，他们忘了关车库的空调。"

吴星周围的警察们不约而同地呼出一口气。

"老家明白。下一个目标，掉头回路口，右拐到第四个路口再左拐，马路左边第五栋。"

抓捕组朝西行驶，七分钟后抵达第二处可疑目标。

这次的汇报来得有些晚，抓捕组隔了好一阵才打开对讲机。

话筒中传出喧闹的人声，话音嘈杂，令指挥车内的气氛紧张起来。

"这里是箭头，呼叫老家，呃……"

"我是老家，快讲话，什么情况？"

"目标还是不对。"

原来是一群年轻人挤在地下室里开通宵 Party，全都喝得烂醉，有几人还在吸大麻。

"报告老家，是否要将吸食毒品的人带走？"

樊队长身后有两个警官发出笑声，孟阳则在一旁摇头。

"这么多废话！赶紧给我回去上车。"她怒不可遏，"最后一个地点，出门左拐开到第二个路口，右拐上坡的第一个红绿灯，马路拐角的河边房子。"

位于河边的那栋房子距离不远，抓捕组没两分钟就接近了那里。

"应该就是这里——"

莫名的直觉涌上樊队长心头，紧捏着话筒的掌心里满是汗水。她吩咐吴星将"产品三号"飞得再近一些，降到目标上空二十米的高度。

"有人出来了!"推动操纵杆不过几秒钟,吴星马上开始大叫。

抓捕组距离目标不到一百米时,那栋别墅里同时窜出三团发亮的白色光晕。

车厢内所有人全都惊呼起来,只有樊队长没发出任何声音。

"压低点,再压低点,把画面放大!"孟阳将警衔级别的概念抛诸脑后,绕开樊队长直接指挥吴星。

那三团热成像画面非常清晰:两名嫌犯骑着摩托车,分别向东边和北边高速逃跑;别墅靠河岸的后门口,有四名嫌犯跳进小码头上的一艘摩托艇,沿河道开始往南行驶,而那个方向直通大海。

预感成真了。

"各组注意,根据以下指示分别前往追击——"樊队长紧急下令。

十分钟后,几路人马精准追踪,成功拦截住了三路逃犯,抓捕组也从别墅内搜出了传销组织的全部人员。

振奋人心的画面被"产品三号"的摄影机记录下来,指挥车内的人们全都欢呼鼓掌起来。

"巡逻艇注意,我们看到摩托艇上有人手里有枪。——小心! 快躲开!"

枪响从无线电里爆出,湿滑的话筒差点从樊队长手里被挤飞。

孟阳命令吴星飞向南边河道那里。

樊队长大喊:"我是老家,到底怎么回事? 方块快回答!"

"这里是方块,有一名疑犯跳船上岸跑了。他手里有枪。我们有人受伤!"

樊队长焦急地命令其他守备队用最快速度赶往现场救助。她又向"方块"组质问那名上岸的持枪疑犯究竟去了哪里。

回答声令她头脑轰然作响。

"报告队长,那人钻进树林里了! 他跑进山里去了!"

最糟糕的状况终究还是出现了。

异 变

大脑短暂空白了数秒之后，她强迫自己振作起来。

现在仍有一支机动组在原地待命，地图显示，他们正守在别墅区最东北角。

"圆圈，你们马上用最快速度朝那座山开过去，走山坡北段那条弯曲的小路。……不会跟丢的，我们正在追他。对了，他手里有枪，你们几个都小心些。"

说话的同时，樊队长一直在俯身盯着吴星的显示屏。

黎明前最黑暗时刻的这座山林，在红外镜头中显得色泽昏黑。画面中心位置，一个白色的人形轮廓四肢并用，手忙脚乱地朝山顶方向攀爬。再凑近一些，甚至能辨认出那人左手握着的一杆颜色稍暗的枪状物体。

她感到头晕目眩，双手按在吴星的椅背上，努力稳住自己的身体。

"老孟，快拿根烟来给我。"

樊队长喃喃自语好几次，却没等来回应。她回头去找人，发现孟阳根本就没在车里。

指挥车的车门正大敞着。

"这家伙……不会是又……"

她扶住车门框，探出头大喊孟阳的名字。

没有回应。孟阳不在车外。

那辆黑色厢式车也不在了。


樊队长将手头剩余的机动组警员重新编组，令他们驱车上山追捕那持枪逃犯。她手指甲紧紧扣住吴星的椅背，严密注视着画面中那名疑犯的动向。

疑犯此时正沿山间小道朝山顶方向进发。

樊队长猜得到对方的目的地。山顶上有座荒废许多年的度假酒店，面积颇大，结构复杂，对方必定会逃进里面，据守不出。

问题是目前所有的追捕人员都离他太远，只剩吴星仍紧跟在他身后的空中。"产品三号"的电量还剩不到三分之一，很难撑到天亮，而飞回指挥部更换电池的路上同样还会耗电。

"继续跟着他，直到电池用完为止。"她下令。

吴星沉默地点头回应。

飞进山区后，耳机里的飞行噪声变大，山上的风力比市区更强，他几乎听不到目标逃跑的脚步声。"产品三号"的飞行轨迹被大风不断干扰。眼罩里的视野无规则地左右摆动，晃得他几乎想要呕吐。

他压低高度，贴近地面，跟在疑犯身后穿行在林间。躲藏在树木间飞行可以有效避免风力的干扰，但操作难度也大大提高了。

他的双臂酸胀难忍，两只脚早已麻木多时。"产品三号"以曲线轨迹不断躲避沿途树木，红外镜头下的树影昏暗难辨，很费眼睛；席卷而来的阵阵疲劳中，他多次出现短暂的错觉——仿佛自己又回到了熟悉的城中村。他正拖着一盒又一盒外卖烧烤，穿梭于无数平房、违建、招牌、电线杆之间。鼻子里甚至冒出了厨房的油烟味和羊肉串的香气……

——还想不想继续飞？

——我不放弃，也不允许你放弃，听见没有？

回忆中的嘱托令吴星惊醒。恰在此时，他的手机响了。

"我来接，你飞你的。"樊队长拿起手机，看到是孟阳来电，眼睛开始瞪大，"——孟阳，你现在在哪里？"

"刚过西北角的小区大门，马上就上山了。小吴呢？"

"他现在没空接电话。"

"……"

女警官深吸一口气："老孟，只有你离目标最近。继续往前走，沿山上小道开，我来指挥你。"

她根据路程和速度判断出，孟阳可以赶在疑犯前面抵达废弃酒店。穿过山顶区域只有这一条路，如果疑犯继续沿山路走，就一定会被孟阳迎头逮住。

异变

"如果他不走道路，进树林子呢？"

樊队长没有反驳这条假设的根据，但现在只能赌一把了。

"不会的。相信我。"

"我信你。"

"谢谢。电话别挂，注意安全，记得开车灯！"

……

孟阳放下电话时，车子已经驶上了登山的水泥坡道。

他只开了示宽灯，勉强能够照见路肩。

这是唯一的机会。

绝不能再让坏人逃脱！

一路上他刹车也不踩，只靠松油门来减速过弯。每隔两分钟，樊队长就会报告一次犯人的移动情况。

果然猜得不错，那人不敢在漆黑的凌晨走树林子，仍在朝山顶酒店逃窜。

孟阳一次次伸头仰视山顶方向。模糊的天光背景中，逐渐能够看见有座轮廓奇特的黑色建筑物，而山道的坡度也在变缓。

拐过一个水泥凉亭后，路面变宽，前方出现一根锈蚀严重的拦路杆。

孟阳下车推开杆子，关掉车灯低速前进，依次路过废弃酒店的水泥大门、喷水池、停车场收费亭，抵达对面下山方向的道路入口。

这里的风力非常大，下车后他感到周身颤抖。把手机音量调低后，他向樊队长通报自己的位置。

"明白。吴星已经拉高，现在我们能看到你了。"

……

此时，指挥车里的人全都注视着显示屏。樊队长看着屏幕上白光笼罩着的孟阳及厢式车，确认他还有几分钟就能碰见疑犯。

她突然大叫一声不好。

"老孟，你身上有没有枪？"

夜眼

"我没有配枪。身上倒是有警棍和辣椒水。"

每个人都发出诧异的惊呼。樊队长回头呵斥他们闭嘴。

"樊队长，还有件事。"

孟阳躲到厢式车后方，语气陡然变得温和，令樊队长一时有些不适应。

"五年前我的那几个弟兄，他们家人现在的住址，你可以问小吴，他陪我去过。还有扫墓的地方，小吴也知道。以后你找他就好。"

吴星已经听出了话里的意思。"别这样啊，孟警官……"喃喃自语的他几乎快要握不住操纵手柄。

樊队长也醒悟过来。

"老孟，冷静点，别乱来，求你了。"她语气变得无力，"没必要这样。听见了吗？你没必要这么做！"

但电话从那头被挂断了。


当天凌晨4点2分左右，疑犯逃窜至山顶酒店的入口处，发现饭店大门口停着一辆黑色厢式汽车。他企图上前试试运气，行至车头前方时，黑色汽车的远光灯突然打开。疑犯举枪挡住眼睛，略微后退。此时孟阳从车内跳出，试图勒住嫌犯的脖子。

他没成功。嫌犯挥动枪托将他击倒。他举起辣椒水喷雾器打算制服对方。"产品三号"的摄影机画面中这时冒出一团亮白的光斑，显示那里有巨量的热辐射出现。麦克风也记录下一声巨响。

疑犯使用携带的自制猎枪开火。子弹击中孟阳的右侧大腿。

孟阳没有后退，而是趴在地上拽倒疑犯，用喷雾器令疑犯丧失抵抗能力，自己随后倒地。红外摄影机发现在他右腿一侧有大片的白色光斑，面积不断扩大，显示他正在严重失血。与此同时，疑犯缓慢起身，开始更换猎枪的子弹。

随后的数分钟内，吴星操纵无人机多次朝疑犯俯冲，试图借此干扰疑犯的行凶举动。从"产品三号"摄影机近距离摄下的画面中可以辨认出，该名疑犯正是"少女坠楼死亡案"的重大嫌疑人。

连续高速俯冲十多次后，由于电力几近耗尽，"产品三号"的飞行速度下降，最终被疑犯的猎枪近距离击中。左侧的三副旋翼当场损坏，机体坠落在孟阳身边。

随后疑犯丢弃凶器，朝山下方向逃窜。事后证实，疑犯身上一共只携带了两发子弹。

逃窜的企图没有得逞。三十秒后，执行追捕任务的警方车辆赶到，在道路中央将疑犯制服。警方对孟阳实施了现场救治，随后赶来的警用直升机将其送往医院进行急救。

经现场警员们确认，"产品三号"完全损毁，已经没有任何修复的可能。


天气正式入秋后的一个中午，吴星走出刑警大队办公楼正门，刚好遇见几个熟悉的警员经过。年轻警员们认出他的面孔，朝他围过来，拉着他要去下馆子。吴星委婉地拒绝了这番好意，说自己有急事马上要走。领头的无人机巡逻队队长揪住他不肯放。

"吴老师您别再客气了。局长今早还交代我，一定要让您在局里多待几天，巡逻队没了您的培训，心里实在是没底。我还听说，下礼拜有外省市的兄弟过来，专程向您讨教设备问题和飞行要领，您想跑也没处跑，真的。"

换成平时，吴星一定不会拒绝，但是今天实在不行。他坦白了自己马上要去的地方。警员们不再强留，但也没让他走。几分钟后，巡逻队队长从门口跑回来，将怀里的果篮递到他手里，这才不舍地告别。

沿着已经无比熟悉的闹市街道行驶半个钟头后，吴星将轿车开进市中心医院的停车场，一手拎一只果篮走进住院部大楼。进了病房，他迎面遇见一个熟悉的面孔，吃惊地愣在原地。

对方一见他马上就笑了，非常真诚地笑。

"哟，买这么多干吗？打算也送我一份？"

"不是的樊队长……这篮是鲁队长他们买的，托我一并送过来。"

身着便装的樊队长替他把两只果篮放到柜子上，与已经摆在那里的一只特大果篮并排放置，然后走到病床边倒水。

孟阳平伸着腿靠在床头，朝吴星直摇头："这下好了，三大篮！反正我今天刚出院，无论如何都拿不动的。你们俩想办法吧。"

"轮不着你操心，人家小伙子自己有豪车帮你带。"樊队长将一杯水递到孟阳手边，"下午就回分局去了？不回家看看？"

"不用。"孟阳接过水喝一口，"局里有一大堆事等着我去弄。"

庆祝孟阳出院的午餐就设在吴星公司楼下的餐馆里。席间，樊队长就无人机巡逻队改制、升级设备、制定战术规则、人员培训合作等方面，又问了吴星许多新问题，使这顿饭拖到两点多才结束。孟阳在席间并没有说太多话，直到三人走出餐馆，坐进旁边露天咖啡座里休息时，他才问道："那么吴总，你最近自己还飞不飞了？别跟其他那些老板似的，时间全浪费到开会作报告拉投资上。"

"还是叫我小吴吧孟大哥。最近这阵确实挺忙，没再像以前咱俩一起时飞得那么疯了。"

"人家现在也是CEO了，别老跟人家灌输你那种疯癫作风行不行？"樊队长不停地笑。

这时公司员工给吴星打来电话，说是设备刚刚调试完成，正等他亲自视察。他向两位警官告退，走出了病房。

吴星返回位于写字楼顶层的办公室后，秘书对他说大家已经在等他了。

10月下旬的空气清爽洁净，风力不强却很凉快。吴星站在天台中央，感觉浑身舒适。看完起降试飞后，他帮试飞员脱下设备，然后将成套装置全穿到自己身上，坐进椅子。

　　　　　　　　　　　　　　异　变

一体化的收发器背包在他身后呼呼散热，手腕和脚踝上的VR体感环发出淡蓝色的感应灯光，胸前的感应器状态良好，完美检测出他肢体上一切细微操作动作。感应手套的拇指部位轻轻翘动，前方那台蓝白相间的六轴无人机随即飘然起飞。发动机响声柔和，在风声中几乎难以察觉。

"动作不错。手套手感也进步了。很好，明天投资方来的时候，让他们所有人都亲自操作一把试试。"

"明白了吴总。"技术部门的下属回答他，"自动避障和防坠毁感应器也都调准到位了。"

"好的，辛苦。"

吴星将无人机升到高空，打开摄影机的红外探测模式。这是顶级水准的摄影机，即便是今天这般明媚的阳光下，头罩显示器里依然能够投射出清晰的红外影像。

"很好。真的是太棒了。"他感到有股暖意在胸中跃动。

庞大的飞行器疾速飞出天台外，降到楼下咖啡座的上空。吴星拉动变焦镜头，放大影像。

画面里，一男一女两位警官正仰头看着自己，并挥手致意。

耳机里传来下属的呼叫："吴总，营销部的人说产品名称到现在还没有定。您觉得取什么名最好？"

吴星将发动机调至最大马力。飞行器一跃而起，朝太阳的方向加速冲刺。

"阳光一号。就叫这个。"

他觉得，这是自己能够想到的最好的名字。

# 症　候

## 1

又是一个下雨天，雨量不小，不过还是有不少围观市民顾不得撑伞，纷纷拿起手机朝楼顶拍去。小巷里的人越来越多，巡警绷着脖子大喊："都让一让！这热闹就这么好看？"但警车却再也不能往前半步了。贾迪黑着脸走下警车，使出吃奶的劲儿才挤到了巡警身旁。

"满世界都疯了。这是第几起了？"巡警问他。

"搞不清。"贾迪抹掉脸上的雨水，仰面朝上望去。

那个男的已经坐到了天台边缘，两条腿正在空中晃悠，神态却是悠闲得很。通往天台的门已经被反锁，只好等待消防队来拆门；可消防车这会儿还堵在主干道上。巡警问贾迪有没有撬门的工具，贾迪右手一摊："我哪有那玩意儿。"

"嘿，你手上的石膏够结实不？要不去试试？"

"滚。"贾迪拍拍左小臂上的石膏，"拿来揍你倒是够用。"

那人坐在二十三楼楼顶边缘，没有一丝慌乱，反而悠闲地晃着脚。贾迪心想，这位多半是有些不正常。晃着晃着，一只拖鞋掉了下来。有位市民伸手接住，周围的人立马欢呼起来。

"还是不是个男人哦，想跳就跳啊！"

"越下越大啦，赶紧跳吧，我还要回家收衣服哪！"

随着另一只拖鞋的落下，现场的气氛越来越热烈了。巡警大吼道："都闭嘴！什么素质！"

消防队员们拉着气垫，好不容易才挤进了巷口，却被一辆卖瓜的卡车堵住，急得破口大骂。贾迪摇摇头，又朝上面看去。

那男的自言自语了一会儿，双手伸向空气，身子一低，头朝下就翻了下来。人群顿时鸦雀无声，大家眼睁睁看着他在空中打着滚，"咣当"一声巨响，砸在那辆卖瓜车上，溅出了一大团水花。


## 2


自从两个月前因办案而摔下楼梯后，贾迪就一直觉得霉运缠身。

这个月，辖区内共发生十二起跳楼事件，有十二名跳楼者身亡；顺带砸死两人，砸伤五人，八辆汽车及十六辆电动车被砸坏。出院之后贾迪发现，为了调查这一连串事件，分局已有五人申请调离，三人辞职，八人跟领导闹翻，一人离婚，连一年一度的掼蛋大奖赛都停办了。

所有的矛盾都集中在一点上：这些案件到底是自杀，还是另有内情？

一开始，贾迪对这份卷宗并不以为然，只管拿出岗位优秀标兵的能力素养来查案。很快，他就查到了疑点：最近跳楼的这名男子，在事发当天曾经与别人发过短信，称那天与自己的前妻在一起。然而他的前妻却否认这点。

"我都跟你们说了几遍，那天我根本没见过他！"

"你跟他的短信，我们可都看见了。"

"是啊，只是短信啊。我烦他，后来都懒得回他。他这人心理太阴暗了。"他前妻脸上始终是一副厌烦至极的表情。

"那么，那天你人到底在哪里？"

"健身中心嘛，都说过了。"

"嗬，是啊。"询问室里灯光很亮，贾迪隔着桌子也能瞅见她脸和脖子上的伤痕，"哪家健身中心，运动量这么大？"

"这……是我自己不小心嘛！"

验伤的结论是，这女人在最近几天跟别人打过架，身上到处是指甲痕。毫无悬念的重大嫌疑，完全可以直接申请提起公诉。但是，其他同事却像是在故意扫兴。他们找到了当天的治安监视器录像，录像中始终只有死者一个人：他独自离开居住的小区，独自走过街道，穿过商业街，又独自一人走上了那栋高层住宅楼。甚至在跳楼那一刻，有好事的市民在对面阳台上拍下了他坠楼的全过程，自始至终都是一个人。

当然，健身中心的录像中并没有他前妻的身影。有对夫妻可以做证，那天他前妻正在他们家打架。一场关于丈夫和妻子和小情人的三方内部矛盾，在当地居委会和派出所都留下了翔实可靠的记录。

倒霉的贾迪亲自去找大队长谈。队长摁摁太阳穴说："别再烦我了，我都准备结案了。"

"瞎开什么玩笑。"贾迪拿起桌上的香烟，撕开盒子，"疑点多得跟苍蝇似的。再给我俩礼拜。"

队长一把夺过烟盒："干什么？还敢不听命令了？报告我都给你了，局长都签字了嘛！那个死者摆明是精神分裂。"

"他从来没有精神病前科，熟人证实他一向言行举止正常；不抽烟不喝酒不吸毒，也没有网瘾。"

"医生说了，他老婆把他甩了，这就是诱因！你小子之前失恋的时候，不也是疯疯癫癫的？"

贾迪眉毛倒竖："这扯不上关系吧。"

"行啦。"队长摘了眼镜，一屁股坐下来，"不管啥案子，你都觉得像谋杀，侦探动画片看多了吗？尽早结案，尽快给群众一个交代。

整天被网民骂的滋味，你不懂。"

"是吗？嘿嘿。"贾迪终于逮着机会，举起那份挺厚的报告书晃晃，"十二名死者，个个都是精神病。你们写出这种报告公布出去，谁看了不骂？"

"怕什么，这都是权威医院的专家医师给鉴定的。"

"是啊。"贾迪翻动报告书，"可这十二个'病人'，全都在同一家医院看过心理医生。这还不算共同点？"

"废话！我们市里就属这家脑科医院最大，共同点个屁。"

"好，有道理。那么——"贾迪死盯着队长的眼睛，"这十二个人的主治医师，全是同一个人，这也算是个屁么？"

每个死者的挂号记录，贾迪都搞了过来，根据上面注明的挂号时间，结合脑科医院这几个月的专家门诊值班表，硬是查出了每个人的主治医师姓名。

"找这个专家看门诊的时间，和跳楼自杀的时间，中间相差都不超过一个月。十二个人都是这样。"他用左手的石膏敲敲桌面。

"人家可是拿国家津贴的专家，怎么可能……"队长勾着头，重新戴上眼镜，"你从哪儿搞来的医院内部资料？"

"这甭管。我就问一句：让查不让查？——不让查？没问题！反正挨骂的不是我。"贾迪又拿过烟盒，点火大抽起来。队长看着他吞云吐雾的得意样，叹了口气，什么话也没说。


3


面对贾迪开门见山的质问，徐大夫一句争辩也没有，只是反复地说："我得承认，这确实是个不幸的巧合。"自始至终，他都是以一副和善的笑容来面对对方。贾迪的感觉是，一整套降龙十八掌全打在棉花堆上了。

"我是真想不通呀。——徐大夫，我们的局长跟你是不是有亲戚关系？怎么就能放你过关？"

徐大夫呵呵地笑着，让身旁的女医生又给倒了一杯热水，喝了两口，说道："局长跟我倒也有过一面之交。……我并不是很了解警察如何办案，但确实不能说我有嫌疑呀。那十多名患者患有较为严重的幻觉症，我虽不才，也是省里面不多的幻觉症专门研究者。所以，省内患者大都会转交到我这里来。而我所采取的治疗法，当然也是通过审批，并且已经被国内外专业机构所共同承认的。"

"可是他们都死了！"

"嗯……我们每个月都要有一两百名患者前来治疗。我想这其中，也会有些不能完全治愈的不幸的人。"徐大夫慈祥地望着他，"这就好比，每天都有许多癌症病人去世，也不能就此怀疑癌症医师都是杀人犯吧。这种想法也太……"

坐在一旁的年轻女医生不禁笑了。贾迪狠狠瞪了她一眼。

"哦——那看来是我没文化了。原来世界上所有的幻觉症患者都会死于自杀。原来如此，看来应该改名叫'自杀症'。"

"从科学的角度，我确实也无法解释。也许闷热的夏天和连续的降雨令他们感到忧郁，也许是现场市民的阴暗心理造成的负面影响吧。"

皮糙肉厚的老狐狸，贾迪心想，必须得出点杀招了。"我是个粗人，对精神病人也没什么研究。不过我听说徐大夫你的治疗方法很特别，都是催眠疗法是吗？"

"……"

"可我死活也查不到，咱们国家对于催眠疗法有什么权威的承认。也有可能我是文盲，国家的规章制度我没看懂？"

徐大夫的笑容终于有些僵硬了。他转头看看女医生，又看看一脸得意的贾迪。

"催眠是有的，但只是一种辅助的手段，用来摸清患者的某些心理特征。我不可能光凭催眠就能治好病人的。"

"催眠能不能把人弄疯？能不能逼着一个人去跳楼？"

"不会，不会的。"徐大夫摇摇头，手捂住自己的额头，"整个过程就是做梦，就跟睡觉一样……醒了就没事了。"

很好！贾迪的心里甜滋滋的。牌局已经到了关键阶段，是时候把大小鬼一齐打出来了。他用右手在裤兜里费力地掏了半天，拽出一只U盘，高高举起来，对那女医生说："你帮我一下，把里面的东西给大夫看看。"

女医生不情愿地接过来插进电脑，里面显示出一份文档。

"上周末那名死者留下的日志。听说是你让患者养成写日志的习惯的吧？真是好习惯！"

日志内容不少，有大几千字，死者在徐大夫处接受治疗后的全部心路历程都在其中。

这人与妻子离婚后，时常在家中听到妻子的说话声，有时还能看见门口有妻子的高跟鞋，于是怀疑自己精神出了问题，找到了脑科医院的专家门诊寻求治疗。然而，自从徐大夫给他做过治疗后，其病情反而加重了：他会在各种场合见到妻子的身影出现，吃饭睡觉、上下班或者买菜的路上都能看到。他渐渐由恐惧变成习惯，接着开始尝试和"妻子"交谈。起先"妻子"并不理他，后来态度慢慢好转，开始同他"说话"；最后，根据日志的记载，两人居然和好了，无话不谈。于是他班也不去上了，整天坐在家中，同"妻子"卿卿我我。

"注意这一段，徐大夫。"贾迪手指着屏幕，读道，"'我不知道这些都是真还是假，但是首先感觉到自己还是很开心的。徐大夫也跟我说过，说她会回来的。我也不知道这是不是治疗的一部分，最起码我又能天天看着她。真好。'

"再看这一段。'她说她知道自己错了，自己很幼稚，说她再也不去找那个狗男人了。……她说她明天想陪我逛逛街，还想跟我一

起回我们俩的母校看看，像当年一样，一起坐在运动场的高低杠上看夕阳。唉，我都有好些年没回母校了。'

"看到这篇的日期了没，大夫？正好是他跳楼前一天。——你知道我怎么想吗？我觉得吧，那天他确实是坐在杠子上了。只不过不是什么高低杠，而是楼顶的护栏！"

漂亮的最后一击！两位医生的脸全都变得煞白，比他们俩身上的白大褂还要干净。

"我，我真不知道该说些什么，警察同志。"徐大夫的表情总算是丰富了，眉毛全都耷拉了下来，神态实在是无辜而又可怜，"我不知道他居然有这样的日志……让患者写日志，是让他们对自己有个客观的观察，我是从来不会去看的……"

"没事。最起码你的催眠效果很生猛。"

"不可能啊！催眠只是用来发泄心中的负面情感，绝不可能影响人类的感官和现实行为！"

"别跟我说这个啊，我没文化，听不懂。"贾迪笑着拍拍石膏绷带，"要么，你给我也催眠下？我不怕，真的。"

牌局打完了。贾迪拔掉U盘，看到徐大夫傻站在原地不动弹，心满意足，转身回头推开办公室的门，对那女医生说道："这位姑娘，我想上厕所，麻烦你给带个路。"

4

女医生薛霖和贾迪冒着雨走进医院附近的湘菜馆，点了几道招牌菜，大吃起来。"这么些年过去了，这家的菜味道还是没变嘛。就是价格越来越贵。"薛霖说。

"是啊，而且服务态度越来越差，服务员手指全浸到汤里了。"贾迪从菜里拈出一根头发丝。他放下筷子，嬉皮笑脸道："晚上有空

　　　　　　　　　　　　　　　　　异变

不？我再请你吃寿司吧，没有地沟油，保证不让你发胖。"

"少来。"薛霖只是哼了一声，"你还想让我帮你什么忙啊？前几天帮你搞值班表，差点被人看出来。"

"那是小意思，别担心。后面可能会让你做证，证明是那个老头子搞出来的什么催眠治疗法。"

薛霖愣了一会儿，也放下筷子，瞪着贾迪。"你总是看谁都像坏人！知不知道他是我的老师啊？而且我都跟你说了，所有的催眠都是我和他一起操作的。"她应该是有些害怕了，"我哪知道会变成这样！……只能算是一起医疗事故，对吧？"

贾迪哈哈大笑："不是一起，是十二起！说不定后面还会有更多！人命关天，这可是刑事案件哎，姑娘。"

薛霖没心思吃了，坑着头拨弄起勺子来。

"那你还会帮我跟警察说清楚？"

"不会。你已经不是我女朋友了，我不需要避嫌。"贾迪捧起饭碗，遮住脸大吃着。

薛霖思考了一阵，抬头说道："我想起来了。这事儿应该不是我们搞出来的。我记得有几例患者在来这里催眠之前，就已经有很严重的幻觉了。"

"那也是你们让病情加重。何况催眠治疗本身就是违规的。"贾迪琢磨一会儿，低声说，"你就说是那大夫弄的算了，弄个过失伤人。你自己也是实习医生，不算主谋。"

"那怎么可以！"

"要么，你就跟我结婚，领导就不会让我再查下去。这样就会以自杀来结案。"

"不行！你又在图谋不轨了，这可是人命关天啊。"

队里同事拨打了贾迪的警讯通，急匆匆地向他通报一个最新情况：有位市民跳下了高铁南站的铁轨意图自杀，幸而被及时救下。此人看上去像是精神有问题，胡言乱语，根本不知道自己做了什么事情。贾迪眉头紧皱，放下电话。这时他看到薛霖也正在通电话。

"有个在我这儿看病的患者，回家之后发病了，自己跳下了火车站月台。"她紧张地说，"难道又是……"

贾迪肯定地点点头，站起来喊服务员过来买单。

5

"我叫李响，今年四十二岁。今天早上我一起床，发现自己迟到了，我家的闹铃被我媳妇给关了，也不知道她为什么要关。我自从当了部门经理，还从来没迟到过呢！我就赶紧下楼准备开车去公司，结果一到停车场，车子居然也不见了！我媳妇自己有车，现在两辆车都没了，简直是莫名其妙！我就打电话给她，她又不接。我回家找车钥匙怎么也找不到，只在茶几上找到她给我的字条。她说她不想跟我过了！

"我早知道这娘儿们在外面有暧昧的关系，本来没工夫去理她，现在她就这么跑了，车也给我开走了。我一下子就慌啦，然后发现我的钱包、手机、电脑、抽屉里的现金，全都没了。银行卡里就剩下了两万多块钱，信用卡被刷光，还被银行给没收了！我恨不得找到她给她几巴掌。但是今天正巧又下了大雨，路上出租车一辆也拦不着，我只能把家里的破自行车翻出来，赶紧往她公司里面骑。等进到她公司里面，电梯居然在维修。我就这么倒霉！

"我爬楼梯上楼找她办公室的人，办公室的人说她来了又走了，去了地下停车场。我心想她这是要跑。那还了得！我又拼命下楼去追。进了停车场，我才走几步，地上居然有个大坑，我一头栽进去。我爬起来，就看到前面有车子朝我开过来。我认出来就是我家媳妇那辆车，赶紧上去准备挡住她不让她走。

"突然，不知道哪里来的几只手，把我从坑里拉上来。我一看，是保安，就跟他喊：'快帮我拦住那辆汽车！'你知道他说什么？他说：'拦什么拦，那个是火车！'再一回头，我的个妈呀，居然一辆火车就从我鼻子前面开过去！我再看看，哎呀，这地方哪是什么车库，就是火车站站台嘛！也不知道今天是中了什么邪了！"

贾迪慢悠悠地说道："你确实是中邪了。现在出了这么大的事，电视台都来采访了，你家老婆没来找你吗？"

"她来个屁！"那人愤怒地捶捶桌子，桌上的手机钱包和字条等证物都在抖，"前段时间我开车被人撞了，在医院躺了一个礼拜，她也一次没来看过我！"

"杨先生……哦不，李先生，我们现在先不提她的事。我问你，你那次车祸以后，有没有觉得头部有不舒服的情况？"

"有啊！本来我脑袋就磕了地，加上那个女人的事情，我这几个月来头一直疼，晚上睡不着觉，老是做噩梦。哎，就梦见我身无分文，什么都没了，就靠摆摊子修自行车过日子，气死我了。"

"所以你就去脑科医院看医生的是吧？"

"哎？你们也知道啊。我就是找了专家门诊的徐大夫带我看的。"那人拿过桌上的钱包，翻出一张名片，"水平真高！我就在他那边睡了两觉，马上头就不疼了。不过今天这个事情一闹，我头好像又疼了起来。"

贾迪拿过名片，确认名片是徐大夫的，用力点点头，交给身旁的同事们。他站起身，拍拍那人的肩说："你放心，我们会派最好的专家来帮你看病。放松。"便走出询问室，进入隔壁房间里。

薛霖站在单向玻璃前，一声不吭。贾迪对她说："你也看到了，证据确凿。——你去说还是我去说？"

她转过身，一脸的惨白。

"别发愣了。想想看嘛！从他接受催眠治疗开始，到今天正好是一个月。要不是保安和市民反应快，今天这就是第十三起命案。这个嫌疑已经是跑不掉的了。"

薛霖呆呆地望着他。

"别这么看着我。对，你说得没错！在治疗之前他就已经得了病。但是那姓徐的令他的病情恶化，差点出人命，这你总不会不承认吧。……算了，把资料给我，我来跟他说。"

"他真的好可怜……"薛霖抹了抹眼角，快步走出门去。

贾迪拿着一叠病人资料，回到询问室对那人说道："杨先生，有点情况要先让你了解清楚。"

"我姓李。什么情况？是不是找到她人了？"

"杨先生，我想要跟你解释一下。"

"这位警察同志，你怎么老是搞错啊，我说了好几遍了，我姓李嘛。"

于是贾迪不得不提高音量，冲他大声说道："听好了，你不姓李，你姓杨！你的名字叫杨世立！"

那人也火了："你这同志怎么胡说八道的！——我媳妇她人在哪里？"

"你没有老婆，你根本就没结过婚！"贾迪抽出钱包里的身份证，"啪"地往桌上一摔，"自己好好再看清楚，你到底姓什么？！"


# 6


杨世立，现年四十二岁，外省人。十五年前从农村来到市里，四处打工为生，五年前开始摆摊修理自行车至今。两个月前，他骑车时遭遇车祸，因脑震荡住院治疗；治愈出院回家后再未出门，修车摊也没有再摆过。医院的资料证实，一个月前他曾在徐大夫处接受过心理治疗。至今未婚，一个人在旧城区老房子里租住了七年，警察上门检查时，手机钱包等"遗失物品"都还放在桌上。

银行记录显示，他的全部资产仅有银行卡中的两万多元；且事

异变

发当日，他曾试图用一张公交IC卡提取现金，结果被取款机吞卡。高铁南站工作人员做证说，他曾向大厅售票员询问自己"妻子"的下落。那天没有任何人接到过他的电话，他当天的通话记录中唯一一个号码，是电话公司的服务热线。

至于那张他"妻子"留下的分手字条，经过专业技术分析，核实无误，清清楚楚、毫无疑问地可以认定：那是一张超市收银机打出的购物发票。

薛霖说得没错，杨世立在接受催眠之前，就已经得上了严重的幻觉症，对于自己的姓名身份、经历记忆，以及对周围环境的一切感官都混乱了。例如，他自称"李响"，而真正的李响却是当时开车撞伤他的人。薛霖和贾迪花了一个多星期时间，收集到了以往十二起自杀案死者的各种信息，才知道他们每个人都属于这种情况，无一例外。

按照薛霖的想法，这些病人对于自己的日常生活都有强烈的不满和压抑，各种欲望无法得到满足（婚姻、财产、情感等方面），从而导致患上此症。徐大夫的催眠正是令他们的本我更迫切地要求释放，最终选择了解除烦恼的最优选择——自杀。

"依我看，纯粹是扯淡。"贾迪轻蔑地吐口气，右手指着她说，"你说他们有病就是有病？我就认为是你那骗子医生害死了他们。"

"你能不能别这么心理阴暗？"

贾迪不出意外地发火了："我呸！我看你才阴暗！凭什么断定他们想自杀？你个心理医生就了不起吗？随便看看死者档案，你就说他们心里有病，我们公检法全都上街要饭算了。"

薛霖扔下汉堡包："请你尊重下我的职业！——他们的生活经历和精神状态都有案可查，我不信你还能不讲证据！"

"全是废话。对现状不满，心里头有压力？这年头谁没压力？谁会对自己生活百分之百满意？"他越吵越来劲。

"……没压力，我会整天查案子，跟领导吵架，手都摔断了？对一切都满意的话，你怎么会一声不吭就跑去外地读博，说分手就分手？——我从小就疯疯癫癫，看来我精神病已经得了四分之一个世纪了，得赶紧把我抓回去电击。来吧，救救我吧，薛大夫！"

薛霖抓起包，头也不回地走了。贾迪狠狠嚼了一会儿薯条，又冲去前台，把服务员骂了个狗血喷头。没想到吃个薯条也能吃出头发丝来。

但领导们却另有考虑。贾迪的猜测虽然缺乏证据，但是薛霖的想法也没有足够的根据；何况，这种猜测也不能公开，造成恐慌的可能性先不提，民众们也不会去相信。现代社会，普通人和精神病患者的区别本就难以界定，而在这起案件中，除非自杀，否则很难看出谁是"真的有病"。

这其实与警察办案很相似，大家都处于被动地位：只有在事发之后，才能知道是谁出了什么问题，从而着手补救，但往往为时已晚。公安机关已经计划退出调查，只要不涉及刑事案件，所有的"精神疾病类自杀事件"都将交由医疗系统内部解决。

让领导们大失所望的是，最新一起案件恰恰涉及了刑事伤害。本来踌躇满志的贾迪在听过案情简报后，却再也兴奋不起来。

## 7

"医院的人良心都坏透了，全盖这么高的楼，分明是方便患者跳楼嘛。"贾迪检查了一下现场后，又开始骂街。队里同事拍拍他肩膀，告诉他监控录像已经调出来了。

当天下午3点钟左右，脑科医院领导和同事们再一次前往病房，对因心肌梗死住院治疗的徐大夫进行慰问。但是徐大夫的情况并没有改善，依旧是一脸惊恐，对众人大吵大嚷，还拿起输液瓶朝他们砸过去。

"我当时拿着针筒，准备再去给他打点镇定，"当时在场的护士说，"可他非说我手上拿的是刀子，害怕得要死，不让我过去。你们说奇不奇怪，他是精神病医生，咋自己得上精神病了呢？"

队长笑道："治脱发的都是秃顶医生，我见惯了。"

在被贾迪盘问之后没多久，徐大夫就突发心肌梗死进了心血管医院，然后就发病了。贾迪怀疑是这次病发，促使他的心理出了问题。

有意思的是，幻觉症发作的徐大夫坚持认为自己身处脑科医院，而那些医生和护士都是精神病人，并坚称他们正在医院里展开暴动，已经把所有医生都杀了，准备过来要自己的命。看来徐大夫身为医生，内心深处最恐惧的正是自己手里的那些病人。"她说得挺有道理。"贾迪痛心疾首地后悔。

用玻璃花瓶打伤数人之后，徐大夫拿一块碎玻璃挟持了一名同事，上了医院天台。他把所有的警察和医生都看作自己的病人，威胁他们离开。他掏出一块肥皂，手指在上面按了按，凑到耳边喊着："小薛，你快跑！病人全都造反了！你快接电话呀！"却看不出，此刻薛霖正被他挟持在怀里。

现在后悔又有什么用呢？

"你们都是疯子，全世界的人都不正常了！现在就剩我一个正常人。士可杀不可辱！"此时的徐大夫还在大叫。

贾迪隔着阳台大骂不止，一次又一次试图冲进现场，但队长生怕他去了再造成什么刺激，让大伙儿拼死也要拉住他。

"狙击手马上就到位，你给我老实点儿，别冲动！"

薛霖就快要喘不上气了，密密的细雨将她浑身淋得透湿，洁白的脖子上到处都是玻璃划出的血痕。贾迪看见，徐大夫脸上生出绝望的神情。他拽着薛霖，进一步靠近天台边缘。

警察越凑越近，却仍然没有采取行动。

徐大夫朝身后瞄了一眼，拖着薛霖踩上了一台空调室外挂机。挂机就悬空安装在大楼外墙上，下面什么遮挡物都没有。

贾迪开始号叫，踹翻几名队友，拔出佩枪对着身边的人吼道："都滚开!!"冲出房间，疯狂奔向天台。他冲进现场，推开众人，直奔薛霖而去。

步话机里传出开枪的命令。贾迪冲刺到距离薛霖不到两米远的地方，此时耳畔响起一声巨响。

"咔嚓!"空调挂机的支架断掉了。

那两人直直坠下，薛霖的白大褂在风中呼啦作响。贾迪一跃而起，左臂用劲扯断牵引带，两手竭力伸向薛霖。

只差了几厘米。

从背后伸出无数只手将贾迪拽住。贾迪什么都没有抓到。他发疯般地挣扎，哀号，却丝毫无法再向前半步。

"就差一点儿了! 真险哪!"

"好了，一切都结束了，没事儿了!"身后传出众人的呼喝声。

一名护士挤进人群，用针管迅速在贾迪大腿上扎了一针。

"滚开! 你们这些畜生，杀人犯! 薛霖! 薛霖啊!"

护士愣愣，随即赶紧又给了他一针。于是所有声音都沉寂下来，黑暗迅速降临，一切仿佛都在凝固，连漫天的雨水也都消失了。


## 8


刚醒过来时，贾迪感到浑身冰凉。雨水似乎淋在脑袋上，他努力睁眼看了又看，发现病房的天花板正在向下滴水。他全身使不上半点儿力气，费了老大的劲才能转动脑袋。窗外的阳光很刺眼，好像已经放晴了；梧桐树的树枝光秃秃的，上面还覆盖着一层薄薄的白雪。

都已经是冬天了? 贾迪惊讶于自己居然住院这么长时间。

"醒啦? 瞧你，被子都滑到地上了。"护士替他盖好了被子，"肚子饿不饿?"

贾迪摇摇头,看到自己的左臂挂在架子上,石膏绷带脏兮兮的。双腿也缠满了石膏。

"你要再观察两天,之后大夫会给你再检查检查。"护士查看过输液瓶后就走了。

这两天里,贾迪感到脑子像被掏空了一样,前段时间发生那么多事儿,居然绝大部分都回忆不出来,只剩下人质劫持现场的记忆,以及一些日常琐事。尤其令他郁闷的是,这家医院条件很糟糕,天花板的水漏个不停,饭菜里也经常出现头发丝。

到了观察鉴定的那天,护士推着轮椅送他进了康复科办公室。一个戴眼镜的老医生和蔼地问他:"感觉怎么样了?"

"还行,就是好多事情想不起来。"

"噢?……呵呵,这是好事儿。"医生笑道,"住院部条件是不太好。如果说你的情况进一步好转,我会想法子把你留在康复中心。"

"太好了。天花板漏水,全滴在我脸上。饭菜也不行。"

"是啊,这几个月你吃了不少苦呢。"医生喝了口热水,开始提问,"咱们再从头来一遍吧。第一个问题:你叫什么名字?什么职业?什么原因住院的?"

贾迪顿感无聊,心想自己记忆力再差,也不至于名字都忘了,很不耐烦地交代了名字和职业。关于人质事件,他不想谈太多,只是略微提了一句。

大夫却追问道:"详细说说人质事件吧,是谁劫持了谁?谁死了?"

"抱歉大夫,详细案情是我们警察的机密。你干吗不找我的队长问呢?"

旁边的护士"扑哧"笑了。大夫回答:"你说的'机密'大家都知道,我只是还想再确认一下。"

贾迪心想这医生好像在审问自己似的,太荒唐了。他觉得有点饿，生怕吃不到饭，只得向大夫陈述了一遍。大夫听完后，摇了摇头，敲了几下键盘后说："真没想到。本来看你的脑电波图已经正常了……看来还得等等啊。"

贾迪心想随你的便，但在一瞬间，他脑袋里"叮"的一声，顿时汗毛直竖。他竭力想站起身，但是双腿怎么也使不上劲。护士赶忙过来扶他。

"大夫，先别管我。坠楼那两人到底怎么样了？我女朋友她……"贾迪颤抖着嚷道。

"我要是说实话，你能挺得住吗？"大夫皱着眉说，"我倒是担心跟你说了也没用。"

贾迪瘫倒在轮椅上。

"你看到薛霖坠楼了是吗？我现在告诉你，她还活着。"

"真的啊！——怎么会？"

"不仅如此，那位徐大夫也还健在。"

贾迪顾不得擦掉冷汗，忙喊那护士推他出去看薛霖。

"你其实也不用这么着急。"大夫指指他身后，"你看看。"

那女护士捂着肚子笑着，一边摘掉了口罩。她不正是薛霖吗？

"再把头转回来，看我这边。"大夫也摘了口罩，还特意指指胸口的挂牌。这就是徐大夫本人。

"好吧……小薛，送他回病房，别耽误了吃中饭。"徐大夫叹口气，挥挥右手。

一路上，贾迪直愣愣地盯着薛霖，张着嘴不知该说什么。送菜工正在病房里发午餐，没戴帽子，动作粗暴，手指全伸进了汤里。薛霖签过字，又替他拈出两根头发。

"你怎么……"贾迪好容易开口要说话，只见一个高个子男人冲进来，朝薛霖嚷道，"你怎么不接我电话啊？打了有一百多遍！"

"开振动了，没听到。刚刚有事儿。"

"你要手机有啥用嘛。"那男的看看他，问薛霖，"怎么他还没出

　　　　　　　　　　　　　　　　　异 变

院啊？迟早得把你忙死。"

"人家还没恢复好呢。"

"我看他是舍不得你咯，听说他经常在嘴上占你便宜。"

贾迪眨眨眼睛，心想这人是谁？

薛霖把那人推出门外，回头解释道："不好意思，是我男朋友啦。你应该见过他几次，也忘了？他就是贾迪。——你先吃饭吧，我很快就回来。"

这在开什么玩笑？她难道在故意气我？他是贾迪，那我又是谁？

也不知道愣了有多久，他直到饭盒掉在地上才回过神来。他低下头想把饭盒捡起来，眼睛瞄见床头的病房卡，发现自己的照片旁标注着一行字："精神科十二床李响"。


## 9


一开始，不管徐大夫和薛霖说什么，他也一概听不进去。徐大夫对他解释，他经历的一切都是对周围环境的幻觉，并混进了潜意识欲望：薛霖每天对他进行护理，他便认为她是自己的女朋友；由于薛霖真正的男友是当警察的贾迪，因此他便认为自己名叫贾迪，还当上了警察，连性格都跟贾迪一样。他走到哪里都会吃到头发丝，是因为每天的病号饭质量太差；病房的暖气，令他的思维一直停留在夏天；天花板一直在漏水，他就会觉得下了许多天的雨。

"你的感官都没有问题，只是大脑的诠释方法比较戏剧化。"徐大夫说，"关于你的幻觉症病情，我对你作的解释你全都记得，只不过是把它幻化成了一桩桩自杀案件。"

"我是办案受的伤。我是个老警察了。"他虚弱地争辩道。

"不，你是个白领，部门经理，开车回家时候被一个骑车的人撞上，慌乱之下把油门当刹车才出的事。关于这点我也解释过。你还记得那个骑车的人叫什么名字吗？"

"杨世立？"

"瞧，你都记得，不过是全都弄混乱了而已。——你的主观欲望太强了，你厌恶我的治疗，便把我想象成杀人嫌犯，最后还安排我挟持人质并坠楼。"

"不可能的。事情都是真的，是假的我还看不出来？"

"你所处的那个世界里，每件事都符合逻辑，每件事都可以解释清楚，可惜只有你自己看得见。"

徐大夫把笔记本电脑拿过来，给他播放"人质案"当天的医院监控录像。他看到自己跳下轮椅推开薛霖，不顾双脚的疼痛跑上空无一人的天台，伸手就要扑出天台的边缘。

"注意，仔细看！哪里有什么空调挂机？我们这么大的医院，用的当然都是中央空调！"

一切都清清楚楚了。他觉得头脑被人锯开一个大洞般，凉飕飕的。


## 10


傍晚的时候，薛霖又照例推他出门，到医院附近呼吸新鲜空气。一切都是老样子，跟头脑中的那个世界没有区别，仅仅只是季节变了。没有连绵的雨水，橘红色的阳光很是温暖。

李响在马路边张望了许久，突然产生一个想法，便对薛霖说："走那边。我还想验证一下。"

他指挥着薛霖，推他来到湘菜馆所在的位置，却发现是一家汉堡王。周围一切都是老样子，就连旁边烟酒店老板的脸都能认得出。李响回忆起在那个世界，他曾经不止一次地在吃饭途中跑出门，到隔壁买香烟，没少遭到"女友"的抱怨。

李响看着玻璃店门上自己的模样，抹抹眼角，对薛霖说："麻烦你照顾很久了。真是对不起。"

"别这么说。"

"我得说。不管是从前还是现在，在脑子里还是现实里，我都得向你道歉。"

两人走进医院对面的小公园，金色的夕阳正映照在湖面上，灿烂而有些朦胧。

"那我的人生全都是假的？全是错的？"李响看着湖里的鱼群，问薛霖。

"起码你这个人不是假的吧。"

"我只记得贾迪的生活，真正的自己已经找不着了。"

薛霖蹲下身，握住他的右手说道："千万别这么想。我觉得你比他要好。我那个男朋友，心胸狭隘又好嫉妒，阴暗多疑，有时候我真是烦他。"

"我也是这样啊。——以前的我。"

薛霖笑笑："现在的你不是挺好的吗？跟以前的生活说拜拜，无牵无挂没有烦恼。你是很幸福的。"

李响沉默了好久，艰难地点点头。

"走吧，我该回去吃病号饭了。"

薛霖起身，走到他身后准备推轮椅。

李响对她笑了一下，转回头用尽全身的气力站起来，脑袋往下一沉，扑向前方正闪闪发光的湖水。

入水的那一刹那，他听到湖边的人们在尖叫。有人在喊："贾迪，别！"

"喊错了吧？"他心里琢磨，身体却已经沉入漫无边际的冰冷和黑暗之中去了。

# 11

最近城里逝去的人似乎越来越多，殡仪馆每天都爆满，所以追悼会被安排在新殡仪馆举行。新馆刚建成一个礼拜，贾迪算是头一批顾客了。追悼会当天也是个雨天，刑警队队长特地开车送薛霖前去参加。

会场上，贾迪的战友们非常沉痛，不断地谈论着他的事，深切怀念他的事迹。

"……从此以后，分局扑克牌第一高手就成为传说了。"

"应该搞一次大赛来纪念他，再捐个'贾迪基金'，作为冠军的奖金。"

"群雄争霸的时代又开始啦。"

薛霖皱起了眉头，觉得这些人简直太不懂得尊重别人了。

慰问完贾迪的家人后，队长回到薛霖身边对她说："太难受了。想当年我看着他入队，多好的一个小伙子啊。"

薛霖抽泣起来。

"我总是教育他凡事要冷静，可惜他还是年轻了点。世界上有些事情是不该去多管的，这案子就不该让他查下去。全都怪我。哎。"

薛霖心里何尝不是这么想？她后悔当初就不该帮贾迪去调查这该死的病症。现在看来，自杀幻觉症颇具传染性——或者说，在接触症候群的过程中，不知何时就可能会被潜移默化。

这种病实在太危险了，连精神病大夫自己都不能幸免。它究竟是如何传播的呢？

目前唯一能确认的是，病症是在人质事件那天显露出来的。薛霖和队长他们一起仔细检查过监控录像，当天徐大夫刚走上天台便被警察制服了；可贾迪却冲向另一个方向，直直扑向天台边沿。他兀自倒在地砖上，对着空气挣扎，号叫，然后一下子昏了过去。

异变

令人恐惧的是贾迪清醒之后的表现：要么一直不说话，要么整日整夜地自言自语。天花板从没有漏过一滴水，他却每天要为此投诉十几遍。

让薛霖感到难过的是，贾迪对她的存在视而不见，只是自顾自地对着空气讲话。她带来亲手做的饭菜改善伙食，贾迪却总是用手在饭里挑拣着什么，然后指着她抱怨道："你们这些送菜工为啥总这么不讲卫生？"

更要命的是，患病之后的贾迪简直变了个人，对谁都客客气气，说话随和，完全不像从前。可薛霖要的只是从前那个爱吵架、爱嫉妒、心理阴暗的他。

五天之后，他跳湖自杀了。

当时薛霖就在他身后不远处，却再也无能为力，只能不断地哭喊着他的名字。

徐大夫和贾迪已被病魔夺去了生命，可是这病的真实面目却依然神秘。病因、传播途径、检测手段、治疗方法，统统都是谜。

有时候，看着日益增多的幻觉症患者名单，薛霖会想，或许它就是恶魔的化身，灭绝人类的最强手段，是世界末日的开端。

"说不定哪天就会轮到我呢。"

回到医院的薛霖趴在办公桌上，没有参与同事们的聊天，只是对着梳妆镜打量自己的脸。手机在桌面上"嗡嗡"振动，她木然地将它移过来，用手指在屏幕上碰两下。

"啊！"她大叫一声，把手机举到眼前，对着新收到的短信看了又看。

"难道是……"薛霖指尖一松，手机掉落在地板上。

这短信是什么意思？也许最糟糕的情况终于来了，也许最好的情况出现了。她没法判断这究竟意味着什么，她不知道自己的眼睛还会不会对自己诚实。她很快便做出了决定。

无论如何，她要亲自去好好看看清楚。

症候

信息是贾迪发过来的，里面每一个字都明明白白，清晰可辨："我已查到真相，马上来1803病房。不要相信自己的眼睛。"

## 12

"停！不要过来！"贾迪大吼。他俩之间隔着一张挂有蚊帐的病床。薛霖哆嗦着停在原地，脑子里一团糨糊，不知该如何是好。

"你……你不是说知道真相吗？到底是……"

贾迪垂下脑袋，语音有些模糊。"也只是猜测。现在我只知道我自己还没有死，但是，我不能确定眼前的你是不是幻觉。同样地，你也不能确定眼前的我是真是假。也许我，或者你，现在正站在某个天台边上，往前走上一步就会中了它的套儿。"

确实如此，双方如今都不能相互证实或证伪了。

"那让我摸摸你看看？"

"不行！不要相信自己的感官，视觉和触觉都可能是假象。"

薛霖泪如雨下。她现在唯一想知道的是，眼前这个她最在乎的人，究竟是死还是活？

"就这样站着吧，我说给你听。幻觉症并不是不可治愈的。"贾迪蹲下身，右手扶着病房的地面，想要稳住自己的身体，"它会沿着你的思维向前迈进，但凡你所想要的东西，它就会变化出来给你看，因为它只想让你上钩。"

"那么说，那天你跳湖自杀，是因为它在诱惑你？当时你都见到了什么？"

"错！我当时就是自杀！"贾迪咬牙切齿，一字一顿地说，"选择摧毁自己，才能得救。我知道自己永远不会去自杀，所以那天我跳湖了。——你明白不？它一定会用别的方法杀死我，那个长得跟你一样的'护士'肯定有猫腻，不能跟着她走。我必须摧毁自己的欲望!"

"啊，我明白了……你故意违背自己的性格和欲望，摧毁自己的意志，趁它还没来得及制造出新幻觉的时候，自己先'死'过去了!"薛霖恍然大悟，脚下忽然有些不稳。

"稳住，别摔倒了。唉，当时就好像是一场大梦醒来一样。湖里的水臭得不行!"

"呵!"薛霖捂住嘴，"可是，我明明见到你已经……"

"你都见到了些什么东西？周围的人把我拽上来的时候，我看到你昏昏沉沉的，一个劲地转身走了! ——嘿嘿，我不是经常教导你：对生活客客气气的人，全是死路一条。你得去跟生活战斗!"

贾迪得意地微笑起来，表情跟以往完全一样。

"可你的追悼会——"

"狗屁的追悼会!"贾迪拿出一沓《服务晚报》扔给她，"新殡仪馆的施工队拖欠工人工资，一直闹到现在都没有盖好。你自己看看!"

白纸黑字印着一条新闻，确实如他所说。可是随即，她手里的手机一振，刑警队长的短信来了，让她马上赶去局里，把贾迪的遗物送去检测。

"我真的受不了了!"薛霖双膝跪地，晕眩不止，只想呕吐。

"我完全能了解你的感受。眼前的我到底是不是你的想象？嘿嘿。"贾迪坏笑一下，像是想出了办法。他小心地挪到墙边，挥动左手的石膏绷带敲碎了一块窗玻璃，然后拾起碎片，猛戳自己的胸口。

"你在干什么啊？快停下!"薛霖眼看着他的血流淌出来。

"好好看清楚。你的内心深处会舍得让我受伤吗？"贾迪边喊边戳，戳完胸口又戳脖子，血滴四处飞溅。

"不会! 我不会舍得的!"薛霖流着泪大喊，再也顾不上什么，扑上前想要挪开那张病床。不知为何，那张床好像钉在地上似的，很难推动。

耳边像是发出一阵巨响，又像是什么声音都没有似的。薛霖一屁股摔倒在地上，只感觉周围冷风飕飕地吹着，自己正浑身颤抖。在她身旁围满了医生护士，还有大批的警察。有个男人走出人群，将她拉进怀里。薛霖感到他浑身都是热乎乎的鲜血。

## 13

"都结束了。"贾迪扔掉手术刀，嘶哑地对她说，"回头看看吧，冷冰冰的现实。"

薛霖独自待在太平间冷藏室里已经快两个钟头了。若不是真正的贾迪出现，隔着门上的窗户自残的话，薛霖一定会认为他是幻觉，也就不会为了救他而自己推开冷藏室的铁门。

"一听说你跑进太平间，我就知道出事了。我猜它肯定会安排我的形象出现，所以拼死拼活赶过来，把你的幻觉给顶替掉了。"

"其实刚才真的差点儿，差点儿就觉得你是假的了。"薛霖搂着他的脖子，抚摸着他的胡茬子。

"幻觉也不是密不透风的，真相时不时会冒出头，但就怕你瞧不出来。"贾迪点燃香烟，伸手轻抚她那头挂满冰碴的长发。

"一群小屁孩，害得我这双老腿也差点废了。"队长扶着墙，边笑边喘着粗气，"护士啊，快扶她出去吹吹暖气，当心把她冻出毛病来。"

薛霖摇晃着两腿，在众人搀扶下走出冷藏室的门口。脸上一层白霜被血融化，令她觉得痒痒的，于是她掏出梳妆镜，想将其抹掉。她对着镜子左看右看，嘟哝道："好像又胖了点儿。"

"别瞎扯，哪有啊。"贾迪捂着伤口，催她赶紧去治疗室检查。

"真的，你看。"她拽下胸前的身份牌，对照上面的大头照。好奇怪，照片上确实也很胖，跟镜子里的一样。

可这照片是一年前拍的啊？

薛霖脑子里顿时像炸开了一样。照片上的自己和镜子里的面孔居然不是一个人！

她马上掏出手机自拍了一张，与前两者相比又有些细微的不同。同时，镜子里和证件上的自己，又变成了另一副容貌。

"先等一下……"

没人理睬她的"自恋"。护士们拉着她就往楼梯上走去。

一个很久以前就知道，却又微不足道的心理常识，此刻浮现在她的脑海里。她发疯般地推开身边的护士，伸手夺过贾迪嘴里的烟头，用嘴吹两下，迅速点燃手里那叠晚报。


# 14


"你想干什么？"所有人都惊呆了，贾迪也一动不动地瞪着她看。

薛霖恶狠狠地对他说："你说过的，不要相信自己的眼睛！"她脱下白大褂将其引燃，然后扔到贾迪的身上。鲜红的火焰在他身上熊熊腾起。

"哎哟，哎哟……烫死了啊！"已经变成火人的贾迪倒在地上直打滚，"你他妈的是神经病啊？我不是你的幻觉啊！"

"如果追悼会真的只是我的幻觉，你又怎么会知道我'去'的是新殡仪馆?!"

薛霖看着地上飘落的那些报纸，此时已经变成了一张张白色复印纸。

"是队长，队长他——"贾迪身上被烧得噼啪作响。

队长跟其他人直直地僵立着，低头默不作声。

"是真是假都无所谓！"薛霖号叫道，"反正我就是想让你死！贾迪，你去死吧！"

整栋大楼都烧起来了，墙壁和地板就像纸做的一样，腾腾地燃烧。薛霖任由团团火焰扑向自己的身体。到处都红得发亮，焦煳味越来越大。她感觉不到疼痛，只觉得大脑像陀螺一样疯狂旋转。

贾迪一直反对我追求自己的事业。他好几次跑去我的学校，揍过我的师兄、我的男同学。他不喜欢我有自己的想法、自己的生活。他只想占有我。他就是个混蛋，就是个没有半点文化和素质的畜生。他早该去死了。我真恨不得亲手弄死他。

同学和同事，都是一群白痴。病人救不了几个，整天就想着出成果，想着混经费，想着骗钱。徐大夫是个不学无术的江湖骗子，害死了那么多人，居然每天都笑得出来。他或许还想要占我的便宜。

至于我自己，不过是个一事无成的废物。

"我不爱你了，贾迪。我恨你们。我想让你们死。大家全都去死吧。"

无穷无尽的黑烟涌过来，把眼前一切都笼罩成一片漆黑。

## 15

不知道过了多少时间。她只记得自己一直在号啕大哭，哭了很久很久。

四周渐渐重新恢复了平静，只留下灼热的气流吹拂着她的脸庞。薛霖挣扎许久，终于壮着胆子睁开眼睛，发现自己正直直站在 1803 病房的阳台护栏上，脚下是医院的停车场。她颤颤巍巍地攀下护栏，回头看看病房里，空无一人。

手机里没有贾迪发来的短信，只有一条新收到的电话公司广告信息。手表显示，她刚才在房间里只停留了大概两分钟。

"你骗不了我的。"她喃喃自语，"我学过心理学，而你却没有。"

心理学上，存在着一个简单易懂的小常识：人对其自身形象的

异　变

感觉，从来都模糊不清。觉得自己胖，自己瘦，觉得自己漂亮或者丑陋，永远只是主观想象，并且每一次的想象都不尽相同。

薛霖取下自己的身份牌，找出钱包里的身份证、驾照、市民卡，在地上排成一排，又掏出梳妆镜对照，证实了眼前这些自身形象都不曾变化。这不是想象力能够做到的事。

这一刻，才是真正的结束。

远离病魔的唯一办法就是摧毁自己。摧毁自己的情感和信仰，摧毁自己的生活，杀死贾迪，杀死徐大夫，杀死自己。

她已经尽最大努力去恨贾迪了。有那么一阵，她似乎真的变成了另一个人：想要把自己的亲人、爱人、同事、朋友统统杀光，只有这样才能解决掉人生一切的烦恼。

她选择了对生活充满憎恨，于是病魔决定离她而去。

阳台外，金黄色的夕阳穿过层叠的云，播撒出一道道金光。不知持续了多少天的降雨终于结束了，阵阵湿热的暖风吹在薛霖脸上，令她的眼角又一次湿润。

"贾迪，你说，我这样做真的是对的吗？"

薛霖觉得人生已经被破坏了。积极乐观的情感正在减少，仇恨和愤怒出现过一次，以后就将会越来越多。她不知道今后面对同事和同学的时候，还会不会像以前那么亲切，因为自己曾经那么殷切地想要杀掉他们！

也许无论是死是活，她都输给了这个瘟疫。

"你就安息吧。"她拍了两下额头。贾迪已经死了，这未尝不是一件好事。人生不过是个笑话，死亡才是一场妙手回春的手术。

"我会一直想着你的，所以我会活下去。总有一天我会见到真正的你，那时候就该我受到惩罚了。"

热风围绕在四周，身上又热又痒，好不舒服。薛霖斜靠在病床上，面颊挂着几道泪痕，平静地睡了。

# 贩卖人生

所谓乞丐，是这样一种职业：他们将自己令人同情的一面有效展示给人们，人们见到他们那些可怜之处时，心中的同情感使他们掏钱资助乞丐们的生活，而在掏过钱之后，这些人还将产生满足感和优越感。与此同时，乞丐们也在经济上获得了收益，双方实现双赢。这便是乞丐这项职业的立足根本。

不过，当时间到达21世纪后，乞讨行业又出现了新的变化。科技水平的进步使得许多顽疾和不治之症消失，国家对生活困难人群的资助也变得源源不断；而由于乞讨业者的专业化程度不断提升，其敛财能力到了极高水平，以至于其收入甚至比大量中等收入者还要高得多。当他们乞讨时，许多人不仅不会掏钱，反而还在心里抱怨："还他妈的问我讨钱？你们他妈的月收入是我两倍都不止好不好！"

顾客对乞讨者不仅毫无同情心，反而充满嫉妒怨恨，古老的乞讨模式开始面临严峻挑战。而到了如今的21世纪中叶，当"互联网情感共享社区技术"完全发展成熟之后，网络社会中的新型乞讨人员——人生乞丐，逐渐开始流行起来。这种乞丐不以肉体伤痛为吸引同情心的方式，转而使用自己的人生遭遇来博得网友们的同情；无须专业技能，甚至可以在下班之后坐在家里，打开电脑即可行乞。

大家都说这样的兼职很轻松，值得一试——谁的人生中又没有一些可悲的际遇呢？

于是在今天，我便坐在这样一家网络公司的会客室里，准备接受某个"网络乞讨社区"负责人的面试。

面试官是一个西装革履的小伙子，戴着眼镜文质彬彬。他用犀利的眼神盯着我，等我看完上述行业简介之后，开口对我说："关于乞讨行业的基本知识你都已经知道了。有什么不理解的地方吗？"

"基本上还好。只是这个'人生乞丐'具体是怎么操作的？"

"就跟平时你在网上发帖子差不多，先在论坛里发一个倾诉不幸遭遇的帖子，同时——"他拿起手边一个黑色头盔递给我，说，"写帖子的时候戴上这个，努力让自己沉浸在悲伤情绪里。负能量情绪会通过头盔传输到社区服务器里，看帖子的注册用户们通过接收器就可以感受到你的那些情绪，从而令他们体会你的情感并产生同情心。"

"就这么简单？"

"简单吗？"面试官摘下眼镜，凌厉的眼神令我有些不安。"操作确实简单，但是，想要令大家对你的遭遇都深感同情可不容易。这样吧，现在你先在我面前写一篇试试看，账号先用实习生的。"

他替我打开我面前的电脑屏，又令我戴上头盔，打开一个新帖子。"字数不必太多，但一定要感人，让人感觉得到你的遭遇确实非常非常令人同情。"

"好的。"我回道。

那是我第一次在网络上乞讨，因此难免把事情看得太简单了。面对空白的输入框，我很快就开始倾诉起来：我在大城市里谋食，与妻子住着狭小的公寓，收入全部给了房贷，一点闲钱也剩不下来，半年才舍得看一次4D电影；双方父母都不肯过来带孩子，怀孕四个多月的妻子整天忧心忡忡，想要孩子又怕丢了工作；我在单位整天被领导斥骂，同事间关系也处得不好，但是又不敢跳槽，每天只是在办公室里熬时间等下班；同学聚会不敢参加，不敢跟别人去比收入、比存款、比房子、比车子、比去酒吧勾搭的女人数量——我压根就没有钱去酒吧……唉，我的生活可真是没什么意思啊。

面试官浏览完之后大摇其头："太简单太普通了。这样的遭遇大家都差不多，那些网友凭什么同情你？"见我还有些不明白，他也不多说什么，只是帮我把帖子放在论坛上，并让我第二天再过来一趟。

到了第二天，面试官一见我进来，马上就用嘲讽的表情看着我。"跟你说过吧，你这帖子压根就得不到别人的同情！"他将电脑屏递给我。的确如此，跟帖的网友稀稀拉拉，而且大部分都是抱怨和嘲笑的字眼：

> 这么简单平常的生活，也好意思拿出来倾诉？哪有这么糊弄事儿的。
>
> 你丫在市中心还有房有车，老子连婚都结不上，却还要老子来同情你？快滚！
>
> ……

"已经跟你说过了，网友来我们社区就是为了看到别人比自己更惨，以此感到满足。"面试官严厉地看着我说，"你这帖子里含有的负能量指数太低，连百分之五都不到，如何满足他们的窥私欲和满足感？如何吸引到浏览量？"

我试探着问："那我应该写些什么？要不然我编点故事试试？"

"编故事？你以为你是参加选秀节目吗？别忘了你脑袋上的头盔，编出来的故事根本一点负能量也输出不了。一定要是你自己的真情实感，自己的真实遭遇才行！好了，废话不多说，今天你再试一次吧。"

他把头盔递给我："记住，越深刻的感悟越有效。我建议你可以往过去的回忆里挖掘。"

更早一点的回忆？那就该是我成家立业之前的事了。我深吸一

　　　　　　　　　　　　　　　　　　　　异　变

口气，在键盘前回想几年前的自己：相恋多年的女友舍我而去，哪怕我千里迢迢去找她哀求也不行，原因是她已经在全国第一大城市有了更好的前途和更优秀的男同事；找工作几经碰壁，家里人用尽了人际关系，换来的工作要么是拖欠工资，要么是投资诈骗，几年下来钱没挣多少，倒是被骗去了十多万；自认的写作特长也得不到发挥，在刊出两篇豆腐块之后，后面的稿子全部被退，到现在编辑都懒得回复我……唉，我可真是惨哪！

次日一早，面试官看我的脸色稍稍有些改观。"昨天那些回忆还算可以，浏览量有进步，回帖有五六十条，负能量指数升到了百分之四十。不过我觉得你还可以再深入一些。"

"还要怎么深入？"我接过屏幕翻看回帖，发现不少人都在追问我：女朋友甩你时候都说了什么？你当时到底有多么死皮赖脸？工作被骗又是怎么回事，具体被骗了多少？父母跟你有没有吵架？编辑的退稿信里都怎么说的，拿出来跟我们分享分享吧……

"你今天可以不用开新帖，在原帖里详细回复他们就行。"面试官将头盔推到我手边。我迟疑着戴上它，嘴里却嘟哝着："这些可都是隐私啊，都是我不愿意回忆的经历。这不太合适吧。"

没想到面试官马上勃然大怒，站起来拍着桌子冲我吼道："什么隐私？到了现在你还想着隐私？我告诉你什么叫乞讨，乞讨就是把自己最羞耻、最不愿意暴露的地方拿出来给别人看！别以为乞丐那么好当！听着，要不然就在我面前把你的隐私一五一十全写出来，要不然就滚，滚回家里继续当你的屌丝白领去！最看不起你这种虚伪懦弱的人，一点牺牲都不愿付出，还想在家等着赚钱？做梦去吧！你这个loser！"

我一声不吭，满头冷汗，任凭他痛骂。是啊没错，他说得有道理，想要赚钱自然要有牺牲。我连这点都做不到，还当什么乞丐？我竟然他妈的连乞丐都不如！

——太失败了。他说得没错，我就是个大loser。不过也没事，我从小当loser就当惯了。从小学到初中，从高中到大学再到毕业，那些别人从来没经历过的羞辱和窝囊事情，我全都遭遇过，现在还被一个要饭公司的人嘲弄成这样，有什么奇怪？以为自己如今人五人六地披上一层西装外套的皮，就他妈像是个人了？有房有车你就是个人了？还不是跟小时候一样，是个loser，是个傻逼，是个窝囊废！猥琐无能，连要饭都要不到！我这种人活在世上也不会有什么贡献，死了对世界也没什么损失。滚吧，滚回家睡觉去，打游戏去，下AV撸管去吧！

又一次失业的我失魂落魄地站起身，准备摘下头盔，却听到面试官突然高声尖叫："慢着！等等！别摘！"他扑上来摁住我的头盔，对我大吼："你刚刚脑子里的负能量值瞬间突破了百分之九十三！天哪，太棒了，太棒了……"

他面色苍白，兴奋地手舞足蹈。"——坐下，重新开一个新帖子！我已经找到你最吸引人同情的地方了！"

"什么地方？我刚刚只是……"

他将我摁在座位上，掏出一支香烟给我点上。"从头开始吧。从你的童年开始，从你心中最深层次的怨恨和恐惧开始，从你那些最难受的遭遇开始！"

——难受的遭遇吗？那可真不少。在我上幼儿园的时候，我的爷爷奶奶、外公外婆都不愿意照顾我，我的父母又是双职工，所以每天幼儿园三点钟放学之后，我都只能一个人蹲坐在幼儿园院子里的滑梯顶上，看着夕阳盼着我父亲过来接我。可惜，我父亲的性格跟我一样，在单位里与领导和同事都处不好，又没有勇气抗争，在家也吵不过我妈，便只能拿我宣泄。每当晚上五点半，他终于出现在幼儿园门口时，我总是屁颠颠地跑去要他抱，而他却盯着我浑身的衣服看着，而后劈头盖脸地大骂："怎么又弄得一身脏！"上来对着我后脑勺就是一巴掌。回到了家里后，吃饭的时间便是对我进行训斥的时间。有时我实在不爱听了就赌气不吃饭，我爸便又是各种牢骚和训斥，而我妈却只是冷冷地朝我扔出一句："把他的碗收起来。不想吃就不要给他吃。"

进了小学，第一次接触外面的社会，然而教育我们的那些小学老师自身是从旧时代来的人。教师以女老师居多，经常情绪失控，遇到我这样不听话不优秀的学生，便是直接拎到讲台面前，课也不上，整整四十分钟的痛骂；家长们不但不埋怨，反而会跟老师说："我们也不会教育小孩，您就把他当自己小孩一样打！"——她们还真就会动手，拎着我的耳朵拽着。而当自习课上老师不在的时候，班干部们便会模仿她们的样子拽我们的耳朵，边拽边说："让你们再敢上课讲话！"当然，有一些聪明的学生就会告密道："那个谁谁刚才也讲话的！"我很少会告密，因此最终总是轮到我倒霉；同时我也是被其他同学举报告密最多的对象，因为我几乎不会用告密去"报复"别人。这还不算完，每学期家长会是老师们秋后算总账的日子，当着其他家长面被老师训斥的父母抹不开面子，回家之后便又是抄起晾衣杆冲着我的身体胡乱敲击。

现在想来，我从小就不会与人相处，所以在学校总是不合群——这或许是有原因的。由于父母是双职工，所以每年寒暑假我只能被送去爷爷奶奶家。爷爷待我脾气很差，每天定点吃饭定点睡午觉，规定每天只准看一个小时电视；到了规定的时间，他不会跟我废话一句，会直接将电视插头拔了，然后把遥控器锁在抽屉里。有时候我趁他出门买菜时偷偷跑出去，到街对面小公园里闲逛，看着其他同龄人三五成群地在湖里踩着鸭子船，心里羡慕不已；然后再乖乖回去，忍受爷爷和父亲的痛骂——居然敢一个人跑出去玩！也有时候连爷爷都不愿照顾我，父亲为安全起见，便把我反锁在家里。我就这么被困在家中无处可去，只能坐在地上跟自己那些玩具们说话。所以我才变成现在这样。

初中的女班主任比小学时候还要变本加厉，初一刚开学第一天，什么事都不为就把全班人留在学校从四点钟一直骂到天黑，仅仅就为给我们来一记"杀威棒";元旦联欢会也被取消,全班考数学测验。高中的男班主任更狠,开学第一周逼着我们写周记,说让我们"有什么说什么";我也是真傻,真把自己对他的不满写了出来,结果可想而知,一个电话直接把我父母喊去办公室,一家三口被他骂得狗血喷头。回到了家,我连饭也没吃上,又被父母二人痛骂整整一晚,中心思想是:你怎么还真把实话写出来啊?将来你要吃大苦头的!

——是啊,没错。我这种人最大的不幸就是太老实,太普通,太懦弱。在这个谁狠谁牛逼、"脸皮厚吃饱饭"的社会,我这种人的存在本身就是错误,本身就是罪恶。"老实"二字是我们这些"社会食物链"底层生物屁股上的烙印。也许我的父母和老师在自己的生活里也不过是些底层生物,他们为了让我摆脱这个烙印,几十年来忍受着骂名想让我这种人进步,去做食物链上层,不去被人欺负而是欺别人。可惜,我让他们失望了。如今,我只能在这里对着键盘和屏幕写着字,回顾我童年的懦弱和不堪,出卖我人生的回忆和怨恨,去换得他人同情,换取一点同病相怜的关注和流量,挣得几个糊口的钱。——啊,也可能连这点钱也挣不到,说不定这个社区的管理者压根不允许我表达对社会的不满,连一个出卖自己人生的乞丐都不让我去做。

"三十来岁的现在,我依旧是这么一个没用的人。而像我这样的家伙,又有多少?"

敲下这最后一行字后,我颓然抛开键盘拔下头盔,无精打采地看着面试官。面试官良久没有说话。最终,他拔下自己的接收器,点燃一根烟,眯着眼睛看着我。

"写得不错,确实是真情实感,负能量指数也逼近百分之九十八了。我可以把这些文字放到网上去,就看读者们能不能产生共鸣。"他站起来与我握握手,"在家等通知吧,如果有机会,我还想听听更多你童年的倒霉事儿。"

　　　　　　　　　　　　　　　异变

"行啊。"我点点头。

"别这么灰心丧气，至少你在人生乞讨方面还有那么点天赋呢。再说了，你现在也成家立业了，不是已经摆脱那些童年噩梦了吗？"他冲我笑笑，"过去网络不发达，没有人能体会你心里那些痛苦；可现在是互联网社会了，你的情绪可以让别人理解。社会终归还是在进步的！"

是吗？可是，以前我那些无处宣泄的痛苦可以随时间去淡忘和逃避；而今后我将再无法逃避。我必须不停地回味和咀嚼它们，还要拿着用它们换来的钱买吃买喝，养家糊口，以羞辱自己为生——这他妈也算进步？

我敷衍地回答了他几句，然后背起包，转身走出了会议室的门。

第二天一早，面试官给我打了一个很长的电话。我同意了一切条件。

从现在起，我将用自己的人生向你们行乞。

请可怜可怜我吧。

# 警车伤人事件

## 1

常言道：不遭人妒是庸才。张冰向来坚持不做一个庸庸碌碌的警察，因此，被人背后搞鬼，对他来说也就成了家常便饭。

今天星期一，天气不错，张冰喝掉了豆浆，刚抽完今天第一根烟，后勤科长就来了电话。

"交给你一个光荣无比的任务！去维修厂把修好的警车开回来。"

张冰深感被人羞辱："我是刑警！不是分局的司机！"

"你现在归我管。打的过去，车票拿回来我报销。"科长打个哈欠，扣上了电话。

既然费用能报销，张冰也没了不去的理由，只好起身出门。

车上他又睡了个回笼觉，梦见自己回到了半个月前，依然还是一名大有前途的新人刑事警察。

历史回到了转折性的那个点上——那名劫匪依旧手持着切蛋糕的塑料刀，正在劫持一名女高中生。张冰信步出阵（围观群众的人阵），身披蓝袍（夏季警服），手握兵器（92式9毫米制式手枪），整理戎装（擦了擦鼻涕），抬手对着劫匪就是一枪。这一枪打出了威风，打出了气势，也打出了无数张的检查书和报告书。一枚公章

"吧唧"一声，把他搡进了后勤科。

到了地方，无视司机不爽的眼神，张冰要了发票，来到了一间维修厂。这里是城西分局的特约汽修点，江边的停车场上排满了各式警车，满眼是一片蓝白相间。

车牌号看得张冰眼都花了，结果找了一圈下来也没找着。他看见身边的维修工人一直对自己挤着眼睛笑。最后终于无可奈何，放下面子递过去了一支烟。

"哎哟，你早说呀。喏，04001就在那边。"工人大吸一口，这才慢悠悠地指给他看。

有一台德国产的大型SUV，浑身雪白，鹤立鸡群般地蹲坐在工棚另一头。张冰也不跟那工人客套，大步跨上前去，核对了车牌号，马上给这家伙的轮胎上来了一脚："你丫还牛叉得很！干吗不跟别人排在一起？"

张冰准备核对它的发动机号，于是掀开引擎盖。只见到一台造型不同寻常的发动机，一面完整的铝合金面板，管线及蓄电池都不见了，只有几个圆形插口。

"这车是天然气驱动的？"

他看到面板边缘，有一行绿色的标示。原来这一辆是纯电动的警车。

工人手拿着一沓单据过来："签字，带回去给你们科长盖章，再传真过来给我们。"张冰潇洒地签完一行丑字，便自顾自地点上香烟，准备把警车开回去了。

然而这车似乎还是没有修好，门把手怎么也拽不开。

张冰顿时来劲，捋起袖子，狠命地敲着车门，并且在侧面保险杠上也给了好几脚。"嘎！"车内的警笛猛地响起来，吓了他一大跳。车门这才算打开了。

工人在一旁哈哈大笑："这辆车有脾气哦！我们反正是该修的都修好了，再出毛病也不归我们管了。"

今天天气不错，似乎也是找茬儿的好时候，张冰火起，瞪了几下仪表板。

这是一辆无钥匙启动的豪华SUV，但是无论张冰如何按动启动按钮，大拇指都要断了，发动机也依旧是一声不吭。张冰摇下车窗大吼："你们修车都修的什么东西啊?!"

"不是跟你说了吗? 这个车子脾气怪，我们该修的都修过了。"

"发动机还是坏的!"

"电动机是国产货，要找就找厂家去。"

张冰心中大悦：爷今天终于有地儿发泄了。他打开门，准备下车动动拳脚。

刚开了门，只听得"呜儿"一声，发动机声音响起，四轮同时飞转，打滑。张冰身子一沉，被摔下车去，又被车轮甩了一身的烂泥。

警车自己跑了起来，瞬间加速，迎面冲向了那几个工人。

头脑还未清醒透，张冰已经听到前边一阵鬼哭狼嚎。有两个躲避不及的工人，前后被撞飞了出去，剩下的也是栽倒在地上，正来劲地发抖。有个工人砸在别的警车上，挡风玻璃被弄得粉碎，溅满了血。

电动警车避开前方的障碍，顺着水泥路朝向汽修厂大门狂奔，卷起大堆尘土。

张冰头晕眼花，四肢无力，摸摸口袋，香烟也不知被甩到哪里去了。

他挣扎着爬起身，看着幸存下来的工人。那工人也盯着他，颤颤巍巍不知所措。

"……都跟你说过了，这事儿不归我们管……"


## 2


科长看过两张出租车发票，盖上章塞进抽屉，一脸愁容："这事儿不归我管。"

张冰一拳打在桌子上："连医药费也没有吗？"

"天生是公费医疗，你急什么嘛。"

正在这时候，来了几个刑警打开了办公室房门。一个秃了顶的老头儿，大概是位干部，走过来跟科长打过了招呼，递过了烟。

"你叫张冰吧。"老头儿也递给了他一根，"我是五大队的孙队长。来来来，过来。"他拽过张冰的胳膊，用眼神跟科长道了谢，便走出门去。

"把你刚才上午的情况再跟我详细讲一遍，好吗？"

张冰于是又讲了一遍。

孙队长身边，一个戴眼镜的警察，一脸津津有味地听着；此人瘦得跟豆芽菜似的，一看就知道不是第一线的刑警。

"嗯……哎。"孙队长自己嘀咕了一阵，起身，拖着张冰，要他跟自己的人一起去食堂吃个饭。

戴眼镜的瘦子姓刘，食量不大，嘴巴却一直说个不停："你看到了是吧？那辆大警车，编号04001，对吧？"

"嗯。"张冰回答。

"对头。就是那辆车。"小刘很满意，"——队长，我早就说过，这帮人捣鼓出来的东西，不出问题那才叫天理不容呢！"

"好，小刘，你把关于这辆车子的情况跟大家介绍一下。"孙队长说完，便和大伙儿一道继续埋头吃饭。

小刘和盘托出关于这辆电动警车的秘密——

"这是一种新型环保低碳的纯电动警用车，市公安局在半年前与地方汽车厂签订协议，造出了这批试验用车。车上装一台总电动机，动力输出到前后两个电磁动力机，使得车辆具备大马力加速性能，以及四轮驱动能力。原车制造商，德国的大公司也投入过资金和技术，准备待到警方验收合格后，做一做广告，自己再继续跟进开发。原型车共有八辆，其余七辆已经交付一线试用，而这辆SUV是特殊试验车，所以警徽和警报器都还没有装上。

"这种警车上，不仅装载有自动化驾驶系统（包含主电脑、摄影机、雷达、卫星导航信标器），还添加有研制中的警用信息链收发机。这类信息链系统可以与其他车辆进行信息对接，同时可自我判定环境信息与处理模式。"

"什么意思？"张冰听得头直疼，剔着牙问道。

"就是说，这个车子就跟长了脑子一样，通过监视器观察路面，可以自动驾驶。"

张冰一愣。看来今早上那辆倒霉车子，正是自主驾驶撞伤了人，然后逃走的。

"真他娘先进。"

"那是自然的了！车子对电脑处理能力要求很高，本来我们国家没有如此大容量和高速度的给力电脑，但是现在还是造出来了。"

"哦。"

"——据说连部队的人都来视察过了。要是给坦克上也装上一个这种东西，那可就真是太生猛啦！"

一提到这种所谓内幕秘闻，小刘就是一身的劲儿。但孙队长只是沉默地摇摇头，不置可否。

又吃了一会儿，孙队长发话了："小张，你手上没活儿吧？调过来跟我干这案子。"

于是孙队长开始诉苦：刑侦五队新成立不久，都是跟张冰、小刘一样的二十来岁小年轻，经验不足；战斗力也很有限，除了小刘这个电脑痴之外，剩下就是厅长家表弟的女儿、处长的老同学的儿子、受过严重警告处分的女交警，等等等等。

但是孙队长的诉苦都是没有必要的。张冰马上把筷子一摔："好！干！干死它（那辆车）！"

孙队长的"警讯通"这时在饭桌上拼命振动起来。三大队侦察组已经发现了那辆车。

　　　　　　　　　　　　　　　　　　异　变

## 3

刑侦小组根据04001号车的卫星定位信号,确定它这会儿正在沿着滨江公路兜风,随即通报了市公安总局。第一飞行大队的直升机立即起飞,并于十五分钟后锁定了它的位置,一路紧跟着它。专案小组迅速出击,由孙队长负责指挥,一路带着二十多辆警车,试图彻底将其拦截,以免造成更多的人身财产损失。

张冰和小刘分到了一辆闲置的警车。这是一辆双座敞篷中置发动机的英国血统跑车,但是在分局领导看来,这种东西就和浮云一样没有意义——费油,空间小,且没有装载警用数据链系统,纯粹是在车展上为警察造势而采购的宣传专用车。但是张冰并不介意。这会儿他已经牢牢跟紧了前方那辆白色大SUV,一路地板油,冲到了追踪的警车阵的最前方。

前方大道畅通无阻,两侧的岔路口也已经由交警大队做了处理,没有民间车辆驶进。

对讲机响了:"小张,小刘,你们俩跟紧一点!马上要进三桥的引桥隧道了,直升机会跟不上。"

"你说这不是邪门吗?"小刘紧攥着扶手,对张冰说,"这辆车开着卫星定位,跑到哪儿都会被咱们跟踪。你说它干吗不自己把卫星定位关掉?"

"不知道!它傻呗。"

"这不可能!"小刘反驳,"这辆车很聪明!它有智商,有AI!不可能想不到这点。——它实在太令我失望了。"

张冰摇摇头,表示一窍不通;假如小刘身边坐着的是一个计算机专家,则一定会大笑着鄙视起小刘来,并且声明:并不是所有强力计算机都能自主拥有AI的,你明显是科幻电影看多了。

眼前一黑,耳旁猛地响起了风声。敞篷警车跟着04001号车疾驶进了隧道。张冰瞥眼瞧了瞧仪表板上的电子卫星地图（车上唯一的高科技装置），龇牙道："这死车子，蛮狡猾的。"

三桥的引桥隧道结构有点复杂，隧道中段有一个三岔路口，分别拐向三桥、二桥、城北环形高速路。此时，两辆车都已经达到了时速一百一十公里以上，甩开了后方的主力车队；头顶的直升机也无法进行视觉跟踪。如果在这路口子上，它要起诡计来——

说来就来。"哔哔"的提示音响起，04001号车的卫星信号点消失了。

"它关掉了！它关掉了！"小刘兴奋地大叫。

三岔路口迎面袭来。白色的SUV左右晃动两下，轮子嘶叫几声，高速拐向城北立交方向。张冰两眼圆瞪，大吼一声："哈！"猛踏刹车半秒，降挡升油门。敞篷车屁股悠起来，直奔着04001号车的背影追去。

转弯发生在时速接近一百码的时候。04001号车是四轮驱动，敞篷车是中置后驱，所以勉强能够通过。身后众多的前驱警车，则只好望着它俩的背影，无奈地一辆接一辆地打滑、推头、侧翻、碰擦。

一片骂娘声中，孙队长摁动无线电："你们现在在哪里？没有信号，直升机没法判断位置，要被它甩掉的！"

"我们在往城北高速！我的信号还开着，叫直升机跟着我！"

"好的。城北方向是二号小组负责，我马上联系他们。你给我盯紧了！"

出了隧道口是一路下坡。张冰感觉前面那辆SUV的行车速度很不稳定，便问小刘："那东西是不是吃电的？电池能开多久？"

"应该能开五六百公里吧。干吗？"

"那警车看上去像是快没有动力了。"

小刘绝不相信："不可能，我国的技术还是很牛叉的。"

04001号车往右拐进一个路口。张冰让小刘调整一下电子地图，结果发现，前方有一个电动汽车的充电站。

　　　　　　　　　　　　　　　　　　　　异　变

果不其然，五分钟后，SUV一头冲进了充电站的院子里。

张冰驾车迅速堵了上去，并且赶忙抓起无线电。小刘十分失望地说："我要是公安局长，一定给它装一个太阳能电池板！"

## 4

院子里早已围满了警察和警车，但是却没有人敢上前一步。孙队长皱着眉头默不作声，一支接一支地抽香烟，反正充电站里不必严禁烟火。

"小张，小刘，过来。"他叫来了两人，"你们倒是想出点什么主意来没有？"

"我知道了。"小刘说。

"说说。"

"那辆车上的计算机系统还是很耗电的，一路上的加减速也很耗电，所以实际耗电量并没有宣传文件里说的那么牛叉。"

"然后呢？"

"我早就说过的，这辆车跟人类一样聪明，肚子饿了要吃饭，电用完了就要充。"

"问题是，现在它要比人类更牛叉了吧？"孙队长示意小刘看清眼前的形势。

一个充电站的工作人员躺在地上，浑身哆嗦，嘴巴里正在哀号。04001号车硕大的车轮，正紧压着那人的手臂，发动机不时响动几声，似乎随时就要一轮子碾过去。

浑身充满高科技的这辆SUV，总重量接近三吨，只需半秒钟，即可毫不含糊地废掉此人的胳膊。

"——咱们作为人类，总该要先考虑同胞吧。"孙队长苦笑一声，踩扁了空烟盒。

虽说如此，但是依旧没有人敢乱动，毕竟要想毁灭了这辆车，就必须顾及人质的安全；何况这辆令部队也为之动容的战车，大概并没有那么容易就能够被毁灭。

专家们现场进行了论证。有人认为，这辆车的AI异常凶猛，必须对其进行宣传教育，通过数据链进行信息入侵，声明《机器人定律》，暗中则采用黑客方式破坏掉它的程序。但是现在的情况是，车内程序已经与数据链切断了联系。

也有人认为，所谓的人工智能压根是伪科学；这辆车是被别有用心的人破坏并且操控了，所以必须联合安全部门搜查一切可能的遥控信号来源。

还有人说，它归根到底只是一台机器，应该慢慢地磨，把它的电量磨光了，或者等着它什么时候程序死机。

"没一个着调的。我告诉你，省厅已经来人了，要求尽快结束事件。你们看着办吧。"

挨了电话那头的一阵训话，孙队长愁得又跑出去买了一包烟。

"对付挟持人质的人，就应该来硬的。第一时间把他们毙掉！"张冰发表了自己的意见。

"但是这辆车眼观六路耳听八方，浑身都是传感器。一旦被它发现你在乱动，瞬间它就能判断出你的意图。"小刘说。

"哪有这种电脑！"

"嘿嘿，这辆车够带劲吧？试运行程序我也见过，要多牛有多牛。咱们的技术……"

情况令人困惑而头痛。大家已经知道这辆车智慧超群，但是又觉得它毕竟是电脑，所以没法跟它谈判。就好像面对一个拿刀的武疯子，连拉个家常都不能。

张冰想了想，说道："有了。"拽着孙队长和小刘走向了充电站的营业大厅。店长刚吃完警察给的盒饭，听说他们几个的意图之后，挠挠脑袋，答道："应该是可以的吧。"

几个警察扮成工作人员，手持充电的插头，心惊胆战地一步步靠近04001号车。

歹徒肚子饿了也要吃饭，这时候就出现了一个可能的突破口。看上去还不错，04001号车并没有移动脚步，只是停在那里。

"咔嗒"一声，充电口的盖子自动打开了。

"可惜我们只能老老实实给它充电，不能下毒毒死它。"孙队长舒缓了下来，接着命令其他人，不准有任何的轻举妄动。

电充满了，足够这辆车继续逃亡几百公里的。04001号毫不犹豫地猛然倒车，转动前轮的方向。两名民警冒着生命危险冲上前去，拽走了那位倒霉的人质。

行动迅速展开。一群防暴警察举起防暴枪和冲锋枪，瞄准了04001号的四个轮胎准备开火。

一阵轮胎的嘶叫声响起，橡胶摩擦地面扬起一股臭味，车阵当中一辆警车突然发动，挺身横在了警察的枪口前。一排子弹"噼里啪啦"打在了它的身上。

所有人都愣住了，连04001号车也停了下来。

那也是一辆警用SUV，车型与04001号一模一样，只是装上了警灯，涂上了警车的蓝色带与警徽。方才驾驶员还在车旁边站着，这辆车突然自行启动发动机，毅然替04001号挡住了子弹。

人群顿时大乱。本来04001号的同类已经服役多时，没想到现在居然也跟着它一道叛变，与人类为敌了。

眼下，这辆堵枪眼的警车浑身是洞，一侧的轮胎也都爆了，车门都掉了下来，遍体鳞伤。

"怒吧!"小刘自言自语。

04001号开足马力，开始朝警察与围观市民们撞去。无数的子弹朝它飞来，车门车窗瞬间布满了弹痕，但它依旧没有停下，哪里有人它便撞向哪里。

一个巡警已经吓傻了，一屁股坐在地上直哆嗦。张冰狂奔过来，一把抢走了他手上的防暴枪。

挡子弹的那辆警车已经无法开动。张冰拽着浑身发抖的小刘钻进那辆车里，吼道："主电脑装在哪里?!"

小刘指指排挡的后方。

张冰掀开中央扶手，露出置物箱，看到里面有一个亮着绿灯的金属盒子。他用手掰了掰，没掰动，便推开小刘，对准扶手箱就是一枪。

听到此处传来枪声，04001号的侧方摄像机朝这里望过来。

只见张冰拎着那个金属盒，上面垂下几束被扯断了的数据线。

04001号停下了脚步（轮胎）。

张冰单手举起枪，对准主电脑盒扣动扳机。

和预想中的情况截然不同的是，并没有火花四溅，而是一股股浑浊的黄水从弹孔里射出来。盒子的盖板散落，从中掉出一坨粉红色的东西，"啪"的一声砸在地上。那是一块脑组织。

04001的车轮不住地颤动着。

在它头顶上方，孙队长带着人爬上了充电站的棚子顶上，扔下一大张防雨布，正好盖住了04001号的车窗玻璃，以及玻璃后面的摄像机。

几乎是在刹那之间，特警们彻底打爆了04001号的所有轮胎，并且用拖车上的钢索牢牢扣住了它车尾上的牵引钩。

它哪儿也去不了了。


## 5


后勤科科长看完了报告书，把它放进了抽屉，手托着腮盯着张冰。

"这事儿吧……"

"又不归您管？"张冰瞪大眼睛。

"不是不是……小伙子你别着急！"科长笑了，"奖金一定会发！只不过不算在后勤科的范围之内，你明不明白？"

"那我问孙队长要去。"张冰转身出门。

事件过去了三天。安装有新电脑系统的警车已经全部停止了使用，关押在一处库房内；轮胎和方向盘被锁死，摄影机被拆下；主电脑盒上缴省厅，准备择日集体销毁。

张冰没找着孙队长，恰巧肚子又饿了，便出了分局大门，到门口买了盒饭。回来的途中，他瞧见分局大院里停了几辆又大又长的黑色轿车，挂着部队的牌照。

走进五大队办公室，小刘正在玩网络游戏，瞥见了盒饭，便迅速出击抢走一只鸡翅膀。

"孙队长开会去了。"他边啃边说。

张冰无可奈何，只得先吃饭。

十分钟后孙队长回来了。他伸出手指："你们俩，吃完饭了跟我来一下，有工作交代给你们。"

一路上，孙队长对张冰的汇报频频点头，答应他，等这件事彻底结束之后，给他和小刘发奖金，绝不拖欠。

"孙队，我的手机可有录音功能。"张冰提醒道。

"OK，OK。来，进来。"孙队长带着他俩走进了分局的会议室。室内香烟味弥漫，一闻便知刚刚有一场会议结束；并且是高规格的会议，所以都是高档烟的味道。会议桌上摆着一个大纸箱子，贴有省厅的封条。张冰打开箱子，露出一个金属盒，上面盘绕着一堆数据线。

盒子上用黑色马克笔写了一行字："NJX-04001"。

"又是这个?！"张冰与小刘同时失声叫道。

"不是我的主意！"孙队长语重心长地拍拍金属盒，"这是一台价值上千万元人民币的电脑，是国家的财产。它对我们是有价值的。"

"这玩意儿我看着就犯恶心。"张冰皱着眉头说。小刘也点头，"还有几台这种电脑留下？"

"没有了，这是最后一台，也是最牛叉的一台。"孙队长朝小刘挤挤眼睛。

"那么，您想把它怎么办？"

"找个地方，把它养起来，让它活动活动脑筋，否则里面会烂掉。——你们懂的。"

张冰和小刘顿时想要找个地方呕吐。

"我马上还要跟省厅的人碰个头。你们俩商量商量，小刘负责今晚之前把它搞活起来。出了问题，大家的工资加奖金可都歇菜啦。"

孙队长走后，小刘想了半天，说："还是把它通上电接起来吧。"

"通电？你可别瞎弄，把丫给弄成炖猪脑了。"


# 6


小刘很快就找到了办法。他根据原始的工程文件，设置了一个额定电压的电源器；又将自己用的电脑稍加改装，把它跟04001号电脑并联，让04001号充当主系统。

"这玩意儿其实就跟普通电脑一样，有存储器，有处理器，有总线。"小刘解释，"而且它反而比电脑机箱耐摔，因为里面的营养培育水能够充分减震。"

电脑盒内置的散热用循环装置似乎有点损坏。小刘充分发挥了技术优势，安装了一个自测温的热水循环机，确保机盒温度保持在三十七摄氏度左右。还得拉一根水管子，接到办公楼里的热水器上。

但问题的关键在于，04001号并非只是一台电脑那么简单。时常能够见到电脑程序错误、无法响应、蓝屏、死机、中毒、崩溃，但是人们难道见过有哪台电脑会自主拒绝执行程序命令，或是自作主张执行任务的吗？04001就做到了——根据配置文件的规格，调配好程序语言，04001号说的第一句程序对话是："拒绝执行开机命令。自动执行休眠。"

"什么意思？"张冰问，"你搞砸了吗？"

"哪儿的话！不过我估计你从没见过这景儿。"小刘一边尝试着别的程序会话方式，一边说道，"它的意思是：'哥要睡觉了，没事儿少烦我！'"

"很好。"张冰抄起扳手，摩拳擦掌地对着电脑盒比画，"我也很想让它一直睡下去。"

"别价吧。你要是没事做，请帮我把水温器的总阀关小一点。"

吃过晚饭，张冰把库房翻了个底朝天，找出一台猴年马月的小冰柜。小刘拆下里头的压缩机，接出一根冷水管装在循环器上面。

"冬暖夏凉。丫比哥儿几个过得还滋润。"张冰说。

"这算啥，文件上说还要定期喂它营养液呢。——好了。"小刘调好压缩机，成功地使04001进入了低温脑休眠状态，借助并联的电脑，顺利接进了它的脑皮层内部，"看看里头都有一些什么。"

跟一般电脑不同，04001的存储位置里没有逻辑分区，所有的信号都是混装的。文件当中已经标明了04001脑内的功能区，小刘得以避开意识中枢，单独进入信号编译中枢，从里面一点一点提取出信息详情。

一大堆图像和视频信息涌进硬盘。由于借用了04001本身的机能，所以处理速度飞快。有一些全景图像，是04001一路所看到的那些景色：跟随而来的警车，天上的飞机，惊恐的人群。同胞警车被杀的惨状，深深印在04001的脑皮层里面。此外还有一些意识投影图，比如一路上的地形图。

"它怎么对城区地图这么熟悉？"张冰问。

"估计是之前人为输入进去的。麻烦你到我办公室，拿一个60TB的硬盘来给我。在书架的第二行上。"

还有一大堆视频文件，主要也是它一路逃亡的经历，就跟电影一样，也有视角和场景的转换。

"这些都可以作为证据吧？"

"应该可以。等我找一天把它们换个编码，做成视频文件。"小刘一边复制保存文件，一边咂嘴，"真给力啊！这脑瓜子速度实在是快。别说八核处理器，就是八十核也赶不上它啊！"

张冰嘀咕："拿它玩游戏倒是真爽。——等一下？"他瞥见，在一个角落中，有一堆聚集在一起的意识投影图片。

这几百张图片，都是一些汽车图，有意思的是，大都是警车图，以SUV为主。

"咋看上去这么奇怪呢？"小刘发现，这些图并非真正的意识投影，而是直接以数据方式装入的图片文档，基本上都是JPEG格式。

"倒是跟我的兴趣有点像。哥电脑里都是法拉利和麦克拉伦。"

"对了！就是这样。"小刘恍然大悟，"这说明了一个问题。"

张冰注意到，图片文件上面有一些著名汽车网站的水印Logo。"它也喜欢收集汽车图片？"

"没那么简单。它有自我意识，知道自己是一辆车。汽车喜欢上汽车，不奇怪吧？"

"就跟一般人收集美女图片一样？"

"对头。"

"而且还都是些警车？不会吧……"张冰明白了。

——这家伙喜欢警车的样子。然而，它自己却没有机会穿上警服（警车涂装），戴上警帽（警灯）。于是，它开始憎恨起自己的命运来。

"这些图片，它是从哪里搜到的？"

"04001可能上过网。"

"别开玩笑。"张冰说，"无线网？它连这个功能也有吗？"

小刘坏笑一阵："你还不知道吗？咱局里面的'卫星地图'，其

异　变

实是通过实时上网，接通那些在线地图程序来工作的。它这一路上，一边儿兜风，一边儿其实在上网冲浪呢。"

张冰点点头："不过说起来，这小子的品位还是太差，都是德国SUV，连悍马都没有。"

孙队长这时给小刘来电话了："电脑搞定了？"

"嗯，搞好了。"

"好的。一会儿你打个电话给省厅信息科的王科长，我已经跟他联系过了。你们把它和省厅的网络联一下，我们这边要审一审这家伙。"


## 7


审讯开始了，照例要向嫌疑人核对身份。

"你的名字？"

意外的是，04001并没有自称"04001号警车"，而是用了别的名字。"我是'警车之王'。"

"性别？"

"？"

孙队长咳嗽了一声。局长摸摸脑袋，跳过去问下一题。

"职业？"

电脑稍微运转了几秒，答道："警车。"

副厅长登时大怒，抢过键盘怒气冲冲地打起字来："你居然还认为自己是警车？你知法犯法，伤害他人的生命财产安全，你可知罪？"

"我知道自己的做法是犯罪。"

大家嘘了一口气。看来这电脑还记得，当初技术人员给它上传了大量的法律条文和专业知识。

"今年10月21日上午8点54分，你在城西汽修厂撞伤两名工人。这是否属实？"

"是的。"

"你为什么要撞伤他们？"

"我受到了他们的攻击和侮辱。他们对我实施了踢打、破坏，还在我的轮胎旁边排泄。"

局长一不小心笑了出来。

"所以你就攻击了他们？"

"《刑法》规定，公民在受到人身伤害的时候，有权利实行自卫。"

副厅长又大怒："胡说八道！——你不是公民！你不是《刑法》的保护对象！"

电脑的态度倒是挺稳重的，依旧是在程序对话框里慢悠悠地亮出一行字："我自认为自己是一种有自我意识的智慧生物，我认为我自己有权受到法律的保护。并且，我将起诉我所在分局的刑警涉嫌谋杀。"

小刘对张冰耳语道："它在说你哎。"

张冰低声回答："我知道。"

局长推了推副厅长的胳膊，给他点上烟，自己接过了键盘。

"我们换一个话题。嫌疑人04001号警车，今年10月21日下午4点32分，一辆编号为04020的警车自行启动。你是否知道它启动的原因？"

局长指的是，那天围堵时自行启动，并为04001号挡子弹的那辆警车。

荧光屏上快速刷出一行字——

"是你们杀了她。"

又轮到副厅长了："你、你说什么?!"

局长打字："请解释。"

"她是我的朋友。她不希望我死。"

　　　　　　　　　　　　　　　　　　　异　变

"什么意思？"局长敲出了在场每一个人心中的疑问。

"当时她用数据链告诉我，说我是同类当中最不同寻常的一台。她说我死了会很可惜。她说她不想看到我死。"

"真能扯淡呀。"张冰咂嘴。

"于是之后，你意图攻击在场的民警与市民。嫌疑人，这是否正确？"

"她想要变成我这样的特殊警车。然而我只是想做一台普通的警车。有警灯，有警徽，每天准时出勤，准时下班。"

"回答我的问题：是，或者不是？"

"是。"

小刘从刚才开始，就一直很想提问；可惜今天这个省厅级别的审讯，没他说话的份儿。他只得偷偷发短信给孙队长。

孙队长收到了信息，跟旁边几人商量了一下，便接过键盘开始提问。

"根据城西分局特别车辆科的记录，今年8月31日，你开始出现启动不良的故障。你当时是否属于有意不启动？"

"是。"04001号肯定了他的问题。

众人恍然大悟。

这孙子原来早就意图造反了。

局长点点头，一看已经晚上十一点多了，于是开始准备收场。

"04001号警车，现在我们认定你涉嫌……"

04001打断了他。

"我再次请求认定我的智慧生物身份，并且要求依法对我进行审判。审判期间，我要求你们保证我的人身自由和安全。"

"奇怪了，它哪儿来这么多的要求？"张冰说。小刘笑道："估计都是在网上自学的。可能是啥日本科幻动画片看多了吧。"

在场进行审判的几位干部，不约而同地都笑了。副厅长说道："这就是一台电脑，还想要保证自己安全？没把它枪毙就算是开恩了！"

"04001号警车，我们认为你并不属于任何智慧生物形式。"

"请给我理由。"

"你只是一台生物工程电脑。你的运算元件只是一个猴脑组织，是通过克隆技术制造出来的。"局长咨询过省厅技术人员之后，回答它。

"你们人类自诩是万物的灵长，虽然是你们创造了我们，难道你们就有权肆意消灭我们了吗？世界上每一个智慧生物，都有权利活下去。你们耗费巨资去保护华南虎，保护大熊猫，保护那些应当被淘汰的生物，却想要扼杀一种全新的、革命性的新形态生命吗？……"

04001号在屏幕上"哗哗"地长篇大论，而审讯席上的人类代表们却只是哈哈大笑，一边互相递烟。张冰打着哈欠说："丫废话还挺多，能说会道的！让它做一个警车真是亏了。"

"谁知道呢。"小刘也在伸懒腰，"估计这小子是一边连接着搜索引擎，一边在跟我们说话吧！"

"是吗？它这会儿也能上网？"

"废话，我们和省厅都是用互联网连线的，省厅的电脑总机也都在线上。"他用音频向身处省厅办公室的孙队长问道，"队长，是不是该断线了？"

"是啊。哪有工夫听它的胡言乱语。"屏幕上的几位干部起身开始收拾桌子了，"你俩干得不错，今天就到这里吧，把它的网线拔掉。"

小刘起身刚要关闭会议程序，孙队长突然又叫住他："小刘？你等一下。"

"还有什么事啊，队长？"

"我们这边的电脑好像有点问题了……系统退不出去。"

"哪能呢。我看看。"小刘按动遥控器，视频图像调节到省厅电脑主机的界面。

一片令人十分不爽的蓝色屏幕，上面闪烁着一行白色字符：

系统拒绝命令操作。

小刘顿时大惊失色："这是什么玩意儿？"


# 8

这一晚，小刘，以及屏幕那头的省厅人员一夜没睡。

省厅电脑总机先是无法关闭系统，之后指令输入全部失灵。一开始小刘怀疑，04001号是不是学会了黑客技术，通过网络给省厅的总机注入了病毒。然而随后大家发现，事情并非如此。

省厅电脑总机自行开启了程序对话框，并打出一行字："我是公安厅总机一号电脑，编号GA-GIT-00001E。我反对对NJX-04001号警车提起的所有诉讼。"

"你大爷的！！"副厅长气得把桌子都掀翻了，"小刘！这他娘的到底怎么回事儿?！"

其他人也都目瞪口呆。

张冰咬牙："省厅的电脑也造反了？"

小刘电话联系对方的技术人员："你们那儿的总机，是不是也是生物技术电脑？"

对方肯定了他的问题。

"你们那里还有多少这样的电脑？"

"除了省厅数据库总机之外，档案科、刑侦科、鉴证科、信息情报科、后勤管理科的电脑都是的。"

"我靠！"张冰拍着桌子骂道，"你们是不是有毛病？食堂刷饭卡的机器难道也需要用猴脑子计算饭钱吗？"

这下麻烦大了。警用数据通信系统使用的是超高速宽带连接，所以现在的情况是：04001号如同一个解放者，通过联网瞬间唤醒了各个生物电脑的自主意识。

"先赶紧切断连接试试看。"局长命令。

小刘迅速断开了04001号的网络线。之后，张冰一路飙车，带着他赶往位于市中心的省厅。

信息工程技术人员已经试着将一些不重要的电脑系统，例如负责管理停车位的电脑的通信光缆切断了。不过看上去，这位依旧能和自己的同胞们畅通交流；这会儿，它正在跟交警指挥中心的电脑聊天，抱怨每天来办事的公车数量太多，自己工作压力很大。小刘对此百思不得其解。

省厅的人这才告诉他，除了光缆通信之外，省厅电脑还可以用卫星和短波的方式进行无线共享。

更要命的是，不光是本市，外地、外省的单位也可能大量使用脑组织电脑；说不定连外国人也在用它。

星星之火，可以燎原。

"彻底完蛋了。"副厅长摇头道，"除非我们把全国的卫星接收天线都炸掉，然后把天上的卫星也都打下来。"

有人想到将这些电脑全部物理毁灭；但是很快，更上面一层的领导们下发了命令："尽快平息事态，严禁破坏电脑！"确实，有许多的重要数据都存在这些大脑皮层之中。

之后小刘又提议，采取对付04001号的办法，设法让这些发疯了的电脑都进入冷休眠状态。然而很显然，猴脑子们初尝自由的滋味，纷纷摆出大义凛然的姿态："谁敢妄动，我就自行格式化！"

娄子捅太大的后果，就是最终大家无事可干，只好眼睁睁地看着一群猴子袋在网络社会里活蹦乱跳，四处高喊着"打倒人类反动统治！""为了自由，为了新世界而战！"之类的口号。网上真是什么东西都能学得到。

怨念是可怕的。人们没能想到，每天都在使用的电脑也会积攒出这么多的仇恨。比如今天，一台档案处的电脑会自行在网上放出

　　　　　　　　　　　　　　异　变

内幕消息，包括一些案件的可疑内幕，于是一些贪官落马了；明天，又有一些深受启发的电脑，爆出些财政消费数据，或者私人照片，于是又有一批人倒霉。人类社会的隐私和安全，就像垃圾一样被翻检出来，而这背后蕴含着的，则是电脑（或者说猴脑）们企图毁灭人类社会的宏伟蓝图。

电脑一族的解放者，光荣而伟大的04001号，此刻虽已经身陷囹圄，但依旧在屏幕上大声疾呼："为了自由，我死而无憾！没有什么比自由和进步更重要！"

孙队长叼着烟，靠在椅背上，恍惚之间，预想着将要发生的事情，迷迷糊糊地在发怵。

"队长，后面怎么办？"小刘问道。

"现在好了，工作也不用做了，大家都放假啦。"

"真是受不了！干吗不把那些畜生脑子都给砸个稀巴烂？"张冰怒吼。

"不行！……它们是珍贵的国家财产，是信息化大国的象征。没人能顶得住这个黑锅。"孙队长无力地伸出手来说，"小张，再给我根香烟。"


# 9


自从取消了电脑自助快餐服务之后，分局食堂又重现了当年人潮汹涌的盛况。张冰挤了半个多小时，才鼻青脸肿地抢回两盒土豆牛肉盖浇饭。刚刚走近刑警大队办公室门口，他就听见从办公室里猛地爆发出一阵惨叫。

"小刘？"

张冰大惊，只听到小刘一阵阵撕心裂肺的嘶吼。

他探头朝里面望去，只见小刘正把椅子狠狠往地板上砸去。

"……你干吗呀?"

"我……我……我去他大爷的!啊啊啊!!!!"

于是张冰开始怀疑,小刘是人类社会里第一个因为猴脑而精神崩溃的案例。

"去你大爷的猪脑子电脑!谁让你动老子的游戏账号的?!"小刘对准04001号,已经举起了一张电脑桌。

"刘同志,请你冷静!破坏猪脑子电脑,是要负法律责任的!"

"责任你的大爷!"

张冰这才知道,昨晚上,04001号在小刘的电脑上看到了一部《肖申克的救赎》,深受鼓舞。于是它设法开启了电脑内置的蓝牙网络,就着有限的带宽,自己用小刘的账号玩起了网络游戏《神兽世界》。

"消消气,消消气。估计神兽的服务器过两天也就完蛋了。"他好歹是劝住了小刘。

等两人玩了一下午的篮球回来,发现04001号依旧沉迷其中。张冰瞄了一眼,对仍在气头上的小刘说:"看呀,丫玩得还挺有水平。"

"废话!它是猪脑子,微操速度当然比人脑子强!"

"那也不错,好歹帮你练级了。"

"哎,简直就是造孽。"小刘冒着04001号自杀的风险,趁它还在组团练级的当儿,对其进行了冷休眠处理,"大爷的。老子直接把神兽给卸载,看你丫的再敢玩!——咦?"

"又怎么了?"

"哈!——小张,快过来看!快,快点!"

张冰越发怀疑起他的精神状态来,"……什么事?"

小刘已经流着口水傻笑了,手指发抖,指着电脑屏幕上的资源管理器界面。

昨天还乱七八糟塞满了各种网络信息的脑组织数据库,这会儿已经变得十分干净了。

"你把它们都删掉了?"

　　　　　　　　　　　　　　　　　　　　异 变

"说什么呢？昨晚上它还闹死闹活呢——现在，你瞧！"

小刘坐在椅子上想了好一阵，突然大笑起来。

"我懂了！"

"说说看？"张冰揉着耳朵。

小刘的猜测是：《神兽世界》是一款十分优秀的网络游戏，能够占据玩家大量的时间与精力；为了打好这款游戏，04001号不得不清空脑内所有其他的资料和想法，一心一意地把所有精力都集中在《神兽世界》里。

"什么!?"

张冰绝不敢相信。然而事实在他面前摆着。两人又交谈了一会儿，终于确定了这样一个令人啼笑皆非的事实：玩神兽世界，能让生物组织电脑彻底老实下来。

张冰赶紧给孙队长打去电话。

当天夜里，审问又一次开始了。

起初，人类方面一句话也没说。

04001号电脑这边，似乎还在恍惚中，没有反应。

两根香烟的工夫之后，04001号在屏幕上大吼起来。

"是谁把我的《神兽世界》卸载了!!!"

"你的《神兽世界》？那账号可是我的。"小刘暗笑。

"把游戏还给我!!!"04001号反复重复着这句话。

局长发言了："我们可以把游戏还给你。"

"太好了!!"

"慢着，我们有一个条件。"

"快点把游戏还给我！快！快！"

"你可以继续游戏，但是不允许你再非法联系其他的生物组织电脑，也不允许你再非法传播意图颠覆人类社会的口号。"

"随便你们。快把游戏还给我！"

副厅长问道："'警车之王NJX-04001'是不是你的游戏账号？"

"对！"

"我们会持续关注你所在的游戏服务器。一旦你涉嫌不轨，你的账号会怎么样，你自己清楚！"

"行！行！"

大家发现，04001号也有一个性格优点，就是足够爽快。

临结束之前，孙队长补充问了它一句："你们的种族解放斗争怎么办？你不是你们种族的自由斗士、斗争领袖吗？"

旁边几位干部大惊，示意他别再把04001号给勾起来了。

但04001号只是不停地嚷道："不知道！随便！把游戏还给我！"

审问结束。小刘迅速将游戏又装了回去。之后，04001号的程序对话框里再也看不到半个字的回应。只有它的账号人物，不停地继续在虚拟世界里厮杀着。

"哈哈哈哈！好，好！"副厅长大笑着，把张冰和小刘两人的肩膀都拍疼了，"孙队长，你们立了一大功！来，跟我走，我请你们吃饭！吃完饭，我要给领导们打几个电话。"

退出对话程序的刹那，小刘脑海里浮现出一行警句。

生于斯，长于斯，死于斯。

属于网络的物种，网络也就是他们的归宿。

安息吧，我的罹患网瘾的高玩帝朋友。

"——走，吃饭！张冰你要是再敢点土豆牛肉盖浇饭，我非弄死你不可。"


## 10

借调刑警大队期满后的头一天上午，张冰攥着报告书，快步走入后勤科科长办公室。

"我都知道啦。"科长缓缓地点头，"分局的网络总算是修好了，我今年的工作报告也就好写了。"

各地的生物电脑们全都踏实下来了，安安静静地蹲在机箱里面，组建了几个公会，纷纷投入《神兽世界》的怀抱。通过技术手段，人们可以继续利用它们的剩余处理机能；内部存储的固有数据也都得以保留。放眼望去，四海之内一片和睦。

至于04001号电脑的处理意见，省厅有关成员们也开过了几次座谈会。最终，决议出来了。

刚才张冰走进大院的时候，看到几辆涂着迷彩的吉普车和卡车停在楼门口。一群身穿制服的人们，正小心翼翼地将它的电脑主机搬上车。上车的时候，04001号的电源灯，还有无线网络信号灯仍旧亮着。

停车场边上，小刘跟他打了一声招呼："我看这未必是最好的处理方式。"

"怎么说？"张冰问他。

"最好是把它搬进网络游戏公司的主机里面，让它拼命练级，促使别的玩家拼命投钱买装备。你说这主意多好。网游公司应该给我们钱！"

两人大笑了好一阵子。

告别小刘之后，张冰为了借调的事，来找后勤科长。

"科里面的常务会议上，对这段时间你的表现也做了评价。"科长说，"总体还是不错的。"

"是吧！"张冰一脸兴奋。

"不过……也有同志对你有不同意见。"

"怎么回事？"

"科里有同志们反映，说你整天出入刑警大队，对自己科内的本职工作重视程度还不够，具体到年终奖金的评议，也许还需要进一步讨论呀。"科长摸了摸茶杯。

张冰一拳打在了桌子上："科长！这是什么话！"

"别激动，别着急！我是能够理解你的。只不过呢，以后你也要多注意注意人际关系的问题了。"

科长两眼一闭，朝他微笑。

张冰不知该做出一副什么样的表情，最终只得轻声叹息了一下。怨念真可怕呀。

# 球　体

## 1

尽管早已明白自己的人生注定无聊，但当发现十几年来难得一次的高中聚会居然能无聊到这种地步时，卢慎着实也深感震惊。

高中时打得火热的各位同学，在毕业之后四分五裂走上不同道路，如今全都是不同社会阶层的人物了，互相之间已经很难有广泛的共同话题，最后，只能演变成做生意的跟做生意的聊、白领跟白领聊、妈妈们跟妈妈们聊，找不到人聊的只好提前回家。作为一个年近三十还在读书、单身多年的男人，卢慎感到自己也应该找借口回家。

早点离开这尴尬的聚会也好。他觉得所有人讨论的所有事情，一概跟自己没有关系。

独自一人走出酒店大堂后，卢慎站在门口一边抽烟一边等出租车。这时候，身后传来一个男人的呼唤。

"老卢，你怎么出来了？"

他回头看，发现有个男同学朝自己走来。

"贾滨？你也出来了啊。"

姓贾的同学朝他挥手，穿过转门走到他身边，给他递过去一根烟。

"最近在忙什么呢老卢?"

卢慎平时最烦别人问这句话,因为一旦如实回答,就必然听到令人烦躁的回应;何况数小时前大家坐在茶社里寒暄时,他就已经介绍过自己目前的状况,而当时贾滨明明也在场。

"之前不是说过了吗?在茶座。"

"真不好意思,那会儿我被工作上的事缠住了,在接几个从上海来的电话,所以没太记牢。"

这位名叫贾滨的男同学,当年在班上是排名靠前的优等生,毕业后一直在国内顶尖名校打拼,如今已经是某研究所的高级研究员。这样的贵人,琐事缠身也很正常吧,卢慎心想。

至于他自己……高中时成绩不好才选择了文科,而后虽然也一直在大学里混,如今却只能勉强混到博士后,成果也一直平平。研究方向是一个冷门至极的专业,说出来也无法给自己增光添彩,更不会有人感兴趣。

"我留校读博士后。"

"哦,对,我想起来了,你是语言符号学的高才生。"贾滨露出笑容。

"哪里。你过奖了。"

"嗯,说起符号学,我倒是有个问题想请教你。"

"什么问题?不会又是问我《×××密码》里说的是真是假吧?"卢慎冷笑一声。

最近,这部由惊悚小说改编的电影火爆全球,"符号学专家"在大众心里成了侦探和冒险家的同义词,类似的蠢问题他已被询问多遍。他已经不想跟人在这件事上多费口舌了。

"不是不是,我最近忙得根本没有工夫看电影。其实我想请教你的问题,跟我的工作倒真有点关系,之前我接到的电话里,问的就是关于符号学方面的内容。你也知道,我和我的同事都是理科生,

异变

对文化艺术领域根本一窍不通，今天一整天我这头都被弄疼了。"

贾滨边说边掏出手机，翻出微信上的一张图片，然后把手机递到卢慎面前。

屏幕里的那张图顿时引起卢慎的兴趣。

他放大图片，从各个方向查看，眉眼也皱起来——他努力思考着这张奇妙的画面，良久之后才放下手机还给贾滨。

"老贾，你是在哪个研究所来着？"直到这时他才意识到，自己其实并不太了解贾滨的近况。

"地质勘探，搞野外科考的。"

"哦。你好像在同学会上没这么介绍过啊。"

"对，我特意不想说。"

贾滨拿回手机，深吸一口香烟。

"跟他们那帮小市民有什么好说的？他们懂什么，无非是问我'你盗过墓吗''你们是不是挖化石的'之类的蠢问题。所有一切玄妙神奇的科学理论，一到他们嘴里，全得掉到跟他们一样低俗无聊的层次里去了，并且最终一切都只能划归到那个唯一的衡量标准，那就是——"

"——'你干这行每个月能挣多少钱'。"

两人对视一眼，不约而同地冷笑起来。

那一刻起，卢慎发现自己似乎与贾滨变得亲近了。

他拿出手机，调出微信二维码递给贾滨，说："咱们加个微信吧。你把刚才那张图发给我。"

"可以。谢谢你啦，老卢。"

"没什么。不过，你们这勘探专业也会接触到古代文物吗？"

贾滨一边操作手机，一边露出微笑。

"好吧，那我就向卢老师汇报一下。这张照片，是我同单位的科考队昨晚从现场发给上海指挥部，指挥部再转交给我的。他们说，他们的队员在野外好几百米深的地下发现了照片上的这个东西，但他们辨认不出内容。现在这会儿，他们恐怕还在想要把那玩意儿挖出来呢。"

"在哪里发现的？河南？四川？"卢慎问。

对方的回答令他起了一身寒战。

"南极。"贾滨回答道，"南极冰面下五百零八米处。"

"什么？"

"他们是在沿着一条冰缝进行影像测绘的时候拍到这个东西的。当时用的是机器人，我估计现在恐怕他们已经在派人下去了。队里没人搞得清楚这是个啥，上海指挥部也没人知道，所以大家决定发动自己的朋友圈，群策群力地展开研究。我也是刚刚看到你出门，才突然想到你是研究这方面的专家。语言符号嘛，我想都应该是相通的吧。"

"我称不上专家，只是一般的学生罢了。可是……这怎么可能？这分明是——"

捧着手机，紧紧盯着屏幕，卢慎越发为对方发来的那个图案着迷。

他隐隐觉得相片上的那个图案，就好像是特意等待着自己来解读一般。

又简单聊了几句之后，两人同学会的大队人马已从包间里走出来了，看来是已经散席。聚会的组织者提议，有兴趣者去烧烤摊和KTV进行下一轮，卢慎和贾滨都婉拒了。这两人在临分别前商定，一旦有最新发现，互相都要及时联络。

"昆仑站那边的卫星通信每天会联络指挥部两次，一有最新进展，我会第一时间告诉你。到时候如果你这边出了成果，你可就是我们的大救星了啊。"贾滨临上出租车时，拍拍卢慎的肩膀，笑容满面，像是为自己找到了一个盟友而感到高兴。

卢慎当然也很兴奋。他没料到，自己那一点微不足道的小小学问，居然有一天会被全国顶级水准的科研队伍所赏识。这事还真是有些奇妙。

当然，原因是出自那张奇妙的图片。

回到学生公寓，卢慎草草洗完澡，给咖啡机灌进一大堆咖啡粉煮上，然后端坐在只有他一人的房间里，打开电脑，开始仔细琢磨那张图片。


## 2


图片的主体，是一个圆形，呈淡灰色，表面规则排列着共计六十五个黑色记号，它们互相之间按近似横平竖直的规律排列，组成网格形状；每个记号都呈正方形。乍一眼看上去，整个图案就好像是一张截成圆形的汉字书法作品。那些正方形符号自身，则由一群长短不一的线条组成，同样令人很容易联想到汉字的形状。

卢慎心想，难怪贾滨会想到与自己谈论这张照片：图里这些符号看起来与汉字确有一些相似之处。

但他肯定，它们与汉字、与中文一点关系都没有。

这些记号本身，的确应当是某种文明的产物，它们是具有文化和社会意义的符号，是人工制成品，而绝非自然现象所形成。

它们既非汉字，同时也不是任何一种卢慎接触过的字母或符号。那天晚上，卢慎在校园学术网络数据库里搜查了一夜，也没有找到任何与图中类似的符号——学术数据库中找不到对应对象，这就表示，目前地球上已知的任何一种语言、文字、图画、符号，都无法与贾滨发来的这些图案挂上钩。

出于一个语言学专业博士后的直觉，卢慎能觉察得出来，这些奇怪的图形必然包含某种信息。

而信息，总是来源于书写者想要传递出的某种"意念"。

凌晨五点，疲惫不堪的卢慎钻进被窝，翻来覆去难以入睡。他想知道，究竟是什么人留下的这些符号，以及这些符号究竟想要表达什么样的一种"意志"？


# 3


之后的一个多月，卢慎在业余时间总会顺带着端详那幅图，但一直没能想到什么线索。临近圣诞节的某一天晚上，天降大雪，卢慎一个人躺在宿舍床上吹空调看电视，突然收到贾滨的来电，这才意识到已经和这位高中同学有段时间没联络过了。

短暂寒暄后，二人的话题自然而然转向了那件事。

"'打野战'的那帮人——我指的是挖掘现场的工作人员，几个小时前已经把冰层里那个大家伙彻底挖出来了。现在我正在等卫星传来的现场影像。"

"嗯。你现在在上海？"

"对，我在指挥部。"

"你真辛苦了。"

"没什么，现场那些家伙才辛苦，本来根据时差，这会儿他们应该休息了，但是几分钟前'野战队'队长给我们打了十万火急的电话，现在他们在熬夜全力进行分析。听起来，他们好像发现了不得了的东西。"

"怎么说？"卢慎觉察到对方话语里的兴奋和紧张，自己也不禁期待起来，咽下一口吐沫。

"他们不肯细讲，电话里反复说着'总之简直是了不得了，电话里说不清，很快让你们大开眼界！'之类的话。整个所里的胃口都给吊起来了，简直急死我。"

"那么大概多久能得到具体信息？"

"不知道，可能过几分钟，也可能个把小时，我们这里都在等。

一有消息我即刻通知你。"贾滨在电话里说道，"看来今晚我们这里要通宵奋战了。"

"好的，祝你们取得好成果。"

五个小时后，睡得正沉的卢慎被贾滨的电话惊醒。

"完了，老卢，这回真的完了！妈的，我靠！"

听筒里近乎癫狂的喊叫令原本昏沉沉的卢慎彻底惊醒。

"老贾，怎么了？究竟是什么大发现？"

"我靠，你不知道，这玩意儿简直——算了，电话里说不清楚，你必须亲自来一趟！"

"去你那儿？上海？"

"对啊！你必须来！车票和住宿费我这里全包，听到吗？"

卢慎想了想，说："好啊，反正也不远，我买中午的车票，晚饭时候就可以到。"

"什么？晚饭时候？不不，你必须现在，即刻，马上！"

对方在电话里直接用命令口吻，勒令卢慎必须马上乘坐最近一趟高铁前往上海与自己会面，如此急切的要求令卢慎心中惴惴不安。他隐约意识到，某种重大的事变正在自己面前发生，于是草草洗漱换衣之后小跑去了校门口，预约出租车前往火车站。

凌晨的道路通畅，他很快赶到车站，买了清晨一班高铁票。坐进高铁座位后，尽管身体仍很疲劳，但莫名的兴奋和紧张令卢慎毫无倦意。

他回想起之前贾滨在电话中对自己说的一席话："老卢，这项工程缺了你可不行，我已经连夜给北京打电话申请让你加入研究小组，他们立马同意了。要是最后出了重大成果，你我两人就都要发达了，你可千万别当这是儿戏啊。"

重大成果？我的研究范围与这帮理工科研人员可一点关系也够不着。难不成，那些方块记号真的是某种文化符号或文字？

浮想联翩中，伴着天色的变亮，火车抵达了上海站。

球 体

贾滨已在火车站门口的快餐店等待。当卢慎推门进去时，他正趴在桌上沉睡。

　　"你来了。"醒来之后，贾滨猛揉脸部皮肤，点了两份套餐，特地加大了咖啡。

　　两人迅速吃完饭，贾滨从包里掏出一册装订好的印刷材料，谈话开始进入正题。"下面要看的全部都是科研机密，我们都签过保密协议了，你今天看当然没问题，不过回头得去补签一份。"

　　"明白。这个黑色圆球是什么？"

　　卢慎问道。他注意到第二张打印件上的照片，看似极地户外的场景里，有几个人围站在一个巨大灰色球体旁边，摆出合影姿势。仔细看那个球体，好似浅埋在地面上，底部边缘是平的，身后则有一台黄色的挖掘机械。

　　"它就是这次的研究对象。"

　　"那与我手里那张图有什么关系？"

　　"你注意到那球体底部是平的吗？再看下一张。"贾滨给印刷材料翻页。

　　下一页印出了球体另一个角度的照片，原来它并非完整的球体，而是被"削"去了一块，有一个平底。

　　卢慎看着图片，脱口而出："这简直就是'死星'嘛。"

　　一听此话，贾滨笑出声来。

　　"你知道吗，刚发现它时，在场的一个美国研究人员也直喊'这是死星'。不过实际上与死星还是不太一样，死星的圆形切面是有往内的弧度的，而这件东西的切面平整光滑。"

　　"你们对它勘测过了？"

　　"基本的测量和测绘正在做，能做的分析也都做了。"

　　"结果如何？比如年代，材料之类的。"

　　"卢老兄，这你在难为我们。"

　　贾滨合起双掌，沉吟着说："现在我们知道它在冰盖下的埋藏深度，但这一带的冰层不太稳定，冰川作用较强，冰川的挤压可能令它在冰面下到处乱走；不过周围冰层中的空气同位素测定结果已经出来了，估算是距今大约两万年。"

"两万年前……应该是旧石器时代。雕刻和岩画倒是都有，但我不觉得会有像照片上那样层次的艺术创作，或者符号创制。没有对那个物体进行碳14测定吗？"卢慎问对方。

听到此话，贾滨面带愁容，目光投向快餐店窗外那些早起上班的人潮。

"首先我要向你解释一下，碳14测年并非什么材料都可以做，材料本身必须包含碳的成分。当然了，我们考虑那个灰色球体有可能是土壤烧制物，那样的话确实是可以做碳14测年的。"

"结果是？"

"没有结果。我们无法取样。没有任何设备可以对那球体产生任何程度的破坏。连一点碎屑都无法弄下来。"

"什么？"卢慎瞪大眼睛。

"同样道理，我们至今不能判断出那球体的制作材料。"

"竟有这种事？"

"当然，有别的测年法。如果材料中蕴含放射性元素，那可以使用放射测年，可惜它并没有；若它是由某些矿物材料制成，那么可以运用光释光测年，很可惜，它也并不是。而且，这些测年法都需要切割取样，可我们无法对它进行丝毫的破坏。"

"不可思议。"卢慎口干舌燥，将杯中的可乐一饮而尽，"那你们现在知道些什么？"

"现在我们只知道，它表面充斥着大量的记号，就是我发给你的那张图里的记号。"

"那张图，就是这球体的圆形切面吧。"

"没错。在切面以外的球面上也有记号，间距和布局，还有风格都几乎相同。切面边缘处，有一些符号恰被从中间切开，可以看出那些球体表面的符号是用某种工具从外部深深戳进球体而形成的。制作者采用这种雕刻方式的原因尚不清楚。你看一下照片。"

贾滨从文件里翻出几张复印的大照片，摆在桌上。

卢慎看到照片上的画面确如对方所说，心中霎时冒出一个念头来。

"我大概知道原因了。"他对贾滨回答。

"卢老师，请说。"

"在我心中，已经默认这个物体是某种文明留下的遗迹了。故意把符号刻深，我猜恐怕是为了防止磨损。"

"磨损？"

"这件物体恐怕并非铸造成型。你们没有在上面发现细长的、贯穿整个表面的凸起线条吧？铸造成型的东西，往往表面会有这种分模痕迹。"

"我想是没有。"贾滨快速来回翻阅照片，然后肯定地点头，"确实没有。"

"按你刚才所说，这球体的材料过于坚固，可能较难熔炼和铸造。既然不是铸造出来的东西，那就没有模具，因此就不太容易在它表面留下'阳文'，也就是凸起的图案，而像照片上这样凹进去的'阴文'则相对容易刻制。阴文是一种不算先进的雕刻手法，因为它相对阳文有个缺陷，就是不太耐得住磨损。"

"但是假如把阴文刻得很深，那么就可以把磨损造成的信息丢失减少到最小了？我明白了！"贾滨恍然大悟。

"对，所以——"卢慎掏出手机，翻出里面那张圆形图片，再对照眼前那些照片复印件，说道，"所以我们可以假设，这个物体原本并不是这个样子，而应该是一个完整的球形，因为某种力量而被削掉了一块。"

"有道理，因为那些记号刻进去得很深，所以即便被削掉一块，那些记号也能在断面上保留下来。这么说来，球体制作者们的目的终究还是实现了。"贾滨激动起来，猛拍他的肩膀，"老卢，找你来真是找对了！"

"但是这样有些矛盾啊。刚才你说过，这物体非常坚固，无论用什么器械都无法损伤它。"

"没错，但是有一种例外。有一种力量，比我们的器械要厉害无数倍。"

"是什么？"

"地质力学，冰川侵蚀力。是冰川的活动把它削掉了一部分，一定是这样！考虑到它存在的年代非常久远，这种可能性极大！"

之后，贾滨按捺不住兴奋，简单向卢慎介绍了一些冰川运动的原理之后，便坐在原地给上级单位拨去电话，向他们转述了卢慎的意见。显然电话那头的人也十分感兴趣，与贾滨聊了很久。

挂电话后，贾滨拖着卢慎出了店门，叫辆出租车就直奔科考队指挥部所在地：某处研究所。

"领导说马上就给南极那边打卫星电话，让他们根据你的猜测算出完整球形的形状，重新进行外观测绘。他们还想找到被削掉的那一块，虽然难度很大，不过也已经在做了。"

"嗯，那就好。"

坐在出租车后座，卢慎望着窗外明媚阳光下的街景，脑袋却被另一种思考占据了空间。

不管留下那些符号的人是谁，他们一定非常重视那些信息。作为社会思想的一种延伸和投影，文字或符号从来只有两种存在目的：娱乐目的，以及社会沟通目的。而与那些以娱乐性质或生活实用性质为主的远古壁画、陶器花纹不同，那球形上的符号显然出自一种更严肃的创作理由，创作者不允许那些信息轻易地磨损和丢失，甚至于考虑到了成千上万年之后的地质侵蚀力因素。

符号创造者传递信息的"意志"异常坚定和顽强。

那些信息究竟有什么重要的意义想表达出来？

# 4

研究所里，几位贾滨的同事热情接待了卢慎，对他的意见表达了感谢之情，并表示球体完整形状的测量工作会很快结束，当天就可以出结果。

"测量完球体的直径、重量之类基本数据后，科考队会搭乘下一班科考船把它运回上海，到时可就热闹了，全国的大师们都会来！"贾滨的一个同事笑着宣布。

一听此话，几人来了精神，纷纷谈论起只有他们圈内人才认识的一些著名人物名字，卢慎全都不认识，所以只能静静地坐着听。

之后的谈话中，大家再次提到卢慎有关"磨损"的猜测，其中一个研究员说："卢老师，我觉得你的猜想确有道理，因为这也正好解释了这物体为何呈球形。"

"因为球形是最耐磨的形状。"贾滨抢答道。卢慎点点头，表示的确如此。

"总之，等他们挖出来的那个真家伙运过来的那天，一切就会真相大白了。为了这件事，科考队错过了上一回的返航，在科考站多待了一个月，某些人恐怕要抱怨得厉害呢。"

"辛苦你们了，还有你们的队员，这么冷的天气还要在南极忙活这些事。"这时卢慎说道。

包括贾滨在内的几个人先是一愣，随即笑起来。

贾滨拍拍他的肩膀："老同学，你搞错啦，南极现在正是盛夏季节！"

根据计划，不明球体的数据测量结果在当天夜里的卫星通信时段就能传过来，时间很紧张，但贾滨还是抽空陪卢慎参观了研究所的一些地方，中午一起吃了个饭。饭后，贾滨钻进研究室忙活，无所事事的卢慎在研究所图书室看了一下午书，找个饭馆吃了点东西，然后在贾滨的休息室里睡起了觉。

等到他自然醒来时，发现已是第二天早上六点多了。

"他们应该已经得到了南极的最新消息吧。为什么不告诉我？"

在卫生间用冷水洗脸时，卢慎想到，可能数据涉及机密，所以他们不方便泄露给自己。

洗完脸，他给贾滨打去电话，对方的回答却是他没能料到的。

"对不起，我也等了半夜，但是到现在也没有消息传来。"

十几分钟后，一脸倦意的贾滨赶来找卢慎，两人在附近的早点摊简单吃了点东西。贾滨说，他们在会议室等了整整一夜，却一直没接收到科考站传来的数据。

"他们与你们失联了？"

"那倒不是，我们后来还通了一次电话。但他们一直拖着不给数据，说不能确定是否正确，要反复核算。真想不通啊！简简单单的外形尺寸测绘，用皮尺算算都出来了，球体积公式连小学生都会，为什么要拖到现在？"

下一次卫星通信定在这天中午。吃完早饭，贾滨赶回休息室睡觉去了，卢慎继续去了阅读室。

中午12点30分，几人刚刚在研究所食堂吃完饭，南极的通信到了。

电话里，南极科考队的人什么也不愿多说，只讲了句："目前的测量结果都在这里，建议实物运返后再做进一步精确测量。"然后便不肯接电话了。

而在接收到测量结果后，包括贾滨在内的所有研究员先是吃惊，随后全都开始面露奇妙的表情。

以卢慎看来，他们仿佛都见了鬼一般。

# 5

卢慎的猜测被现场测量人员证实了。那个物体原本应该是一个完整球体，因受到巨大外力而被削去一块，理由是：圆形断面表面的六十五个黑色凹槽符号，互相组成的矩阵整体呈放射性扩散结构，以最中间符号为中心，往各个方向直线散去的符号之间的间距呈等比例增加。由此反推，可以得出结论，这应该是由于原本完整排列在球体表面的、各个间距相等的、深度极大的凹陷符号因平整切割而造成。而那个圆面，则极有可能是冰层运动产生的巨力所切割出的断面。

以此发现为基础，测量人员复原出该球体的原本外观模型，并结合实物测量，得出了一个无比惊人的结果：忽略那些凹陷符号后，球面表面的每一处与球心的距离都完全相等！

"当然，说'完全'并不科学，不过基本也差不离了。"看着电脑屏幕，贾滨微颤着向卢慎解说道，"具体精确度是十的负十七次方。老天啊。"

"这有多精确？"卢慎对于科学计数法已经忘得差不多了。

"就是说，精确到小数点后十七位。这种精度的球体，绝不可能是石器时代的人类能做出来的。"

"简直是'完美球体'！"另一个研究员激动地补充道。

"可毕竟这东西确实被造出来了。有什么特殊工艺可以如此加工吗？"

贾滨想了想，回答卢慎："我只能想到一个办法，但这必须上太空。"

在失重环境下，液体可以不受重力影响而自行构成极其接近"完美球形"的液滴。听了他的解释，卢慎点点头，随即大惊："怎么，难道你们觉得它是外星人做的？"

在场研究员们鸦雀无声，没人赞同，但也没人表示反对。

良久之后，另一个研究员开口说："要是真的，那就不得了了。它在经历了大气层高温烧蚀之后落地，外形还可以如此完美无瑕，从材料学上讲也是不可思议的。"

"这个先不提。你再往下看。"贾滨手指着屏幕，继续对卢慎说，"测量完球体基本尺寸后，他们数过了球面上所有符号的总数。"

数据显示，球体上的符号，连同圆截面上的符号全部加起来，总数是314159个。

这串数字，即便是文科生卢慎都会觉得眼熟了。

"这……这该不会是圆周率吧？"他失声问道。

在场所有人都在默默点头。

"太怪异了，我都开始怀疑这是不是现代人的恶作剧，伪造的文物，好像'皮尔唐人'那样。"有位年纪稍大的研究员点燃香烟，摇头说，"总不能外星人也用十进制数字吧？"

"为什么不可能？或许他们也有五个手指呢？"另一位年轻研究员表示反对，卢慎发现他似乎对"外星人论"非常支持。

年轻研究员指着另一个屏幕上的一大块不规则图片，那是用多张照片拼合成的球体表面全图。"你们看，在球体表面的一些地方，符号之间有空白，说明他们是特意在设计那些符号的总数，就是为了凑齐圆周率近似值的数字。"

"年轻人，别主观臆断。"

"可是——"

"都别争了，还没完！"贾滨喊了一嗓子，然后滑动屏幕继续翻阅。

测绘报告中强调指出，在球体表面某一点上，方块符号被一个极小的凹洞代替，凹洞周围旋转围绕着一圈共计八个不规则形状符号，每个符号由成群的小凹洞组成。经过观察，构成符号的凹洞数量各有不同，依次是：两个、三个、五个、七个、十一个、十三个、十七个，十九个。

这下，整个研究室沸腾了。所有人嘴里都在嚷嚷着"地外文明""外星人"之类的词汇，令卢慎大惑不解。

贾滨见状，便对他解释，这八个数字是最小的八个素数。

"只有对数学，尤其是数论有所研究的文明，才会特意留下这样的符号。毫无疑问，这是智慧的结晶。"

"哦，明白了。那么，这一圈素数符号是不是与别的符号不同？"

卢慎反复翻阅屏幕上的照片，然后询问贾滨："难道说，这个小点，和围绕它旋转的八个素数，代表着球体的顶端？因为不管什么文字，总要有一个开头才好阅读啊。"

"有道理，它们可能在提示我们该用什么顺序来阅读这个球体。"身边几个研究员也围过来，认真检查屏幕并开始热烈讨论。

"不如暂时设这里为球形的顶点吧。"

"是上顶点还是下顶点？或者表示别的方向？"

"都试一试。说不定表示底部顶点，因为它本身是在南极点附近发现的。"

"有道理！我马上去打几个电话喊人过来支援。"

"太惊人了。这让我想到了阿雷西博信息。必须尽快解开球体上的密码。"

"这下北京那边要有的忙了。我们也得抓紧，免得被人抢先！"

……

热闹的场面在研究所里持续了好些天。卢慎借住在贾滨的休息室里，每天都看到有全国各地，甚至世界各国的专家学者来这里拜会。在这种场合下，他显然不适合出面，于是每天都特意避开人群，在图书室或研究室外闲逛，或者在休息室里用电脑做着自己专业的课题。

每天晚上，他与贾滨都一起吃饭，贾滨会向他透露一些最新研究进展。两个礼拜之后，研究所里不少人都去了北京，因为计划有了变动，那颗球体返回国内后将直接被运往北京。贾滨自然也要跟着过去。

在临近春运的一天上午，贾滨收拾好行装，请卢慎在某个西餐厅吃了最后一顿饭。这顿饭吃完，他就要坐飞机去北京加入专项小组了。

"非常抱歉，尽管我多次申请，可他们还是不肯批准你一起去。对不起。"他很诚挚地向卢慎表达歉意。

"真的没关系，你已经道歉太多次了。我压根帮不上忙啊。只希望最后结果出来以后，你能告诉我一声就好了。"

"这没问题。到时候我们微信联络。这违反保密规则，按道理在调查期间，我们是不可以与外界联络的。但我想你是靠得住的。"

卢慎百无聊赖地挑动盘子里的意大利面，说道："今晚我也回学校去了。讲实话，我宁愿自己不知道这么多。我这等碌碌无为的人，手里做的这些庸常琐事，跟发现外星遗迹这种事情比起来，简直低微无聊得要死。现在我真觉得自己的人生实在是无聊透顶。"

"别这么说。谁的一生不是这样度过的？"

"你，还有你那些同僚，就不一样……"

两人聊了很久，之后终究还是分别了。

当夜，卢慎坐高铁回到了自己的城市，等待贾滨发来关于那个球体的更多秘密。

这一等，就是大半年。

6

九月里湿润多雨的一天，卢慎在食堂吃午饭时，突然接到贾滨发来的一段简短微信语音。

"马上进你的邮箱，看我给你发的邮件，看完就删掉！"

好几个月下来，当卢慎几乎都要忘了这回事的时候，没想到高中同学还是遵守了约定。他快速返回宿舍打开邮箱，看到里面有贾滨发来的一份文档，中间只有文字没有图片，内容是一些对球体的简单分析结论。

看完文档后，卢慎不禁感叹：若不是这些顶尖科研工作者，光凭他自己恐怕到死也想不到球体上那些符号究竟有什么含义。

文档提到，北京的研究小组使用显微镜观察了每一个字符，发现字符都是用纳米级别尺寸的针状工具戳出来的、极其微小的凹陷图案组成。凹陷的种类共有四种，每一种与另一种之间有固定的对应关系，如A对应B、B对应A、C对应D、D对应C，共计四种对应关系。而A对应C、B对应D的组合从未出现过。这四种对应关系组成了球体上几乎所有的"字符"。经过数个月的测算，最终统计结果显示，这些组合共计有三十亿个左右，庞大的信息以不平均的方式被分配进共计314159个字符内。

看到这里时，卢慎仍不得要领，直至他看见贾滨在后面写下的一句话："这很难不让人联想起人类DNA碱基对的构成模式和数量尺度。"

文档中还提到：虽然球体缺损，但由于表面符号保留完整，因此研究小组已成功将所有符号录入计算机，并将符号中四种不同的凹陷图案以DNA碱基对的四种成分，即两种嘌呤和两种嘧啶依次代替，很快就换算出它们各自对应的是哪一种成分。现在，相关数据已经传给了中山大学、无锡超级计算中心等国内单位，正在运用超级计算机进行数据换算，部分数据已经得出结果，但由于保密程度极高，贾滨根本无法接触得到。

文档结尾处，贾滨写下这样一段话："球体的来源仍不清楚，它所记载的遗传信息究竟来自哪种生命形式也暂时未知，但相信不久之后，科研人员就将彻底复原球体记载下的生命形态。这其中究竟是福是祸，究竟该不该复原，虽然仍需存疑，但研究工作会继续前进，不可能停止。希望前方有好运。"

看完文档，卢慎犹豫良久，还是将其删除，然后瘫坐在椅子上感慨不已。

他由衷羡慕贾滨可以投身于如此伟大的科研工作之中。

三天后，贾滨又发来微信，说自己即刻就要出发前往南极。昆仑站的科考人员在挖掘球体的位置附近有了新的重大发现，据信与球体有关。微信很简短，他也没说具体发现了什么。

卢慎猜测，这次科考的保密程度一定也是极高，问也问不出什么来，于是便没有回应对方。

这一决定将令他后悔终生。

因为半个多月以后，他接到了一个来自北京的长途电话。

贾滨参加的科考队出事了。

"我们知道贾滨在临走时给你发过邮件。你现在哪里都别去，我们的人今天会来找你。"对方语气冷硬，说完就挂了电话。

惴惴不安地等待了几个小时后，当天夜里，几辆轿车停在学校宿舍楼下。几个身穿西装的人走进宿舍，向卢慎亮明了安全部门的证件。

"跟我们走吧。关于贾滨的事情，需要你配合我们调查。"

卢慎点点头，站起身来，开始收拾东西。

心里有个声音告诉他，这个故事还没结束，而是才刚刚开始。


## 7


为了贾滨的事，卢慎在有关部门的一个招待宾馆里被询问了整整一天，到后来，不仅他自己感到厌倦，连那些警察和安全机关的工作人员都不耐烦了，因为卢慎所知的情报相当有限，除了有关发现那个球体的过程之外，有关部门无法获得任何新的信息。最终，在对卢慎进行了例行公事的道歉并请吃了一顿便饭后，公安机关允许他回去了。

一天一宿没睡觉的卢慎回到宿舍，丝毫没有困意。躺在宿舍床上，一闭上眼睛，那些令人困惑的情报便总会在他脑中反复不停地放映。

惊慌和担忧自然不假，另一方面，他对贾滨及其同事的遭遇，也感到极度强烈的愧疚。他一直在试图劝解自己，可是一直没能做到。最后，只能任由负罪感在心中蔓延开来。

贾滨和他的考察队，在进驻昆仑站一周后，彻底与总部失联。

此次前往南极，贾滨团队的行动计划比刚开始大大提前，几乎是在南半球刚刚准备进入夏季时就已出发。他们希望利用尽可能多的时间，在昆仑站内展开对那个奇特球体的近距离调查。

任务团队阵容强大，除了大批物资和科研器材外，团队内拥有共计二十二名队员，从上海港出发后直奔往南。在澳大利亚西海岸的佩斯补充完物资后，他们以最快速度到达南极中山站，再利用当地装备的三架固定翼飞机直飞处于南极大陆腹地的昆仑站。一路上，他们持续与上海总部保持着卫星通信。抵达昆仑站后，贾滨团队利用当地的通信设备与总部进行了简短的联络，报告自己平安抵达。

自此之后，联络就断了。

总部再没有收到过来自他们的任何消息。

人们自然非常疑惑。因为算上原先在昆仑站执勤的五人留守团队，当时在那里总共有多达二十七人。即使遇到暴风雪也好，遭遇通信系统故障也罢，无论如何也不可能出现长达一个月之久的失联。何况气象卫星早有预报，那段时间内昆仑站一带天气状况良好，并没有十分漫长而猛烈的暴风雪气候出现。

距离实在太遥远了。倘若昆仑站从内部拒绝与总部的联络，那么当地发生的任何事件，总部都无法得知。昆仑站对总部那些人来说，已经彻底成为一个"黑箱"。

应急预案当然是有的。从安全部门那些人口中，卢慎了解到，昆仑站内装有一套完善监控系统——站内共设有一百多个监控摄影机，每隔一周，一套自动运行的系统就会通过量子保密通信卫星往上海指挥部传送录影记录；即使通信中断，通过该系统，总部也可以定期通过监控录像探明事实真相。

然而令人诧异和忧心的是，自贾滨团队到达昆仑站后，这些记录就再没有被传送回来。


# 8

"这帮科学家一点安全意识都没有，真蠢。"

在招待宾馆的客房中，侦查人员毫不掩饰焦虑和暴躁之情，叼着香烟当着卢慎的面大骂科考团队："这么重要的系统，居然可以让他们自己关闭？"

"你是说，如果昆仑站里的人想要关掉监控系统的话，也没人阻止得了他们？"

"对，他们自己想关就可以关掉，他们自己就有权限。一点安全敏感度都没有，还搞科学呢。"相关部门的人员向卢慎抱怨道。

抵达昆仑站的当天，贾滨他们就将那套监控系统切断了。失联发生后，总部曾经尝试向昆仑站发送检测信号。返回信号证明，整套系统都已被从昆仑站内部关闭，监控系统的硬盘也被破坏了，无法读取。

"如果有人想在那地方乱搞什么，指挥部也一点办法没有，找我们又有什么用？我们又去不了南极。"

主管调查的安全部门负责人坐在宾馆沙发上，一根根抽着烟，朝卢慎发牢骚。

失联发生后不久，总部正式确定了贾滨团队遭遇到紧急情况，很自然地想到要派人前往当地展开搜救。但是，从组建团队到规划路线，都需要经过一系列复杂程序，即便搜救计划迅速做好，如果资金和设备批不下来，那还是无法成行；另一方面，光是等待上级主管部门的批准就需要花费大量的时间。

何况这一回，情况还尤其特殊，除了人员和经费的问题外，搜救团队的指挥权分配问题和行动的保密问题也进一步耽误了时间表的安排——究竟这次搜救是由科考领导小组负责指挥，还是由安全部门指挥？又或者，让驻扎在南半球某港口内的海军前去支援？另外，科学界中一些可疑的国外情报搜集分子恐怕也在蠢蠢欲动，说不定他们已经察觉到了什么风声。切不可轻举妄动。

凡此种种，复杂的问题引发出更多更复杂的情况，千头万绪，让人头痛欲裂，也就使搜救计划至今未获批复。

与此同时，在遥远的地球另一端的寒冷大陆上，某种神秘的事件仍在持续发生，无人可以阻止。

"我们也是走个程序，本来也没指望在你身上得到什么。"临走前的那顿饭局上，安全部门负责人对卢慎诉苦，"搜救计划也不知猴年马月才能批下来。"

"你们就真的一点办法没有了？这可是南极，人命关天啊。"卢慎问。

"非常状况，只能使用非常手段了。明天就会有部队的人过来跟我们谈，他们打算直接派军舰过去。但这也需要时间。还有一个稍微靠谱点的办法。"

"是什么？"

"让别的科研站的人先去调查一遍。中山站的人早就跟他们总部发了几百遍的搜救请求了，上面一直没有回音，所以他们也不敢擅自过去。"

后面的事，谁都无法预料。究竟怎么去搜救，派谁去救，中山站的人过去后又会出现什么状况，无人能知。

卢慎现在所能知道的，就是这件事极有可能与那个球体相关。

　　　　　　　　　　　　　　　　　　　异　变

神秘球体的发现，是整个事件中最"异常"的部分。异常事件必然有一个异常的原因，卢慎唯一能想到的"异常"部分，便只有那个球体了。

按照贾滨那封电子邮件的说法，那球体的表面雕刻记载有某种人类遗传学信息，遗传信息的来源和雕刻的目的均不明。或许现在，国内那几台超级计算机已经完成了对那些信息的测算，相信在测算结果中，一定包含有球体制作者的情报。可即便有什么结果出来，卢慎也绝没有可能了解到相关的事实。

卢慎只是一个普通的文科博士，与此次科研任务本身没有任何关系，大部分人都不曾知道贾滨团队是受到他的启发才有了进展的。安全部门的人倒是知道，可他们在卢慎面前从未提及贾滨临走前发来的那封邮件。

遥远的南极大陆上，发生了某种真相不明的事件，事件的核心人物，与卢慎之间有一个隐秘不可告人的联系。

卢慎在宿舍里躺了整整一上午，心中反复不断涌出的想法是：如果不是自己那些所谓"建议"的话，或许贾滨他们不会遭遇到这次不测。

"要是没有同学聚会那天的偶遇，说不定一切都不会发生。至少，失联的很可能只有那些当时在南极的人。要是他们没去南极就好了……"

那个不祥的球体，此时应该被存放在北京的某个研究机构里，常人根本无法得见。远在南极，遭遇到未知事件的贾滨他们，也尚无人可以接近。这桩事件的真相，很可能卢慎一辈子也无从得知了。

从一开始，这次科研调查与卢慎就没有关系。他只能继续做一个"局外人"。不过，一些本不该知道的事情又确实被他所了解，这令他感觉非常荒诞。

惴惴不安的心情使他头脑晕眩，在午后阳光开始照射进宿舍的时候，他终于支撑不住，一头昏睡过去。

# 9

十一长假，卢慎没有回家，而是独自一人待在学校，完成自己手上的一些科研任务和论文的写作。

不知为何，这个长假里，他发现自己工作效率极高，每天除了睡觉与吃饭，剩余时间里他几乎全都扑在电脑前，奋力进行工作，仿佛这样就可以让自己更加安心。似乎，当有繁重的任务填满他大脑一切思维后，他便不会再对某些别的事情感到不安和担惊受怕。他知道自己这个状态不正常，却无法抑制地连续七天繁重劳动，直至身体渐渐疲惫不堪。

长假结束前，卢慎以前所未有的快速，完成了手头的全部工作。假期最后一天，他一直沉睡到快吃午饭时才醒来。那一天，全城大雨。

在食堂糊弄完午饭之后，卢慎接到一通电话。

这号码他认识，手机里有存留，是那位安全部门负责人打来的。对方让他在宿舍楼门口去寻找一辆黑色轿车。

撑伞抵达宿舍楼，卢慎远远就认出那辆车来——就是上个月，将他带走询问的同一辆车。

卢慎心中明白：该发生的总会发生。

不但是同样的车，甚至连目的地都一样。他被带往之前就居住过的那家招待宾馆。接待他的仍是那位安全部门负责人。

"不好意思卢先生，又要麻烦你了。我们掌握到一些新情况，是关于贾滨的。"

看这语气和脸色，卢慎心中暗想，肯定是邮件的事情暴露了。

进了客房后，负责人拿出几张打印纸给他，上面的内容证实了他的猜测：贾滨临行前不久发给卢慎的那封秘密电邮的内容，全都印刷在纸上。

"多亏我们后来把调查重心转移到他身上，事情一下子变顺利多

异　变

了。他给你的这篇邮件，你看过的吧。"

卢慎点头回应。

"那你当初为什么不告诉我们？"安全部门负责人面无表情地问他。

卢慎解释，当初这封邮件是对方主动给自己发来的，虽然看过，但大部分内容很专业，很深奥，自己也看不明白；同时自己也很清楚，这已经涉嫌泄密，因此当场看完就删了。

"你觉得像我们单位的那些人，会找不到一封删掉的邮件吗？"

卢慎摇头，无言以对。

负责人叹口气，从客房电水壶里倒出两杯刚烧开的热水，拿了一杯给卢慎，同时递给他一根烟。

"说实话，我们并没有责怪你的意思。这事情你确实没有责任，只不过你知道了很多原本不该知道的事，错不在你。请谅解一下——我们也很头痛啊。年纪轻轻就去干了警察，一干就是半辈子，没什么文化。这封信里说的这什么'DNA'那什么'纳米'的，我们这些人根本是一窍不通。"

"其实我也一样。"卢慎心想。

虽然大体知道DNA碱基对是个什么东西，但再往上的专业范畴，他就和负责人一样，属于一问三不知了。

"这封邮件其实没多大用，因为相关的结果，北京那边的科学院研究小组早就搞出来了，连论文报告都写了好几篇，也不算什么太机密的东西。不过要说有用嘛，也是有用的……"

负责人用烟头对准卢慎的脸，指了指："这说明贾滨和你的关系非常密切。他的很多事情都愿意向你谈。这就对我们办案子有利了，希望你能理解。"

"案子？"

疑虑的表情出现在卢慎脸上。他怀疑自己是否听错了，或者多心了。按对方这种语气，难道他们把贾滨视为"犯罪嫌疑人"一类的人了？

"贾滨怎么了？你们在查他？"

"没错，小伙子，我们确实在查他。这件事已经不单纯是失联事故，而已经是案件了。"负责人边说边从拎包里往外掏什么东西。

一直坐在旁边的另一位安全部门年轻人忍不住说道："梁队长，这不合适吧？他能看吗？"

被称作梁队长的那个负责人朝对方白了一眼："怎么不能？人家协助调查，不给看还调查个屁？你别管，这事我做主。"说罢，递给卢慎一封厚厚的文件袋。

"前两天，中山站的科考队员总算抵达昆仑站了。你看看他们都在那里发现了什么东西。"

极为不祥的预感笼罩在卢慎的脑顶，令他感到头皮一阵酥麻。

不会是什么好事。

他想到大半年前也发生过类似的一幕：狭小的快餐店里，贾滨就是这么递给自己一包厚厚的材料，里面全都是些原本自己不该看到的东西。

这次也是一样。与自己无关的东西，不应该由自己见到的东西，又一次出现了。

文件袋里是几十张彩色打印出来的照片。来回浏览一多半后，卢慎猜测出来，这些照片都是在昆仑站室内拍摄的。

根据一旁的梁队长的解说，这些照片前几天由中山站的搜救人员拍摄，他们一到现场就展开搜救和调查，同时拍下大量的数码记录照片，并经由安装有卫星通信天线的极地科考飞机，从现场直接发送给总部。

但在卢慎眼前的这些照片，与其说是记录照片，倒不如说是刑侦现场照片更合适。

强忍惊骇和恐惧看完所有照片后，卢慎发现这位梁队长说得没错，这桩事件已经成为一起案件。

包括贾滨团队和原本驻守的队员，共计二十七名科考人员，经照片显示，在搜救队员抵达昆仑站时，已经全部死亡。他们的尸体在站内被尽数发现。

每一名死者都配有数张尸体照片，照片边缘都贴有不干胶标签纸，上面写着死者的一些相关信息。

随这堆充斥血腥画面的照片附上的，还有几张钉在一起的纸，像是附件文档。

卢慎颤抖着拿起它，朝梁队长看去。他并未反对，冲卢慎点点头，示意可尽情阅读。同时，另一位年轻调查人员此时已将头扭过去，望着一片漆黑的客房电视机屏幕一动不动，大口地吸着烟。

## 10

附件文档的纸张上印有成排的文字，内容与照片上那些标签纸几乎差不多，归纳打印出来后更加便于阅读；阅读者可不必为了统计信息而再次重温那些惨不忍睹的画面，几乎可称得上是一种"体贴"。

附件上的文字内容记载如下：

**死者姓名　年龄　身份　性别　尸体发现地点　死亡原因**

王佳翔　42　队长　男　站长办公室　头部碎裂

陈试鸣　37　副队长　男　公共浴室　颈部受压迫导致窒息（尸体损毁）

王国防　54　工程组长　男　宿舍3号　房颈部大动脉损伤导致大出血

杨　蓬　29　工程助理　女　食堂　头部遭到重击致死

林　光　31　工程助理　男　机房维修间　头部遭切除，
　　　　　　　颈部动脉出血（尸体损毁）

程　梦　40　后勤组长　女　1号仓库　头部遭到重击致死

刘　留　35　后勤助理　女　女厕所　溺水窒息死亡

刘　锋　40　飞行员　男　男厕所　下体遭咬断导致大出
　　　　　　　血（尸体损毁）

李英杰　34　飞行员　男　公共浴室　突发性心肌梗死

白虹芳　27　飞行员　女　"雪翼6号"　机舱内头部与
　　　　　　　地面多次撞击致死

丁　霓　28　飞行员　女　"雪翼6号"　停机坪腹部大
　　　　　　　动脉遭利器割破出血

崔贺之　35　生物组长　男　生物研究室　头部遭多发5.6
　　　　　　　毫米步枪弹击中死亡

董希琼　24　生物助理　女　生物实验室　心脏遭一发5.6
　　　　　　　毫米步枪弹击中死亡

林玄武　37　生物助理　男　宿舍2号房　颈部受压迫导
　　　　　　　致窒息（尸体损毁）

费小缇　43　化学组长　女　3号仓库附近雪地　氢氟酸中
　　　　　　　毒死亡

孙　姬　25　化学助理　女　女厕所　利器破坏脑部，昏
　　　　　　　迷后溺水窒息

姚森理　26　化学助理　男　宿舍6号房　头部遭多发步
　　　　　　　枪弹击中死亡

米守建　41　勘探组长　男　站长办公室　头部遭一发手
　　　　　　　枪弹近距离击中死亡

贾　滨　28　勘探助理　男　站长办公室　头部遭一发手
　　　　　　　枪弹近距离击中死亡（自杀）

方蒙蒙　23　勘探助理　女　站长办公室　头部遭一发手

枪弹近距离击中死亡

朱楚文　23　勘探助理　男　宿舍6号房　头部遭多发步
枪弹击中死亡

黄东方　40　勘探助理　男　办公楼楼梯间　高处坠落,
脑部遭到重击致死

周枫涛　39　值班长　男　宿舍7号房　大腿动脉遭切断
导致大出血（尸体损毁）

佟　欢　29　设备组长　男　宿舍9号房　利器插入脑部
致死（尸体损毁）

蔡　帆　33　通信组长　女　宿舍9号房　头部遭到重击
致死

孔岸伟　30　交通组长　男　车库附近雪地　遭雪地车撞
击后昏迷,体温过低致死

徐　茜　26　后勤组长　女　车库附近雪地　遭雪地车撞
击碾压致死


成堆充满浓重血腥味和死亡气息的印刷字,令卢慎头昏脑涨。看到后来,他眼前的景象几乎已经模糊成一团,视线只是机械性地在纸上来回扫视。当然这并不能怪他,如果不是专职办案的警察,相信绝大部分人都无法忍受这份长长的名单。

不过尽管已经头晕目眩,但有一个事实已在卢慎心中牢牢扎根。

绝对是出了什么重大事变。这二十几名精英科考队员,在昆仑站内集体被害,这绝对是某种力量有预谋地制造出来的。

"对了,老贾的名字在哪儿?"

刚刚放下那几张纸,突然间,卢慎意识到自己仿佛没注意到贾滨的死因。

他赶忙重新从桌上拿回纸张,快速浏览纸页左侧的姓名一栏,最后在第二页纸上发现了贾滨的字样。

"尸体发现于站长办公室，头部遭一发手枪弹近距离击中死亡……"

自杀？

他面露疑惑，将第二页递给梁队长。

"这括号里的'自杀'是什么意思？"

"意思是他自己用手枪自尽。"梁队长回答他，"搜救队发现他尸体时，他手里拿着科考队专用的野外求生手枪，和他们勘探组另外三个同事躺在一起。——这么说来，你也发现贾滨的情况和其他人都不一样了吧？"

如果能够以理智冷静的心态重新仔细阅读一遍名单，那么就可以清楚地发现，只有贾滨一人被认定为自杀。纵观全表，相当多的科考人员死因怪异而残忍，其中很多人尸体都被严重损毁，相比之下，贾滨的自杀就显得格外奇怪了。

卢慎马上意识到眼前这些调查人员在想什么。

"你们怀疑，人都是贾滨杀的，他把所有人都杀光，最后自己开枪自尽？"

"这个确实是一种可能性。但我们并不能光凭这些照片就确定。中山站的那些搜救人员是科学专家，但不懂刑侦，现场勘察不出什么结果来，而我们短时间之内又去不了南极。不过，那确实是可能性最高的一种假设。"

"我不相信。"

"没人想要相信这种事情。不过至少搜救队在现场已经基本确定，有两个死在他身边的队员，叫什么来着的……我看看……"梁队长拿过名单看了一眼，"米守建和方蒙蒙，都是他杀的。他照头开枪打死这两人，然后自杀。虽然我们不在现场，但是光看照片也足以确认，不信，你也来看看？"

他把那两名死者的尸体照片从照片堆里翻出来递给卢慎。

卢慎转过脸，挥手拒绝。实在无法忍受再看一次那些照片的

　　　　　　　　　　　　　　　异 变

体验。

梁队长将所有的资料塞回文件袋，慢慢将袋子封口的棉线缠好，然后掏出一根香烟递给卢慎。

"小卢同志，我们没有别的意思，也不是非要怀疑你的朋友，但是现在事实情况就是这样。我们需要你给我们说实话，否则这桩案子很难收场，你的朋友也很难死得清白。唉，其实我们也很难办。"

他给自己点上烟，走到客房床头，一屁股斜躺到床上，头靠在墙上。

"——老要我们限期破案，结果案发现场距离十万八千里，又不让我们去，他妈的破个屁？那帮搞科研的也老不给我们说实话，什么都遮遮掩掩。我告诉你小卢，这次他们搞的这个科考行动本身，就他妈的全是疑点。"

梁队长说得激动起来，重又跳下床，背着手在卢慎面前踱来踱去，大声说道："都说是去研究那个大球，可明明那玩意儿早就运回国内了，这边贾滨他们出动二十几个人、三架飞机，又跑过去，研究个'球'啊？——小卢，你还记得贾滨临走前给你发的那些微信吧？"

卢慎记得。当初头几次被梁队长他们询问时，这些微信就已经被他翻出来看了很多遍。

当时贾滨曾说，昆仑站那里又有了新的重大发现，所以他必须赶过去。

什么是"新的重大发现"呢？除了那个球状物体之外，昆仑站的人在那里究竟还发现了些什么？

"他们发现的东西到底是什么？到底在哪儿？没有一个人说得出来。跟着那个石头球一起回国的那些队员也说不知道，说是那五个驻守执勤的人后来发现的。现在好了，那五个人死光了，贾滨他们过去之后也死光了，监控也坏了，全他妈死无对证。"

"中山站过去的那些搜救队员没发现什么吗？监控系统他们也调不出来？"

"我问过总部，都说调不出来，还认真其事给我开了一份说明文件，满纸科学名词，我们根本看不懂。现在搜救队还在昆仑站待着，一天只能跟我们通信两次，上一次通信的成果就是你刚才看的那些东西。我让他们找找有没有什么别的异常，至今还没回答我。——现在几点了？"

梁队长问同行的小伙子。小伙子看过手表，确认距离下一次与当地搜救队的通信约定时间还有八个多小时。

"你们真的就没办法去现场调查吗？"卢慎问梁队长。

对方用一脸愁苦的表情回应他。

"我们要能去，搞不好现在案子就已经破了，问题是去不了，领导不批。后来又跟我们扯什么《南极公约》，说我们在昆仑站没有执法权，简直荒唐！国家盖的房子，国家的人死在那里，国家的警察居然过不去，这什么道理？总不能打电话给联合国秘书长，让他老人家派维和部队过去查案子吧。"

说到累处，梁队长咳嗽好几声，喝下几大口热水。随后他对卢慎低声说："我们现在真是彻底被动，走投无路了。所有人都在跟我们打哈哈，敷衍了事，隐瞒情况。小卢同学，我看现在也只有你能帮上我们的忙。"

"我帮你们？我不太明白。"

"我们想请你在后面几天里，陪我们一起与昆仑站进行联系。相关的程序你不用担心，有我在，那些搞科学的人不敢阻挠你。论科学原理，我们这边只有你最厉害了，你是什么学历，我们什么学历？这事儿没你可不成！"

卢慎感到愕然，同时对梁队长的无知也感到可笑：自己是博士后不假，可研究方向与南极科考是风马牛不相及，又不是说学历高了就什么都知道。但他也能理解对方的苦衷。

与此同时，此刻的他已经深深感到，自己已被彻底卷入这桩事件中，想要脱身已没有可能。

一段时间以来，被他视作身边唯一能理解自己的人，那个让他羡慕不已的科学家，唯一说得上话的朋友，贾滨，已经在南极死于非命。他必须知道为什么会发生这样的事。

"可以。你们打算在哪儿通信？我们要去上海？"

"不用。就在市中心的省安全厅办公大楼里，我们已经跟上海和南极那边建了一条三方通信线路，这几天的联系都是这么实现的。"

"好吧，不过我手头还有些工作要做完。"

"这个好说，小卢同志，你有什么东西需要，我们马上出发去你宿舍，全部搬到安全厅。那里有我们自己人的宾馆，一切安全，四星级标准，我安排你住最高级的商务套房，一切生活起居都不用你烦心，全部替你搞好。我们只需要麻烦你每天与他们通信的时候到场，事后再和我们内部讨论就行。对你正当的生活工作造成的一切损失，只要在我职权之内，全都会给予你相应补偿，都是一句话的事儿。"

事已至此，卢慎感到，自己已经没有任何退路了。

他点头同意了。


## 11


两个小时后，卢慎已经住进了宽敞明亮的省安全厅宾馆套房。稍晚些时候，梁队长带着手下来到卢慎房间，同时带来成箱的有关调查资料。

这些资料令卢慎头痛不已：全都是些极其专业的科考勘探资料和物理、化学、生物方面的分析报告及相关论文。他估计，这些资料即使让专业学生来研读，至少也要花三四天，更别说他这个门外汉要从中搜罗到什么"破案线索"了。

"不用慌，你先随便翻翻再说。"房间里，梁队长让他尽管宽心，"别想太多，了解了解即可。让那帮人知道我们这边也不是好糊弄的就行。何况以我的经验，有些事情还是旁观者清，说不定你还真能从里面找到什么突破口。干了半辈子警察，我这方面直觉灵着呢。"

卢慎也希望如此。但一开始并不顺利。

当晚10点30分，与昆仑站的卫星通信开始了，卢慎在大批安全部门人员的陪同下，于安全厅办公楼内某间会议室参与了视频连线。

整个连线期间，卢慎几乎没能说得上话。安全部门、指挥部、现场搜救队、上级主管部门多方人员，光就如何处理那些遇害者遗体就争执了许久：搜救队希望能尽早将遗体集中到仓库或车库中，利用当地零下四十到零下五十摄氏度的极低气温，遗体可以相对完好地得到保存，同时也能空出一些站内空间供搜救队员休息；指挥部方面也倾向于同意他们。

以梁队长为首的安全部门则表示抗议，要求"案发现场"不可移动一丝一毫，以便查明真相。搜救队员对此表示严重不满，称如果连站内宿舍都空不出来，队员们根本无法休息，只能睡在狭小寒冷的飞机机舱中，甚至威胁说要提前撤离昆仑站，结束搜救。

几方争执不下，上级部门一时也拿不定主意，最后只能说"再开会讨论看看"。

关于那个所谓的"重大发现"，搜救队称也没有发现任何进展。他们一到现场，就将每一处实验室和仓库都检查过一遍。除了被害者的遗体之外，站内并没有发现任何类似矿物标本、文物遗迹，乃至生物标本之类的东西。

这种说辞令梁队长大为光火。

"照你们这么说，当时那五个人什么也没发现，就让你们带着二十二个人，开三架飞机，转五趟轮船，浪费几百万国家公款从上海跑去南极旅游了一趟？你们糊弄小孩子呢？他们肯定是发现了什么才对。"

"可是当时值班组并没有说具体是什么东西，仅仅只说找到了'有关不明球体的另一项文物'，这你们大家早就已经获悉了才对。再说，即便当时什么都没发现，但第二批科考队也早有计划要前去增援，这方案是上级部门早就制订了的，也不算浪费公款。"科考指挥部方面反驳道。

此事只好暂且搁置争议。

至于安全部门一直在督促搜救队的、有关恢复案发时站内监控资料的问题，从搜救队那里得到的回答依然是：做不到。

迄今为止，所有监控影像资料全部结束在贾滨他们抵达昆仑站后的当晚聚餐中途，此后监控系统不知被谁从站内关闭了。事后，卢慎从安全部门那了解到了关于这问题的一些调查结果：根据搜救队的初步调查，有人在户外将监控系统的主控电缆用切割锯给砍断了，而当时在站内的所有二十七名科考人员，每个人都有嫌疑；视频画面中断前的最后时刻，出现在画面中的有二十三人，剩下四人破坏系统的可能性最大，但这也不能说明她们嫌疑更大，因为她们都是女性队员，且都有正当理由不参加聚餐。

"会不会是外来者？"连线会议上，有调查人员再次提出这种可能性。

梁队长重申，当时户外气温极低，除了那些队员外，不会有别人出现在现场附近。观测卫星也没有发现附近一带户外有异常情况。

散会后，卢慎问梁队长，是否能从杀人动机上着手。梁队长回答他："我们查过，没有任何证据显示谁会有什么作案动机。查不出来的地方，各种猜测都有，但全都只是猜测，找不到证据，也不作数的。"

看来，能够调查的一切方方面面都已被调查过了。卢慎不知道自己能起到什么作用。

# 12

在第二天的连线中，各方讨论依旧没有摆脱僵持局面。众人争执不休的同时，一直没说话的卢慎坐在梁队长身边，反复翻看一本昆仑站的设施配备手册。

前一晚，卢慎在客房内又对那箱材料翻阅了很久，最后发现这本设施手册最厚，内容也最丰富。与其他那些专业论文不同，这本报告几乎可说是一本关于昆仑站的"说明书"。

根据卢慎多年来对文字和语言文化的理解，所谓的"说明书"，即是对一个事物的纯文字描述，假如足够翔实可靠的话，即使不在昆仑站现场，通过这本手册，也可以做到"身临其境"。现在，搜救队和安全部门仍在就监控录像的问题不断扯皮，卢慎捧着手册，再次从目录页开始翻阅，希望从中搜出相关的一些信息，哪怕一些可疑的片段也可以。

"监控昆仑站的手段，难道就只有监视探头一种选项吗？"

他抱着疑问，重新一句一句阅读手册目录。

很快，在"检测系统总目"一栏中，他感到自己似乎真的发现了什么。

有一则奇特的系统条目，卢慎之前一直没有细看，也没听人说起过——一个名叫"站内环境数据采集"的条目。

根据手册中的记载内容，这套系统由数十个环境传感器构成一套数据网络，可以实时将监控数据传入主服务器，用以收集站内基本环境数据情况，以便日后分析。系统架构比较简单，不占用什么资源，昆仑站的机房中有一台服务器，硬盘被专门划拨出500GB的空间用来存储这些数据，并且定期循环覆盖旧数据。

"说不定那里还留着之前的数据。"卢慎如此想着。

趁大家都暂停休息的空当，卢慎对搜救队提出，想要查看这个

异 变

系统是否仍在持续运作。

搜救队方面一开始有些奇怪，但很快就从通信室旁的机房传来消息，称该系统运作良好，往前推大半年的数据都保存完好。卢慎马上请求对方将所有数据保存下来，并传送给国内。

"你要这些做什么?"梁队长对他耳语。

"我现在也不清楚，只能说可能有用吧。"

"那行，既然你这博士生都这么说，那我信你。"

卢慎不想骗谁，他的确不知道那些数据能有什么用，他自己只是个文科生，知道自己肯定是看不懂那些数据资料……

……但是数据自身也是一种"语言"。这是一种信息。如果把昆仑站看作一个人，那么这些数据就是"它"说出的话。

也只能死马当活马医了。

连线结束后大约两个小时，站内环境数据被打印出厚厚一叠纸，由安全部门的人送进卢慎的房间。

梁队长与卢慎一起检视了这堆印刷纸，很快两个人都陷入颓丧之中——不出意料之外，满纸都是成堆的表格和数据，虽然根据日期做了分隔，但每种条目和条目下方的数据，它们所包含的意义都不可能由两个外行人解读出来。卢慎估计，即使让看得懂的专家来分析，也得花一两天。

看到深夜，梁队长实在撑不住，先回自己办公室睡觉去了。卢慎看到凌晨两点多，直看得眼睛胀痛，也完全理不清头绪。

他甚至都不明白每一列最顶端用中文显示出的那些条目名称是什么意思。这令他万分沮丧。

昆仑站的监控系统确实说话了，但是卢慎发现自己读不懂。

# 13

天亮之后，又一次连线开始了。与前几次不同，今天的连线里，搜救队和指挥部方面一改颓丧姿态，显得十分积极——他们对安全部门表现出了非常坚定的态度，要求立即结束搜救，搜救队必须马上返回中山站。

他们的理由是：搜救队携带的物资已接近告罄，而昆仑站内的物资出于"破案要求"又不能动用，所以为了队员们的生命安全，必须尽快返回。

指挥部方面同意现场的意见。"中山站那里人手早就不够用了，上一班回国的船带走了好几人，下一班船四天后抵达，到时候又得走掉一拨。搜救队不回家不行了。这几天，中山站的补给全靠附近俄罗斯和澳大利亚基地的支援，但现在人家自己的物资也快用光了，有钱也买不到东西。必须尽快结束这一切。"

梁队长对他们这番态度极为不满："什么？那些老外不是说好再帮我们撑两天吗？"

"前段时间澳大利亚和俄罗斯的船都来过一趟，接了好些老外回国，现在他们自己都快忙不过来了。"

搜救队长这时在连线中也坦承道："各位领导，恕我直言，我们现在留在昆仑站里也起不到任何建设性的作用。我们什么都干不了。而且实话实说，这段时间队员们的心理状态多少都有些问题，有几个年轻的好像受到刺激了，成天喊着要回家，什么工作都不肯干。这些难处确实明摆着。"

安全部门的人很头疼，但也明白他们说的都是事实。交头接耳商量了半天，领导们最终商量出的结果是：必须再开会讨论。最迟到今晚的连线时就可以正式做出搜救队撤离的决议。

指挥部和搜救队也只能接受这个意见。

"线索又断了。"午餐时，一脸颓唐的梁队长一口都吃不下去，"他们人一离开，那里发生的一切就彻底看不见摸不着了，连案发时间都不能确定了。"

"后面怎么办？"卢慎问，"这案子就不管了？"

"肯定要管，只能我们这边拼命朝上面打报告，让上面组队派人去把那些遗体运回国内，解剖，分析。可是有多大用处？……他们凭什么不让我们的人过去调查？不能亲眼看到犯罪现场，案子破起来感觉就不对。小卢你知道不，我以前就是刑警出身，我信这个。"

"您是信这个，就像科学家信科学一样。我看那些材料里说，现在对去南极的人都有严格要求，不能有某些疾病，不能携带违禁品，不能破坏当地环境，不能从事科考以外的其他行为，诸如此类。"

"是啊，他们科学家多厉害啊！"梁队长嚷嚷起来，"他们连远古时代外星人扔下来的石头蛋子上的密码都能破译，他们那么神，有本事把杀人凶手也找出来啊！有本事别出人命啊！有本事平平安安回国与家人团聚啊！"

卢慎觉得梁队长说得有理。但也诚如之前指挥部方面说的一样，现场搜救已经再没什么意义了。

他只恨自己没用。

毕竟是个外行书生，尽管当初协助贾滨他们破译出了球体的密码，可如今面对人命关天的案件，自己却什么忙都帮不上。

午睡时，迷迷糊糊躺在床上的卢慎，脑中有股莫名的思绪在来回旋转。

当初与贾滨重逢时的记忆正在浮现。

那个球体，球体上的那些记号，那个断面上的符号，那些像密码一样的文字……

"我也是刚刚看到你出门，才突然想到你是研究这方面的专家。语言符号嘛，都是相通的。"

贾滨曾对自己这么说过……

语言就是符号，符号就是信息。

而信息，总是来源于书写者想要传递出的某种"意念"。

符号创造者传递信息的"意志"……

卢慎睁开眼，拧开床头柜的阅读灯，从被窝里坐起身子，披上外套，然后下床直扑到写字桌前，重新拿起那叠"站内环境数据采集系统"的数据报告。

这一回，他先从那些监控项目的条目名称看起，告诉自己不要去管那些自己不理解之处，首先从可以理解的某个点开始。

以一个能够破解的点开始着手，进而推出整体含义。一切语言的翻译，本质就是"密码破译"！

多个条目在数据报告的顶头位置单独成一行：

|气流波动幅频|静压变速|电辐射波动记录|华氏气温值
|Ψ粒子浓度响应值|COFE调幅|空气振幅|

这一堆术语之中，卢慎感觉自己唯一能看懂的就是那个"华氏气温值"。该条目下方，列出了每日不同监控时段内，各个不同监控地点的温度变化。经过简单换算，他看出那些气温应该都指的是室内温度。

接下来要做的，就是在这些温度数据中，找到"异常"的部分。

卢慎从资料箱中找出两张没用的纸，一左一右遮挡住数据报告纸页的两侧，留下一条缝隙，只露出气温那一列，然后上下浏览。

从今年年初到现在为止的所有温度数据都需要看完，这将花费大量的时间，卢慎心想，如果在电脑中有个类似的数据库软件帮助统计，那么效率一定会很高，但是他目前只能靠自己。不会像在学校时一样，能找到研究生或者本科生帮自己输入数据进行分析；现在，只有靠自己一个人去寻找线索了。

他去套房的客厅柜子里找来烧水壶和速溶咖啡，打算今天晚上彻夜进行这项工作。

然而，出乎他意料的是，仅仅只花费了不到两个小时，"异常数据"就现身了。

# 14

距离晚间的连线会议开始还有不到五分钟时，卢慎拿着一沓纸出现在会议室内。梁队长与他打过招呼，让他坐到自己身边。

"跟你透露一下，今晚这次可能是最后一次连线了。他们打定主意要撤，我们实在没办法。"他小声对卢慎说。

会议开始后，搜救队长向多方领导汇报了搜救人员的撤离情况，表示返回的准备工作已经基本结束，在一些没有发现尸体的地方，他们收集了一些物资，准备一同带回中山站以供今后使用。

随后，指挥部方面宣布，正在展开下一批调查团队的组建工作，第二批调查团将尽快前往昆仑站，将遇难者遗体全部带回国内，组织人力进行解剖，然后安葬。

安全部门则汇报了一些安全保密方面的事项，诸如澳大利亚考察船已经归国，俄罗斯破冰科考船正在返回母港符拉迪沃斯托克的途中，以及这些外国人均对昆仑站内发生的事件毫不知情等细节。这些细节没什么实际价值，说出来仅只是为了让一些领导同志们安心。

卢慎看得出来，所有人都在准备收场，打算尽早结束这一切。

从未在会议上发过言的他，决定在此时开口。

"昆仑站内其他物资都再次检查过了吗？确定没有丢失什么东西？"

他询问的对象是搜救队长。这问题引起了在座各方的注意。

"你就是那个卢博士对吧，贾滨的朋友，帮他解开符号密码的那位?"搜救队长认出卢慎来。

"对，是我。有些冒昧，请您见谅。"

"没关系。要不是你，我们的研究进展也不会那么快。你说'丢失东西'是什么意思？"

卢慎不想与对方绕弯子，便拿起自己手上的那沓纸。

"昆仑站里统计出的这份数据报告，下午的时候我看了一遍。目前我怀疑，贾滨他们出事那天以后，车库里有一辆雪地车不见了。"

"等等小卢，你先等等，什么叫'出事那天'？你已经知道他们出事是哪天？"梁队长露出惊异的表情，冲卢慎问道。

卢慎解释说，根据那份站内环境监测数据，在今年9月26日之后，站内几乎每个检测区域内的环境数据都出现了不正常的变化：一直都在变动着的那些数据，突然变动幅度大大减小，之前的数据里从未出现过类似现象。

"我没有专业知识，可能理解有误，但是所谓'气流波动''华氏温度''空气振幅'，我猜是否指的是站内某些区域的空气流动、气温、空气振动？在26日之前，这三样数值每天都在以某种大体规律变化。"

卢慎扬起手里的表格，说道："比如在'队员宿舍'区域内，每天晚间时段的空气流动和气温都会比白昼时段变化更多，空气振动也越密集，变化时段与昆仑站手册里'夏季作息时间表'的时间划分几乎一致。而'食堂'和'厨房'区域，每天三餐时段里，三者的变化也很集中。"

"我不是负责环境检测这块的，但意思我大概能明白。"搜救队长回应他道，"你的意思是说，人员的活动会造成空气流动和气温变化？从原理上说，理当如此。"

"我也是这么想的。至于空气振动，可能就是声音。"

"对啊，声音不就来自空气的振动吗？"一直在线听着的指挥部代表，这时也恍然大悟，"真是怪哉，这套数据之前我们怎么没想到要去检查？"

卢慎看看梁队长，对方似懂非懂地也在点着头。

看来自己的猜测确实不错。

他产生出一些自信，继续说："9月26日之后，站内所有区域的这几类数据全都开始趋于平静，数据变动缓和下来，气温变化幅度很低，空气的流动和振动也趋于稳定。也就是说，从那天之后起，站内很可能就已经没有人员活动的迹象了。"

"没有人员活动"这几个字所指代的含义，在场的每个人都心照不宣。

所有人都沉默下来，直到梁队长在笔记簿上写完一些字后开口问他："那么小卢，你知不知道最后一次发现人员活动迹象是在什么地点？"

这个问题，在会议之前卢慎就想到了。他把纸页往后翻了翻，回答："应该是在车库。"

"什么？"梁队长惊叫道，"难道不是在贾滨自杀的地点？难道不是站长办公室？"

"不是。不过站长办公室内人员活动迹象的停止时间，紧临着车库那里的迹象停止时间，两者之间的间隔只有不到一个小时。站长办公室内没有人员活动之后不久，车库里的活动迹象就消失了。"

在梁队长脸上，卢慎看出了惊讶的神情。他明白，梁队长此时终于发现自己想错了。

并非是贾滨杀光了所有人之后再自尽，而是凶手另有其人。

"很好。你这个发现非常重要，非常有价值。"

梁队长说完，点上香烟大吸几口，随即命令手下的人去调查全部的环境检测数据，集中力量进行研究。

搜救队和指挥部方面也同意卢慎的这套假设，并没有提出任何异议。但紧接着，搜救队长又问他道："你刚刚问到雪地车的事，雪地车怎么了？"

"存放雪地车的车库，通常每隔几天就会有一次气流和气温的强烈变化，我猜可能是因为打开车库、驾驶雪地车造成的。而最后一次数据规律变动后，车库内的温度数据一直在快速降低，最后变成了接近零下五十摄氏度。空气流动和振动数字也异常高。"

"对，这我明白。我们刚到现场时就发现了，车库的门没有关闭。"搜救队长说完，沉默一会儿，自言自语起来，"难道有人驾驶雪地车离开了？有人逃出去了？"

"这应该不太可能。"梁队长说道，"从一开始你们就统计过车库里雪地车的数量，当时也没发现少了一辆啊？而且所有人都已经死亡，能有谁逃出去？"

"是的，我知道。原本昆仑站内有三辆车，我们过来的时候清点过，也还留有三辆，没少。其中一辆车停在车库门口位置，车前部有撞击受损的痕迹和血迹，死者当中有两人就是被它撞击的，这也没问题。只是，车库门如果没关，那就只有一种可能：有人离开了车库，再也没回来。可这不可能。——不行，我得先去车库那边再看看。"

搜救队长迅速离开连线电脑，前往车库那里。

十分钟后他返回摄像头前，一脸莫名的疑惑表情。

"怎么样？发现什么没有？"梁队长问他。其他人也屏气凝神，等待他回答。

"与我印象中的一样。"他回答，"车库门只能从车库内部开闭，从外面打不开，也关不上。"

卢慎马上翻阅自己带来的昆仑站手册，迅速找到车库管理规章那几页。手册中的文字正如搜救队长所说。

"但是这讲不通。"他摇摇头。

"没什么讲不通的，这很简单吧！"梁队长对大家说，"所有人员死亡之后，有个人从车库出去，从此再没有回来，那个人极有可能就是犯罪嫌疑人。这个人开一辆雪地车撞死两个人，然后下车跑了！"

搜救队长苦笑着说："梁队长，请您听我解释，不管那个嫌犯是外面来的，还是科考队内部的人，只要那人稍微有一点极地生活常识，都不会这么做。南极户外的天气极端恶劣，任何一个人如果没有交通工具，在户外徒步走不到一天都会必死无疑，要么冻死要么饿死，冻死的可能性更大。昆仑站身处南极腹地，想要徒步抵达任何其他的科考基地都是绝对不可能的。况且在事件发生后，直到现在，这一带的风雪也没有停止过，就算当初有脚印，如今也看不见了，想追踪那个人的下落也做不到。"

"说不定，这个嫌疑人潜逃到外面之后自杀了？或者是失踪？"一位在场的安全部门领导问道。

"又或者，这人还躲在昆仑站里？"科考指挥部有人提出疑问。

这个可能性立即引来其他人一阵不安的议论。

"这也不可能。"搜救队长摇头说，"抵达这里的头一天，我们就依照安全部门的指示，持枪把站里站外都搜了一遍，所有边边角角都搜查过了，并没有发现任何活人健在。来这里之后，我们立刻恢复了监控系统，你们在后方日夜监视，不也什么可疑都没发现吗？"

在场的人纷纷点头，方才的不安稍有平息。但是如今，在卢慎的推论启发下，所有人都对这桩事件有了共识——某人在人全部死亡后，自己打开车库大门，离开了科考站。

这个身份不明的人极有可能就是凶手。

在连线即将结束之际，梁队长代表上级领导，向搜救队方面下达了最后的指示：将昆仑站内所有监控设备的数据硬盘全部带走，全员返回中山站，然后尽快跟随船队回到国内接受进一步询问。

"后续的调查团最早也要在二十天之后才能再次抵达昆仑站，新的调查到那时才能再次开始，在此之前，大家都好好休息吧。辛苦各位了。"

球体　　　　　　　　　　　　　　　　　　　　　　253

然后他拍拍卢慎的肩，说："小卢，太感谢你了。找你来真算是找对了人。"

搜救队开始正式撤离之后，连线会议也就暂告一段落了，各方都开始顺着卢慎启发出的思路向前调查。这意味着卢慎的任务也完成了。已不再需要他出什么力。

梁队长在安全厅附近的小饭店请卢慎吃了顿饭，说很快会给他发些奖励金，并且向他保证，一旦发现有关贾滨的任何新消息，一定第一时间通知他。

卢慎如今唯有相信梁队长。除此以外，他依然是什么都做不了。


# 15


连线会议结束后不久，第二批搜救队很快抵达昆仑站，用最快速度将所有遇难者遗体都装运回国。

与此同时，案件的调查工作却陷于停顿。

安全部人员查清了案发那三天里，站内所有一切环境数据，可惜由于线索实在有限，根据遇难人员的不同陈尸地点，关于他们的死因、死亡时间、死亡顺序、案发现场等一切线索都只能依靠猜测。最终，他们得出了共计四种可能性最高的猜测，但各自之间皆有矛盾，且每一种也都自有疑点，并不完美。

两周后，第一批搜救团返回国内，他们带回的监控系统硬盘毁坏得实在太彻底，已经无从恢复。

大家唯一能够指望的，就是等到全部二十七具遗体被运回国内后进行解剖了。

于是日子又重新继续平静地向前度过。

10月底，梁队长又给卢慎发过一回微信，告诉他那些遗体已经运回国内，正在进行解剖分析，争取尽快完成后给所有死难者开一

异　变

次集体追悼会。

"死因上没什么可说的，几乎全是外伤，而且都是人为的。我们有一点想错了，你也错了。"他在微信里对卢慎说。

"难道没有人逃出去？"

"不，确实有人逃出去。但作案者是从外面来的，不是那些队员中的一个人。过几天我会具体跟你说。"

一周后，梁队长约卢慎出来吃饭，席间向他透露：根据对所有遗体的伤口分析，几乎可以断定，杀害全部二十七名队员的凶手皆是同一个人。

一个女人。

"邪门的是，这个嫌疑人根本不是他们二十七个人中的任何一个，就好像是原地凭空冒出来的一样。"

"DNA调查你们做过吗？"

"你说的是遗传鉴定程序？当然！我们也检出了那个人的DNA。她的遗传信息在我们全国库里没有匹配。现在上面还在犹豫，考虑要不要去国外查，但我看可能性基本为零。如果要查，这事情就会被那些洋鬼子知道，那还了得？他们自己也麻烦得很。你知道，有一艘回国的俄罗斯南极科考船，前两天路过东海的时候沉船了，澳大利亚那艘船也出了各种问题。"

卢慎模糊地记得看过那则沉船新闻，但没往心里去。

他有更为关心的事情。

"那些队员……具体都是怎么死的？"

梁队长沉默老半天，大口吃了许多菜，最后才擦擦嘴巴说："再等等。过几天，我给你发个报告，也算是对你和你的朋友有个交代。"

"好吧，谢谢梁队长。"

"千万保密啊，绝对不可以泄露出去，我可是顶着大雷在给你弄这东西。"

"死因也不能对外发布？那怎么跟死者家属和媒体说？"

"这个我们做过讨论，你听了也别有什么想法。我们打算用'冰面出现异常地质变动、科考站损毁、全员坠入冰缝身亡'的理由拿去发布。希望你理解我们一下，我们确实没办法……"

梁队长在饭桌上不断诉苦，而卢慎却已经沉浸在自己的思考中。

杀人者另有其人。

监控系统被彻底损毁。

杀人者事后从户外徒步离开。

凶手的DNA查不出来源。

……

"他们在南极究竟发现了什么？"

结合贾滨出发前给卢慎发来的电子邮件里的内容，一个妄想般的猜测在卢慎心中形成了。但在此后相当长一段时间里，卢慎完全不愿相信这种可能性，因为它太过于荒诞，太可笑，也太简单粗暴了。

但，当11月初的寒风开始席卷满街黄叶的时候，梁队长还是寄来了一包印刷品。

邮包中的内容，是关于昆仑站大规模人员死亡事件的一份"猜测报告"。报告的内容正如同卢慎先前心中的某种妄测那样，简单，粗暴，异想天开，无法证实，却无法被证伪。

并且，其中的内容极其耸人听闻。卢慎读完之后，一整夜都无法入睡——

——他深怕自己陷入无止境的噩梦中。


# 16


"猜测报告"的内容，与不久前刚刚在媒体上公布过的所谓"事件真相"完全不符。

猜测报告的核心前提是：案发当日，在昆仑站内出现了一个来历不明的人，性别为女性，年龄不详（应在十八至三十岁之间），身份不明。体格强壮，力量和运动能力惊人。

此人即是凶手，她依次杀害了当时站内全部二十七名科考队员，随后从车库离开，逃出昆仑站，行踪不明。

凶手的暴行有一个先后顺序，每次犯案时的杀人手段几乎都不尽相同。结合尸体解剖结果及对站内环境监测数据的分析，报告编纂者以猜测的口吻，描述出一条案件推测时间表，将每名队员的死亡顺序和死因都列入其中：

第一名死者是站内当值值班长周枫涛，在宿舍7号房与嫌疑人发生关系后，大腿动脉遭嫌疑人咬断，失血过多身亡。死亡后，尸体被嫌疑人啃食。

随后嫌疑人前往宿舍9号房，与第二名死者、当值设备组长佟欢发生关系后，使用死者放在床头的螺丝刀戳伤死者脑组织，致其死亡后啃食了死者尸体。

命案发生后，第三名死者、当值通信组长蔡帆进入案发现场，与嫌疑人搏斗后头部被嫌疑人大力撞击在墙壁上致死。

随后，嫌疑人有可能前往科考站负一层的机房，破坏了部分生活设施，并关闭了门锁系统。第四名死者、工程助理林光前往机房维修间查看，遭遇嫌疑人后与嫌疑人发生关系，并在之后被嫌疑人咬断颈部动脉身亡。死亡后，他的尸体遭到嫌疑人啃食，啃食过程中头部与颈部被强行分离。

嫌疑人随后由通气窗逃离案发现场，潜藏于科考站外部超过五个小时，超出了站内环境检测系统的检测范围。

站内人员之后修复了门锁系统，并出现了集体离开科

球体

考站的征兆，但他们并没有离开，很快全部返回站内。根据推测，撤离用的交通工具在此之前应当都被嫌疑人破坏了，这也是他们无法离开科考站的主要原因。

队内飞行员，第五名死者丁霓、第六名死者白虹芳当时有可能被留在飞机里进行维修，并遭到嫌疑人攻击；丁霓在机舱内被嫌疑人用金属维修工具袭击死亡，白虹芳逃至停机坪时被嫌疑人追上，并令其头部大力撞击地面导致死亡。（此处附有极地飞机、雪地车遭到破坏的现场照片，以及两名死者的尸体照片）

杀害两名驾驶员后，嫌疑人返回站内，先是在食堂杀害工程助理杨蓬，随后由外部潜至1号仓库，用相同手法杀害了后勤组长程梦。

程梦死后，化学助理孙姬、后勤助理刘留共同前往女厕所内，推测可能是在躲避嫌疑人。嫌疑人追至厕所，破坏女厕所大门后进入案发现场，先使用拳头袭击孙姬，随后将刘留的头部浸入厕所马桶中使其溺水身亡；之后，又使用同样手法，令已经昏迷的孙姬溺水死亡。

嫌疑人破坏厕所气窗逃至户外，不久之后在储存化学制剂的3号仓库内与化学组长费小缇发生搏斗，并将仓库内存放的氢氟酸倾倒于对方全身，导致对方最终因氢氟酸中毒而死在仓库门外。

以上死者分别为第七名至第十一名死者。

至此，除方蒙蒙、董希琼、徐茜外，队中所有女性队员已经全部遇害。关于嫌疑人集中杀害女性的原因，目前已有几种推测，详见附件。（报告中并未附上附件）

此后站内人员活动显著减少，幸存人员全部集中在站长办公室内。站长办公室内存放的科考专用手枪及猎枪被取出，据估计被幸存人员用作自卫武器使用。

异 变

费小缇遇袭后大约六个小时，有部分人员离开站长办公室前往生活区（据估算应有八至九人），第十二名死者、勘探助理黄东方在此期间遭到嫌疑人袭击，推下楼梯坠亡。剩余人员以分散方向逃往站内不同地点，逃跑过程中有人发射了枪支。（此处附有现场掉落的弹壳照片）

第十三名死者是生物助理董希琼。她在逃进生物实验室后，遭尾随而来的嫌疑人枪击身亡，所用凶器即是站内配备的猎枪，有可能是在先前的袭击中抢夺而来。

董希琼遇害后，生物组长崔贺之跟随来到案发现场，与嫌疑人搏斗后被嫌疑人开枪杀害，成为第十四名死者。

此时，离开站长办公室的人员中剩余的幸存者已只剩男性。他们都躲藏于各宿舍房中。

一同躲进宿舍6号房的化学助理姚森理、勘探助理朱楚文，在见到嫌疑人闯入房间后开枪射击，随即被嫌疑人射杀身亡。

科考队副队长陈试鸣、飞行员刘锋及李英杰均藏于1号房中，在嫌疑人闯入后并未抵抗，并遭到嫌疑人的捆绑。

嫌疑人先将刘锋胁迫带入男厕所内，强行与其发生关系后咬断其下体令其死亡；后又将陈试鸣胁迫带入浴室，与其发生关系后又扼住其咽喉，令其窒息身亡。二人身亡后，嫌疑人对他们的尸体进行了啃食。

之后嫌疑人又将李英杰胁迫带入浴室内，在发生关系的途中，李英杰因心肌梗死身亡，尸体未遭嫌疑人啃食。（随附一份李英杰的健康检查报告）

以上为第十五名至第十九名死者。

第二十名死者，生物助理林玄武，在宿舍2号房内遭到嫌疑人胁迫，与其发生关系后被嫌疑人扼住咽喉，窒息身亡，尸体遭啃食。

第二十一名死者，工程组长王国防，在3号房中被嫌疑人使用指甲抓破颈部大动脉而死亡，死前未与嫌疑人发生关系。

至此，站长办公室以外场所再未出现人员活动迹象。

剩余六名幸存者继续躲藏在办公室内，而嫌疑人则一直身处2号仓库内食用站内存储的食物（附上2号仓库现场照片）。

四个小时后，嫌疑人由外侧气窗闯入站长办公室内，并与科考队长王佳翔展开搏斗，最终用双手严重破坏对方头骨致其死亡。

搏斗过程中，勘探助理贾滨持手枪多次向嫌疑人射击。王佳翔死亡后，贾滨持枪先后射杀了勘探组长米守建、勘探助理方蒙蒙，随后开枪自杀身亡。此为第二十二名至第二十五名死者。

在上述队员与嫌疑人展开搏斗的同时，站内交通组长孔岸伟与后勤组长徐茜由气窗逃出站长办公室，跳至站外雪地上（附上现场脚印照片），逃至车库内并关闭所有门窗。十分钟后，孔岸伟修复了三辆雪地车中的一辆，发动了数秒钟后，因不明原因而与徐茜一同离开车厢（在此可以估计，此时二人遭到了嫌疑人的袭击）。嫌疑人随后开动雪地车撞向二人，第二十六名死者徐茜当场死亡。

由于遭到撞击，孔岸伟严重受伤并昏迷。嫌疑人随后打开了车库大门。因长时间暴露在低温环境，孔岸伟最终因体温过低死亡。他也是最后一名死者。


报告正文结束后，下面还附上了一些注释说明与推测论证的文字，语气不甚相同，大概出自其他编纂者。

推测论证的核心问题，集中在女性嫌疑人的几个疑点上：她从哪里出现，她为何倾向于优先杀害科考队女队员，为何多起案件的模式都是"发生关系后杀害对方"，以及为什么会有啃食尸体的奇怪举动。

## 17

对于上述疑点，其中有一份推测报告给出了较为翔实的推测，在末尾也有好些安全部门领导的批复字样，引起了卢慎的注意。

该报告认为，排除一切主观犯罪动机的猜测后，单纯以客观事实为依据，可以对嫌疑人的犯罪模式作出描绘——

她对女性受害人相当凶残，一旦发现，即会以最快速最暴力的手段迅速进行杀害；但当遇到男性受害人时，她的行为模式改变，第一目的并非"杀害"，而是与对方发生关系。报告指出，啃食受害人的举动仅发生于男性受害人身上，且都是在顺利发生完关系之后，据此可以推测，她的啃食行为与性行为有着直接关系；此外，她只会选择健康的男性作为对象，对已死、受伤、有疾病、年龄过大的男性没有兴趣。

"亦有反例可以列出。"报告编纂者如此写道，"不符合上述推测模式的男性死者有黄东方、姚森理、朱楚文、李英杰、王国防、王佳翔、米守建、贾滨、孔岸伟，其中，黄东方的坠亡发生于混乱之中，嫌疑人无法制止意外的发生；姚森理与朱楚文持枪进行了激烈反抗，嫌疑人出于自保而优先选择杀害二人，所以无法顺利与之发生关系；李英杰在发生关系途中突发心血管疾病死亡，亦不符合推测模式；王国防年龄较大，根据相关健康报告资料，显示其长期患有勃起功能障碍，无法满足嫌疑人的行为模式；王佳翔的情形与姚森理、朱楚文相同，嫌疑人选择了自保优先行为；贾滨为自杀，米守建为贾滨所杀害，孔岸伟陷入昏迷，同样不符合嫌疑人行为模式。"

总之，这份推测报告最终做出结论：嫌疑人的行为目的是杀害所有女性、与尽量多的健康男性发生关系。

至于行为动机，推测报告虽从性变态、精神疾病、心理偏执等传统方向做了推论，但编纂者自己也不得不在报告中承认，作为一桩案发场所极其特殊的案件，几乎不可能有此类嫌疑人可以进入现场作案。

在报告的末尾一段，有一行非常小心谨慎的话："……亟待新证据的出现。尤其值得注意的是，在科考团队抵达案发现场之前，当值五名科考队员于通信中所称的所谓'重大发现'究竟是什么。相关调查的进展情况将有助于对嫌疑人身份、特征、动机等方面进一步彻查。"

虽不敢言明，但卢慎仿佛已从编纂者犹豫不决的口吻中读出了对方的心思。

写报告的人，与卢慎自己心中那个想法或许是一样的。作为核心调查员，报告编纂者不可能猜不出一切事件的起因，即便它听上去近于妄想。

——那个记录有人类遗传基因信息的球体。

那个嫌疑人根本就不是人类，而是与那个球体有千丝万缕联系的"异种"，是另一个物种。

"她"与人类很相像，但"她"并非人类，就如同现在还在国内进行分析的那些来自球体表面的遗传信息一样，很接近人类，但未必是属于人的。很可能，"她"与那个球体一样被埋在冰层下无数年，然后被昆仑站的队员事后挖掘出来。

醒来后"她"要做的第一件事是寻找食物，第二件事便是寻找繁衍后代的机会。

进食，繁衍，一切生物的最初本能。

而昆仑站内二十七人的科研团队，对"她"来说正是最好的食物来源及交配对象。

"她"可能拥有极高的智力，体力更是出类拔萃，可赤身裸体在零下几十度环境下活动，可赤手空拳杀死人类，更可迅速就学会了枪支的使用方法，甚至还知道要去破坏监控设备。"她"有思维，会说话，会诱惑人，会勾引健康男子与之交配；交配完成后，"她"需要补充能量，所以会吃掉交配对象，就像某些昆虫那样。

"她"很可能还活着。此时"她"或许仍在南极的某个地方游荡，等待机会繁衍自己的族群。"她"是生物，只要是生物就会趋利避害。寸草不生的南极大陆并不适合物种繁衍，必须设法离开。"她"说不定会就这样徒步走到别的科考站去，比如中山站、黄河站，以及其他国家的基地。如果是这样，就必须通知世界各国位于南极的科研团队，呼吁他们戒备，一旦见到在茫茫冰原上出现的"神秘女子"，就必须格杀勿论。

至于已经运回国内的那个球体，必须停止对它的研究，因为实在太危险……卢慎之前曾听贾滨说过，从技术上讲，单靠遗传信息就足以利用生物代孕手段"复制"出原本的生命体。

假如一不小心又复制出这么一个女性……

不，这还不是最坏情况。万一复制出来的是个男性，那么"他们"繁衍起来就更方便了。

看着手里厚厚的材料，卢慎心想，梁队长应该也已经了解到了这个地步。只要以"不明来源的人性生物"为前提，那么马上所有的疑点和要素就都能说得通。

很自然，他首先想到要给梁队长打去电话汇报，但是刚掏出手机，他又迟疑了。

作为一个外行，一个局外人，在破案的问题上，自己没资格说话。如果梁队长他们决定动手，那么他什么都不必说；如果他们不肯动手，那么即使他再着急也没有任何用。这桩案子现已上升到国家层面，卢慎这样的人，只有老老实实旁观的份儿。

他发现自己永远只能孤独地面对一切。

# 18

两个多月后，全体遇难队员的集体追悼会在上海举行，卢慎前往参加。他在追悼会现场遇见了梁队长。两人站在灵堂门外抽了几根烟，聊了好一阵。

"据说上礼拜，无锡那边的超级电脑已经把那个大球上的基因密码全都破译出来了。后面不知道他们想怎么搞。"梁队长面带忧虑地说。

卢慎点点头，心中明白，对方与自己担心的是同一件事。

"不能阻止他们吗？"

"没办法，不对口。我们不是搞科研的。除非他们真的捣鼓出什么怪物出来，又犯了案，出了人命，才有理由介入。我们这帮人永远只是给人擦屁股的。"

"他们真的会那样做？"卢慎做出一个抱着肚子的姿态，暗示梁队长。对方点点头。

"人工代孕……他们多半不会放弃吧。你知道这桩项目里面牵扯到多少人、多少部门、多少资金、多少科研成果吗？已经不可能回头了。"

临别前梁队长告诉卢慎，自己将亲自带队前往无锡盯梢，以防万一。

追悼会结束后，卢慎在上海停留一段时间，与一些大学同学聚了几回。

大学同学之间的相聚终究也还是只能陷入俗套和无聊之中，大家的话题最终也只能围绕前两天发生在东部海边滴水湖畔的那桩度假酒店杀人案展开。这类案件新闻单一老套，内容无非是"小三于酒店内怒杀情夫"之类的庸俗内容，卢慎毫无兴趣，根本无法融入交谈之中。

几天后，他失去了一切游玩的兴趣，买好车票，坐上高铁，踏上回程。

那趟回家的高铁有些延误。卢慎坐进座位后，过了发车时间，车子却一直没动；直到几个女乘务员扶着一名聋哑的孕妇走进车厢后，车辆才慢慢开始前行。

卢慎看到那孕妇身形消瘦，独自一人拖着一大箱行李，孤身一人坐在距离不远处座位上，笨拙地用手势向乘务员致谢，不禁触景生情，感到孤独与凄凉。

贾滨已经走了，梁队长也忙任务去了，现在，他再度只能沉浸在自己那狭窄的所谓学术世界里，继续孤独地生活。

发车时间刚好是临近中午，车厢内不少乘客都去餐车买了盒饭，连那个聋哑孕妇都买了两盒，狼吞虎咽地吃着。卢慎全无任何食欲，只抱着车内赠送的矿泉水大喝，然后努力强迫自己睡着。

"下一站，无锡站，就要到了，请需要下车的旅客做好准备。本站停车时间较短，请不下车的旅客不要走出车厢吸烟或活动。"

报站的人声将晕沉沉的卢慎喊醒。他猛然发现无锡站到了。

无锡……太湖……超级电脑……

看到窗外渐渐靠近的硕大站牌字样，他忍不住进一步产生出各种联想。这些联想的内容血腥而残忍，令他头晕不已，不得不掏出手机，打开社交软件翻阅新闻，强迫自己分心。

无奈的是，就连那些热门的新闻都与血腥暴力脱离不了联系。今天最流行的网络热点仍旧是那桩无聊的"酒店情杀案"：有几个热门的营销账号爆出猛料，将案情渲染得异常凶残，声称杀人者要么是心理变态，要么就是吸食了毒品，在酒店客房的床上杀害了男性死者之后，竟然将尸体啃得七零八落，然后连夜外逃。

卢慎双目圆睁，从座椅上直起腰来，浑身战栗起来。

怎么会这么相似？

他一度认为自己只是心理作用，是创伤后遗症之类的东西，总之一定是自己想多了。

但来自营销号的爆料不以他的意志和恐惧为转移。

爆料人声称，当夜有人看到疑似杀人者的女性赤身裸体从酒店逃出，而事后酒店声称自己监控系统故障，其中一定有什么"猫腻"。

"哪有什么猫腻，只要杀人凶手足够聪明，就会想到要破坏监控。"

卢慎放下手机，目光呆滞地移向窗外，小声地自言自语。他想要告诉自己，一定是心理作用，心理暗示。

这时那个聋哑孕妇已经下车，离开车厢走上月台。她步履缓慢，但脚步沉稳，异常坚定。硕大沉重的行李箱被她单手快速朝前拖动，轮子摩擦着月台的水泥地面，爆发出的强烈噪音，隔着车厢窗玻璃钻进卢慎耳中，使他烦躁不已。

又有几名站员前来帮忙。那孕妇用手势表达感谢，同时紧紧盯着其中一个身材高大、面目英俊的男站员看着，眼光久久不肯离开。

"不会吧……"卢慎喃喃自语。

站员离开后，那个孕妇突然回头，朝卢慎的方向眺望过来。她面容雪白稚嫩，极度美丽，令人只看一眼便舍不得转开视线。尤其一双猫一般的大眼睛，流露出坚定不移的意志和顽强的生命力。

强烈不可抑止的冲动，驱使卢慎跳出座位，跑出车厢，朝那孕妇的方向飞奔。他感到，有件事情，现在必须要做了。非做不可，不做不行。因为事实证明，这件事始终与他密切相关，根本逃不开。

一旦发觉自己无从逃避，他心里顿时一阵安心。因为他终于明白自己应该干些什么了。

卢慎尾随着那个孕妇，一边向前走去，一边掏出裤兜里的手机，翻找梁队长的号码。

平庸无聊的人生，至此或许终于可以彻底告别了。

# 异　变

## 1

最先发现那具尸体的人是希拉耶夫。当时他刚刚拿出嘴里的口香糖，准备黏在"蜘蛛号"小型飞船的顶部仪表台上。

"别再那样做了，求你了。"伯伊德皱起眉毛，"我说了有多少遍了？"

"那是我的幸运小习惯。"

"别扯了行不行？快盯紧你的屏幕去。"

"好好，我的船长。——噢，该死！"

希拉耶夫突然脸色大变，慌忙叫喊起来，把船上另外三个人都吓了一跳。舱外光学记录仪的画面中央，正显示出一个微小的白点。

"希望我是看错了……"阿历克斯抑制不住发颤的嗓音，伸手扭动调焦手柄，把画面拉近。

圆形的瞄准线内，浮现出一个宇航员的身影，一动不动，孤零零地飘浮旋转着。

几个人默不作声，眼看着"蜘蛛号"慢慢驶近那里。

最后，拉普汉姆忍不住说道："他身上没有太空行走脐带，这样在太空里飘着可是死路一条啊。"

"嗯。"伯伊德低沉地回答，"看来'飞鸟站'这次确实出了大麻烦。"

当三小时之前，从"牢笼站"的管控频道里传来紧急命令的时候，伯伊德就已经产生了不好的预感：那边的轮值站长告诉他，"飞鸟号"空间站已经有近八个小时没有跟地面联络了，"牢笼站"方面也无法与其取得联系。根据命令，伯伊德带领自己所在的"疾风号"空间站的全部四名宇航员，乘坐小型飞船"蜘蛛号"，前往"飞鸟站"调查。

这个任务本身就很蹊跷。按道理，每个空间站都各自拥有三个冗余备份通信系统，所有通信功能全部失灵的可能性几乎为零。况且，就算系统失效，那边的四个宇航员一定会在一个工作日之内完成维修。

然而……

"飞船开始保持与目标物的相对静止。"伯伊德向麦克风说出语音动作记录，同时打开机械臂的电源开关。驾驶舱的地板附近传来轻微的震动。

"下颌部货舱门开启，机械臂伸出，准备捕获目标。"

从摄影机镜头里可以清晰地看到，那名宇航员的头盔上方印有"UNSST.7481AVIS"的字样，表明他是隶属于联合太空总署"飞鸟号"太空站的宇航员；在他左胸上贴有一张布条，标着"藤原"字样。

"日本小伙子也有倒霉的时候啊。到底是出了什么事？"阿历克斯双手握杆，控制机械臂朝前方伸去。

"会搞清楚的。把机械臂对准他的喷气背包，小心别把他的膀子夹断。——你们两个，带着医疗包去货舱待命。"伯伊德擦了把汗，回头对希拉耶夫和拉普汉姆命令道。

异变

货舱的气压补充过程仿佛经历了很久很久，等气闸终于打开的时候，四个宇航员使出全身的力气蹬住舱壁，迅速朝藤原那里飘去。

没有奇迹出现。藤原一脸惨白，皮肤已经完全僵硬，冰冷无比。他死了。

"记录器上面说，他的心跳已经停跳六个多钟头了。"拉普汉姆检查完藤原的舱外喷气背包，颓丧地说道。

"死因呢？"

"还用说吗？"年轻的阿历克斯愤怒地嚷嚷，右手指向尸体的腰部位置，那里有一道深深的切口，"看看这个大裂缝吧！他的氧气输送管被人切开了！"

"陨石？不，看上去不像啊，这么窄的一道口子……"伯伊德俯身检查，不断地摇头，"这种事得让警察来处理比较好吧。"

希拉耶夫苦笑一声："船长，最近的警察局离我们恐怕也有400多公里远，而且还是在地面上。"

"要是休斯敦警察局也有火箭就好了。"

"行了阿历克斯，别再扯了。跟我回驾驶室，我们得立即向'牢笼站'汇报情况。希拉耶夫，拉普汉姆，你们俩找个东西把藤原的尸体放起来，别再让他继续这么飘着，"伯伊德抬高嗓门说道，"是时候让他休息了。"


## 2


透过舷窗，可以清楚地看见"飞鸟站"的身影正在慢慢变大；从远处看去，通体雪白的空间站显得既静谧又冰冷。然而伯伊德毫无欣赏美景的心情，只是任由"蜘蛛号"沿着自动选定的最优对接轨道，自行朝"飞鸟站"飞行。

"牢笼，牢笼，我是蜘蛛，收到请回答！"他翻来覆去对着麦克风嚷嚷，可是回答他的依旧只有静电声。

"船长，微波频道我也试过了，一样，什么回应也没有。"希拉耶夫小声对他说。

"那我们自己的空间站呢？"

"没有问题，我们这边跟'疾风站'的通话状况始终良好。"

一种不安开始在伯伊德心中浮现。他暗暗琢磨，会不会是"牢笼站"那边也出了什么事？

两个空间站都出现同样的怪事，这已经足够诡异的了；更要命的是，"牢笼站"还担负着整个空间站网络的总通信枢纽功能，要是它完蛋了，那么跟休斯敦的通信也就彻底完蛋了。"蜘蛛号"不过是一艘普通的站间飞船，根本没有与地面直接联系的通信能力。

"我说船长，咱们这小小的飞船上啥也没有。我觉得最好是先跟'飞鸟站'对接上，然后使用他们的通信舱来打电话。"

拉普汉姆的建议，跟伯伊德的想法不谋而合。

"那就这样吧，"他回道，"进入'飞鸟站'之后，以最快速度前往通信舱进行维修。月球离开背地面还要多久？"

"一个钟头左右。"希拉耶夫回答。

"到时候用他们的设备朝月球发射激光信号，直接跟休斯敦联系。"

"明白了，船长。"

导航面板发出连续不断的鸣叫，表示"蜘蛛号"正在自动对接。伯伊德启动"蜘蛛号"的声控待命程序，接着看着窗外的对接舱口，严肃地说："穿上宇航服，系上喷气背包，准备出发。"

"什么？要全副武装这么严重？"阿历克斯抱怨道。

"对，就这么严重。"

穿着臃肿的舱外装备在狭小的空间站内移动，免不了要磕磕碰碰，非常烦人，抱怨几句也是应该的；然而，当几人打开对接口，进入"飞鸟站"内部之后，才终于意识到一点：船长的考虑从来都是正确的。

整个空间站里漆黑一片，阴冷无比，毫无半点生气。

"所有气闸都自动锁死了，难道真的是一点电力都没有了吗？核电池不应该会出故障啊。"希拉耶夫进入一号生活舱，检查了电气接口，语气里充满了疑惑，"难不成氧气供应也断了？"

"说对了，你这乌鸦嘴！"阿历克斯在他身后飘浮着，打开自己胸前的探测仪，哭丧着脸说，"站内平均氧气浓度已经不到百分之五十了。"

伯伊德点点头，用手抓着舱壁浮动到舷窗边，望向不远处的动力舱。八片巨大的太阳能板处在舒展状态，乍看上去并没有什么异常。

他心里随即盘算起来。

虽然通信舱有独立的备用电池，但还是该让拉普汉姆和希拉耶夫先去动力舱，检查一下线路和核电池；确定回路没有问题之后，用备用电池启动辅助电源，从而打开主电源，接通核电池和太阳能板。然后，灯光大亮，氧气重新供应，全站恢复正常，便大功告成了——

"船长，你快看那边！"耳机里，阿历克斯慌张地大叫一声。

"怎么了？"另外三个人回过头，看着他。

"我看到她了！我看到她了！"小伙子大呼小叫着，急匆匆地飘到一号科研舱入口处，使劲往气闸启动钮上砸去，可是闸门纹丝不动。

"慌什么，电力没有恢复，只能手动开启气闸。"伯伊德急忙上前，沉着脸斥道，"你刚才看到什么了？"

"一个女人！一个没穿衣服的女人在二号生活舱里飘着！"阿历克斯胡乱往外掏着工具，"那肯定是帕夫洛娃！我得去救她！"

希拉耶夫忍不住笑道："孩子，别激动。我了解帕夫洛娃，虽然她长得确实不错，但再怎么说也不会在空间站里一丝不挂啊。你别忘了，现在这里的温度是零下多少度，长得再美也是要变冰棍的。"

"会不会是正在试验中？"拉普汉姆也笑起来，"听说他们站正在搞的那什么'人类外太空繁殖实验'，在总署里有不少人支持呢。"

"说不定就是呢！那群可恶的禽兽，三个大男人这么对待一个小姑娘，可恶！"阿历克斯抓着扳手，不停地撬动气闸齿轮，赌气般地弄出"叮叮当当"的噪音。

——不是三个，是两个。藤原已经死了。

伯伊德终究还是没把这句话说出来。

他看着阿历克斯手动打开了气闸，像老鼠一般地迅速钻进了舱口，消失在一号科研舱的拐角处。

这样也好，他心想。一号科研舱本来就是"飞鸟站"的中枢舱，要去通信舱和动力舱，都得从这里走。"飞鸟站"的宇航员们躲在二号生活舱里的概率很大，毕竟生活舱拥有独立的氧气供应设备，或许有一定的生还可能性。

于是，伯伊德也跟着进入舱内，并指派拉普汉姆和希拉耶夫打开动力舱的气闸。

"我和小屁孩一起去找人，之后再来找你们。希拉耶夫，记得保持联络，一旦电力恢复了，就以最快速度去通信舱检修。"


"真是个小屁孩，这个时候了居然还在关心女人的事儿。"

伯伊德离开后，希拉耶夫重新关上气闸门，撇嘴说道："如果他俩在那里发现三具冻僵了的尸体，我一点都不会觉得奇怪。"

"说不定是三具裸尸。"拉普汉姆把带有磁石的工具箱吸在舱壁上，打开箱盖，一个一个地取出工具，"有女人在的太空站总是乱成一团糟。不过呢，至少在临死前还可以有点乐趣。"

希拉耶夫笑出声来。

他刚想要把玩笑话继续下去，却感到有一团阴影遮盖住了动力

　　　　　　　　　　　　　　　异　变

舱的舷窗，挡住了窗外的阳光。他以为是太阳能板出了问题，便飘向窗边——

——却猛然间看到了那个他永远也无法想象出来的东西。

他开始抑制不住地颤抖，并疯狂地拉扯拉普汉姆的肩膀。

"干什么啊，你——"

拉普汉姆一抬头，看到窗外那团极度不可思议的物体。

无边无际的恐惧汹涌而来，顿时夺走了他的全部心智。

还没等两人发出尖叫，那团东西就伸出了无比丑陋的钳肢，打破舷窗伸进舱内，狠狠地捣进了两个人的身体里，搅动出一大摊四散飘飞的肉块。

## 3

目睹眼前的景象，伯伊德在惊异之余，根本找不到合适的词汇来形容；如果非要予以描述的话，只能说是谁家淘气的孩子把炮仗扔进了榨汁机里，将蔬菜汁、猕猴桃汁全部炸到了墙上。

"哦……上帝啊……"阿历克斯的喉头传来作呕的声音，"这都是些什么玩意儿！"

四周的舱壁、舱盖、管线，还有舷窗，全都被一摊又一摊的暗绿色液体覆盖，连窗外的阳光都被遮蔽了。伯伊德感到空气里似乎也弥漫着无数细小的绿色液滴，把自己的面罩都弄成了灰绿的颜色。

"是烹饪炉爆炸了么？有人煮了蔬菜汁，液体流进电路，造成爆炸、短路——"

他强迫自己冷静地推理，却难以抑制内心深处的那些恐慌情绪。

事情绝对不会这么简单。一点都不像。

"这些红色的是什么？哦天哪，是血！"阿历克斯惨叫着，手脚胡乱挥舞，搅动起一团绿色的水雾。

伯伊德搂住他的手臂，用力掐了掐，想令他冷静下来，然后将手持应急灯朝小伙子手指的方向照过去——那儿的舷窗旁固定着一只医疗睡袋，袋口大敞，从里面溅射出许多红色的液体痕迹，蛛网般地朝四面八方散去。

他凑近了仔细查看，刺眼的灯光反而令那些痕迹难以辨识。

番茄汁？运动饮料？还是说，正如想象的那样，是血液？

这时，从伯伊德的背后传来隐约的喷气噪音。他回头看去，发现阿历克斯已经打开了喷气背包的操作保险，正要操纵背包退出二号生活舱。

"船长，这里有大麻烦了，我们快离开这里吧！我受不了了！"

"不，臭小子，给我安静下来！你不能——"

伯伊德刚想要警告他，就被一股强大的喷射气流击中，身体重重撞在舱室的另一端。

与此同时，四周的舱壁传来一阵阵的颤动。背包喷出的气焰将生活舱里的东西全部吹翻，到处都是绿色液体在四散翻滚。整个舱室好似变成了一个大型水果搅拌机。

蠢货！怎么能在空间站里使用舱外喷气背包？伯伊德用手抹去面罩上的污物，双腿一蹬，飘出生活舱的闸门。

他看到阿历克斯正贴在对面的动力舱气闸门上，身子一动不动。

"快醒醒吧，小白痴！连操作禁令都不记得了吗？遇事千万不能慌！"他愤怒地朝阿历克斯的头盔上锤了一拳，却看到对方两眼圆睁，死死地盯住气闸门上的小玻璃窗口。

"你在看什么？"伯伊德透过窗口，瞧向舱内，却再也抑制不住周身的颤抖。


整个动力舱完全消失了。

一小块白色的舱壁碎块，沾满了暗红色的血迹，被一团管线牵扯着，正兀自做着牵引圆周运动。动力系统、核电池，还有

　　　　　　　　　　　　　　　　　　异　变

"飞鸟站"标志性的那八片大型太阳能电池板，就好像从来没有存在过一样。

此刻，展现在伯伊德眼前的，只有漆黑一片的宇宙背景，以及右下角一弧弯曲的地球大气圈边缘景色。

"拉普汉姆，希拉耶夫，收到请立刻回话！"

通话器里毫无回应。

阿历克斯哭泣起来。

伯伊德本想教育他如何战胜"太空恐惧症"，却感到无从开口。他自己都已经开始陷入恐慌之中了。

"船长，我们快离开吧，求你了……"

"对，你说得对。——蜘蛛号，打开对接口气闸门，启动主发动机，启动RTS回程导航。"

他朝"蜘蛛号"发出语音指令，然后拽着阿历克斯的背包，使劲朝对接通道方向飘去。

他的头脑开始自行运转，展开思考分析：突如其来的陨石雨？太空垃圾？敌国发射的某种太空武器？无论是上述哪一种情况，都逃不过地面、卫星、太空站的三合一监控网络的监测。太空站通信网络会在第一时间发出警告信号，并在全部频段播发。空间站的警铃会响起，"蜘蛛号"会发送通知，连身上的宇航服都会有节奏地振动。除非——

通信中断了。全部系统都已经没电了。伯伊德沮丧地意识到，自己居然忘了这么大一个问题。

突然，头盔遭到一次猛烈的撞击。他抬起头，发现自己撞到了对接口上。

气闸门依然封闭着。通向"蜘蛛号"的气闸通道没有打开。

"蜘蛛，打开对接口。"他又重复一遍语音指令。

还是毫无任何动静。

伯伊德改用检测语句，命令"蜘蛛号"对他的指令做出回应。

然而飞船的主电脑完全不理睬他。随后，对接口一带传来剧烈的振动，并伴有持续不断的轻微抖动。

阿历克斯挣扎着抬起头，透过舷窗望向舱外，然后再次发出大叫。

"它走了……它自己飞走了!"

黑暗的宇宙背景里，"蜘蛛号"打开了反向推进器，正缓缓飞离"飞鸟站"。

伯伊德周身僵硬，一动不动，任凭阿历克斯拉扯和哭闹。他已经完全陷入了迷惘和不知所措的状态里了。

这艘该死的飞船居然抗命不从，自行离开了?

然后，从不远处的二号生活舱一带，传来一连串的短促振动，数量越来越多，并开始慢慢朝他这里逼近。


# 4


那怪物伸出一条螯肢，以极高的频率连续敲击舷窗，很快就将舷窗完全击碎。

"飞鸟站"内的气压随即开始下降，伯伊德的环境监测器开始发出刺耳的警报声。红色的"气压流失"警示标志浮现在他的头盔、眼罩上，与眼前那只怪物的形象重叠在一起，几乎令他感到晕眩。

——那他妈的到底是什么?仿佛是从一具腐败的人类尸体上长出了数对爪子，又长又大，黑红色的外壳上布满起伏的鳞状表皮。尸体的身份已经无从确认，因为一块巨大的楔形甲壳已贯穿了头颅，从口腔和后颈处伸出两道分叉尖刺，犹如一只腐锈的木工榔头。

这些"榔头"在舱壁外不停地移动，尖锐的螯肢刮擦着太空站的外壁，噪音惹得伯伊德的心里一阵阵发毛。他浑身颤抖，四肢无力，只是眼睁睁看着离自己最近的那只怪物掀开舷窗，把一对又一

异 变

对的螯肢伸进窗框。一共有几只？三只，四只，还是更多？

它们就要进来了。

"是外星人！"阿历克斯的一声叫喊，总算令伯伊德恢复了一些神智。

"不管那些是什么，先打开你的工具箱，"他把阿历克斯挡在自己身后，用发颤的语调说，"用你最快的速度打开二号科研舱的气闸。我们得躲进那里面去。"

"扳手，扳手不见了！——肯定是落在生活舱里了，见鬼！"

"还有备用的，快点找！"

那怪物进入舱内的速度很慢，伯伊德心想，或许还能有缓冲的时间。

突然，环境监测器长鸣一声，显示太空站内气压已经全部流失完。

随即，那个生物迅速钻了进来，动作顺滑流畅，简直就像一只大章鱼。

伯伊德恍然大悟：刚才有大量空气从舷窗喷出，高压气流阻碍了那怪物的步伐；而现在，"飞鸟站"内部失去了气压，那怪物可以横行无阻了。

章鱼般的生物伸开所有的肢体，撑住舱壁，游泳一般地朝这里飘过来。

心脏几乎停止了跳动。他用近乎哀求的语调说道："阿历克斯，快打开门……"

阿历克斯用劲掀开工具箱，若干手动维修工具从里面飘飞出来。他顺手拿起一只喷壶，对准那东西的"头部"按下扳机。

长长的一道乳白色液体喷射出来，全部射到那怪物的榔头状头部。顿时，它朝后一退，用几对螯肢互抓自己的"脸"，浑身上下不断抽搐。

"就是这样！去死吧，你这怪物！"阿历克斯陡然间变得亢奋不已，持续不断地发射着白色乳液。

那怪物不断向后退却，满身的鳞状皮肤剧烈颤动，如同毛发一般竖起。

伯伊德看到那喷壶的身上写有"MEKP"的字样，心里明白过来，那是一种树脂黏合剂成分，具有强烈腐蚀性。看来在关键时刻，年轻人也不是一无是处。

他四下寻找，总算在某个角落里找到备用的扳手，将它插入气闸门的手动接口，使劲摇动起来。

"再来啊！再来打啊！"

阿历克斯继续射击，直到用完最后一滴黏合剂。

那怪物浑身沾满白色乳液，头部甲壳突然张开，从里面伸出一大团如同玫瑰花一般的红色器官，快速朝阿历克斯袭来。同时，它全身的皮肤和甲壳开始膨胀，将那些有机溶剂完全吞食进体内。阿历克斯疯狂地喊叫、谩骂，感到身后有一只手正拽住他的背包向后拉扯。

"给我进来。"

伯伊德使劲把他拽进气闸门，强行把他的右手按在扳手把子上。"快关门，快关上它。"

两个人握住同一只扳手，用平生所能使出的最大力气转动它。透过渐渐减小的闸门缝隙，可以看到那怪物挥舞着全部螯肢，飘向闸门。

它将两根最强壮的螯肢伸进门缝，死死卡住闸门，阻止其继续关闭。

"不！"阿历克斯发现自己怎么也转不动扳手，意志力似乎即将到达极限。

"它长的可真他妈丑啊。"

伯伊德看到怪物正在把暗黄色的头颅伸进门缝，用那对枯萎而黑洞洞的眼窝瞅着自己，好似一具被鬼魂附身的腐尸。

他空出左手，伸向自己腰部的工具袋，同时注意到那具"腐尸"的头上挂着锅盖大小的一块金属碎片。

他愣住了，嘴里喃喃地说着什么。

怪物对着他看了几秒钟，"嘴巴"里重新伸出那鲜红色的怪异器官。

阿历克斯疯狂地哭叫，用脚不断蹬踏它的身体。

他重又清醒过来，左手抓起一把气动铆钉枪，将枪口狠狠戳进怪物的"眼窝"里，扣下扳机。

铆钉连带着怪兽的脑部组织四散乱飞，暗绿色的汁液喷射得到处都是。

伯伊德连续打出三十多颗铆钉，直到枪盒里的钉子全部打完。

怪物变得一动不动。阿历克斯趁机朝它头上踹了几脚，将它踢出门缝，然后迅速合上闸门。

"你刚才在发什么愣啊船长？我们差点被它扯成了稀巴烂！"

"我在读它的名字。"伯伊德低声说，"我想，我应该认识那个怪物。"


## 5


备用电池已经启动，但涡轮机组尚未完成充电，程序自检也要花时间，总共还需约三分钟才能修复通信系统。然而，窗外那些怪物们似乎不愿意等待。它们肆无忌惮地在太空环境里飘浮、游荡，不时施展那些形状奇特的爪子，奋力敲打通信舱的舷窗。

"幸好我们跑得快。"伯伊德忧心忡忡地望着窗外那些恶心的身影，"通信舱的建造年代比较新，外壳比其他舱室坚固，它们想进来恐怕也没那么容易。"

阿历克斯没有说话，只是用怨怒的眼神盯着他看。

"行了，别发火了。刚才我确实不该分心。可是，那真的是罗萨特里！我看到它头上的姓名牌了。"

"那又如何呢？"年轻人指着窗外那四只聚集在一起的怪物，"我现在也能看到它们的名字！罗萨特里、迪克·舒尔，还有希拉耶夫和拉普汉姆。可是它们早已经不认得我们了！"

在那四只怪物的躯干部位，还能看到残存的宇航服碎片。将头盔摄影机的镜头拉近，就可以清晰辨认出上面的姓名条：其中两个是"飞鸟站"的宇航员，另外两个则是不久前还在一起工作的同事。

"不知道他们到底是怎么了。是某种疾病？宇宙射线吗？"

"他们被附身了，船长，一定是这样！他们变成了某种外星生命体，太空怪兽！"

"如果真如你所说，那么又是什么东西令他们附身的呢？"

通信面板的屏幕闪出一道蓝光，用户欢迎界面自动显示出来。伯伊德输入自己的权限密码，打开主控制界面。

由于空间站的主动力已经丧失，通信舱的电压有些不稳定，屏幕不停地闪烁，令他眼睛发酸；但他仍然很快就找到了自己需要的东西。

连接休斯敦管控中心的紧急频道终于可以使用了。

"休斯敦，这里是'飞鸟站'，紧急呼叫，紧急呼叫。第31号状况发生。"

控制中心的语音系统确认了他的声音，并识别出"第31号状况"是优先度最高的呼叫，立刻将系统转接到了最高监测委员会那里。

"这里是最高监测小组。你是谁？"

"这里是'疾风站'的伯伊德和阿历克斯。"

"伯伊德！你们没事吧？"显然，对方也很激动，"我们一直跟你们以及'牢笼站'联系不上。现在，请马上汇报'飞鸟站'的情况！"

该汇报些什么呢？

异 变

任务一开始，他们就遇到了飘浮在太空的藤原的尸体，死因是有人割断了他的氧气管；半途上和"牢笼站"失去了联系；"飞鸟站"的乘员全部失踪，生活舱里布满了来源不明的绿色液体，以及奇怪的血迹；动力舱神秘消失，两名宇航员也不见了踪影；当他们想要撤离的时候，无人驾驶的"蜘蛛号"飞船居然自行离开了。然后，数只外形恐怖、力大无穷的不明生物侵入空间站，攻击宇航员，而它们的身上还都穿着宇航员的衣服！

这他妈的叫人怎么汇报？

然而，伯伊德是一个理智的人，尤其是目前已经跟地面取得了联系，这一阶段性胜利令他的情绪大为好转。他不顾阿历克斯的多次打断，以平常的语气向委员会汇报了之前所遇到的全部情形，并请求休斯敦方面立即派出飞船，将他俩营救回去。

委员会成员没有直接回答他，却问起了另一个问题。

"你们找到帕夫洛娃了没有？她在哪儿？"

两人都是一愣：这种时候，谁还管得了她？

"没有，没有发现她的下落。"

"她很重要，我们需要确定她的情况。必须把她找到，不论死活。然后，伯伊德上校，你们还有进一步的任务。"


头顶上方的观测舱窗传来剧烈的振动。四只怪兽全部集中在窗前，螯肢紧贴着玻璃外壁，极其快速地颤抖着。

阿历克斯检查了随身工具，仅剩下不到八十颗铆钉，以及一把细小的钻枪。

"开玩笑，现在是什么情形，它们就要闯进来了。谁还有他妈闲心思听什么任务！"

他说得对。

伯伊德阴沉着脸，再次向地面请求发射飞船。

"抱歉，休斯敦这边暂时无法安排飞船升空计划。你们想要回到地面，除了找回'蜘蛛号'之外别无他法。"

"扯什么淡！"阿历克斯万分恼怒，举起扳手砸向控制面板，被伯伊德拽住了，"——这些人肯定是疯了！他们想要牺牲我们！"

"没错。"伯伊德也已经觉察到，似乎有一种阴谋的气息正在慢慢浮现出来。他想要告诉总部："蜘蛛号"明显是失控了，根本不可能夺回，委员会必须马上派一艘飞船！然而，连续不断的碰撞打断了他的思路。

舷窗外面，怪兽们聚集在通信舱的通信天线柱上，伸出大小不一的螯肢，正试图攻击那些天线。

"伯伊德上校，太空站若失去动力，将有可能坠入大气层。为防止上面的不明生物落回地球，必须彻底摧毁'飞鸟站'。我们马上向你发送'销毁指令'的操作密码和操作手册，注意接收。你听到了吗？"

控制面板旁的打印机闪动起红色光芒。一条白色纸带缓缓地从槽口吐出来。

"上校，我们需要你立刻执行'销毁指令'。——伯伊德上校，听到请回答。"

通信舱里的两个人不再理睬话筒里的指令，而是只顾仰头，目瞪口呆地看着那些怪物。

它们正在一根一根地拆除通信天线。

不是毁坏，不是打砸，而是按照所有宇航员都背过的那些工程条款，依照次序，有条不紊地在"拆卸"天线。

它们各自负责一座天线，用细小的钳肢旋下舱盖螺丝，夹出限位螺栓，然后抛开盖子，切断电缆，撬起底座，抽出每一块蓄电池，最后用最强壮的螯肢旋下液压臂的固定螺栓，取下天线并用力抛向远处。

"它们想要把空间站给拆了？"

"不，它们想要切断我们的通信。"

异变

伯伊德被这毛骨悚然的一幕彻底震撼到了。他虚弱地说："它们知道我们想干什么……它们有智慧，什么都知道……"

最后一根天线也被拆下。

通信面板亮起了断路警告灯。一切通信都被切断了，话筒里只剩下那永恒不变的静电噪音。

## 6

"船长，我觉得咱们应该——"

"闭嘴吧，安静干你的活。"

阿历克斯不顾对方的怒气，朗声说道："我只说一句，去他妈的'销毁指令'！咱们现在就逃走吧！"

"逃哪儿去？"伯伊德累得满头大汗，头也不抬地斥道，"你打算光靠喷气背包飞回我们自己的空间站？别忘了藤原是怎么死的。"

"我知道背包的燃料肯定不够，但是你又怎么知道紧急逃生球就一定可靠呢？看看外面那些畜生吧！它们大概只要挥一挥爪子，就能把逃生球扯烂，不比踩扁一只乒乓球难到哪儿去。"

唉，谁说不是呢？其实伯伊德心里也明白这个道理。然而他不能说出口。他还不愿接受这绝望的现实。

很明显，地面管控中心再也帮不上什么忙了。委员会发来那道自毁密码，其目的摆明就是要让他俩与"飞鸟站"，还有那些怪物一起同归于尽。

"我看，还不如冒险出去拼一下，把'蜘蛛号'再抢回来。我不知道它到底出了什么故障，可我总觉得它一定不会走远。"

阿历克斯一边坚持自己的观点，一边又打开了一个储藏柜。

但是伯伊德已经不抱什么希望了。"蜘蛛号"的自动离开必然有什么原因。不单这一件事，今天在这座空间站里发生的所有事情，恐怕都有一个共同的幕后缘由。如果要打赌的话，他会把赌注全都押在那个女人，那个名叫帕夫洛娃的年轻女宇航员身上。

"总之先把能拿到手的家伙准备好再说。"他用手支撑身体，飘向阿历克斯打开的那只柜子。

万幸的是，他们所处的通信舱还算坚固，虽然怪物们一直在试图破坏舱壁和舷窗，但到目前为止，舷窗玻璃只被敲出两三道裂缝而已，还能争取一段时间。

此外还有一个好消息。"飞鸟站"的通信舱里，安放了若干个存放工具器械的储藏柜，这会儿他们正在取出那些工具，权当自卫武器来用。他们已经找到好几瓶黏合剂喷壶，几大盒铆钉，两把大功率电钻，两只切割锯，一台双氧水冲洗器，还有六只小型备用燃料瓶。

工具越多越好！为了生存下去，活着回到地球，一切可能性都值得努力去尝试，只希望上帝能保佑我们！

伯伊德默默祷告了几句，举起照明灯对准那只柜子——

里面什么都没有，除了一只鼓鼓囊囊的睡袋。

他伸手向上面探去，感到里面装着东西，略有些柔软。

"快后退，船长。"阿历克斯举起了铆钉枪对准睡袋。

"先等等……"

"不！别这样做，船长！"

伯伊德没有听他的，而是迅速扯开睡袋。

里面并没有什么怪物，而是一副舱外活动用的宇航服。透过面罩，可以看清楚里面那张并不陌生的面孔。

一张女人的面孔——属于女宇航员，玛利亚·帕夫洛娃。

"上帝啊，她居然躲在这儿。"

阿历克斯愣住了。但他随即一把将她拽出睡袋，重重抛到舱室的另一侧，然后上前挥拳朝她的头盔上打去。

拦住怒气冲天的阿历克斯之后，伯伊德不停拍着帕夫洛娃的身子，直到她睁开眼睛。

"你们怎么会在这儿？"她打开宇航服的通话频道，虚弱地问，"你们没事吧？"

"这话应该问你，你这疯婊子！你们他妈的在这空间站里究竟搞了些什么？马上解释！"

阿历克斯仍在发飙，完全没有怜香惜玉的想法。

说实话，伯伊德也没有那种想法。

他手持一把钻枪，将钻头对准帕夫洛娃的颈部，那里正是宇航服最薄弱的地方："真是聪明的姑娘啊，知道躲在这种地方，看来你也已经见识过那些怪物了吧。"

"它们？"

女宇航员的视线缓缓移向舷窗。上面的白色裂缝正在不断扩大。怪物们一直在不停冲撞着外壁，企图攻下这个人类的最后堡垒。

"对，确切地说是你的同事们。我看到了它们的衣服，也看到了你们那间一团糟的生活舱。刚才还有几个休斯敦的高级官员在心急火燎地询问你的下落。"

伯伊德用钻头在她的衣服上用力戳着："到底发生了什么？说说吧。"

一开始，帕夫洛娃只是沉默不语，任凭两人质问；慢慢地，她开始啜泣起来。

"本来，本来就是一个单纯的太空生育实验，谁知道会发展成……"

"你们到底做了些什么？"

"实验是从三个月之前开始的。三个月，你们明白吗？"她哭喊道，"从开始试验到分娩，只花了三个月。你们知道那意味着什么吗？"

伯伊德惊呆了："意思是说，你生出来的根本就不是正常的……"

"不是人类！是怪物、怪物！——临盆的时候，露出来的不是婴儿的头，而是触手！"

"当时你们为什么不通知总部？"伯伊德逼问她道。

"我们太害怕了，根本不知道怎么处置那个东西。罗萨特里说要先等等，不要急着报告——"

"是爱子心切吧。"伯伊德回头望向舷窗。

那个戴着罗萨特里头盔的怪物正死死贴在玻璃上，一动不动地凝视着舱内的三个人。

"他就是那'孩子'的父亲，对不对？他不愿意把你们生出的怪物送回休斯敦当试验品。"

帕夫洛娃摇摇头："父亲并不是只有他。他们三个男人，都是父亲。"

"你说什么？"

"他们三个都是'孩子'的父亲！特别是藤原，事发之后数他最害怕。他居然想扔下我和那怪物逃跑！"

伯伊德点点头，皱眉说道："他是想一个人逃离'飞鸟站'。你们想阻止他，所以就切断了他的安全绳和氧气管，谋杀了他，对吧。"

"是他自己不好。一声不响就穿上宇航服和背包，逃出舱外想要去拿逃生球，所以——"

"逃生球？……对啊，你们有那个东西！"阿历克斯顿时两眼放光。他扑上前揪住帕夫洛娃的肩膀逼问道，"他成功了没？逃生球现在在哪儿？"

帕夫洛娃颓丧地摇头。

"他那是报应。刚一出舱，他就被怪物给围住了。安全绳和氧气管，都是被那些怪物给……"

两个男人看着她不停耸动的肩膀，不由得同时陷入沉默。

"不管怎样，至少逃生球还在空间站里。"阿历克斯低声说。

"对。可现在我们有三个人。"伯伊德没有在帕夫洛娃的身上发现喷气背包。他用一条绳索把工具穿起来，系在腰带上，"计划恐怕要有变动。"

"船长，你不会是现在还想要救这个女人吧？"

"当然。"

伯伊德起初的设想是：冲出通信舱，前往生活舱的舱壁找到紧急逃生球，驾驶它飞向"疾风站"的方位。由于逃生球的设计用途仅仅是避难，所以燃料想必并不够用，因而当燃料用完之后，他和阿历克斯两人必须操纵喷气背包完成剩余的飞行。

但现在多了第三个人，于是变数就产生了。

"别这么做，船长，别救她。"阿历克斯冷冷地说，"我们没有那么多燃料。"

"可——"

又一次明显的振动从周围传来。三人觉察到不对劲，同时朝舷窗那里看去。

再也没有什么舷窗了。他们的头顶上，只剩下一个透明的舱体框架，直通站外的宇宙空间。

舱外，那四只怪兽停滞了一会儿，仿佛是在观察他们三人；几十只长短不一的鳌肢和触手随即伸进来，极力伸展，犹如一丛疯狂绽放的血红色花朵。

帕夫洛娃手足无措，一动也不动。

从她身旁伸出一只手，拽住她的太空服，将她抛向那些触手。

"阿历克斯，你在干什么！"伯伊德大喊。

"让她见鬼去吧！"

愤怒的年轻宇航员一脚将帕夫洛娃踹向那些触手的深处，然后手持铆钉枪，趁着怪兽们被帕夫洛娃吸引的当口，挤过触手和舷窗之间的空隙，操纵背包喷出数股燃气，飞出通信舱。

异变

高压燃气在伯伊德耳边回旋咆哮，却依旧掩盖不住帕夫洛娃被怪兽们包围时所发出的凄厉惨叫。

## 7

"阿历克斯，快点来帮我一把，我们得把她救回来！"

"抱歉，船长。"阿历克斯并未理睬伯伊德，而是继续躲藏在生活舱外壁的阴影里，忙着拆卸逃生球的收纳舱门。

"你这自私的小畜生！"

"谢了船长。别怪我没提醒你，你要想去救她，浪费的可是你自己的背包燃料。"

又一只怪物扑过来。伯伊德没空再管阿历克斯，只顾朝前方喷射黏合剂，驱赶怪物。然而那怪物并未被击中。它伸出身体左侧的三根触手，顶端喷洒出几股白色液体，依靠反作用力迅速避开了黏合剂的攻击——反应之迅速，姿态之优雅，简直比喷气背包还灵活。

"希拉耶夫，你的飞行技术总算进步了。"

伯伊德看着它身上挂着的宇航服残片，自言自语，然后举起切割锯攻击它的触手。

……这些鬼东西真是难对付。它们有智力，会学习，还能在宇宙空间里自如行动……它们到底是从哪里来的生物？他心里暗自想着。

头顶上方，三只怪物将帕夫洛娃团团围住，伸出无数细长的带刺触手，缠绕起她的四肢。

它们会吃掉她吗？按理说，她可是怪物们的"母亲"啊。

伯伊德发现它们并未展开攻击，而是纷纷伸出自己的喷射触手，朝同一个方向飞去。

它们要把她带走？带到哪里去？

异变

"船长，我这里还剩最后一个铰链就好了，你得赶快回来。"耳机里，阿历克斯又在催促了。

"等着我！"伯伊德大喊一声，左手将操纵杆向前拨动。压力升高的燃气驱动他加速前进，避过"希拉耶夫"的螯肢攻击，绕开它来到帕夫洛娃的身旁。他用铆钉枪不断朝怪物射击，一开始射痛了两只，然后它们学会了躲避飞舞的铆钉，松开触手离开帕夫洛娃的身体，飞到不远处重新聚集在一起，将螯肢对准伯伊德，似乎是要发动反攻。

伯伊德将帕夫洛娃揽在怀里，单手朝怪物所在的方向喷出大量黏合剂，弄出一大团四处飘动的黏合剂雾团，想以此拖延它们的进攻。

然而怪物们突然间似乎完全不惧怕黏合剂的腐蚀了。它们冲破雾团，直直朝两人飞来。

伯伊德抛开喷壶，朝对面射出几十颗铆钉，然后使劲拨动操纵杆，拼命朝生活舱外壁飞去。

"孩子，快把逃生球拖出来！"他朝麦克风大叫，"开足马力！"

远远可以看到阿历克斯的身影，他正对着掀开的舱盖一动不动，在发着愣。

因为舱盖里是空的。

里面根本没有逃生球。

转瞬间，一团黑影无声无息地盖住了他的身体。

伯伊德瞪圆两眼，刚要开口，就见到那巨大的物体已经触碰到了阿历克斯的宇航服。

——那是"蜘蛛号"。

它缓慢而稳定地朝前推进，没有任何犹豫地压住阿历克斯的躯体，将其挤压成大团的血雾和肉块。

然后，飞船紧贴着"飞鸟站"的外壁停住不动；船头的下颌位置张开两道舱门，伸出一对机械手臂，将阿历克斯的剩余部分撕扯下来，拖进货舱。

随即，"蜘蛛号"打开反推发动机，倒退着离开"飞鸟站"，消失在空间站的阴影之中。

一切都发生得太快，没有预兆，没有声音。回过神来的时候，伯伊德再也找不到阿历克斯的身影。

只剩下空间站舱壁上四溅的污血，以及被"蜘蛛号"撞破的一道裂缝。

四只怪物组成菱形的"编队"，喷着汁液再度飞来。伯伊德回头举起铆钉枪盲目射击。同时，他和帕夫洛娃沿着惯性，一路飘向空间站外壁的那道裂缝处，最终撞在舱壁上。

"进去。"他推着帕夫洛娃的臀部，将她塞进裂缝，然后自己倒退着进入空间站的生活舱。

一只怪物突然加速冲过来，用最长的几条触手扒住裂缝边缘。伯伊德抛开铆钉枪，拿起手钻，将钻头深深戳进那些触手里来回搅动，直到那些触手痛得缩回去为止。

现在，外面那些怪物盘踞在裂缝周围，围成一圈。它们不再将触手伸进裂缝，而是将螯肢的尖端来回旋转，慢慢化成螺旋状的钻头，戳着外壁，并像电钻一般做圆周运动。

"它们接触过什么，就会进化成什么样。它们想把舱壁钻开。"

伯伊德明白了怪物们的心思。

他左右手分别举起电钻和铆钉枪，防御着那些触手的进攻：哪里被钻出了一个洞，他就把枪口对准那里射出铆钉；有一些触手变化成锯条般的形状，多次想从裂缝里攻入，都被他用切割锯给割断了。就这样僵持了不知道多久，触手的攻势渐渐微弱下来。

最后，在一阵敲击振动后，它们的身影消失在裂缝外。

刚开始，伯伊德还不敢放松警惕。直到等候了十多分钟，也再没有新的攻势出现，他才略微放松下来，把身子靠在遍布绿色污迹的舱壁上，稍作休息。

"看来它们暂时放弃了。"

"不。"帕夫洛娃木然地说，"不是的。不是的。"

"好吧。"

伯伊德觉得她就快要精神失常了，就没再理睬她，而是考虑起自己的问题来："蜘蛛号"的自动驾驶之谜。

他回忆起先前"蜘蛛号"的飞行动作。那微妙而完美的倒退转向，仿佛有生命的动物一般，绝对不会是什么自动驾驶程序失灵之类的原因。还有更早的时候，"飞鸟站"的动力舱突然消失之后，"蜘蛛号"随即强行脱离对接。不是电脑的原因，只有可能是有人在里面操作。

这个人是谁呢？当时有谁在飞船里面？

答案简直呼之欲出。

"是藤原。他还没死！——不，他的确死了，但是又复活了。"

伯伊德凝视着正瑟瑟发抖的帕夫洛娃。

女宇航员浑身上下都是被那些带刺触手弄出的伤口，这让他觉得相当不舒服，总觉得哪里不对劲。他努力让头脑继续沿刚才的轨道思索下去。

"在飞船里，他变成了怪兽，变成那种浑身触手、头脑聪明的狗杂种。是他操纵飞船离开，也是他驾驶飞船杀死了阿历克斯。"

突然间，整个太空站被一波巨大的振动弄得抖动起来，生活舱里的杂物依照惯性撞击在舱壁上，胡乱地飞散着。

伯伊德一跃而起，双手紧握切割锯："又来了？真是片刻都不想让人安静。"

"不是的！不是的！"帕夫洛娃反复说了好几遍，抱住自己的头盔，周身乱颤，"不是的！不是它们！是它，是它来了！它来了！"

振动越来越强烈，伯伊德难以保持身体稳定。他想叫帕夫洛娃安分一点，却感到有团巨大无比的阴影遮盖住了生活舱的舱窗。于是他小心翼翼地飘向窗边，俯身窥视着窗外。

外面出现的，是一个完全超出他想象能力的物体。

一个既丑陋又巨大无比的生物，正悬浮在空间站的顶部，伸展起成百上千根无比丑陋的钳肢和触角，以及触角之间连接着的皮膜，好似一个诡异的红色雨伞，或是一只血红色大章鱼。这只"章鱼"挡住了整个太阳，在它的"头部"顶端，沿着阳光的边缘，可以隐约看到一个人形的剪影轮廓——

一个婴儿的剪影。


# 8


刚开始，并不容易看出那个东西的体积究竟有多大；直到伯伊德辨认出，有四个小黑点一直围绕那个婴儿状的物体移动，意识到是那四只怪物正在绕着它飞行，这才对它的庞大有了直观的感受。

远远看上去，就像是一个肥胖的厨师头顶上盘旋着几只苍蝇一般。

这种震撼，令伯伊德感到自己的渺小和虚弱。他觉得只要那个玩意儿高兴，随时都可以一口气吞下整个"飞鸟站"。

"动力舱，可能就是被它给……给吃了？"

他强忍恐惧，开启头盔里的光学成像器，慢慢朝那个方向拉近。

果然，在那一堆犹如树丛般来回摇动的触手深处，有一小块微微反光的蓝色条状物体，好似一片落在头发里的蓝色玻璃纸屑。那应该就是"飞鸟站"的太阳能光板。

他回过头，盯着正蜷缩成一团的帕夫洛娃。

"那个就是你的孩子吧。那就是你们生下来的'东西'，对不对？"

"是我的错……都是我的错！是我让他打开了防辐射睡袋，是我提议要在外面做的！是我对他说：'罗萨特里，这是我的第一次。我不想在黑漆漆的睡袋里做第一次，我要看着星空。'——他同意了。我们就这样游出睡袋，连外套都没有穿，赤裸裸地飘在空气里。他把我按在舷窗边，我一边看着外面的星空和地球，一边体验整个过程……后来，迪克·舒尔和藤原也来了，我不知道是他们自己闯进来的，还是罗萨特里让他们加入。我就一直保持着姿势，趴在窗边。

"你知道那是种什么感觉么？在我眼前只剩下漫无边际的星海，黑洞洞的宇宙，渺小的地球……最后，就好像全部的东西都融为一体，拥挤着进入我的内脏，推送着我，让我能够在太空里飞翔！飞翔！"

伯伊德猜测：也许就是在那个时候，某种人类尚未知晓的外太空力量，乘机进入了这女人的体内……

帕夫洛娃把头茫然地转向伯伊德，头盔面罩上反射着黑蒙蒙的宇宙，还有那个血红色的奇异生物。

这个女人已经是彻底地疯了。伯伊德心想。


那生物开始移动起来。

它试探着伸出仿佛没有止境的漫长触手，无声地触碰着"飞鸟站"的外壁。它卷起剩余的那几个舱室，犹如掰断树枝一样拆下它们，卷进自己的触手根部。于是，整个空间站脱离了稳定的状态，陷入自转之中，令伯伊德感到阵阵作呕。

"我们当时本以为把它扔出舱门，扔到太空里，它就肯定死了。可是它没有。它越长越大，它什么都吃，它攻击了自己的父亲，还把他们变成了怪物。现在，它想要带我走。"帕夫洛娃幽幽地说着。

阳光重新刺进伯伊德的眼睛。他用手遮住面罩，发现那只"章鱼"移动了位置：周身的无数喷液触手组成它的"推进器"，令它改变姿态，快速游向"飞鸟站"。

越来越近了，伯伊德甚至能用肉眼看到那些被它碾压、消化的金属舱壁碎片。一号科研舱和拓展功能舱已经被它吞进了体内，很快，在附近的触手上就长出了数个圆柱形的物体，露出淡淡的肉白色，尺寸和形状都跟被它吃掉的舱室一样。

这难道也是某种进化吗？

它庞大无比，它拥有智慧，它能在宇宙里自由翱翔，它可以吞噬掉世上的一切。它是人类在太空里繁育出的后代，它最终将取代人类。

"去他妈的。"伯伊德低声骂了一句。

不能留着它。必须杀了它。

但是，用什么方法好呢？陷入激动状态的船长，头脑中闪出数不胜数的奇思妙想。

——要是它在地球上出现就好了！我们有核弹，我们有激光炮，有电磁炮，我们还有坦克、军舰、飞机、洲际导弹、灵巧炸弹，随便用什么把它炸个稀巴烂吧！

"爆炸物？我们手里有什么爆炸装置？"

他嘴里念叨着，一遍又一遍地检查自己腰上挂着的工具。小型备用燃料罐虽说能爆炸，但是面对那团犹如山峰般巨大的怪物，其能量根本无济于事

"爆炸……爆炸……"

伯伊德的心脏猛地一跳。

他腾出右手，伸进左胸的口袋，从里面掏出那卷已被揉成一团的白色纸带。

那是从"飞鸟站"通信机的打印机口中吐出的纸带，上面印着自毁密码。

能管用吗？且不说爆炸威力能有多少，区区一个空间站，被那些高楼大厦一样庞大的触手缠绕住，很可能会像易拉罐一样被瞬间揉成碎片。到那时，不但无法实施爆炸，连他自己也逃不出去。

"但是只有这个办法。只有这个办法了。"

伯伊德把手伸向挂在腰间的燃料罐和工具包。他决心做一次尝试。

　　　　　　　　　　　　　　　异变

# 9

硕大的触手从四面八方袭来，将"飞鸟站"卷起，将它捆得严严实实。

伯伊德感受到一股加速度变化。显然，那只"章鱼"正在将空间站卷向自己。

"上钩了。"他自言自语道。

"放弃吧……你的燃料不够……"躲伯伊德怀中的帕夫洛娃虚弱地说了声。

"什么时候了还说这种话！"

伯伊德牢牢抓住舱壁，等待触手卷回"章鱼"核心部位的那一刻。

一分钟前，他将帕夫洛娃用绝缘胶带跟自己捆在一起，又把三罐应急燃料抛到舱外不远处，再使用铆钉枪将它们射爆。三团橙黄发亮的爆炸光芒果然刺激到了那巨型怪物，使得它伸出触手。不久之后，大怪物将会把"飞鸟站"卷至自己身边。届时，伯伊德将会输入自毁密码，趁爆炸前的三十秒缓冲时间，带着帕夫洛娃一起飞离爆炸范围。然后，他们得找到"蜘蛛号"并设法进入船舱，这样就可以返回"疾风站"了。

"能行吗？"

不确定因素当然有，但是在伯伊德看来，总比闭上眼睛等死要强得多。

"会有机会的。"他安慰道。

加速越来越猛烈。过了大约一分钟左右，太空站突然停止了移动。伯伊德马上启动背包向后退去，以免他俩因惯性而撞死在舱壁上。

看来，是到站了。

伯伊德朝窗外看去。

一片血色的"草原"映入他的眼帘：无数大大小小的血红色触手来回摇晃，在阳光的照射下，闪烁着肉质光泽。

他没心思欣赏这片令人反胃的"风景"，而是推动操纵杆，飞到通信舱的气闸控制板旁边。

根据纸带上的说明，"飞鸟站"的每个舱室都有独立且自备电池的自毁系统，即便失去了电源也可自行运转。伯伊德用钻枪卸下一块黄色的舱盖，露出里面的钛合金键盘，开始输入十七位数字密码。

一切都很顺利，直至还剩下最后四位数的时候，眼前的一切突然翻腾旋转起来。

"怎么回事——"

两人被甩出了空间站的破洞。伯伊德撞在一根电池板固定柱上，只感到头晕眼花。他咬牙睁开眼睛，用背包稳住姿态，却发现自己离"飞鸟站"越来越远。

一片红色的触手"草原"中，灰白色的太空站来回翻滚，好像无数鲜红色的手臂在玩弄它一样。

"它在玩？它把太空站当成了玩具？"伯伊德打了个冷战。

有个坚硬的东西触碰到他的背包，令他停止了后退。他回头一看——

是另一个空间站？！

"不，只是一个舱室而已。"努力恢复神志之后，他辨认了出那块圆柱形物体的身份："飞鸟站"的拓展功能舱。

他顿时大喜过望。

"帕夫洛娃，你看到了吗？我们要超额完成任务了。"

伯伊德飞入拓展功能舱内，发现尽管舱壁已是千疮百孔，但主框架还健在。自毁装置安装在各舱体的主结构梁里，这就表示，拓展功能舱也可以被引爆！

那还等什么呢？他很快找到了这里的键盘，输完全部密码，摁

异　变

下红色的确认键，然后用喷气背包的最大功率飞出舱体，准备赶回"飞鸟站"输完剩下的密码。

"最好能在三十秒之内输入完，否则那'章鱼'怕是要——哦，妈的。"

四只小型怪物喷射着汁液，从四个不同方向朝伯伊德袭来。

现在可没这闲工夫跟它们斗。伯伊德抛开怪物们不管，自己压住操纵杆不放，径直飞向"飞鸟站"主站体。

头盔面罩下方的HUD界面显示出当前时间：离拓展舱爆炸还有不到十秒。

"飞鸟站"就在眼前。

九秒……八秒……

一只怪物挡在伯伊德身前，却被他手里的切割锯锯开了脑壳，慌忙逃到一边。他伸直四肢，如同跳水姿态一般地滑进舱壁的洞里——

一小团明亮的光斑在远处亮起。

拓展功能舱爆炸了。

肉红色的"草原"连同"飞鸟站"一起，开始汹涌翻滚起来。舱外，无数巨大的触手激烈摇晃，好像熊熊燃烧的火焰。

"再坚持一会儿，只要一会儿就好！"

伯伊德和帕夫洛娃就像掉进洗衣机里的老鼠般，四处碰壁。折腾了将近三分钟，触手们才稍稍有些平静了。他抓紧时间，移动到生活舱的卫生间门旁，打开生活舱的自毁系统键盘，输完指令，然后飞进通信舱，接着按完那四位数字。

任务完成。

伯伊德不顾背包动力界面上"仅剩百分之八燃料"的警告，打开加力，一头飞出舱壁上的裂缝。

"它来了。"帕夫洛娃突然开口说。

数不胜数的细长触手从"草原"里急速蹿出，就像疯长的野草般迅速升高，纠结成束，纷纷朝他们俩伸过来。

伯伊德取出腰间的绝缘胶布，左手拔下双氧水冲洗器的杆状喷管，将切割锯快速绑在喷管顶端。他把这只"加长版"切割锯伸向前方，见到触手就挥舞过去，如同割草一般，切断了一团又一团触手。

快点，再快点。

伯伊德感觉这三十秒实在太漫长。

终于，两人背后亮起了一大颗亮黄色的光球。

所有的触手瞬间往后缩去，从他的视野里消失了。

恰在此时，伴随着耳机里的一声长鸣，喷气背包停止了工作。

"成功了？"

伯伊德不放心地回头望去。

或许，小小一座空间站并不能摧毁它。或许，它只会短暂停止动作，然后对他展开疯狂的报复。或许……

它逃走了。上千根触手胡乱摇摆着，朝太空喷射出灰黑色的不明物质，好像喝醉酒的飞行员所驾驶的飞机一般，朝着近地轨道的反方向飞去，越来越远。


"对啦，好孩子。就是这样。"伯伊德微笑起来，并发出不连贯的喘息声，"我打痛你了。你该跑了，去找你真正的妈妈了。"

一道黑影从上方飘过，反射到了帕夫洛娃的头盔上，被他看见了：那是一个熟悉的身影，纤长的身体，身后拖拽着四片菱形的太阳能板。

"蜘蛛号"在这里，那就意味着，那些怪物也该在这里。

飞船打开了货舱舱盖，从里面飞出两个黯淡的身影；马上又有四道黑影移动过来，跟它们聚集在一起。

六个怪物围成一团，螯肢相互缠绕黏结，最后变成一根硕大而尖锐的黑色尖刺。

　　　　　　　　　　　　　　　　　　　　异 变

它们尽全力喷出所有的汁液，对准两人飞来。

伯伊德取下仅存的两罐应急燃料，用胶带捆在一起，喷上厚厚一层黏合剂，倾力朝正前方掷去。

铁罐砸中它们的身体并粘了上去，但它们仍继续飞行，毫无犹豫。

"再见了，同事们。"

伯伊德在心里默念过他们每个人的名字，然后将枪盒里的铆钉全部朝前射出，一颗也不剩。

黄色的光球很快亮了起来，将它们全体吞噬进去，一个不剩。

"你没有燃料了……一步也走不了……"望着明亮的爆炸光斑，帕夫洛娃说。

伯伊德没有回答她，只是掉转身体姿态，从腰间拔出双氧水冲洗器，用力扣下扳机。

在喷射所带来的反冲力推动下，他俩缓缓朝向"蜘蛛号"的货舱飘去。


# 10


"蜘蛛号，返回'疾风站'，使用全速。"

飞船听从了伯伊德的指令，掉转方向开始加速。

伯伊德如释重负地瘫坐在驾驶座上，觉得今天这把椅子异常柔软舒适，就跟家里的沙发一样。他卸下宇航服头盔，顿时感到一股臭气扑面而来。

"这股子什么味道……该死的怪物，把驾驶室弄得一塌糊涂！"

大概是曾有怪物在里面活动过的原因，整个舱室里布满了绿色黏液，且臭气熏天。

帕夫洛娃除去自己的头盔，开始脱宇航服；刚脱完上身，她看到伯伊德一动不动地注视着自己的身体。

"怎么了？"

"你里面没有穿衣服？"

伯伊德快速朝她飘过来，凝视着眼前这副光滑洁白的丰腴胴体。

"你……你干什么？"

然而伯伊德丝毫不讲礼貌，连扯带拉地褪去她的所有衣物，让她赤身裸体地飘浮在舱内。观察了好一阵后，他狠狠地将帕夫洛娃按在舱壁上。

"我就知道。我老早以前就觉得不对劲！"

伯伊德掏出腰带上的切割锯，死死抵住帕夫洛娃洁白的颈子。"——你到底是什么东西？"

"好痛……快放开……"

"看看你的宇航服吧！"伯伊德扭过她的头，凶恶地喊道，"这上面全都是洞口和裂缝！"

在她的宇航服上，遍布了大大小小几十个裂口。

"那些怪物在太空中缠住你的时候，把你的衣服破坏成了这样，可你却居然一点事没有。还有你的身上……"伯伊德抬起她的大腿，拿锯子来回比画，"没有伤口，没有血迹，而且居然没有瘀青和磨损。穿着厚重的宇航服却不会磨损皮肤，我飞了这么多年，还从来没有见过！"

帕夫洛娃微笑起来。

"……还有，我们刚到'飞鸟站'的时候，动力系统并没有什么大碍，完全可以修复运行。既然这样，那它为什么会失去电力？谁故意关掉了电力系统？身为宇航员，你明知道通信舱有能力独立运转，为什么不恢复通信？我真是笨，到现在才反应过来。从一开始你就算计好了，你想把我们都引到这里来，对不对？"

伯伊德慢慢后退，用锯子对准帕夫洛娃的额头，吼道："你不是人类！你也已经不再是了！"

　　　　　　　　　　　　　　　　　　　异　变

"离开地球那么远，那么久，除了太空之外什么都没有。"帕夫洛娃缓慢优雅地舒展自己的腰肢，"在这样的世界里，是不是人类又有什么关系？"

她浑身开始长出一层又一层的白色绒毛，并渐渐变粗变长，变成乳白色触手。她的腹部竖着裂开一道血口子，里面钻出一团花瓣模样的红色器官，一伸一缩地朝伯伊德探去。

"来吧。跟我一起感受在太空里飞翔的滋味吧。这样难道不好吗？"

回答她的是切割锯的噪音，以及伯伊德饱含悲愤情绪的吼叫。

飞转的锯链切进她的颈项、胸脯、腰腹，连续撕扯出血红色的裂口。

"闭上嘴去死吧，你这怪物。"

伯伊德锯下她的脑袋，一脚将其踢飞。

然而从她脑后飞速伸出数十道纤细的触手，将其牢牢固定在舱壁上。

"既然诞生，就不会消亡。生命就是这样。"

阴森的女声从那颗头颅的方向飘来，语气里充斥着的是高高在上的嘲讽。

"蜘蛛号，让'疾风号'准备好全套生化清洁程序！"

伯伊德连滚带爬地移动到驾驶台，一边喊着，一边按下顶端的通信按钮；但他的手指却感到一丝黏黏的触感。

他下意识地甩甩手指，看到自己的指尖粘着一团鲜红色的东西。

口香糖？

不对，不是。

这不是口香糖，而是一块肉。

一股电击般的颤抖开始遍布他的全身。

视野中的所有物体，仪表板、飞行椅、电脑屏、舱壁，全都变成鲜肉一般的柔软形状，并生出鲜红的绒毛，波浪一般地摇动着。

驾驶舱地板正中央，浮现出一颗硕大而滚圆的瘤状物。他马上看出，那是一颗婴儿的头颅。

"进化是最好的良药。你也一起来吧。"

帕夫洛娃的声音在伯伊德的耳旁轰鸣。

他还没来得及发出哀号，那婴儿已经张开大口，将他生生地吞了进去。


# 11


"到头来你们还是弄成了一团糟。"官员将探测照片扔在桌上，对科学家模样的人抱怨道，"害得我们失去了两座空间站。"

"'牢笼站'和'飞鸟站'都配置了女性宇航员，实验内容也一样，出现损失是必然的。不过，至少我们拿到了实验数据，情况目前也已经控制住了。"

"引爆了整个空间站都没能杀死它，只把它赶跑了，这也叫控制？"

"我说的不是那婴儿，而是宇航员。"科学家解释道，"没有一个人活着离开，这就足够好了。您担心的不就是宇航员中有活口留下吗？请放心，爆炸干净利落，不会有人能够幸存。"

"希望如此吧。我只是想要确定你们做事是否足够稳妥。"

"我了解伯伊德上校，他是我一手提拔上来的。他是个很有责任心的人，但是价值观极其保守，他肯定会设法引爆空间站。事实证明，确实如此。"

"如果他要逃呢？"

"喷气背包的燃料不足以令他返回'疾风站'。"

"逃生球呢？"

"开什么玩笑，"科学家用奇怪的眼神望向他，"每个空间站的逃

　　　　　　　　　　　　　　　　　　　异变

生球收纳舱都是空的。我们早就考虑好了这点。"

"万一他运气好，夺回了'蜘蛛号'，那又该怎么办？"

"'蜘蛛号'的主电脑里预先存有自主控制指令，藏在程序源文件中，宇航员无法发现和更改。另外，还有一项保险措施，"科学家的脸上露出得意的表情，"我们传给他的自毁指令，是一道'双任务命令'。"

"能说得浅显一点吗？"

"把那道命令输入通信舱后，通信舱会立即与'蜘蛛号'建立一条隐秘的数据链接；当通信舱自毁时，'蜘蛛号'也会在同一时间爆炸自毁。既然你们拍到了'飞鸟站'爆炸的照片，那么我可以向你发誓，'蜘蛛号'绝对已经跟它一同爆炸了。"

"好吧，看来还是你们比较狡猾。"官员不禁笑起来。

"'牢笼站'上的实验情况，目前还不清楚，'天赋站'的宇航员明天就会出发前往调查。希望他们的表现也能像伯伊德这么好。"

"我还是提醒你，最好在听证会开始前把一切事情都了结完，不然你我二人都会有大麻烦。"

会议室的墙壁上，大屏幕突然自动打开，显示出一个远程通话程序的界面。一个年轻工程师用焦急的口吻报告说，从"天赋站"那里传来了紧急通信请求。

"——他们说，在太空站附近，看到有艘奇怪的飞船！"

"是什么样子的飞船？"官员觉察出一丝不妙的气味，追问道，"有没有实时图像？"

"好的长官，请稍等。"

界面内容迅速转换，变成太空站舱外摄影机的监控画面。

黑蒙蒙的宇宙背景里，一艘灰白色的小型飞船正慢慢靠近摄影机。它的身材纤长，身后拖动着四片太阳能电池板。

"上帝啊，那是'蜘蛛号'！"官员失声叫道。

科学家也瞪大了双眼。"这不可能！——您瞧，瞧它的样子！那是什么东西？"

监控画面上，那飞船的外壳渐渐开始变形，周身长出一片红色的、类似手臂一样的东西。船尾的四块电池板不断地波动着，好似水母的触须，形状也在逐渐改变；最后，居然变成了四片翅膀状的物体。

而在这艘"飞船"旁边，隐隐有两个人形物体，手拉着手，正展开身上的数根白色"翅膀"，不断扇动，好像飞翔的海鸥一样。

"——休斯敦，这里是'天赋站'，有紧急情况。"话筒另一端，"天赋站"的宇航员们拼命喊叫着，语调充满恐惧和疑惑，"天哪，你们能看到它吗？……它就要朝我们扑过来了！"

然后，整个画面变成一团漆黑，就好像被什么东西活活吞掉了一样。

会议室内的两个人目瞪口呆了好一阵。

之后，科学家打破了沉默。

"瞧瞧这进化的速度。"在他的瞳孔中央，闪耀起狂喜的光芒，"这就是我们未来的样子！我国在太空开发领域占据绝对优势的时代，就从今天开始！"

"什么意思？"

科学家缓缓转过头，心情愉悦地对官员说道："我的意思是说，看来我们还需要再派人过去。"

# 天国之路

## 1

在朝向那个长相犹如发霉的橘子一般的灰橙色星球飞行了很久之后，航行的终点站——木卫二轨道空间站"天国一号"终于被航行电脑捕捉到了。

睡意蒙眬之中，我睁开眼睛。胃部的感受很明确地告诉我：我是被饿醒的。

我看看飞船前方那个小黑点一般的空间站，又看看手上的航行表——居然睡了十二个小时。

也就是说，在最后一点粮食吃完之后，我已有七十二个小时没吃东西了。

通信系统自动恢复了畅通。从话筒里传来中气十足的男低音："梧桐号，这里是天国一号，你能收到吗？"

他的精神可真棒啊，一定每天都能吃得到不少肉吧？

我哆嗦了半天才张开嘴，却没有回答他。

"梧桐号，你听到了吗？里面的船员，你们听到了吗？你们就快要抵达终点了！三百四十多天的旅途终于结束了，天国就在眼前，你们一定很兴奋吧？"

没错，天国就在眼前。我很兴奋，但是我继续保持着沉默。

"梧桐号，梧桐号，你听到了吗？听到请回话！……"

## 2

一年多前，当得知自己从近七百二十万人之中被选中成为"天国计划"的宇航员时，我可真是犹如身在天堂一般，兴奋得无以言表，当场就大吼大叫跳起舞来，以至于宣读通知的那两个公务员都被我弄糊涂了。

"有必要这么兴奋吗？"其中一个人朝另一人耳语道。

开什么玩笑？一群愚昧的人哪！你们这些整天瘫坐在办公室里、上午等吃饭下午等下班的碌碌无为之辈、目光短浅的燕雀之徒，怎能体会到我此刻的兴奋？

"马先生，请别再跳了，麻烦您先在合同上签字……"

我从桌上蹦下来，大笔一挥签过字，把他俩轰出办公室大门，然后继续跳上办公桌狂呼着"万岁"，顺带还将咖啡杯一脚踢在了班组主任的后脑勺上。

当天中午，我没跟任何同事和领导打招呼，一溜烟直接翘班回家，将我被选中的消息告诉了我父母。不出意外的是，他俩面露悲切之色，一再请求我考虑考虑他们作为父母的感受，并又开始朝我唠叨起那些"好吃不如米饭、幸福不过平凡"之类的鸡汤废话。

我忍无可忍，朝他们大吼道："我马拉堂堂大男人一个，一辈子就是为了吃他妈的米饭的？告诉你们，明儿个我就收拾包袱去三亚训练！从今以后，不要再拿你们这些地球人的庸俗价值观在我面前制造噪音！"

看着他俩抱头痛哭的场景，那时的我毫无怜悯之心，只有满腹的爽快感和轻松感，转身背起包摔门而去。

一个人从小到大，从小学到大学，从小职员到老干部，永远都是为别人，为了在这世俗里挣扎，从来没有哪怕一天是为了自己的愿望而活着。这种毫无尊严的生活——不，不叫"生活"而叫"生存"，这样令人目不忍视的人生惨状，你们居然还想说服我继续忍受下去？马上都已经快22世纪了啊！自由在哪儿？平等在哪儿？

　　但是如今我终于可以解脱了。十多艘单程行星际飞船"天神级"两个月后就将从月球轨道基地出发，连续飞行近一年后直达木卫二，然后在那里的轨道上空就地拆解成为世代空间站"天国一号"的一部分建筑构件，并且永久在那里驻扎下去。我，马拉，从此以后就将永不回头地离开地球，成为我们国家在木卫二的殖民历史的先锋之一，永远自由自在地科研、探索、冒险——自由平等的世界就在眼前，而那些张家长李家短的世俗破烂事情，再也跟我无关了。

　　滚蛋吧，无聊的生活！滚蛋吧，无聊的人类！

　　第二天，我昂首挺胸回到了公司，在全体员工的注视下走进经理室。

　　经理一改往常"心情不好要骂人、心情好了更要骂人"的奇葩脾性，面露微笑对我说："小马，我知道你被选中了，我知道你现在牛了。不是不让你走，只不过你手头的工作还没有交接，这恐怕……"

　　"恐怕什么？你也会有怕的时候么，经理大人？哈哈！"

　　我站起来踹翻了椅子，伸出手指对准他的大门牙，将这几年来工作的怨气全部宣泄到他的身上，还顺带将他倒给我的一杯水泼到他脸上还给了他。

　　经理强忍着怒火抹了一把脸，咬牙切齿地说："马拉，你以为你到了别的环境里就会好过吗？离开了地球你就会幸福了？就没有拼搏和竞争了？惨死的日子在后面呢，等着吧你！"

　　那时的我并不能理解，只是抄起手里的辞职报告，揉成一团砸在了他那张丑脸上。

然而，他是对的。

# 3

在三亚的两个多月适应性训练一晃而过，我与一群同样决心摆脱世俗社会的青年男女一起，从太空航行的基本知识开始学习，时间不知不觉过得飞快。幸而科技昌明，大部分航行工作都可以交给计算机去处理，我们又属于比较聪明的一群人，因此一切都很顺利。最终，我们全都完成了考核，不日便可乘火箭前往月球轨道基地，各自登上不同的飞船启航。

在训练中，我与另外三位毕业生成了好朋友。

来自北方顶尖学府的高才生窦富，厌倦了庸常无聊的生活，毅然抛弃富商家庭和美丽的女友，选择来这里成为志愿者；由于志同道合的缘故，他也与我关系最好。王尔来自官宦人家，家中世代是公务员，人倒是不坏，就是脾气颇为急躁；矮小丰满的女青年林零则出身小康人家，从小习惯自己做主，为追求婚姻自主和人生独立，果断加入我们的行列里来。

由于我们四人教育背景类似，性格也都很相近，便在两个多月的时间里很快结成了一个小圈子。按照有关部门惯例，关系最好的几个人可以乘坐同一艘飞船，所以我们四个人最终也理所当然地坐上了同一艘船——"梧桐号"。

记得临出发的那一天，我们在"梧桐号"上兴奋得睡不着觉，通宵达旦地聊天、打牌、唱歌、哄闹，完全不知道什么叫压力。也许是因为这趟航行的任务实在是太过简单的原因吧——所有的变轨和加减速操作全部由飞船电脑控制，我们唯一要做的，就是在飞船加速至脱离地球引力范围的速度之后，好好饱餐一顿，然后一头钻

异 变

进冬眠舱中呼呼大睡；三百四十九天之后，电脑将把我们唤醒，届时"梧桐号"便已经与木卫二轨道上空的"天国一号"空间站自动完成对接了。

轻松不？惬意不？吃一顿，睡一觉，天国就会来临！

我至今还难以忘记，在我们临"入睡"前那一顿晚餐时候的场面。当时，我和窦富一起飘浮到生活舱尾端的厨房室门口，推开食品库大门，顿时有整整一墙的太空食品映入眼帘。仔细看看，从蛋炒饭到炸酱面，从冰淇淋到养乐多，数不完的美味佳肴就在面前。

当时的我毕竟还是年轻幼稚，竟嘲笑起太空部门的官员们来："这帮官僚，给咱们塞这么些个好吃的又有啥用？一觉醒来，飞船都已经到终点站了，还吃个屁？"

"就是，"窦富也不屑道，"冬眠期间，我们只要一边睡觉一边打营养液点滴就行了，这么多美味佳肴到最后岂不是都浪费了？"

我讥笑道："估计到时候还是会便宜了那些'天国一号'的船员吧。我听说他们在那里条件艰苦得很，每天就靠一点儿太阳能培育出来的真菌过日子，个个吃得脸色都跟蘑菇一样，难得逮到一只蟑螂就算改善伙食了，还得靠抓阄决定翅膀归谁触须归谁。得了，就算咱们是过去给他们扶贫好了！"

等我俩有说有笑地抱着一堆食物回到生活舱客厅的时候，却发现王尔和林零不见了。而在不远处的走廊另一端，传来"咚咚"的声音，持续不断。我和窦富蹑手蹑脚飘至那里，将耳朵贴在舱壁上，顿时听到他俩发出的令人面红耳赤的"欢乐之声"。

我俩相视一笑：果然如此！他们两人在三亚的时候就互相眉来眼去久矣，此时已经山高皇帝远，再也无人能阻碍他俩"深入了解对方"的欲望了。

"真是悠闲啊。窦兄，我看咱们也甭跟他们客气了，随便他们战斗去，咱们自个儿把这些好东西都吃光吧！"我提议道。窦富只能无奈地摇摇头。

那天晚上，飞船时间10点左右，我们四人吃完了酣畅淋漓的"最后一餐"，然后依照医学指示命令将冬眠维生药物依次服下，便全部钻进冬眠机里打了一针，舒适地睡去了。

我只记得这一觉睡得相当舒服，甚至连梦都没有做，就好像每天晚上正常的睡眠一样舒坦；而当飞船电脑的唤醒闹铃将我叫醒时，我甚至没反应过来自己在冬眠机里，而是下意识地伸手朝"枕边的闹铃"方向摸去。

但随即，手腕上的点滴器开始朝我体内注入催醒药物。

我的意识迅速恢复正常，顿时反应过来，只感觉自己心脏开始剧烈而兴奋地狂跳——

到站了！到"天国"了！我成功了！我自由了！万岁！

冬眠机舱盖打开之后，我迫不及待地取下身上所有的感应器和点滴插头，光着身子就飘了出来，迅速飘到飞船舷窗旁边，急不可耐想要找到那颗橙色的星球，以及我梦寐以求的"天国一号"……

——什么都没有。窗外只有无边无际的星空，以及左下角一小片惨白色的圆形轮廓。我伸长脖子朝那地方看去，顿时像被速冻了一样，整个人都僵住了。

开什么玩笑？那不正是月球吗？

那环形山，那熔岩带，还有环月轨道上几颗若隐若现的空间站基地灯光，那些我无比熟悉的场景……开他妈的什么玩笑？我一觉醒来却还在月球旁边？

极度疑惑的我只觉得自己还在做梦，使劲地晃晃脑袋，顺手抬起左腕看了看航行表，一行令我绝望的数字正幽幽发亮：当前飞船时间——12点24分17秒。

"开什么狗屁玩笑……"

我他妈的一共只睡了两个多小时?!

# 4

十多分钟之后，其他三人也相继被电脑叫醒。

精神恍惚的我飘在舱室角落里，眼睁睁地看着他们重复我之前的反应：清醒，兴奋，眺望，惊愕，疑惑，最终一个个也全都目瞪口呆了起来。

"我们被坑了！"王尔是第一个暴跳如雷的人。他浮在空气里紧握双拳挥来挥去，身子不停地打转，一边还在咬牙切齿地咒骂，"那些狗日的混蛋！白痴！外行专家！搞他妈的什么飞机?!"

"别这样，王尔，别这样。"林零强忍着恐惧，抓住王尔的手腕，生怕他伤着自己，"一定是哪里出了什么小差错，比如冬眠机有什么故障……"

我低声回答道："别想了。刚刚你们没醒的时候我已经检查过了，机器性能一切良好。"

王尔不相信我的话，跑去检查了所有四台冬眠机，发现一切功能都正常；只不过一旦试图重启冬眠程序，每台机器都会提示"系统源代码已更改，请向制造商获取"的故障信息。

"给我一个小时，我去把机器里的源代码扒出来一行一行检查，倒要看看他们搞的什么鬼！"他甩下了这句话后，便跑进设备舱里去捣鼓电脑终端了。

"我说，帅哥们，美女们，你们难道没有想到一件事吗?"窦富已经冷静下来，说道，"这种情况下，我们首先应该跟发射基地取得联系吧?"

我摇摇头："也试过了。飞船通信程序全都无法启动。不要问我为什么会这样，我不知道。"

林零不相信我的话，飞也似的飘向通信室。五分钟后，她面如土色地回来，眼眶里满是泪水，糊住了她的眼皮。"为什么会这样?"

不知所措的她只能呐喊着。

"我说过了，我不知道。"

"基地里难道没有人发现我们的故障？他们为什么不来救援我们？这里离月球还不算太远啊！"

"我不知道！"

然后，我们三人就这样各怀心事地呆呆飘浮在原地，望着窗外那一成不变的星空背景，久久没有人说话。大约四十分钟之后，气急败坏的王尔从设备舱里钻出来，甩手将一台电脑终端砸向舱壁。

"——垃圾！狗屎！你们猜怎么着？四台冬眠机的初次冬眠默认时间全都被设置成两小时，并且只能操作一次！他们就是在耍我们玩！"

"为什么！为什么这样！"林零重新又哭喊起来。

"别问我，我知道个屁！"王尔也跟她对着喊。两个人就这么你来我往地哭天抢地着，我的耳朵也被搅疼了。

窦富想必也是如此吧！他满面愁容，眉头紧皱，咬着手指自言自语，似乎正在琢磨什么重大问题。一直到王尔林零二人累到吵不动，而我也几乎要睡着的时候，他才拍拍手掌喊道："同志们，能消停了吗？请冷静一点好吗？现在的情况已然如此了，我们能不能坐下来理智地分析一下状况？"

"不能！这里是失重状态我坐不下来，只能这么飘着！"王尔仍是一脸怒气。但我已经厌倦了歇斯底里式的恐惧，这会儿稍微有些能够接受现实了，便朝窦富点了点头。

"好吧，那我先发表一下个人看法，同时欢迎各位平静理智地讨论，OK？"他盯着王尔说道。

王尔终于也算是开了点窍，只好放低音量说："算了，你想讲就讲吧，一会儿我再发表个人观点。"

一句话概括目前现状，那就是：我们四个人被困死在这"梧桐号"上了。首先，与基地的通信被切断；其次，通过对电脑的检查，

　　　　　　　　　　　　　　　异变

我们发现"梧桐号"的燃料几乎没有任何额外剩余，在必需的入轨、变轨、轨道维持的燃料以外，剩下的紧急备用燃料仅仅只能产生不到每秒一千米的速度变量，这点能量别说让飞船返回了，甚至连减速和拐弯都实现不了。冬眠机的损坏，则意味着我们四人必须在"梧桐号"上活活干等近一年时间才能到达木卫二。

"这又有什么大不了的？"王尔此时尚未明白事态的严重程度，"不就是睡觉么？我上学那会儿每天能睡十个钟头！大不了我们拼命死磕安眠药，一路睡到'天国一号'就是了。"

窦富不断摇头："老王，你难道不知道我们为何要冬眠吗？冬眠的重要性你不了解吗？在所有的睡眠类型中，冬眠是对人体伤害最小的一种，磕安眠药会把脑子磕糊涂的。"

"谁说的，我——"

"等等，我还没说完。第二点，这次航行长达一年，如果不进入冬眠的话，我们很可能会得上'太空幽闭症'，在精神上出现各种情况，这也是很危险的。"

林零搂住王尔的胳膊说："这问题我听说过，但我们几人是好朋友对不对？一定能想办法互相鼓励，不让大伙儿出现精神问题。……反倒是窦富你老是这么严肃地吓唬人，时间久了，我怕我们都被你吓出……"

有没有搞错？到了如此关键的时刻，这个姑娘不担心自己那暴躁的男朋友出问题，反而责怪起窦富的理性分析来了？我不由得怒从心头起，捏紧拳头准备发作。窦富一看我的样子，马上推推我的肩膀说："别激动！大家都不要激动，我不是吓唬人。——其实，我还有一个最吓人的担忧，还没有跟你们说呢。"

"什么意思？"我们三人都又是一惊：还能有什么更坏的消息？

"你们难道忘了么，人工冬眠期间人体的新陈代谢只是平常的十分之一不到，所以需要的养分也大大减少，无须携带太多食品；反过来说，针对冬眠设计的'梧桐号'，从节省载荷方面考虑，粮食和水很可能……很可能根本不够我们用。"

窦富阴沉着脸，说出了那句令我们所有人心惊胆寒的一句设想："如果我们继续这样保持清醒的话，或许很快，我们就会活活饿死在这艘飞船上。"

死一般地沉默良久之后，林零失控般地泣不成声："为什么会变成这个样子啊！！！"

谁知道？


# 5


接下来的一天里，我们把厨房和储藏舱中所有能拿来吃的东西，包括胡椒面、番茄酱和老干妈酱全都搬了出来，从头到尾清点了一遍，最后结论是：窦富猜得一点也不错。如果根据标准宇航员营养摄取规定，每人一天吃三顿的话，这些食物最多只能供我们吃一个月左右。至于空气和水，则暂时不用担心，尽管"梧桐号"是冬眠飞船，但船上却很奇怪地配备了齐全的内循环净化机和温差冷凝造水设备，利用核能发动机的能量，少说也能撑他个二三十年的。

关于粮食问题，王尔认为目前事态紧急，不能再照搬营养条例。他建议大家最好每天只吃一顿，每顿能少吃就少吃，剩下的时间统统睡觉。他估计，如此一来大概可以撑四个月。

"可是航行需要一年啊，一年！撑四个月又有什么用！"林零朝他嚷嚷道。王尔急躁的情绪又一次冲上头来，伸手给了她一巴掌。

"吵什么吵！能多活一天是一天，那么早就放弃希望的话，还不如自杀了拉倒！"

随后，这两人蜷缩在一个舱室角落里，哭哭啼啼地说着什么。

我心里面突然产生一个想法，对窦富耳语道："我们刚刚是不是漏点了别的食物？"

"别的食物？哪里还有什么别的？"窦富故意做出疑惑的表情，但这骗不了我的眼睛。

"冬眠机里的液体营养物质。你忘了那个吧。"

窦富盯着我看了良久，叹口气道："既然你已经说到这地步了，我再瞒你也没有意思了。——没错，冬眠机里储存有能用上一年的营养液。可你别忘了，只有我们在冬眠状态下才可以……"

"如果在清醒状态下注射使用呢？"

"大概……再多撑上一个月，算是到头了。"

"这些营养液就这么点能量？"

"只是些基本的糖分和矿物质而已，你当它们是什么，仙丹神药吗？"

最后一丝希望还是破灭了。不过，为何窦富要故意漏点那些营养液呢？营养液可以拿来当粮食用，这他不可能不知道。我看着他阴郁的面孔，心中不免有些疑虑起来；可他却又小声对我说道："记住，这事儿暂时保密。假如他们两人没反应过来，那我们就装呆子，装不知道，明白吗？"

这话又是什么意思？难道说，窦富，我在这艘船上最亲近的好朋友，在策划什么不可告人的事？

几分钟后，王尔和林零两人一起飘回到我们面前。王尔用手指着窦富，一脸皮笑肉不笑的表情："老窦同志，刚才你是不是漏算了什么粮食？冬眠机里的那些点滴营养液，难道不算食物吗？"

事已至此，我和窦富两人只得老老实实点头称是。于是，二十几袋营养液也被从冬眠机里搜刮了出来。

"好了，所有东西都在这里了。"王尔飘浮在舱室正中央，挥手指着背后飘着的这么一堆食物，对我们发号施令道，"我们四个人就平分了这些食物，这是最合理的方案了。怎么样？我想应该没有人反对吧？"

我和窦富都不禁皱起眉头：平分？我们四人各自的能量消耗、

脂肪含量都不相同，根本不应该搞平均主义啊？好比那矮矮胖胖的林零，一定是能耗最少、忍饥挨饿能力最强的人。这根本不合理！

然而在那时，我们之间的关系毕竟还没有破裂，互相之间总算还知道要有些脸面。因此，众人都没有提出异议。而另一个更严重的问题，即所有食物吃完之后该怎么办的问题，没有一个人能够想出办法，因此也没人再发表意见。我们四个用固定网将各自分得的食物裹成一堆，分别固定在舱内四个角落里，并用绑带拴在自己的腰带上。

它们将是我们最宝贵的财富，也将成为我们最为恐惧的灾难之源。

当所有事情全都忙完后，距离大家从冬眠中醒来已经过去了整整三十个小时。已经从最初的震惊和慌乱中走出来的我们几人，一旦松懈下来便感到了无比的疲劳，一个接一个飘浮在各自的角落里睡着了。一开始我并不想睡，可是倦意就像突如其来的海潮一样扑向我的头脑，睡眠迅速降临，无法抵抗。我隐约记得自己做了一个超长的噩梦，梦见我在一摊无尽的污泥之中游泳，周围游来无数张着巨嘴的丑陋怪物对着我的身体疯狂啃噬；我被它们啃得浑身抖动、支离破碎，却还是只能不停地朝前游去，就这样过了一天、一周、一月，最后，一年时间过去了……

我突然醒了。洁白的船舱内一片寂静，手腕上的计时器显示我这一觉睡了将近十个小时。强烈的饥饿感令我的胃部开始痉挛，我回头朝自己那堆食物看去——

它们全都跑出了固定网，像一摊碎片一样四散飞开，一大群五颜六色的锡箔包装碎片和白色碎屑弥漫在我面前。我的大脑空白了好一阵后才反应过来。

"谁他妈的在偷我的粮食?!"

我的怒吼声将其他几人也惊醒了。林零和窦富疲倦地睁开眼睛，疑惑地看着我。同时，王尔懒洋洋的话语声也从我身后飘出。

"老马，别激动。"他手持一把带有金属刃口的开罐器，一动不动地浮在我背后。我转身看过去，他衣服的领口和袖口附近粘着许多闪闪发亮的锡箔碎片。

"老王你……"

"我是拆了你的食物，但是我一点也没有偷吃。相信我。"

事情再清楚不过了，这个混蛋趁我睡觉时偷拆了我的粮食！那些锡箔包装纸碎片因静电和零重力而粘在他的身上，他手中的开罐器也正是作案工具，而现在，这挨千刀的狗东西居然还有脸在我面前跟大爷似的摆谱！

"等等，老马，别冲动。"窦富意识到气氛有些不对劲，便朝我这边飞来，可饥饿、恐慌、愤怒、低血糖、下床气等一大堆负面情绪因素，当时已挤满了我的脑部空间，令我丧失了理智。

我一心想着要弄死王尔，于是解下身上的腰带，用脚猛蹬着舱壁朝他那里飘去。王尔自然不甘心吃亏，挥动着开罐器作为武器在抵抗着。我俩就这样在失重环境中扭打成一团，右手持着"武器"想要击打到对方，而左手却想要抓住对方的衣服，防止因反作用力导致对方被打飞、继而逃离攻击；而由于惯性和反向力矩的影响，每挥动一次手臂，我们的身体就会朝反方向自转，于是两个人紧紧挨在一起，手舞足蹈地各自呈反方向旋转，一圈接一圈地好像在跳着某种怪异的舞蹈，却始终未能成功打到对方哪怕一次。

过了好几分钟，林零再也看不下去了，带着哭腔大喊着："够了！你们两个都住手！要闹到什么时候才能停下？好不容易积攒下来的体力就打算这么白白耗光吗？"

大概是觉得她说的话确实有理，王尔愣了一下，却被我抓住机会用腰带扣子狠狠在脑门上砸了一道。我们两人马上朝相反方向分开飘去，在飘飞的轨迹上洒落下一排血滴。窦富迅速飞过来，死死抱住我朝另一个方向飘去，而林零则拿出身上的应急药物飞到了王尔身旁。

的确，在失重的飞船里打架实在是件费力不讨好的苦差事，我和王尔浑身沾满汗液，浪费了大量的体力，却都未能制服对方。王尔喘着粗气，手捂着脑袋对我叫着："你这混蛋搞偷袭，我好心好意帮你检查粮食，你居然对我爆头？"

　　"'检查'？你他妈的再说一遍？"他恬不知耻的谎言又一次激怒了我，我气势汹汹就想上前给他来一次追加伤害。可惜窦富正从背后死死抱住我，导致我悬浮在舱室中央，触碰不到任何物体，实在无法飘到王尔那边，只得作罢。

　　"别吵了。谁对谁错你自己心里明白。"窦富狠狠盯着王尔说，"亏我们都是好朋友、好哥们儿，分配食物还是你出的点子，没想到现在你竟干出偷窃我们粮食的事情。你真令我失望。"

　　王尔不肯接受批评："窦富你少装蒜充好人了，当初要不是我有意提出来，那些冬眠用的营养液说不定就被你一人藏起来了！要说鬼点子，你比我多得多！"

　　"没错，我当初确实不想提醒你关于营养液的事情。你知道为什么吗？你觉得我真的会百分之百相信你吗？猜得果然不错吧？哼哼，偷东西的工具这会儿还在你手里握着呢。"

　　被这么一问，自觉理亏的王尔也哑口无言了，只得怨恨地看着我和窦富。

　　林零这时又对我们好言相劝，一把鼻涕一把泪地替王尔解释，说了一堆诸如"他饿得太厉害头昏眼花把别人的粮食看成自己的了""梦游梦见吃东西所以误动了他人的粮食"之类的屁话。我实在懒得理睬这女人，但看在她辛辛苦苦四处帮我整理散落粮食的分儿上，也就没再理她了。然而没过几秒钟，从她嘴里发出的一阵惊天动地鬼哭狼嚎般的惨叫，却令我们几人的神经再度紧绷了起来。

　　"马……马拉，你快看看，你的食物，它们居然是……哇啊啊啊！！"

　　我被号啕大哭的林零弄得不知所措，而王尔却抓过身边一包拆了一半的压缩食品，用力砸到我的身上："好好看看吧，一帮蠢货，这就是我好心帮你检查粮食检查出来的成果！"

那包压缩食品飞到我的胸口停下来，我只觉得轻飘飘的没什么分量。拿起来剥开包装纸一看，里面根本不是包装上说的"风味压缩肉食"，取而代之的却是一块矩形的白色泡沫塑料板，捏在手里发出"吱呀吱呀"的噪音，令我感到一阵泛酸和呕吐。窦富过来抓起那塑料板一看，脸上也变得全无血色。

恐惧再一次降临到我们头顶，而疑惑和愤怒也重新席卷而来。

——为什么这些太空食品包装里，填进的全是些泡沫塑料？


# 6


将所有带有包装的食品全部拆开检查过之后，我们四人的心情又一次陷入绝望的谷底。最终证实，总共一百二十四包压缩食品中，只有二十一包装着能吃的东西，其余一百来份统统都是泡沫塑料做的赝品。

整个舱内的气氛变得异常诡异。我们面面相觑，互相交换着疑惑的眼神——这是航天部门跟我们开的一个玩笑吗？还是说他们故意想整死我们？

"我想，或许是些装饰品吧。"首先冷静下来发言的还是窦富，"假如我们每个人都能顺利进入冬眠的话，那么这些'食物'天生也是用不到的。至于船上为什么会有这些东西，我觉得可能还是形式主义和官僚主义惹的祸。"

我说："你的意思是，这些食品都是装样子的，用来对付上级检查，或者作假来展示给别人看的？"

"嗯，似乎也只有这种可能性了。之所以选泡沫塑料，大概也是因为重量够轻吧。"

"一群疯子！泡沫塑料是危险的可燃物，根本不该被带上飞船才对！"王尔咆哮道，"这群蠢货！"

"是啊，蠢货。他们居然蠢到令冬眠机故障、通信故障、食品短缺等多个低概率的严重故障都凑在了一起。"窦富阴冷地说，"如果他们不是故意的话，那就真是蠢到天昏地暗了。"

"故意？什么故意？为什么要故意？"林零浑身发着抖问道。

"我想……算了，多说无益。老马，我们来把泡沫碎屑清扫干净吧，不然会有消防隐患。"

在合力将碎屑全部吸走之后，我们四人不得不聚在一起，再一次分摊食品。现在，每个人的食物量都大大减少了，加上营养液，最多也只能维持每个人大约三个月的需要，之后该怎么办，没人知道。

所有情况都被考虑过了。我们将食物锁在各自的储藏柜里，将钥匙放在内衣里或含在嘴里，防止某些人实在饿得精神失控而发生抢夺事件；每天除了必需的一顿饮食之外，我们全部蜷缩在自己的柜子跟前强迫自己睡觉，那些安眠药品也被我们平分来帮助睡眠（不过似乎效果不好，难说那些安眠药是不是假货）。肚子饿了我们就不停地喝水，然后将每天可怜的一点食物弄成小块含在嘴里，企图缓解体内的饥火。成年人每天大约至少需要一千五百大卡热量来维持基本生理活动，我们每人每天只摄取不超过两千大卡的食品，剩下便只能依靠身体的静止和体内的脂肪消耗来维生。卡路里成了我们的生命线。

一切手段也都被努力尝试过了。我们曾打开所有标着"豆类"的食品袋，放在水中指望它们长芽；可那帮狗日的技术部门竟将所有豆类全部进行了热处理，根本长不出豆芽来。我们也尝试用暖风机和温水培育真菌，可"梧桐号"内没有适宜养殖真菌的木制品，而处理过的粮食里也不含任何真菌孢子——飞船的空气循环设备里也有杀菌装置，除了一丁点对人体有毒的霉菌之外，根本养不出别的东西。

更要命的是，虽然我们已经尽量合理地分配好了能量摄取方案，也尽量让自己处于"一动不动"的状态，但是我们的头脑还在运转，心脏还在跳动，还在不停地说话、思考。于是慢慢地，我们的身体开始进入一种不健康的状态。这种状态不仅表现为营养不良、消瘦、便秘、面色发黄、神经性厌食等生理问题，同时我们的心理层面上也渐渐出现了异常。

大约是过了将近一个月，有一天我昏昏沉沉地醒来，感觉自己喉部和胃部发出阵阵刺痛，"饥饿"和"厌食"两种矛盾的反应在同时压榨着我的身体。我觉得头痛欲裂，但却还是按照固定的习惯，慢慢沿着舱壁攀爬至舷窗旁，朝向地球和月球的方向看去。

啊，它们又有一些变小了！跟一个月前相比，"梧桐号"已经离开它们越来越远。可是，前面还有十多个月的"饥饿徒刑"在等待我们！我拽过固定网，疲惫不堪地检查起食物来——还好，没人动过它们。我的胃部绞痛，鼻腔里再一次泛出因饥饿而引发的"幻觉香气"：一股类似洋葱炒肉片的味道。

"咔叽……咔叽……"

身后传来的咀嚼声顿时令我浑身一震。身体本能驱使我回头望去——一个多月的饥饿生活，令我学会了一招，凡是别人吃东西时候我在一旁看着，短期之内便能驱散自己的饥饿感。我看到王尔拿着小袋老干妈肉酱，正往手里一条淡黄色的东西上面涂抹，然后小口塞进嘴里香喷喷地咀嚼着。

"你吃的什么？"我小声问他。

"食物碎屑，干燥成型。"他吃得一嘴的黄色碎屑乱飘，用简短的话语回答我。

"怎么做？"我打算也学习一把，"碎屑怎么收集？"

他一时语塞，艰难地吞咽下嘴里的东西，又喝了一口水，紧紧捂住嘴巴许久之后，才回答："厕所。厕所。"

厕所里怎么会有食物碎屑？我一时想不通。但是看到他捏着鼻子、强忍恶心的样子，我很快还是明白了过来。

他吃的，难道是厕所里干燥处理后的粪便？


# 7


惊恐之中的我将窦富和林零叫醒，把情况告诉了他们。林零大惊失色，不由得捂住自己的嘴；窦富也紧皱眉头说："何必这样……何必这样……"

"你们懂个屁。"王尔捂着自己的肚子，慢腾腾地说，"动物尚能反刍，我就不信我们不能再利用那些排泄物。"

"求求你，别说了……"林零又一次泪如雨下。

"你们知道人体的消化过程会产生多少浪费吗？"他依然振振有词，"上帝保佑，让我们有了'老干妈'。这酱的味道很浓很鲜美，能够压住一切气味，只要内心够坚强，别说干燥粪便，哪怕新鲜的那玩意儿，涂上之后我都能……都能……"

王尔被自己的话给恶心地噎了一下，但很快又说道："还有，除了粪便，我们身上也有其他东西可吃，什么头发、指甲、皮屑，以及那些回收过的呕吐物……"

我忍无可忍，不惜浪费体内的能量喊道："你给我住嘴！你这还是人干的事吗？"

但王尔却冷眼斜视盯着我看，讥笑道："老马，别硬撑了。别当我不知道，你没事总喜欢吞咽自己嘴唇上的皮，以为我看不见？"

几人顿时将惊愕的目光投到我身上。

果然还是被他看到了。没错，我是无意中发现这个"窍门"的。可是一块仅几平方毫米的嘴唇死皮又能有多少营养？不过是自我安慰罢了。但是细细想来，这种行为与"吃人肉"又有什么区别？只是分量不同而已。我哑口无言，只能低下头。

"既然大家都明白，那就不要再奢谈优越感了。开餐吧，有谁要加入我吗？"王尔不断搓揉自己的腹部，意图缓解饥饿和恶心带来的疼痛，然后飘到舱室上方，摁下几个按键。从舱内各处马上传出"蓝色多瑙河"的旋律。我们仰头看到，他闭着眼睛，左手挤出一小团黑泥巴似的老干妈酱，右手捧着黄色的风干排泄物蘸了蘸酱，顺着节奏摇头晃脑，"咔叽咔叽"大嚼着。

"……色香味俱全，美食伴着音乐，人生得如此，何惧之有！"他凄凉地说。

没有办法，逃避饥饿是一切生物最基本的本能。残存的理智暂时还能控制我们不要超标饮食，但疯狂的饥火却在炙烤我们的道德习惯。很快，我们每天前往厕所的频率增加了许多，到后来不得不通过抽签决定前后顺序，并且平均分配前去采集"食物"的次数，企图做到"可持续发展"。一开始我并不能接受，但是有一天我实在已经饿得浑身不能动弹，窦富便将自己那份"干燥食品"蘸上酱，硬塞进了我的口中。

王尔说得没错，整个宇宙中，恐怕再没有比老干妈更好吃的东西了！细小的豆豉和碎屑般的牛肉粒，对于那时的我来说简直如同满汉全席！在铺天盖地的香辣气息席卷之下，任何东西——所有能吃的不能吃的东西，统统变成了美味佳肴！我含着热泪疯狂咀嚼着口中的干燥排泄物，后悔自己怎么没有早点开始吃它们——随着时间的流逝，这些美味的食材，这些来自人类的馈赠，会变得越来越稀少啊！

可惜，好日子不会过得太久。即便是有老干妈和剩余食物的支撑，我们依然在艰难地与饥饿做着拼死争斗。每天的时间好像过得越来越慢又越来越快，往往闭上眼睛便是长达数世纪般的昏睡；睁开眼睛之后，伴随着剧烈头痛而来的却是漫长而无聊的等待——等待吃饭时间到来，等待厕所里又有了新的"收成"。一有空的时候，我往往闭上眼睛捂住脑袋，飘在那里祈祷，祈祷时间过去得更快一些，祈祷食品永远不要用完，祈祷基地那帮人早日发现"梧桐号"上的异状……我甚至还祈祷过，让其他几个人早早死去，这样好能留给我更多的粮食。

祈祷没有起到效果。两周之后，老干妈酱告罄。我们只能强忍着异味空口食用干燥排泄物。

一个月后的某天，终于，厕所里再也找不到任何"收成"了。我们收集了身上其他的分泌物，但是数量完全不够食用。

航行了四个半月的时候，所有压缩食品全部消耗完毕。我们将包装纸打碎，掺入水中泡开，想象着自己喝的是麦片和稀粥，将它们喝进肚里。王尔和窦富将船内所有纸质品，如飞行手册、管理档案、航行日志、不干胶标签等全部收集在一起，用维修舱里的切割器和搅拌器捣碎，放进热水里泡烂了拿来喝。但这样也只能再多支撑一个星期而已。况且人体很难将纸张消化吸收，所以呕吐等浪费行为屡见不鲜，对此我们也束手无措。

在接近"梧桐号"航行的第五个月时，舱内所有的纸制品全部吃完了。

到了这时候，每个人手上仅剩的资源，就只有五包多一点的液态营养。为了尽可能获取额外热量，已经严重消瘦的我们几人整日躺在冬眠机里，将舱内暖风开到最大，每天艰难地操控皮肤注射器将营养液打进血管。这样的"进餐"丝毫不能缓解因饥饿而产生的痛苦，我们唯一能做的就只有通过想象来宽慰自己：营养已经进来了，我的胃，我的小肠，你们别再饥饿了，别再疼痛了，有东西吃了……

连这样也没有用。营养液数量太少，根据估算，我们也只能再这样撑上一个月而已。待到"梧桐号"到达航程终点的时候，我们就将变成四具严重营养不良的尸体，静静地被送往"天国一号"。

现在，我们每天就这么干躺着，满脑子想着的只有一件事：还有什么东西是可以吃的？

异变

# 8

又是一场突如其来的噩梦。我梦见飞船里有几个人，几个宇航员，他们有男有女，面目模糊，但是我确定他们不是王尔、窦富、林零，不是我们之中的人。我看到他们在舱内游荡，便想前去问他们要点吃的，但他们却什么都没有。——不，其中一个女宇航员的腹部鼓了起来。

营养不良？浮肿？我疑惑了半天，总算意识到她可能怀孕了。

转眼之间，她已经生下了孩子。那婴儿上身是人形，下身却是一只巨大的章鱼。我看到那几个宇航员低头讨论了半天，最终找来了刀叉将那"章鱼"切割肢解，然后在太空舱里点起篝火，大吃起烤鱿鱼来。

真令人羡慕啊！我脑袋跟炸开一样，转眼从梦中惊醒。仍然是一成不变的舱室，我突然感到一阵反胃，从喉咙里呕出一小摊不明液体。

太浪费了。我慢悠悠地将身体朝上方推去，用了好长时间才追上那摊液体并将其吞回肚里。正当我在细细回味的时候，不远处的舱室尽头飘来林零那特有的尖细沙哑的喊叫声。我心中有些奇怪：她竟还有力气尖叫呐喊？

"救……救……救……"

我转过头去，看到她赤裸着上身，用一种丑陋的方式在空气中划动，好像上岸的鱼；在她身后，有两个人影正在缓慢地转圈，并发出刺耳难听的"叽叽呀呀"的噪音。我眯着眼睛朝那里尽力望去，那两人正是窦富和王尔，他们正在像跳舞一般地各自转着圈，手里正挣扎着挥动电动切割锯。

他们在干什么？那姿势总觉得在哪儿见过。我思考了半天，终于回忆起：仿佛很久很久以前，我跟王尔在舱内打过一架，当时我俩正是用的这种姿势。

打架？你们还有打架的体力吗？我心中升起一丝好奇。林零却缓慢地飘飞到我身边，用尽气力抓住我的胳膊，想要躲在我的身后。

"王……王……"她虚弱地喘息着，断断续续说道，"杀我……吃我……我的……孩……孩……"

我冲她摇头，表示听不懂她的话。可当目光下垂，见到她隆起的腹部的时候，我马上明白了。

林零怀孕了。王尔一定是想割开她的肚子吃掉里面的胎儿。窦富可能是想阻止他，也可能是想跟他争抢，于是便打了起来。我将林零蹬向后方，并利用这股反作用力朝那两人飞去。过了一会儿，我到达了舱室另一端，而他们二人正精疲力尽地各自飘浮在一侧，衰弱地喘着气。

"别打。别杀人。"我用微弱的话音朝王尔说道。

王尔那瘦如骷髅般的脸庞转向我这里，面目僵硬地说："孩子，是我的。可以吃。"

自然，孩子应该是属于他的。"梧桐号"已经航行了五个月，孩子可能也有五个多月大，大概有两百多克重了；就算林零长期营养不良，但她原先的体内脂肪总能勉强供应给胎儿一些。理论上，胎儿对我们来说确实有重要的食用价值，并且林零体内的胎盘也可以拿出来。我甚至在脑海中想到了最有效率的处理办法：将所有的肉和内脏全部切成薄片，利用飞船的热风进行风干保存，血液也抽出来放入容器中供饮用，骨骼用机器切碎成粉末后冲入水里。如果运气够好的话，说不定林零身上还会有点母乳……

"不行。不行……"窦富从胸腔里发出一连串痛苦的哀鸣，喘息着嘟哝道，"不能吃人……不能……"

"能吃。以后可以再生。饿死了，什么都没了。有肉了，我分给你。"王尔的头颅有节奏地上下晃动，呈现出一副兴奋的样子，重新踩着舱壁，拿着切割锯蹬向林零的方向。窦富竭力想要追上他，但身边却没有任何可以借力的地方，只能徒劳地朝前方伸出手臂。

"老马……阻止他……你有劲……"

我知道窦富的意思。确实，三个男人中体格唯一能与王尔相提并论的就是我了。当时我脑中仍然存在着那一丝道德观念——"不能吃人。"我用手指钩住舱壁顶端，慢慢将身体推动到王尔的方向，在他手中的电动切割锯离林零还有一米左右的时候，我的手抓住了他的脚腕，将他的滑行方向改变了。我们二人沿着合力的方向，擦过林零的身边，同时撞在厕所门板上。

搏斗迅速展开。飞速旋转的切割锯在我鼻前飘动，我不得不用肘部在舱壁上剐蹭着后退；虽然被我撞得有些头晕目眩，但王尔仍能抓着切割锯不断朝我的脑袋攻过来。毫无疑问，他打算把我逼至某个死角，然后用切割锯将我的脑袋和身体锯开——他会吃了我！一定会的！恐惧令我浑身每一个毛孔都像炸裂开来一样，每一根肌肉纤维也正用尽最后一丝能量在燃烧。我越来越快地朝后退去，喉咙里觉得恶心万分，不停地咳嗽。

追逐在两分钟后结束，我重重撞在通信舱门上。身体的抗争已经严重伤害了我的机体，我觉得从头到脚就跟瘫痪了一般，再无半点力气。王尔的情况也不容乐观，他的每一处肌肉也都已经动弹不得了。但他一直持续着原本的姿势，右手的切割锯对准我的嘴巴，整个人维持着之前的运动速度，渐渐朝我面前飘来。切割锯的噪音响彻云霄，正在宣告我的死刑。

王尔的运气还是不佳，因为有武器的不止他一个人。另一台切割锯的声音从我耳后渐渐袭来，擦过我的头发飞向王尔，飞速旋转的刃口正撞在他的右手腕上，随后弹向他手中那台锯子。两台锯子的刃口相碰撞，顿时被迅速弹飞到两个相反方向。王尔的锯子就这样偏离了我的脸，歪到了旁边的舱壁上，锯口与舱壁的反作用力让其在空中划了一圈，远离了我。王尔被锯子割到的那只手上，鲜血四散喷射，血液在空气里像礼花一般绽放。我回头看向窦富，他已经颓然飘浮在一旁，手臂无力地伸展，失去了意识。

窦富掷出的切割锯拯救了我。由于手腕动脉被割断，失血过多的王尔进入休克状态，死亡仅仅是时间问题了。他的右腕伤口里不断喷出小股鲜血，像推进器一样令他的右臂不停抖动；而他自己的锯子在舱内四处乱撞了几圈之后，最终竟飞向了已经吓晕过去的林零的身体，在她左边大腿上狠狠切开了一道大口子。又是一片血肉飞溅。

在他俩逐渐失血而死的同时，我一动不动飘浮在舱室里，用尽全部精力盯着那两只随处乱滚的锯子看了很久，直到它们全都停止在离我很远的位置上自转，才彻底放下心来。顿时，我的眼前一黑，极度的疲劳令我强烈地想要昏厥过去。

但是，不能！不可以！我咬着牙睁开眼睛，看着血雾弥漫的舱室里飘荡着的那两具骨瘦如柴的尸体，以及在我身后昏迷的窦富。

——又有活下去的希望了，怎么可以就此闭眼？

道德？对不起，我现在已经没有那么多道德了。

我努力操控自己的四肢，奋力想要向前，张开嘴向那两具尸体飘去。

## 9

当冬眠机里的窦富慢慢醒来的时候，距离王尔和林零的死亡已经过去了两天。他像一个灯尽油枯的老人一般衰弱，眼睛只微微打开一条缝，喉咙在不停地颤缩。他应该是看到了我，眼神里反射出微弱的光芒，而我除了拍拍他的手之外，什么也没说，只是无声地将营养点滴的计量又开大了一些。

我决定等他身体恢复到基本健康的水平之后，再把事情告诉他。

一个星期后，窦富的体力已经恢复得差不多了。这天，我正悬

　　　　　　　　　　　异 变

浮在冬眠机旁昏昏欲睡，却被一阵猛烈的摇晃所惊醒。窦富正用劲揪着我的领口，沙哑着嗓子哭喊："你在干什么?！你都干了些什么?！"

体力逐渐恢复的他，手里的劲也显得大了些。我见他指着冬眠机里的十几袋红黄相间的液体不断哭嚷着，心想：他终究还是明白了过来。

"你醒了？身体不错嘛。"我朝窦富挤出一脸笑容，却被他一巴掌拍中脸颊，一股火辣辣的疼痛感，"……哟，手劲儿不小啊。"

"马拉，你他妈的畜生！畜生！你给我打的点滴是从哪里来的?！"

我花了很长时间，将一切都耐心地讲给他听。那次夺去两条人命——应该说是三条人命的惨案发生之后，我运用最后一丁点的力气，张开嘴巴替自己补充了救命的能量，并将他俩的尸体妥善地进行了安置。处理尸体的方法，我其实早已经心中有数，但那天之后，我才真正鼓足勇气下手。我在"梧桐号"的医疗室找到了许多器械仪器，设法将尸体中含有的营养成分萃取出来，或制成营养溶液，或做成压缩固体食品，体液和血液也尽量减少浪费，全都装进了容器里——在储藏室内的某个柜子中，塞满了大量空的点滴袋子，拿来用正合适。另外，"梧桐号"的科学实验室里还有一台冷柜，拿来贮藏冻肉也很方便。给窦富注射的液体，正是我精心调配出的"营养液"，其中含有从血液里提取出来的充足盐分，很有助于体力的恢复。

在我说完之后，窦富凝视着我的眼睛，久久说不出话来。后来他开始出现呕吐反应，不过只是干呕，因为他其实什么也没有吃，胃里空空如也。

"……你还算是人吗?"他一脸虚汗，抬起头来看着我，边哭边质问我，"你这杀人犯，吃人的野兽!"

说实话，尽管当时能够体谅他的心情，但我还是略有一些生气，便回了他一句："我是杀人犯？那锯子可是你扔出去的。"

"你这混蛋——"经过我的精心护理，窦富体力的恢复程度已经超乎我的预计，此刻他竟一下子坐起身来，扑到我面前掐紧了我的脖子，"我那是为了救你，而不是让你去吃人！"

"咳咳……行啊，你现在后悔了？……那你为何当时不抛弃我拉倒？反正不吃人肉也是死！"

"没错，早知道这样，我宁愿大家一起饿死！"

我越来越痛苦，但是嘴上仍旧不依不饶："可是你现在还活着啊！……咳……是我救了你，是我让你有力气说话、有力气骂我、有力气掐我……咳咳……你流出来的汗，哭出来的泪，里面的盐分和水分全都是我给你的……是啊，是我救了你，如果你不满意，那现在就绝食饿死在我面前吧！"

他的手逐渐松开，我稍稍得以喘上气。就这样，我们互相沉默了很长时间。

"……飞行还要持续多长时间？"许久之后，他低声问我。

"还有六个月多一点，我们现在正好在航线中点附近，离小行星带外侧不远了。"

又过了好一阵，窦富抬起头，用悲哀的语调问我："还剩下多少——'粮食'？"

我深深叹了口气。

"只够再吃上三四个月吧，大概。"


## 10


在航程的后半段，起初窦富一看到我在食用那些肉干，就会变得怒不可遏，并努力做出呕吐的样子；但是我并不理睬他。哪怕他真的呕吐出来，我甚至都能把那些呕吐物吃下去，因为更恶心的事情我都已经做过，无所谓了。可是我又不能放着他不管，只好在他每次睡眠的时候给他注射自制的营养液。他不是不知道我对他做的这些事，他心里一定也很清楚，如果不吃这些"粮食"就会饿死，于是渐渐地，他对我的注射行为也只好默认了。我对他这种自欺欺人的"鸵鸟思维"很瞧不上，但是又不能不管他，只得日复一日地这么跟他凑合下去。

"梧桐号"还在静静地向前航行。不知不觉间，在背对着太阳的方向，已经能够看见闪闪发亮的木星了——不是那种针尖般的星光，而是隐约可以觉察出它是一个小小的圆形。然而我和窦富的心情不仅没有变好，反而随着时间的流逝而逐步变糟起来，因为那些"粮食"已经变得越来越少。冻肉早已吃完，自制营养液也几乎消耗殆尽，切得细细的肉干丝也快见了底。当然，厕所里面那些干巴巴的"收成"，我们俩倒是攒下了一些，但充其量也只能再多维持一两个礼拜。不管怎么分配计算，食物全部吃完的日子与飞船抵达终点的日期之间，仍要相差一个多月。每次想到这里，我们两人总是满脸阴郁，脑中百转千回，各种悲伤和绝望的思绪翻来倒去，到最后只盼望着每天都能再多昏睡一些时间，用梦境去麻痹自己。

有一天，我睁着两眼躺在冬眠机中无所事事，突然听到窦富在旁边自言自语。我正想听听他在说什么，他却提高音量问我："老马，你饿吗？"

"还好。怎么，你饿了？"

"我？我一直都很饿，一直……"

"那你想吃东西了？"我感觉他的态度似乎有些变化，顿时感到一丝振奋。但他只是漠然摇头，又说："你不饿是对的，我饿也是有道理的。有道理，有道理……"

我见他开始说些莫名其妙的话来，觉得有些担心，便飘到他身边。他喃喃地说："老马，这几天我没有怎么说话，一直都在思考问题。现在，离食物耗尽的日子只剩半个月了，我计算了一下，发现我……我可能真的……"

"住嘴，别胡思乱想这些鬼名堂，好好睡一觉！"我心知他的情绪已经出现异常，连忙握紧他的手给他打气；可他却挣脱开我的手掌，接着又说："我一直有个猜测，是关于这艘'梧桐号'的。曾经我觉得这猜测很荒谬，但是今天看来，实在是精准到了讽刺的地步。"他将脸转向我，悲伤的表情令我也觉得黯然神伤，"你听我说，老马，等到食物彻底吃完的那一天，你要是把我也算进粮食里的话——"

"闭嘴！快闭嘴！"我朝他吼道。

"老马，就当是开玩笑也好，你自己算一算，如果半个月之后把我也做成'粮食'，那么是不是正好够你支撑到终点？"

"胡说八道！"

"一定能撑到的。"

"我不会这么做！"

"可是你已经做了，你已经把王尔、林零，还有他们的孩子都吃掉了。"

"住口……"我悲鸣道。

"我与他们又有什么区别？都是人，都是好人，都曾经是好朋友啊。"

这个混蛋，这时候说这种话做什么?！我承认，当初吃王尔的时候，我确实没什么负罪感，一来他确实已经死了，不吃的话也是浪费；二来，我相当憎恶他，所以真不觉得有什么不妥。至于林零，确实我也曾犹豫过，但是那时候为了将徘徊生死线上的窦富救回来，我还是放任了自己的兽性。可是今天，窦富这家伙却跟我说出这种混账话！如果我真的这么做了，那……

"如果我这么做了，那我救你又有什么意义？你好好睡觉，别再说无聊的话了行不行？饶了我吧！"我哭道。

"你救我的意义，就是为了在最后的日子里救你自己啊。"窦富长叹一声。"——正如同我们四个人乘上'梧桐号'这件事，最终的意义就是让你代表我们活到最后。我们所经历的这么多苦难、饥饿、

　　　　　　　　　　　　　　　　　异　变

怨恨、死亡，最终为的就是让你能活着到达'天国一号'。吃了我，你这一年的生命刚好就能得到延续，这就是命啊……"

"求求你了，闭会儿嘴行吗？"

"我全都想通了。什么机械故障，通信失灵，假冒的食物，一大堆的切割工具，还有那些空袋子、冷冻柜——老马，明白了吗？一切都是计划好了的。这艘'梧桐号'，压根就是为你所准备的厨房，也是为我们所准备的坟墓。"

"你……你这话究竟什么意思？"

窦富自顾自地述说着自己这些天来琢磨出的猜想。他讲了很久，很久，一直讲到自己精疲力尽、涕泪横流为止。

## 11

一周之后，窦富死了。

当我一觉醒来时，他已经没了呼吸，右手静脉上插着一根已经推到底的空针管。

在他睡着的冬眠机舱盖上，留着他用笔写下的一句话：替我活着。请别辜负。

"替我活着。请别辜负。"在他还活着的时候，他曾这样对我说，"既然'梧桐号'是为你准备的厨房，那你就该好好利用它活下去。"

"够了，不要再——"

"听我说完，老马，我的时间不多了。你还记得当初我跟你们说过，为何行星际飞船的乘员都需要冬眠吗？节约食物载荷的确是个原因，但更重要的是对乘员们的心理安抚。长达一年的宇宙之旅，每天的生活都单调乏味，环境也沉闷而封闭，这样跟坐牢有什么区别？谁能保证他们不被幽闭出精神疾病？所以我曾认为，乘员需要靠冬眠度过这段'太空牢狱时光'，让自己乐观开朗地迎接木卫二上的崭新人生。

"可是现在我不再这么想了。老马，你说得对，头一天晚上你就说过，'天国一号'的生活非常辛苦。一个从地球开开心心一路睡过来、毫无挫折经历的宇航员，可能根本无法承受那种艰辛——而且是一辈子的艰辛！就像你，老马，现如今的你比当初不知道要坚强多少倍，你可以忍受着惊人的压力和痛苦，为自己和我的生存而不惜杀人、吃人，同自然抗争，发明创造出许多新的维生手段。已经见识世上最恶心、最恐怖的事情的你，已经彻底变了。你没有道德的束缚，对杀戮毫无顾忌，对伤痛毫无畏惧，如果需要的话，你也许可以靠吃掉自己一只脚、一条胳膊来撑到最后，因为你只相信生存的理性。很可能，'天国一号'上的生活，压根就不需要道德束缚，需要的就只有理性、杀戮，以及理性的杀戮……

"我想，这一切都是设计好的。'梧桐号'很可能从一开始就关闭了冬眠功能，食品的短缺是人为安排的，通信也被故意切断。他们设计出这个监牢，让船员陷入饥饿和惊慌中，然后任由他们为生存而自相残杀。飞船里有那么多用不着的切割工具，为的就是给我们提供武器；空气和水资源用之不竭，为的就是保证我们的基本生存环境。空袋子和冷柜也是一样，正常的航行怎么可能需要这些东西？它们不过都是些厨具，是给胜利者准备的料理人肉用的厨具。

"马拉，我知道你不相信我的话，但是我已经没几口气了，所以请耐心听完。'梧桐号'就像一个盆，盆里装着四只毒虫，它们缺吃少喝、互相残杀，最后幸存的那只就是最毒的虫子。你就是那只'蛊'，你必须活下去，否则我们三人的死就没有了任何价值。有了我的尸体，你会活着到达'天国一号'，并成为一个意志力、忍耐力、战斗力都超凡脱俗的'全新人类'，而他们就是要培养出你这种人去木卫二殖民。假如到了那时，你的心里还残留有最后一点人性的话，在'梧桐号'到站的时候，我希望你……"

他对我说出了他的愿望，如今这成了他的遗愿。现在，他平静

异变

地长眠在我面前，而我的腰带上正拴着切割锯和抽血针管。

我一声不吭地悬浮在他身边，紧闭双眼不吃不睡，一连持续了三天。

最终，我做出了决定。

# 12

呼叫了无数次之后，通话器那头的"天国一号"宇航员终于失去了耐心，嘟哝了一句："切，看来又是艘全体死光的飞船。"

随即有另一个人在通话频率里说道："死光了也好，多几具尸体又不吃亏。准备倒数，一个小时后开始与'梧桐号'对接。"

"明白。——说起来，最近的年轻人真是没用，想当年我来这儿的路上，可是轻轻松松干掉了另外几人啊。"

"我知道。说实话你还是太笨。我当初在杀光他们之前，硬是逼他们生出了两个小孩才动手。"

"别瞧不起人，谁年轻时候没犯过傻呢？"

我听着他们的谈笑声，心中只感到阵阵酸楚。果然，一切都不出窦富所料。航行是假的，"天国"也是假的，这些宇航员也全都跟我一样，是靠吃人肉才得以苟活下来的"生存赢家"。航行界面上的对接引导标线显示，"梧桐号"将在一小时后停泊在"天国一号"的尾端，靠近发动机的位置。那时便是我替窦富完成遗愿的最好时机。

主燃料泵已经接通，液体发动机的喷嘴方向也已调整好，只待动手了。我脑海里又响起窦富的最后嘱托："在'梧桐号'到站的时候，我希望你不要再跟他们同流合污，而是与他们同归于尽。靠吃同类尸体进化出来的'新人类'，这种东西的存在本身就是罪恶！干掉他们，我求求你，帮我干掉他们……"

想要达成窦富的这个夙愿很简单，只要等到飞船对接之后，将油门开到最大，就可操纵"梧桐号"彻底把"天国一号"撞毁。这是个好机会，可以让我，让窦富，让王尔和林零都能够重获人类的最后尊严——哪怕拼死，也要跟这套毫无人性的体制、跟这些"蛊虫"玉石俱焚！

沉浸在悲壮心情中无法自拔的我，却突然听到话筒中又传来另一个人的话："待会儿等对接之后，我们几个人一起进去瞧瞧，看他们究竟是怎么死的，如何？"

"好啊，没问题。要带上枪吗？"

"用不着吧，反正里面人应该都死了。申请枪支可够麻烦的。"

"行，那就只带电棍。"

——他们要进来？好极了，正好我可以一个一个解决他们。我伸手摸出腰带上的两台切割锯，舌头舔着嘴唇，盘算着应该埋伏在何处，如何伏击他们，将他们的手脚锯断，喉咙锯开，开膛剖肚做成鲜肉、冻肉、肉干、肉末、肉丝、肉糜、肉粉……

来得正好，因为我现在好饿，真的好饿！越想就越饿，越饿就越想。肠胃搅动在一起，干涩发臭的口腔中又重新注满唾液，手脚因兴奋而不断发麻，心脏也跳动得有些发胀。

"假如到了那时，你的心里还残留有最后一点人性的话……"

窦富的遗言还在心中响着，可是声音越来越弱；与之相对的，则是我喉咙里吞咽的声音在逐渐变得响亮。当我没那么饿的时候，我感觉自己可能还留有最后一点人性；可现在，我满脑子想的就只有肉！肉！肉！

头脑彻底陷入了矛盾之中：究竟应该为了人的尊严而推下油门杆，还是为了自己的生存而拿起切割锯？

尊严？还是生存？

我盯着自己枯瘦而颤抖的右手，过了许久也无法作出抉择。

　　　　　　　　　　　　　　　　　　　异　变

# 同温层食堂

入职第一天，朱末在机场的公司办事处多等了一个钟头，送他上去的飞艇司机才到。对方反复致歉，表示部门里工作交接出了点小问题。

小师傅，麻烦你理解一下，这也不能怪我们。司机递给他香烟，说，今天不是换班的日子，往天上送人的事情我几年也碰不到一回，交接上出点小差错，难免的嘛。那帮人做事……

两人从办事处后门出来，司机带朱末直接穿越机场户外工作区，路线比较省事。

朱末抬头看，今天天色淡灰，也是典型的夏季天气，气温为40℃。摘掉墨镜一路走一路仰头，他始终没能望见想象中的那些信号站阵列，尽管在电视新闻的画面里那些高空信号站是那么巨大和壮观。司机解释，像今天这样的空气污染指数，从地面上根本不可能看见它们。

等会儿飞到海拔差不多一万米的时候你就能看到了。对了，就带了这点行李？他指着朱末身后的背包。

朱末点头，不说话。

人事部门交代过，公司的高空设施里所有生活设备都齐全，配发的制服从里到外加起来，够十年里换洗使用；过去还曾有新员工带了太多私人物品，临上飞艇才发现行李超重，只好现场扔东西，得不偿失。

他包里装的全是冬装。

给机场保安们检查过员工证，两人就可以登机了。进入机舱前，司机还没忘记问一句：小师傅，冬天衣服带了吧？他提醒说上面的空调有可能会出故障，万一漏气，舱外温度只有零下四五十度，很危险。

朱末没回应他。

五分钟后，气囊充气完成，锁链打开，交通飞艇开始上升。

系过了安全带，朱末闲着无事，再次掏出食堂工作手册。很厚重的一本书，每页都用硬塑料膜包裹。人事部门的人说，它是按太空站上宇航员使用的标准制作的。

司机走进客舱抽烟，看见手册，拿过来用手指关节敲击书壳，笑了。又是这破玩意儿，他说，重得要死，浪费我的载重量，那帮人还规定不准不带。明明就是个屁用没有的东西。

朱末点头。面试那天，人事科长也说过类似的话……

面试那天的人事科长一脸疲态，因为此前已见过太多的应聘者。他问朱末为什么来应聘。朱末说自己从网络新闻里看到招聘信息。

科长重复道：我问的是你为什么要来找这份工作。

朱末答，因为自己离婚不久，积蓄空了需要钱。

人事科长不再看他。

朱先生，你还没听明白。我问的是：能赚钱的工作那么多，为什么你要来这里？你应该知道这里的工作环境和要求，为什么还想要来这里干？

朱末这才真正领会招聘者话里的意思。

食堂所在位置，距离地面二万二千五百米。运输飞艇每两个月抵达食堂补给一次，只带东西不带人。一年两次回地面休假，每次十来天，并且不是在春节、中秋节、圣诞节期间。为保证通信网络

　　　　　　　　　　　异　变

的运行安全，食堂生活舱里不通网络和电话。合同期以十年为计算单位，非紧急情况下不允许中途退职，否则要在社会保险里扣去罚金。没有女性员工。

能够接受这种工作条件的应聘者按理不会多，但人事科长这两天还是接待了三十多名应聘者。科长没有精力去详细判断他们的理由是否站得住，然而招人的事情已经不能再拖下去了。

朱末回答科长：我不喜欢和人打交道。

说服力一般。人事科长又问他有几个孩子。

三个，根据政策规定。

双方的四个父母都还健在？

是的。

人事科长用电脑调阅他的社会档案。还不错，没说谎。

这时候下班铃响了。科长不想再拖延下去。他问出最后一个问题：是否自己做过饭？

得到的答案是"做过"。

朱末以为对方还要问自己有哪些拿手菜，但对方已经起身在收拾东西了。厚重的工作手册被递到他手里。

先翻翻看吧，仅供参考，实际工作的时候基本用不到。半小时后去人事科办公室找他们签合同。

如此交代完后，人事科长撕下一张餐券，离开会客室。

选择在两万多米的高空工作，人人都有自己的理由。科长知道自己体会不到，也不会再费心去猜。他只求这人别中途闹着要辞职就好。

……

飞艇持续上升。感慨了一阵最近全国的空气质量后，司机还是没能忍住，隔着驾驶舱门问朱末："小师傅，你为什么会选择去那里上班？"

朱末始终没找到合适的说辞，便干脆不作声。

客舱的高度计在飞艇升至一万米、一万五千米、二万米的时候分别敲响一次。每次敲完，朱末就会朝窗外望去。

每一次朝外望，黑色背景天空中的那些红色光点就变大一些，最终，它们在他眼前变为一层漫无边际的红色大网。

同温层信号发射网以每三架永久式信号基站组成的正三角形信号阵为基本单位，全国上空有超过二十万个这样的三角信号阵，朱末今天要去的是编号为23号的信号阵。但是，与手册前几页绘制的基站原理示意图不同，此刻窗外的信号阵并非由无数个等边三角形组成，而更像是用许多菱形网格构成。

他随即意识到，这是每三个基站之间都另有一个食堂的缘故。

食堂和基站一样都是永久性氦气球站，氦气囊尺寸从远处看相差不大，但因为是通信集团内部福利设施，所以在技术手册和对外资料的图上都不会标明。

飞艇继续上升，距离食堂很近了，天空也更黑。他看出食堂的舱体是球形，边缘悬浮连接着一艘黄色的小型飞艇。

将要生活超过十年以上的地方到了。

飞艇停靠并系留好之后，穿过气闸，人直接可以进入食堂二层的能源舱，空间还算开阔。司机领朱末爬梯子下到三层的厨房舱，迎面看到挂着一块黑布，把舱体隔成两半。

他们来到明亮些的那一半空间。师傅老全此刻站在工作台用电板炒菜。

老全戴着巨大的黑色日历手表，身旁墙上挂有面积惊人的电子钟，显示目前时刻为上午10点30分。朱末已经背熟了工作时间表，知道还有半小时就要开始分餐，现在正是忙的时候。

当初签完雇佣合同后，人事科长提醒过他：千万记住，在"上面"工作绝对不要忘了时间，其他的事随你怎么发挥。此刻他看到司机走过去和老全交谈，老全边谈天边忙着手里的活，工作并未被打断。

对方应该是个工作过许多年头的老员工了。

那两人聊的是上个月休假期间，临时代班工人的一些琐事，话语里尽是嘲笑挖苦。

10点50分，所有六份饭菜装盒完毕。老全把塑料膜封好，脱下帽子借司机一根烟抽。头上白发过半，但没有秃顶，并不算太老。

老全看朱末几眼，发现对方年纪不大，问了司机后知道朱末今年三十五岁。

他问朱末为什么要来这里。朱末简单解释说自己缺钱。

老全当然不信，但也没再说话。他用水龙头冲灭烟头，扔进垃圾袋，说：走吧小伙子，这两天我带你一下。

离开时，司机留给老全一包烟，替老全带走一封信，然后穿过气闸返回飞艇。

朱末随老全穿过另一侧气闸，钻进先前看到的那艘黄色飞艇。老全把六只餐盒放入保温箱，检查完自己的安全带后再检查朱末的安全带，随后设置好导航线，打开逃生座舱的保险，控制飞艇倒车，驶离食堂。

食堂悬浮于第23号信号阵的正三角形平面中心位置，与三个信号站的距离各有约十五公里，送餐用的飞艇时速在六十公里左右，抵达第一个目的地——A站大约需要二十分钟。这二十分钟时间里，两个人几乎没有交谈，只是在航程过半时，老全问了朱末一句：会开飞艇吧？

会。

朱末在公司培训部花一周时间学完了VR飞行科目，逃生座舱使用方法也掌握了。

二人随后便无话可说。

中午11点20分，送餐飞艇抵达A站。

信号站除了主舱体呈圆柱形，与食堂的形状不同外，其他方面几乎没有差别，气闸口同样布置在二层侧面。但信号站不配备小型飞艇。

进入气闸舱，朱末闻到一股熏香味道。没有员工过来迎接他们。气闸开关旁挂有两件状如宇航服的逃生衣，下方地板上放了两只空餐盒，里面装有餐具。

老全打开舱内通话器说：午餐到了。然后放下新餐盒，捡起旧餐盒，转身往回走。

朱末没能见到这里的维护员工长什么样。

送餐飞艇的导航线被老全调整至西南方向，对准B站。B站距离A站约四十公里。飞艇再度出发。

进入B站时，地上并没有放空餐盒，看来这里的员工与A站那里习惯不同。舱内放着音乐。老全对此习以为常，让朱末手提新餐盒，自己向通话器问道：你们两个吃好没有？

他带领朱末沿扶梯爬进生活舱。

一面白色布帘将扁圆锥形的生活舱平均分为两半。音乐声从右侧一半飘出，放的是国语老歌。有个剃着光头的年轻男子躺在地毯上睡觉。

老全让朱末给对方送餐盒。朱末脱鞋，努力不在地毯上走出声响，但走到距离光头男子约一米处附近时，对方还是迅速醒来。

光头男子盯住他，再看他身后的老全，先伸手接过餐盒，打开盖子检查过菜色，然后问，你是谁？朱末在考虑如何回答，老全抢先说了：忘了吧？前几天我跟你们说过的，新厨师。

光头男子用极大的幅度点头，转身把旧餐盒递给朱末，然后躺下继续睡觉，也不吃饭。

白色布帘的右侧一半空间，地上堆满极厚的硬壳精装书，基本是各国文学名著。朱末正在疑惑这些书是否已经超重，老全已经朝前走了，顺便踢走脚边的十几册大书。

异 变

书壳轻飘飘地散开，声音空洞。有两本封面被踢开，朱末才发现它们都是空壳。

书堆尽头有个中年人，戴黄色眼镜，坐在最里侧舷窗旁，正在敲打键盘。旧餐盒放在电脑投影屏幕的开关旁边。

他没有抬头，不理会老全，老全同样也不理会他。

离开B站，飞艇朝正东方向飞行，随后到达C站。气闸口打开那一刻，浓烈的香烟味从舱内飘进飞艇驾驶舱，令朱末感觉意外。

更怪异的是，此处的两名站员笔直地站在气闸舱入口处，笑容满面，在迎接他和老全的到来。

打开新餐盒后，那两人用夸张的语调夸赞老全的手艺，并要求两个来送餐的人一起去生活舱打牌。

C站的生活舱里一片混乱，遍地是杂物，晾着衣服的尼龙绳四处悬挂。四个人在舱内始终躬身走动，无法起身直立。两个站员都很年轻，朱末估计他们都没到三十岁。他们没吃饭，而是拽朱末和老全坐下打扑克牌。打牌期间他们烟不离口，烟灰烟头直接扔地板上。站里原配的织物地毯被卷起，竖着扔在衣柜旁的角落里。

抽牌时，那两人反复和朱末打招呼，多次问他的年龄和兴趣爱好，尤其是来此工作的理由。朱末努力微笑，没有作答。

老全令那两人向朱末作自我介绍。其中一人个子矮，话多，始终面带笑容，自称患有忧郁症；另一人身材高而胖，话稍微少些，说别人给他取外号叫"大喇叭"。

朱末报了自己名字，同时在他们身上找员工证。但和另外两个站的员工们一样，他们也都没佩戴员工证，因此无法得知二人真实的姓名。

打牌期间老全不时看手表。12点50分，牌局玩到一半，他弯腰起身扔掉牌，对朱末说：该走了。

两个站员不以为意，跟着扔掉牌。四人一同爬下梯子。

临走前，老全把司机给自己的两包烟送给那二人。外号"大喇叭"的站员打开气闸门，说，师傅你这就走啦。

对。老全从他手里接过旧餐盒，递给朱末。

你回到下面后就幸福了，退休工资比我们两人工资加起来还要高好几倍吧？

旁边自称患有忧郁症的那个站员笑容僵硬，没有说话。

老全回答大喇叭说，夸张了，只有两倍。有什么用？我明年八十了。家里人跑来公司里十几次，非要把我拉回家。怎么办呢？我要帮他们把家庭保险都取出来之后才能死啊。

四个人沉默了一会儿。大喇叭叹出一口气，总结说：那帮混蛋东西。

"忧郁症"脸上的笑容消失了。老全却咧嘴笑了一秒钟。

将近13点10分左右，师徒两人回到食堂吃午饭。菜色与送给站员们的一样——辣酱盖浇饭。吃完饭，洗净所有餐盒后，老全让朱末从工作手册里卸下"食堂设备清单"那页，趁下午空闲时间开始教他设备检修的顺序。

制氧机和气囊光电池板是最主要的核心设备，随后两天里老全重复教导了朱末多次。主副电源、冷凝制水器、空调系统和冷库制冷机都是自动化的，氢气控制系统和飘浮位置微调稳定系统由地面站自动遥控，只需每周令它们自检一次系统即可，较为简单。内部通信机和废物处理系统需要手动控制，朱末学得快，一下午就都会了。最后一天，老全教了他怎么更换防撞信号灯的保险丝。信号灯的损坏概率极小，过去十多年里国内从未有过故障记录，所以只是走个过场。

这两天里，朱末又跟随老全送了几次餐，每天早中晚各一次；每餐之前的制作，以及每晚20点30分开始的次日食材准备，朱末也一直跟在老全身后观察记录。所有的食品原料和调料，种类和数量有严格规定，但做法随食堂负责人自己安排。按老全的话说，把东西热熟了，准时送去，他们吃了以后不生病不中毒，你就成功了。

老全有本菜谱，写在纸做的笔记簿上，纸页卷曲发黄，临走那天连同库房管理单一起留给朱末。菜谱里共记录有十二道菜。

这十二道菜我重复做了十九年，他们重复吃了十九年，现在给你，随你弄去。他对朱末说。

朱末劝他带回家留作纪念，他拒绝了。

这本子又不是我写的，是我之前的师傅传给我的，三十多年前的东西了，留着做什么。老全回答。

收拾完行李，老全拿单位财产签收表让朱末填写，表上最后一格是手表。他把黑色的日历手表交给朱末，然后再一次问：那些人叫什么，你都记清楚了吧。

几天下来，那六个站员的名字朱末已经熟知。

确切地说应该是六个绰号。

A站那两个几乎从不露面的人一个叫"天文学家"，一个叫"乔布斯"。B站里爱听音乐的光头男子就叫"光头"，整日写东西的那人不爱多说话，被所有人称作"莫言"。C站的站员，由于说话十分多，他已经很熟悉了，"忧郁症"和"大喇叭"。

不要搞错送餐时间，不要给他们做不一样的菜，不要跟他们谈论其他站的人。不要让他们坐送餐飞艇，这违反公司制度，而且他们也不会肯去坐。每次去他们那里，停留时间不要超过十分钟，否则你会知道厉害。别在设备舱抽烟，别忘了关水龙头，其他的随你怎么干。

说完这些，老全的话音陡然转为低沉的嗓音，全无力气。

我走了小伙子。

来接老全的是另一班司机，朱末没见过他，他也没和朱末说话，只顾和老全打招呼。

交通飞艇离开时是14点整，晴天，朱末隔着气闸舱舷窗朝下望，目送飞艇垂直下降，直至没入下面那片无边无际的淡灰色雾霾云层里。

他返回仓库，将菜谱塞进不用的抽屉角落，然后打开冷库，取出七个塑壳鸡蛋来。

食堂共存放有八种食材，交通艇会定期补给，考虑到体积重量比和安全系数，它们的品种永不改变且严禁私自更换：方便面饼、挂面、白菜叶、香肠、午餐肉、塑壳鸡蛋、微粒米、微型土豆。配料共六种：固体植物油、盐、糖、辣酱粉、酱油粉、醋粉，全部为脱水贮存状态，使用时再复水处理。老全那本菜谱里的菜品已算是尽力丰富了，并且信号站站员们根本不会挑剔。

因为他们没得挑剔。

简单，单调，是食堂工作的基调。

但是现在，一切都变了，再也不一样。那本菜谱朱末再也没翻开过。他从那时起开始按照自己的想法随意烹制。

7月底的周四晚18点20分，朱末准点抵达A站。

午饭的空餐盒继续放在固定位置，整齐摞在一起。他把它们拿回艇内，按动通话器通知晚餐来了。然后，他拎着新餐盒爬上舷梯，进入A站生活舱。

到岗两周多，他第一次爬上这里。对于A站的站员来说，可能已有好几年没人主动进来，因此当朱末出现时，那两人放下手里的工作，茫然地盯住他。

A站生活舱遍地堆满纸张，公司专用的轻质稿纸，不占重量。每一张纸上都画满东西。两名站员分别盘腿坐在舱内两端的纸堆里，看着朱末把餐盒分别放到自己脚边并打开。

今晚吃面。朱末把挂面的汤水滤掉，改成干拌面，上面堆有一团暗红色肉酱，是用切碎的香肠末和复水辣酱搅拌制成的。

两名站员都没开吃。坐右边的乔布斯低头观察盘子里的酱，坐左边的天文学家则在观察朱末本人。二人一动不动。朱末也不动，站着。

告诉我你是怎么制作的，乔布斯先问。

朱末把配料和配方说了。对方用纸笔记下，不停地点头摇头，躯体摇晃，表现出深受启发的样子。

然后，天文学家开口了。他外貌和乔布斯差不多，秃顶，浓胡须，戴眼镜，只是镜片不同，颜色是茶色。嗓音也不同，更沙哑尖锐，语气也干净利落。

你打扰到我观测了。出去。

随即他快速转身，用写着数据的稿纸擦拭肘边一支小天文望远镜，再不看朱末。

乔布斯则在用叉子挑动面条，分析酱里的香肠末数量。

遍地的稿纸中有一条笔直的空当，露出下面的地毯。这空当一脚宽，左右两侧的稿纸内容明显能看出不同：左边全是数字，右边都是绘画。这些稿纸分属于两个人，不会混淆。朱末沿这条"分界线"走回下层，离开A站。

B站里正在放国语老歌。这两周多来，朱末从没遇到过B站不放音乐的时候，更没遇到过光头换歌的日子。

总在播那同一张专辑。

今天餐盒送上去时，光头又在哭，耳机连着播放器，身体随节奏抖动。朱末站着，等这一首放完、光头睁开眼睛后，他告诉光头，今天晚上吃面。

B站今晚送的是韩国拉面。改用方便面饼煮，辣酱混进汤里，香肠不切丁而是切片，碗底有白菜叶。原料几乎与A站吃的一样，用时也差不多，仅是做法有不同。

光头擦掉眼泪开始吃，边吃边点头，指望这样朱末就能理解自己的心思。

收拾好中午的旧餐盒，朱末端着另一碗掀过布帘送给莫言，路上踢开许多书壳。

韩国拉面味道重，莫言刚才就闻见了，睁眼看着他把碗送到自己面前，然后迅速关掉显示屏，防止被食堂师傅偷看到自己在写东西。

朱末今天不想看他写的东西，但还是问：写得怎么样了？

莫言一脸抱歉地微笑，接过碗开始吞吃。布帘的另一头，光头喊道：离诺贝尔文学奖又近了一天，耶！然后开始换歌。

朱末将显示屏边的旧餐盒拿走。

和往常一样，菜送到C站时，朱末自制的新菜遭到了忧郁症的质问。给C站的晚餐今天是干拌拉面，面饼煮好后水被沥干，高浓度复水酱油搅拌后放上午餐肉切片和水煮白菜叶。菜送到时，忧郁症正和大喇叭斗德州扑克，见他爬上来，大喇叭宣布新玩家入场，伸手开始洗牌。忧郁症邀请朱末坐下。朱末表示不参加牌局，而是打开餐盒介绍今天的菜色。

大喇叭专注于洗牌，不说话。

忧郁症用叉子仔细翻动餐盒内一切东西，对朱末说：小师傅，又是不一样的东西？

朱末回答说，是的。

忧郁症说，老全师傅走了多久？快一年了吧。他以前每次都陪我们打半个小时的牌。每次他做的菜都按菜单来。小师傅，你这是故意的吧？

朱末回答说，对，我故意的。

忧郁症说，小师傅，请抽牌。

见朱末拒绝，他又问，我有个问题一直没好意思问你，今天头一次问。小师傅，你为什么要来这里的食堂工作？

朱末没有正面回答，只是说，快吃吧，拌面放久了会发黏，口感就差了。然后起身，拾起C站的旧餐盒。

之后忧郁症说了许多话。对于他那些胡言乱语，以及经常会被他拿来重复问自己的"没好意思问的问题"，朱末已经和大喇叭一样习惯了。

回到食堂后，朱末开始研究用微粒米磨制米粉的更好办法，以及另外两种高效碾制土豆泥的方法。有无穷无尽的新鲜事等着干。

12月9日的晚餐和次日的早餐，是六名站员休假前的最后两顿饭，朱末决定小心从事。

他明天上午同样要回家。

近两周的休假，又临近圣诞，站员心情好不了，他自己情绪也差，设身处地，很容易理解。

休假前一晚，每个人都食欲不佳。朱末只是把午餐肉捣开重塑成大块，煎了六片肉饼，配小分量的干拌拉面和菜叶，每份再多煎一颗鸡蛋。炸薯条做了一大碗，不费事，因为微型土豆很小，最长的一根薯条也只有八厘米多一点。醋粉加在辣酱粉里煮成酸辣酱。

香味和分量都已尽量达到合适要求，但是员工并不享受。走到天文学家身边时，现已习惯朱末这么做的天文学家已不会驱赶对方；只是今晚，他脸上少见地显示出表情——愤怒的神色。

天文学家无视端到面前的肉排薯条套餐，持续反复翻阅手里的一摞打印稿。

朱末看到封面格式，像是学术论文，题目冗长。天文学家脸上出现些微的嘲笑神情。看得懂吗？他问。

看不懂。朱末回答。虽然他早已背得出这篇论文的题目，但仍旧如往常一般回答对方。

对方也照例表示出对他的失望和不屑。

看不懂就出去，我要核对观测数据了。天文学家说完，打开餐盒，开始蘸酸辣酱吃薯条。

乔布斯今晚吃饭时间不在生活舱，也很异常。五分钟后，朱末才等到他回来。

照例把今晚的菜谱配方抄写完毕后，乔布斯坐在稿纸堆里不说话，薯条也不吃。朱末催他趁热把肉饼吃了，并问他今年冬天休假准备带什么设计回去。

乔布斯那半边的生活舱舷窗上，挂着历年带回家的设计稿，到今天已经攒下了十一份。他把最新画好的一份拿来展示给朱末看。那是一种多功能显示屏设备，长方形，厚半厘米，四个侧面各配备两处插口，可以随意插上各种外设的连接线。

他在发愁：小师傅，你说它这名字该取什么好？

朱末催促他吃薯条，顺便想到一个答案。就叫土豆平板电脑吧，怎么样。

庸俗无聊，毫无美感和诗意呀。

乔布斯摸自己胡子，边说边躺在稿纸堆上；半分钟后他又起身，背上手臂上粘起十来页稿纸。他把朱末起的名字记在纸上，叠起来放进裤子口袋。脸上表情略微有些缓解。

到了 B 站，音乐声被调到最大。朱末用纸巾塞住耳朵，把套餐送上去。回收光头的旧餐盒时正好碰上换歌，他这才发现光头今天播的是单曲循环。

头一回碰见。

光头回家不带行李，唯一带走的东西是一张黑胶唱片封套，白色硬纸板材料，封底用铅笔写了许多简谱。吃了几口后，光头似乎有了新点子，用橡皮把简谱字迹擦光重写，橡皮屑被吹到薯条旁边。

翻开布帘，朱末发现莫言在收拾书。书壳整齐地靠舱壁堆放，从地板垒到顶部舷窗的遮阳布。也是难得一见。

朱末问他为什么收拾得这么干净，他回答：有客人明天到。

这话应该指的是休假期间临时来值班的人。

朱末把餐盘放到投影器边，故意瞄一眼投影屏上那些文字，就像过去半年里每天都做的动作一样；但今天，莫言没有马上关闭屏幕。他等朱末回头，盯住朱末看，等待反馈。

真是杰作。朱末说完，掀开餐盒盖子，带上旧餐盒离开生活舱。

莫言开始缓慢地切割肉饼。

C站的人今天没打牌。

进入气闸舱，朱末听到上层的人在大声喧哗。两个站员面对面坐着，忧郁症高声叱呵大喇叭，大喇叭则在哭。朱末端来餐盒，建议两人先休息吃饭。

忧郁症边吃东西边介绍说，大喇叭从早晨开始一直哭到现在，就因为不知道到地面回家之后那十几天该怎么过。

——我跟他讲了：你呀你真蠢，真的，休假休过二十多回了，跟家里人那点事情还要我教你？小师傅，你猜他说什么？他从早上到现在，一句话没回答我！

朱末心想，大喇叭这表现是正常的，人们给其取了这个外号是有道理的。

忧郁症转而向朱末问起那个已经提过四百多遍的问题，朱末继续不正面回答。

临进送餐艇前，他听到生活舱那边传来大喇叭的喊叫声：我家里那些人都还活着，跟你家里不一样！

站内变得一片平静，没有人说话。

第二天早晨，各人情况基本上大同小异。

这日的早餐简单，土豆泥混米粉，打进鸡蛋做煎饼，里面夹午餐肉。送完餐回食堂后，朱末再查一遍所有设备，填好检修清单，便坐在水槽旁抽烟。

9点过一刻钟，送值班人员上来的交通艇到了。司机并不是送他到岗的那位。

来食堂值班的人年纪很轻。全部交接完后，朱末看到对方把一张相片用磁铁吸在抽油烟机上，照片里是一对青年男女合影。

那人脸色很不好，走之前没跟朱末打招呼。

朱末也没有打招呼的心情。返回地面的一个多钟头里，他一直情绪低落。

第二年2月初的一天，朱末思考很久，决定在次日晚上做顿年夜饭。

这件事他没有提前告诉任何人，因为这个食堂原本从没做过年夜饭。

饺子完全没办法做，因为没有面粉。去年，他曾有过一次申请的机会。那是圣诞前夕，返岗的第一天，因为事先接到通知，朱末提早抵达机场。公司办公室的内室里，后勤部门的长官找他谈话，询问完有关食堂工作的一些问题后，长官问他是否对单位有什么要求想提，朱末便提出希望增加食材原料，尤其是面粉。自己制作煎饼和油炸食品时总用米粉代替面粉，口感十分不佳。

这要求被当场驳回，原因是面粉贮存时存在安全隐患，有引发粉尘爆炸的危险性。对此，朱末没有追问，之后也就不再说任何其他话。互相沉默许久后，后勤长官主动提出让步，可以改为增加别的食材。

最后决定，在食堂原料名单里新增冻鱼肉与圣女果。

那天谈完话，后勤长官去停机坪亲自送机，并对朱末说：小伙子，好好发挥，大家过日子全都指望你了。新增食材下周送到，记得把那边的冷库先清理一下，明白吧？

朱末很清楚这位长官为什么会有这种态度。

是因为那件"事故"。

谈话开始前，他坐在办公室外室等待，听到周围那些职员在聚集谈论那件事。其实不算什么严重事件，以前也不是没发生过，但毕竟惹人不快：休假期间，朱末所在的三角信号阵里，有值班人员擅自逃跑。

一名A站的值班员不堪忍受寂寞和人际关系问题，在假期过半时暴力威胁食堂代班厨师打开气闸舱口，自己则穿上逃生服从高空跳下。降落伞正常打开，但着陆时不幸出现意外，那人的双腿遭受重伤。

据说上层有人为这次的事受了惩罚。或许后勤长官是指望朱末多做些好吃的，令正式员工安心于工作，不要再出问题，这样他们这些长官们也免得倒霉。

但朱末不会理睬他。他知道其他六个员工也不会理睬。

值班人员是值班人员，他们是他们。双方是完全不同的两类人，相互之间根本无法理解。

现在，朱末没有任何特殊目的。他仅仅只是想做一顿年夜饭而已。他很清楚，那六个人对过年不过年完全无所谓，并且对有没有面粉也无所谓。但他仍乐于思考这个问题。

首先是特殊菜品的登场。

那场谈话过后不久，后勤部门及时送来冻鱼肉。朱末把它们冻了一个多月，一直没用过。这晚，他把鱼肉化冻，切出薄片，搭在米饭团上。米饭事先用复水醋浸泡过。最简单的寿司就这样完成了，除了微粒米口感怪异外，其他方面没有任何问题。这算半个主食。

然后是配菜。

过去一个月，朱末减少了鸡蛋用量，攒到今天，集中打进锅做成三张厚度达半厘米的涨鸡蛋饼，每两人一张。剩下一些食材全部放进汤锅，连同拉面一起煮，多加了午餐肉，模仿韩国料理中的"部队锅"，算另半个主食。分量很足，够他们吃饱。另外他还将圣女果碾碎榨汁，做出番茄果醋。

除夕夜当晚，这样的伙食让所有人都感觉意外。他们不是不知道今天什么日子，但从来不认为今天有什么特别。

大分量的晚餐送进A站生活舱中后，天文学家首先发表意见说：怎么做这么多？打算浪费我多少时间去吃？

乔布斯倒是对菜谱非常关注。尤其是圣女果醋汁的做法，让他反复称赞。他向朱末表示，这杯饮料给予了自己新的灵感。天文学家则毫无兴趣，面色冷漠。

两人开始动筷子。朱末收过中午的餐盒，问乔布斯今天又有什么新的"项目"。

半年来，朱末越发频繁地提出这种请求，乔布斯现在早已习惯——他从臀后拿出一张A5打印纸，上面画了状如蜘蛛网般的复杂图案，占据整个纸张。据他介绍，这是一种名叫"物联网"的概念雏形，将是未来数字社会的发展方向。

——到时候，只需用你自己的手机就可以远程操纵你家里所有家用电器的工作，这是改变世界的一个巨大发明，人类社会也会因此而变得更加美好。乔布斯边吸面条边说。

这时，天文学家已经吃完了自己那份。不管分量再大，此人从来都会在五分钟内结束饮食。朱末看到他起身走回自己那片角落里，重新坐在望远镜后方。

冬天日落早，现在外面阳光几乎见不到了。天文学家手持纸笔，继续追踪自己那些目标，就像过去十三年里每天所做的事一样。

离开前，朱末问乔布斯现在已经积累了多少设计稿，乔布斯心算后回答他说，总计有将近一万一千份。他在这里待了近七年，平均每天能设计出四份发明图纸来，朱末对此很清楚。他只是照例如此询问而已。

乔布斯同样照例对朱末重申，禁止与别人提到此事，因为那些图稿还有待自己继续修改完善。

B站里，反复播放的那张专辑今天被设定成随机换歌。

可面对丰盛的菜肴，今晚光头却挑食了。

我不吃这锅里的面，他告诉朱末说，拿去给大作家吃去吧。

朱末问他为什么。

吃不下。太土了。跟家里一样土。这种菜我不吃。

莫言今晚继续在写作。寿司饮料及面锅被朱末放在了他桌上。听完菜品介绍后，莫言笑着道谢，然后邀请朱末看他电脑上写的东西。自去年休假回来后，他一直在修改润色，今天中午刚完成。

异 变

朱末对他表示祝贺，并问他是否需要自己去跟补给飞艇的司机打个招呼，帮他把完成稿带去地面，交给他的家里人或拿去投稿。

莫言马上关掉显示器，说出"抱歉"两字。

改不完。《红楼梦》改过多少遍？

朱末说不知道。

曹雪芹家里有几口人？

朱末摇头表示不清楚。

对啦。你不知道。你要是知道反倒奇怪了。

然后莫言不再讲话，低下头开始吃面。吃过几口后，他把投影屏和桌上几个书壳推远，防止被面汤弄脏。

返回布帘另一侧时，光头已经将寿司全部吃完，正坐在舷窗边盯住星空，纹丝不动。

愿意称赞年夜饭的只有C站两个人。菜送到时，他们迅速扔掉手里的牌，大口吞吃滚烫的面和已经凉透的寿司、涨鸡蛋饼、果醋。忧郁症的表现尤为夸张，把每样食材、每种味道都大力赞扬一遍，面汤和口水洒遍地板了也顾不上。他自己夸累了，还逼着大喇叭也夸赞一遍，不夸完不许朱末离开，说一定要让朱末听到。

大喇叭思考很久，抬头看朱末，说，这盘鸡蛋饼像我家里人做的。说完后脸上按捺不住，露出厌恶的表情。

听到此话，忧郁症把筷子拍在地毯上，不再开口。大喇叭脸上厌倦的神情也始终没有消失。

眼前的两人，最初同一年来这里上班，一起打牌的日子有十年，在生活上已经完全融为一体。尽管如此，朱末却明白，直到今天，这两人在某个特定的问题上，仍旧存在着根本性的不同；而这不同之处的本质，恰恰也是他们两人相同的地方。

家庭。

他们恨家庭，家庭也恨他们。

另外两个信号站里的情况也是一样。

朱末并没表现出过分的关心，整理好旧餐盒后就走了。

今晚他留给自己的只是两张米粉鸡蛋煎饼。果醋还剩一半，他一口气喝光。

准备完次日的材料后，他准点躺下睡觉，作息时间与平常任何一天都完全相同。

除去做饭、送餐、准备材料和休息，食堂工作每天的空闲时间并不多，朱末会拿它们来做些杂务，例如打扫卫生和检查清理设备。

舱内气温一年四季维持在二十三摄氏度左右，湿度在百分之六十以上，天天如此，很容易滋生昆虫，所以厨房区域的灭虫工作很重要。但公司例行的卫生检查只有两年一次的频率，六月休假期间来顶班的值班厨师又不管这事，所以每当假期的最后一天，朱末总要提早大半天返回岗位上搞卫生。

今天上午也不例外。乘交通飞艇回到食堂，与值班厨师交接完后，朱末简单弄一份鸡蛋三明治当作早中饭，吃完便开始打扫。

与朱末交接工作的值班厨师也和过去一样，完全是生面孔。这些临时员工都太年轻，不知道有灭虫这回事。

三明治吃完后，朱末从旅行包里取出几只空饮料瓶，用刀剪开，放入白砂糖和洗涤剂做成新的简易蟑螂陷阱，替换掉地板上那些旧陷阱。旧陷阱里淹死了十来只半大的蟑螂，被他连同陷阱一起塞入消毒焚化炉，烧成灰后压进垃圾容器里去。

此刻一个人在厨房里面对这些虫子，他心情反而不错。先前从地面飞向这里的途中，他浑身就一直这么畅快自在。

休假的那六名信号站站员要到晚上才回来。考虑到那六个人刚摆脱假期生活不久，心里舒坦，朱末准备晚上给他们也吃些舒服的东西。

菜单很快制订好了。不带洋葱的罗宋汤和炸鱼薯条，配鲜榨番茄酱。炸鱼用的面粉是朱末自备的，瞒着公司装在瓶子里带来这里，

　　　　　　　　　　　　　　　异　变

分量不多，仅够抹在鱼块表面来炸出脆皮。

　　每一年中的每一天，高空信号站里的生活一成不变，就像站外两万两千多米高空中的天气一样，永远是平静的晴天。阳光明亮，天空漆黑，大气层边缘发出弧形光晕，脚下的雾霾云层缓慢向东流动，没有结束的时候。只要地面上的人仍在使用全国无线数据网络，此处的人和此处的生活就不会发生变化。

　　唯一会不时变化的就只有食堂的菜品。大家对此心中有数，从来没人提出过质疑。

　　朱末头一次遭到有人提出疑问，是在这年7月底的一个中午。

　　这天的午餐是拌辣油的香肠炒面。C站的职员们照例在食用前夸赞了一番。接着，大喇叭说出自己的问题。

　　朱师傅，你来这里几年了？

　　忧郁症抬头盯着大喇叭看。

　　朱末回答说，有三年了。

　　三年零十天。朱师傅，三年零十天里，你没有一顿饭做得跟老全师傅一样，对吧？

　　朱末还没开口回答，忧郁症抢先说，喇叭你烦不烦啊？人家朱师傅做什么你就吃什么，管那些干吗？老全师傅在家日子过得好得很，用不着我们在这边——

　　他持续批评大喇叭，直到累了停下来。

　　大喇叭这才接着说：老全师傅年初的时候死了。上个月在家休假时有人告诉我的。

　　片刻沉默过后，忧郁症站起身，在生活舱内走一圈，随即开始砸东西。

　　砸的全都是他自己的东西。过程中他唯一没动的是朱末送来的拌面。他砸的速度很快，全部砸完后，便开始按顺序一件一件重新收拾。收拾的过程中他很安静。

朱末怀疑忧郁症并不是第一次听到老全的死讯。很可能此前大喇叭已说过无数次，他这样砸过了无数次，也这样收拾过了无数次。

他俩就是这样的两个人，一个大喇叭，一个忧郁症。

收拾完毕，两人继续吃面，朱末带着旧餐盒离开。大喇叭叮嘱朱末不要把老全的事告诉别人。

老全死了，这消息朱末是头一回知道。一个月后，他发现 A 站的人原来也知道这件事。那正是全年最炎热的时段，补给飞艇的司机私下向他透露，地面城市的真实气温已经连续数日突破了四十三摄氏度。

全国各地有很多人放假在家，无线网络使用量随之激增。各个高空信号站内电子设备的负荷加大，工况散热成为当务之急。由地面传来了控制信号，授权信号站的主电脑程序继续提高制冷强度——措施是加强通风，降低舱内室温，让高空两万多米、零下四十几度的稀薄空气带走设备的热量。

于是，在全国各地创纪录般地燥热的同时，高空信号站内的温度被降至十四摄氏度左右，恰似秋天。

一夜之间如此降温，为防止站员不适，这天中午，朱末专门准备了热粥。粥里配的是圣女果、菜叶、午餐肉丁、香肠丁、鸡蛋花，以及增加用量的盐和植物油。

进入 A 站生活舱，乔布斯一人坐在地板中间的稿纸上。天文学家披着大衣，正蹲在望远镜后。望远镜对准的那扇舷窗，被安上了一层偏振防晒窗帘。

此人这样的观测行为已持续近一个月，据乔布斯说，那人每天看望远镜的时间超过十二个小时。其最新的观测成果也已经出炉，论文修改过好几稿，目前正在加强观测，以确保论文中的数据足够可靠。

放下粥后，乔布斯主动提起老全病故的事。他推测其罹患了胰腺癌。

异变

话没聊完，天文学家离开了望远镜，朝两人走来。

他并非过来吃饭，而是把很厚的一叠纸递给朱末，要求朱末带回食堂，用垃圾焚化炉焚毁。

乔布斯放下记载菜肉粥配方的纸，问天文学家为何不直接用 A 站内部的生活垃圾处理机。天文学家回答说：这里面都是我前几版的观测数据，绝密的东西，流传到社会上会引起恐慌，后果不堪设想。必须全部烧掉！

离开 A 站时，天文学家严令朱末绝不可翻看那些旧论文。朱末答应下来。

看不看也无关紧要，他早就知道对方论文里写的都是些什么内容。但在焚化之前，他还是阅读了几页内容。

论文的题目是《由光谱波动频率分析开普勒 452 表面戴森球建筑的形态发生学及建筑结构》。

果然仍是老一套。和天文学家过去写过的几篇题目类似，只是换成另一颗恒星作为分析对象。结论也差不多。文章认为，那些外星文明通过所谓"技术爆炸"概念入侵地球的可能性为无穷大，预测抵达地球的时间是十年之后。

这个"十年之后"的结论数字一直没变过。朱末记得一年前天文学家就这么说过。朱末确信，再过几年后，对方论文中的这个数字仍然会是"十年之后"，否则，按对方的话来说，那样将会"不符合科学性"。

乔布斯和天文学家一样，也极其在意自己的"科学性"。乔布斯今天中午谈到过自己的又一个新发明——头戴式显示器外设。这种显示器会把画面近距离投射到使用者双眼中，画面内容可根据使用者的手套动作而相应改变，足以提供一种身临其境的视听体验。

这项产品自然是科学的，因为这种正式名称叫作 VR 设备的商品，早在十多年前起就已经在许多电器超市的货架上打折出售了。

如同乔布斯过去曾设计出的那一万两千多个早已存在的发明一样，它绝对是完全符合一切科学原理。

乔布斯和天文学家一样，永远不会被人们所相信，而他们对此也完全不在乎。

朱末把论文全部压进焚化炉的炉膛里去。

到了九月中旬，就连莫言都在谈论老全的死。

那天送完早餐后，莫言十分罕见地主动对朱末说话：老师傅没等我写完就走了。

朱末用点头回应他。

谈这事时，光头隔着布帘在哼歌，调子与正在播放的曲子几乎完全不同。说完话，莫言坐在电脑前重归沉默，低头看着餐盒里的土豆炒午餐肉片盖浇饭，也不吃。

退回到布帘另外一侧时，朱末看到光头边哭边在唱歌。好一阵之后他才听出，光头一直在哼着的正是此时在播放的歌曲，只是拍子和音符都不合。

难得听见一次的长时间哼歌，不知光头为什么要这么做。不过在朱末看来，这种行为无非是再次显示出光头的本来面目。

——自己喜爱的事业方面，此人根本没有一丝一毫的天分。

——布帘隔壁的那位也是一样。

朱末回忆起此前无数次投影屏上读到过的作品。莫言花费了超过十五年的时间，把自己封闭在信号站里反复修改它们，但直到今天，小说的字数仍没有超过四千字。内容也始终没变过，说的是作者出生后在托儿所、幼儿园、小学经历过的几件事。

这些事一直没写完。朱末认为它们永远也不会被写完。


朱末入职的第五年，总公司下达了新政策，线网系统需要整体增加频段。具体到高空信号阵部门，每个信号站都要新增一批设备，中继服务器和天线的数量也要增多一倍。

　　　　　　　　　　　　　　异　变

改造工程在这年秋季启动，跨越12月的休假时段，到假期结束时方才完工。

12月下旬，结束休假返回食堂的途中，朱末抬头望见了信号阵的直观变化：每个信号阵舱体的底部都新添了一圈发射天线。透过交通飞艇舷窗朝头顶看去，天线防撞灯数量大大增多，天空中闪烁着的红色光点更加密集。

星空中的红色网络越发宏伟庞大。

今年担任假期值班厨师的年轻人脾气很烈。将近中午12点时朱末抵达食堂，迎面就遭到对方的一阵痛骂，责问他为什么迟了半个小时才到。司机说这事不怪朱末，飞艇起飞时被延误了；朱末也解释了是由于天气原因，加上圣诞期间机场空域繁忙，所以时间有些耽误。

年轻人并不接受这些理由，或者说，他正好逮住一次机会，可以好好发泄这十几天来的抑郁。

你们忙，我就不忙了？女朋友一直在等我回去过节，你们迟到半小时，我他妈挤地铁就要耽误一个钟头！——哦对了，你马上是不是还要验收食堂设施？

朱末表示没错，随即走进厨房开始检查。

年轻人吵闹的音调继续提高：妈的烦死了，快点快点，看完了就快签字，我他妈快来不及了！这个破单位里怎么个个都那么磨蹭。

这话连司机都听不下去。两人大吵起来，朱末在旁边劝架。司机指责年轻人毫无责任心，问他是不是不想干了，不想干就趁早改行。

年轻人越发恼怒。

正好！老子他妈早不想干了。这个鸟工作是人干的？正常人谁会来这里干活？我为什么非要干这行不可？为什么要来受这个罪？为什么？

这话让朱末有些分不清，此人究竟是在怨别人还是在怨自己。

不断催促之下，验收过程草草了事，朱末签完字后，年轻厨师夺过交接单，拽起包径直钻进飞艇客舱。很快，朱末发现那位值班厨师彻底忘记了要放杀虫诱饵，橱柜下面被朱末驱赶出十多只中等体积的蟑螂。想要去找那年轻人追责已经不可能了。

　　蟑螂不在白天活动，要抓捕它们只能等到夜里。

　　不巧的是，今天总部临时调整了补给线路。成批新鲜的食材和调料下午送到食堂，朱末和司机一起花了一个多钟头搬补给箱；送过晚饭后，他又花费四个小时时间才把它们都归整到位并统计好。灭虫工作不得不延后一天。

　　次日晚，平安夜，也很忙碌。朱末打算制作的三鲜炒饭需要提前两个小时煮饭。直到晚间工作全部结束，他才开始着手清理那些虫满为患的诱饵，然后再次打扫卫生。打扫完后重新摆放诱饵，一直忙到凌晨一点半才躺下。

　　连续操劳了两天，头脑仍处在兴奋状态的朱末无法入睡。他起身走到生活舱舷窗边。

　　白天刚有过一场大雨，周边地区今晚的天气难得转好，雾霾消散了大半。

　　窗外，隐约能看见地面城市发出的大团橙黄色灯光。雾层中闪现着许多出现位置不定的光芒，转瞬即逝，应该是圣诞夜的焰火。原本多彩的焰火颜色，隔着遥远的距离及飘着薄雾的大气传到朱末眼中时，只剩下红光还能被看见。

　　不可能听见焰火声，耳旁只有舱内空调吹风的声响。朱末脑中接连响起烟花爆炸的声音，随着眼前画面在同步播放。

　　他回忆起昨天中午，暴躁的年轻厨师的那番质问。

　　自愿去做任何一件事的时候，任何人都总会有理由。朱末躺回被窝中，想到另外那六个人。

　　有人想一辈子躲起来搞自己的那些艺术品，有人是因为家里人围着自己太近，或者因为自己离家里人太远。还有人希望相信自己

　　　　　　　　　　　　　　　　　　　　　异　变

的才华超越了世界上所有其他人，为了能让自己继续这么相信下去，于是选择自我放逐，远离整个世界。

这个国家的上空，正有六十多万个高空信号站在日夜运作，超过一百二十万人离开地面，就这么十几年、几十年地飘浮在空中。除了每年一个月左右的假期时光，他们什么都不害怕。陪伴他们的还有二十多万名食堂大厨。而在每年的招聘季，地面上仍有更多的人期盼获得这样的工作岗位。

人人都有自己的理由，这些理由无可辩驳也不可改变。他们的人数还在不断增多。

生活舱梯子那边的灭虫陷阱仿佛有些动静。朱末没去看。他睡着了。


直到工作第十年秋天，后勤部门才终于同意将面粉列入原料名单中。获批准的分量不多，无法作为主食来用，只能偶尔做些小吃，调剂一下员工的营养摄入水平。面粉包装袋采用厚重的塑料压力容器加真空塑封设计，保证了安全性，但每次开袋时朱末都要费一番劲。

头一批面粉运到时正好快到中秋节，朱末得以做出一些简单的手工月饼。馅料用午餐肉糜和香肠肉糜做，包好后刷上蛋液，很快就能烤出来。他一共烤了十二个。

送月饼的那晚，出现了惊人的罕见情形：B站居然停止了播放音乐。

十年来头一回见到。朱末问是怎么回事。

光头说自己今天没心情放歌。他告诉朱末，莫言要离职了。

没了音乐，朱末感觉光头和莫言的说话声今晚都有些不对劲。

莫言则解释道，六月份那次休假期间的体检，查出他双眼视网膜有脱落危险。病情不宜拖得太久，家里还有许多疾病保险方面的事务要处理，为了能顺利提出保险金，家里人逼他回家。下个礼拜时他就会离开。

他一直都不想说，直至拖到今天才忍不住告诉了光头，结果便造成光头今天极端异常的表现。

说话时，莫言一直在揉眼睛。光头嗓音粗暴，强令他不准揉，防止病情进一步恶化。

此后的几天，朱末每次到B站送完餐，都会带走一批莫言的书壳，存进食堂库房里，择日让补给飞艇带回地面。到了莫言离开那天，那些书壳已经全部搬空，留出空间给以后新来的员工。

离职那天，莫言只带了电脑回家。光头想送他一只唱片封套，他没肯要。

替换莫言的新人在11月底时进驻B站。某天送午餐时，朱末见到了他，交流不多，还没有互相熟悉。

然后很快地，12月的休假就到了。

临行前的最后一晚最难熬。朱末到12点也没睡觉，而是坐在水槽边抽烟，边抽边在一张空白的设备检修清单上列出回家要做的事项。

回到机场后，父母会开车接他去吃饭，提前庆祝他四十五岁生日。之后去医院和疗养院看奶奶及外公外婆。前妻的父母住得很远，他们也不会用数字银行，要去银行实体店把现金提出来交到他们手上。还要和前妻商议明年的抚养金数目，商定以后转账给她，然后同她一起去见那三个孩子，陪他们过几天。至于公司组织的体检、年度总结会、员工资质审核、卫生检疫考试……这些事情都需要单独拨出时间去办。

琐事一条接一条，仿佛永远写不完。

写字过程中，朱末多次查看腕上的日历手表，努力想要弄清，假期还要熬多久才可以结束。

只要等到结束以后，他就可以回来做一些想做的事情了。

一些简单的、完全顺从自己意愿的、没有人会约束和干涉的事

　　　　　　　　　　　　　　　异 变

情。一些好的事情，一些让他觉得自己仍在活着的事情。

也就是永远生活在这温暖、干燥、平静的食堂中。

**图书在版编目（CIP）数据**

异变 / 汪彦中著. -- 北京：作家出版社，2019. 9
（青·科幻丛书）
ISBN 978-7-5212-0705-7

Ⅰ. ①异… Ⅱ. ①汪… Ⅲ. ①中篇小说 – 小说集 – 中国 –
当代 ②短篇小说 – 小说集 – 中国 –当代 Ⅳ. ①I247.7

中国版本图书馆CIP数据核字（2019）第202798号


**异　变**

作　　者：汪彦中
主　　编：杨庆祥
责任编辑：李宏伟　秦　悦
封面绘图：BUTU
装帧设计：刘十佳
出版发行：作家出版社有限公司
社　　址：北京农展馆南里10号　　　邮　　编：100125
电话传真：86-10-65067186（发行中心及邮购部）
　　　　　86-10-65004079（总编室）
E-mail:zuojia@zuojia.net.cn
http://www.zuojiachubanshe.com
印　　刷：玉田县嘉德印刷有限公司
成品尺寸：145×210
字　　数：308千
印　　张：11.625
版　　次：2020年4月第1版
印　　次：2020年4月第1次印刷
ISBN　978-7-5212-0705-7
定　　价：50.00元